Comentarios

EL SURGIMIENTO

EL

NACE EL ANTICRISTO

SURGIMIENTO

ANTES DE QUE FUERAN DEJADOS ATRÁS

TIM LaHaye
JERRY B. JENKINS

Tyndale House Publishers, Inc.
CAROL STREAM, ILLINOIS

Visite la emocionante página en la red informática de Tyndale: www.tyndale.com

Descubra lo más reciente acerca de la serie *Dejados atrás* en www.dejadosatras.com

TYNDALE es una marca registrada de Tyndale House Publishers, Inc.

Dejados atrás es una marca registrada de Tyndale House Publishers, Inc.

La pluma del logotipo de Tyndale es una marca registrada de Tyndale House Publishers, Inc.

Diseño por Julie Chen y Jessie McGrath

Publicado en asociación con la agencia literaria de Alive Communications, Inc. 7680 Goddard Street, Suite 200, Colorado Springs, CO 80920

Traducido al castellano por Mireya E. Ponce de Clarke y Kevin J. Clarke

Referencias bíblicas tomadas de las siguientes versiones: *La Biblia de las Américas y Dios Habla Hoy.*

Library of Congress Cataloging-in-Publication Data

LaHaye, Tim F.
[Rising. Spanish]
El surgimiento / Tim LaHaye, Jerry B. Jenkins.
p. cm.
ISBN-13: 978-1-4143-0896-8 (pbk.)
ISBN-10: 1-4143-0896-5 (pbk.)
1. Steele, Rayford (Fictitious character)—Fiction. 2. Rapture (Christian eschatology)—Fiction. 3. Antichrist—Fiction. I. Jenkins, Jerry B. II. Title.
PS3562.A315R5718 2005
813'.54—dc22   2005024493

Impreso en los Estados Unidos de América
Printed in the United States of America

10   09   08   07   06   05
8   7   6   5   4   3   ·2

Dedicado a Frank Muller*,
lector inigualable de audiolibros

Un agradecimiento especial
a David Allen
por sus expertos consejos técnicos

*La carrera del señor Muller como el lector de audiolibros en inglés más famoso del mundo, incluso de la serie *Left Behind,* fue interrumpida en el año 2001 debido a un accidente de motocicleta, el cual le dejó incapacitado. Su esposa, Erika, cuida de él y de sus dos pequeños hijos. Las donaciones para ayudarle con sus astronómicos gastos médicos están exentas de impuestos. Los cheques para este propósito deben ser dirigidos a The Wavedancer Foundation (con la especificación de que son para: *The Frank Muller Fund*) y deben enviarse a John McElroy, 44 Kane Avenue, Larchmont, NY 10538.

DESPUÉS DEL SIGLO VEINTE

Prólogo

La luz del sol atravesaba la pantalla antideslumbrante de la
cabina del avión que Raimundo Steele piloteaba, provocán-
dole que tuviera que entrecerrar sus ojos a pesar de que tenía
puestas sus gafas oscuras de piloto.

—¡Ay! ¿Cuánto tiempo lleva eso así?, —exclamó su copiloto, Cris Smith, señalando con el dedo hacia la pantalla.

Raimundo protegió sus ojos con la mano y miró hacia la
pantalla de instrumentos, en la cual se veía el mensaje:
«MOTOR #1 FILTRO DE ACEITE». (La presión del aceite
era normal, aun para el mencionado motor, el de la extrema
izquierda del avión.)

—Por favor, lista de control para el filtro de aceite del
motor número uno, —dijo Raimundo.

Cris buscó el manual de emergencia en el bolsillo del lado
derecho. Mientras buscaba la sección indicada, Raimundo
tomó el diario de mantenimiento, el cual debió haber sido
revisado antes de salir de Chicago y partir hacia Los Ángeles.
Lo leyó a toda velocidad y, ciertamente, el motor número uno
había necesitado un cambio del filtro de aceite en Miami,
antes del viaje al aeropuerto O'Hare de Chicago. Ya se
habían detectado fragmentos metálicos en el filtro usado. Sin
embargo, debieron haber estado dentro de los límites aceptables, ya que el mecánico en Miami había firmado la nota en
el diario dando su autorización para que fueran a Chicago.
El avión había llegado sin problema alguno a Chicago.

—«Baje lentamente el nivel de empuje hasta que no se vea el mensaje» —leyó Cris.

Raimundo así lo hizo y luego revisó la pantalla. Los motores ya estaban en marcha lenta, pero el mensaje no desaparecía.

—El mensaje aún no se apaga. ¿Ahora qué hacemos? —preguntó Raimundo, luego de una pausa.

—«Si el mensaje: MOTOR FILTRO DE ACEITE sigue visible luego de haber cerrado la palanca de empuje, entonces, APAGUE EL INTERRUPTOR DEL CONTROL DE COMBUSTIBLE».

—Confirmación para apagar el interruptor del número uno —solicitó Raimundo, alistándose para apagar el interruptor y seguir las instrucciones.

—Confirmado.

Con un suave movimiento, Raimundo ejecutó el procedimiento mientras aumentaba la presión en el pedal que controlaba el timón de la dirección. Se apagó el motor número uno y el obturador automático aumentó el poder en los otros tres motores. La velocidad disminuyó, pero Raimundo dudaba que los pasajeros se hubieran dado cuenta de esto.

Él y Cris determinaron una nueva altitud. Raimundo mandó a su copiloto a que se comunicara con el control de tráfico aéreo en Albuquerque para obtener autorización para descender a 9.700 metros. Entonces programaron un transpondedor para advertir a cualquier otro avión en el área de que ellos no podrían ni ascender ni moverse debidamente, en caso que hubiera un conflicto de trayectoria.

Raimundo estaba seguro de que ellos llegarían al aeropuerto de Los Ángeles sin más inconvenientes. Se dio cuenta de la tensión en su pie derecho y recordó que tenía que aumentar la presión para balancear el empuje desequilibrado de los tres motores que aún funcionaban. *Vamos, Raimundo, pilotea el avión*, pensó.

Luego de Raimundo informar a la aerolínea Pan-Continental de la situación, el despachador le advirtió que debía estar muy alerta debido a la poca visibilidad cerca de Los Ángeles.

«A medida que se vaya acercando, debe observar con cuidado las condiciones del clima», le advirtieron.

Raimundo anunció a los pasajeros que había apagado el motor número uno, pero que esperaba un aterrizaje de rutina al llegar a Los Ángeles. Sin embargo, mientras el avión iba descendiendo, pudo darse cuenta de que el margen de poder había aumentado. No quería tener que dar la vuelta alrededor del aeropuerto, ya que cambiar de una marcha lenta a otra marcha, a toda velocidad, con tan solo tres motores, iba a forzar mucho el timón de la dirección hasta lograr equilibrar el diferencial del empuje.

Los pilotos informaron a la torre de control del aeropuerto de Los Ángeles acerca del asunto del motor. Esta le dio autorización al inmenso avión de Pan-Continental para que se preparara a aterrizar. A los 3.000 metros, Raimundo comenzó a revisar los datos para el descenso.

—Frenos automáticos —dijo Cris.

—Aterrizaje en tres puntos —respondió Raimundo.

En el aeropuerto, el equipo de control de aproximación pasó el control a la torre, la cual dio autorización a los pilotos para aterrizar en la pista número 25 de la izquierda, y les informó de la velocidad del viento y también del alcance visual de la pista.

Raimundo encendió las luces de aproximación y pidió a Cris que cerrara el ángulo del timón de la dirección a cero. La presión por debajo del pie de Raimundo aumentó. Mientras cambiaba la distribución de la potencia, a fin de nivelar la presión del timón de la dirección, tendría que poner muchísima atención en el funcionamiento de los obturadores automáticos. Jamás había enfrentado un aterrizaje tan difícil y para colmo, el clima tampoco era favorable. Una neblina leve no le permitía ver con claridad la pista.

Raimundo y Cris continuaban adaptando la velocidad para equilibrarse con las posiciones de las aletas. A fin de reducir la velocidad del avión, seguían controlando las reacciones de los obturadores automáticos al disminuir el poder.

—Intercepción de la inclinación de planeación. Aletas 30 grados. Listos para aterrizar —dijo Raimundo, poniendo el indicador de velocidad a 148, la velocidad final apropiada para una aproximación con las aletas a 30 grados y con tanto peso como el que llevaban.

—Tren de aterrizaje —dijo Cris, siguiendo las órdenes mientras tomaba la lista de control.

—Extendido —contestó Raimundo.

—Aletas.

—Treinta.

—Frenos de velocidad.

—Cargados.

—Completada la revisión del procedimiento de aterrizaje —respondió Cris.

El avión podría aterrizar sin intervención humana pero, por cualquier imprevisto, Raimundo quería estar en control. Le sería más fácil estar piloteando el avión en lugar de tener que asumir el control si se viera forzado a apagar de repente el piloto automático.

—Tenemos coordinada la aproximación final —afirmó Cris.

—Piloto automático, apagado —confirmó Raimundo. En el momento en el que apagó el piloto automático y los obturadores se escuchó una fuerte alarma.

—300 metros —contestó Cris.

—Recibido.

Ya que se encontraban volando entre las nubes, lo más probable era que no iban a poder ver tierra firme hasta que estuvieran a punto de aterrizar.

Una voz mecánica anunció: «150 metros». La misma voz volvería a anunciar regresivamente los quince metros, los diez, los siete y los tres metros. Quedaban noventa segundos para aterrizar.

De pronto, Raimundo oyó una transmisión desde la torre: «Negativo, US Air 21.. No tiene autorización para despegar».

—Recibido, torre— se escuchó la respuesta—. Su comunicación tiene interferencia. Entendemos que sí tenemos autorización para despegar.

—¡Negativo! —exclamó la torre—. ¡Negativo, US Air 21! ¡No tiene autorización para tomar pista!

«Quince metros», anunció la voz mecánica. «Diez metros». El avión que Raimundo piloteaba apareció de entre las nubes.

—¡Da la vuelta, capitán!, —gritó Cris.— ¡Un avión 757 está saliendo a la pista! ¡Da la vuelta! ¡Da la vuelta!

A este punto, a Raimundo le parecía imposible no estrellarse con el otro avión. Era increíble todo lo que alcanzó a contemplar en el poco tiempo que le quedaba de vida. Se imaginaba con claridad a su familia y a la tristeza que estaban por pasar y se sintió culpable por estar dejándoles. Pensó en los pasajeros de su avión y en la tripulación. ¡Y también en los del avión de US Air!

Casi en cámara lenta miró hacia la consola de instrumentos. Vio un punto rojo en medio de la pantalla junto a un dos negativo. La voz mecánica seguía dando sus alertas, Cris seguía gritando y también la torre lo hacía por la radio: «¡Elévense! ¡Elévense! ¡Elévense!»

—¡Dios, ayúdame! —exclamó Raimundo mientras golpeaba los botones en los obturadores dos veces para lograr la máxima potencia.

—¡Amén! ¡Ahora, pilotea! —respondió Cris Smith.

—¡Aletas, veinte! ¡Aumenta la potencia! ¡Eleva el tren de aterrizaje! —exigió Raimundo al sentir que, aunque su descenso iba disminuyendo un poco, aún no era suficiente. Raimundo imaginó el horror de los pasajeros del avión US Air.

¡Las manos del copiloto Smith volaban, pero la distancia se iba acortando de un modo espantosamente acelerado!

De repente, el avión se tambaleó y se volteó un poco hacia a la izquierda, los tres motores que aún estaban funcionando causaron un pequeño deslizamiento. Raimundo no había nivelado bien el timón de la dirección. Si no lo hacía de inmediato, la punta del ala chocaría contra el suelo. Medio segundo era todo lo que les separaba de la cola del avión de US Air, que era tan alta como un edificio de cuatro pisos. Raimundo cerró los ojos y se preparó para el impacto. Oyó un griterío de obscenidades proveniente de la torre y de Cris. *¡Qué manera de despedirme de este mundo!*, pensó.

VEINTICUATRO AÑOS ANTES

UNO

LA RELACIÓN de Marilena Titi y de Sorin Carpatia estaba basada en varios aspectos, excepto en la pasión física del uno por el otro. Desde luego, habían tenido —como se diría vulgarmente en el mundo occidental— sus «buenos momentos». Pero desde el tiempo en que había sido una de las estudiantes de Sorin —y más tarde su auxiliar en la Universidad de Rumania en Bucarest—, ella lo había encontrado atractivo principalmente por sus cualidades intelectuales.

La verdad sea dicha, y ella lo sabía, era que los dos eran más bien poco agraciados. Él era bajo de estatura, delgado y de aspecto magro. Poseía una melena pelirroja, rizada y espesa, la cual —a pesar de su aversión hacia los cortes de cabello— ya no era suficiente para disimular los indicios de calvicie que cada vez eran más evidentes.

Ella era de complexión gruesa y de aspecto sencillo. Se abstenía de usar maquillaje, esmalte en las uñas y de arreglarse su cabellera negra. Sus colegas bromeaban e insinuaban que las ropas simples y pasadas de moda y los zapatos —de estilos más bien prácticos— que ella usaba, databan de siglos anteriores. Por su parte, ella estaba segura de que las influencias extranjeras habían provocado que sus colegas adoptaran una cultura diferente por completo a la propia. A su vez, desde hacía ya un buen tiempo, ellos se habían dado por vencidos en sus intentos por hacerla cambiar. Marilena tampoco era tan ingenua como para no darse cuenta de que el espejo no mentía. Sabía que ninguna cantidad de maquillaje la cambiaría interior o exteriormente.

Física y mentalmente, Marilena vivía en su propio mundo; algo que ella no habría cambiado ni por todo el oro del mundo. En las últimas décadas, una avalancha de progreso en diferentes áreas había transformado su anticuada y pintoresca tierra natal, de un lugar con el nivel de vida más bajo de Europa a una maravilla de la tecnología. Marilena podía prescindir de todo. Le bastaba con todo lo que tenía en su mente prodigiosa, la cual florecía gracias a su insaciable curiosidad.

Tal vez ella había nacido en el siglo equivocado. Se complacía en el hecho de que ninguna otra nación de Europa Oriental —aparte de su amada Rumanía— podía jactarse de ser descendiente de los antiguos romanos. A pesar de saber muy bien que las mujeres rumanas modernas ya habían adoptado la manera de vestir, hablar, bailar y de comportarse de sus modelos occidentales, aún se resistía a participar en el afán desmesurado por alcanzar una mejor condición física. Tanto así que se negaba a practicar ciclismo, trotar, ir de excursión o escalar montañas; actividades que ya habían alcanzado niveles obsesivos entre sus contemporáneas.

Marilena sabía con certeza lo que el mundo —fuera del pequeño apartamento apilado de libros y computadoras en el que ella y su esposo habían vivido por seis años— le podía ofrecer. Salvo una esporádica incursión en el autobús, por razones que ni ella misma podía recordar, nunca alteraba su rutina. Consistía en caminar las cuatro cuadras hasta la estación para luego ir por diez minutos en el autobús hasta llegar a la universidad donde era profesora de literatura.

Sorin prefería usar su vieja bicicleta, la cual llevaba hasta su oficina y al final de cada día la subía hasta su apartamento en el cuarto piso, a pesar de carecer del espacio necesario.

En realidad, esta faena de esconder su bicicleta no era sino el reflejo de su desconfianza en la humanidad. Marilena no podía contradecirle en este aspecto, ya que todos sus conocidos —aunque censuraran las creencias religiosas, en particular las relacionadas con la naturaleza pecaminosa de la humanidad— de presentárseles la oportunidad, se habrían aprovechado hasta de sus mejores amigos sin siquiera vacilar ni por un instante. Tal parecía que todos —excepto la misteriosa emigrante rusa, quien dirigía las reuniones cada martes por la noche en el vestíbulo de la biblioteca local— caían dentro de esta categoría. Aunque llevaba ya asistiendo varios meses a estas reuniones, Marilena no tenía una opinión definida de los otros —más o menos— treinta participantes; Viviana Ivinisova, en cambio, le producía cierta reacción en lo más profundo de su ser.

La señorita Ivinisova, una mujer en sus treinta años de edad, con cabello entrecano, de buen vestir y atractiva, parecía también congeniar con Marilena. Ella parecía que le hablaba directamente a Marilena. Sus sospechas se confirmaron cuando decidió quedarse unos minutos después de la duodécima reunión para preguntarle algo y la líder la invitó a que tomaran algo.

Con su montón de libros y carpetas apretados contra su pecho mientras caminaban, Viviana le recordaba a Marilena sus colegas de la universidad. Pero aunque la señorita Ivinisova era muy inteligente, no era una catedrática.

—Esto que ves —le dijo mientras señalaba su cargamento de materiales y apuntes—, es mi trabajo a tiempo completo.

¡Qué privilegio!, pensó Marilena, ya que para ella no existía causa más digna que la de desarrollar su propia mente.

Encontraron un pequeño restaurante casi desierto solo a una cuadra de distancia de la parada del autobús. Se sentaron alrededor de una diminuta mesa redonda y sin pérdida de tiempo Viviana inició la conversación.

—¿Sabes el significado de tu nombre?

—Luz de amargura —contestó Marilena mientras se sentía enrojecer.

Viviana asintió sin quitarle la mirada.

—No veo la importancia de eso —declaró Marilena y se encogió de hombros.

—¡Ah! Yo sí —dijo Viviana—. De hecho el significado de tu nombre es muy importante. «A-mar-gu-ra» —repitió pausadamente—, pero no tiene que ser tan negativo como parece. ¿Podría, talvez, implicar tristeza o hasta un poco de soledad? ¿Una sensación de vacío? ¿Una brecha? ¿Algo incompleto?

Marilena tomó su vaso con rapidez y salpicó algo del vino antes de que alcanzara sus labios. Atragantándose con un gran sorbo que la hizo toser, se secó ligeramente la boca con una servilleta.

—Bueno, no tengo ninguna sensación de vacío y siento que mi vida está completa —contestó.

Marilena no pudo mirar directamente a los ojos de Viviana. Con la cabeza inclinada hacia un lado y con una sonrisa de labios cerrados, ella se había dedicado a escudriñarla minuciosamente.

—Veo que en tu vida hay algo relacionado con «luz» —dijo la señorita Ivinisova—. En cuanto a la «amargura», lo que quiera que esta represente, veo que está balanceada.

—Más bien pienso que el caso fue que a mi difunta madre simplemente le gustó este nombre —replicó Marilena—. No creo que ella se haya puesto a pensar mucho en su significado.

—Pero tú sí lo has hecho.

Sí, Marilena quiso decir. *Sí, he pensado en este significado y lo he analizado, tal como lo analizo todo.* Pero le pareció que darle tal respuesta resultaría demasiado jactanciosa.

Marilena pensó:*¿Qué pasó con el modo reservado de ser de los europeos? ¿Por qué son los rusos tan directos?* Desde luego que la señorita Ivinisova no era tan insensible como los norteamericanos, pero así y todo, le faltaba ser más diplomática. De todas maneras no le guardaba resentimiento, ya que de alguna manera misteriosa —la cual le parecía positiva y negativa a la vez— esta mujer había

tomado mucho interés por ella. Aunque si bien era cierto que
Marilena no estaba totalmente de acuerdo con los esfuerzos
de la rusa por traspasar los límites de la privacidad personal,
tampoco podía negar que este tipo extraño de atención la
halagaba un tanto.

—Tu esposo ya no viene contigo a las reuniones —dijo
Viviana.

Aunque a Marilena este comentario le pareció como un
intento por cambiar el tema de la conversación, sabía que
más bien se trataba de otro ataque directo; algo así como un
sondeo encaminado a forzarla a mostrar su lado de resentimiento y amargura. Una cosa era clara: La señorita Ivinisova
creía que el nombre de una persona era un augurio significativo. A Marilena esto le pareció algo poco intelectual, razón
por la cual Sorin ya no venía a las reuniones semanales.

—Él no es creyente —dijo Marilena al tiempo que movía
la cabeza.

—No es creyente —repitió Viviana, sonriendo mientras
encendía un cigarrillo—. ¿Eres feliz con él?

—Sí, dentro de lo razonable.

La señorita Ivinisova arqueó las cejas, mientras que Marilena por su parte se esforzaba por no bajar la guardia.

—Él es muy inteligente —añadió Marilena—. Uno de los
hombres más educados que jamás he conocido.

—Lo cual te hace «razonablemente feliz».

—Hemos estado juntos por ocho años —respondió Marilena asintiendo con cierto pesar.

—Cuéntame cómo se conocieron —pidió Viviana al tiempo
que empujaba su silla hacia atrás y cruzaba las piernas.

Marilena seguía tratando de explicarse por qué esta insistencia por invadir su vida privada le continuaba produciendo
tal efecto de doble sentido. Al tratarse de otra persona, su
respuesta habría sido: «No te conozco lo suficiente como
para contarte acerca de mi vida privada». Sin embargo, muy
a pesar de la manera tan directa de ser de su interlocutora,
Marilena se sentía objeto de un tipo especial de cuidado,

atención, compasión e interés. Se sentía ofendida y halagada a la vez.

—Tuvimos algo así como una aventura amorosa —comenzó Marilena a explicar con una leve sonrisa.

—¡Ah! —exclamó Viviana, inclinándose hacia delante y apagando su cigarrillo—. Cuéntame todo. ¿Entonces él estaba casado?

—Sí, pero no era feliz. Ni siquiera usaba su anillo de matrimonio, aunque aún se le veía claramente la marca blancuzca que este le había dejado en el dedo.

Al recordar los tiempos en los que era estudiante de doctorado —bajo el tutelaje de su extravagante profesor, enamorado de la literatura clásica—, Marilena se sintió envuelta en una ola de nostalgia. Por sus trabajos, su participación y sus preguntas en clase, él se había dado cuenta de que ella realmente tenía un interés genuino en la materia. Los dos solían enfrascarse en sus diálogos en clase y los demás estudiantes parecían satisfechos con solo asumir el papel de sencillos espectadores.

—Para mí, él era un dios —dijo Marilena—. Me parecía que sabía de todo. No podía tocar algún tema que él no lo hubiera ya estudiado en detalle. De pronto supe lo que era el amor, no quiero decir que creí amarlo, pero siempre esperaba con ansiedad el momento de regresar a su clase. Me dediqué de lleno a mis estudios a fin de estar siempre preparada. Siempre he vivido para estudiar, así que comencé a desear con todas mis fuerzas poder llegar a ser digna de su admiración; que me considerara de su mismo nivel, no como intelectual sino más bien como una compañera en pos del conocimiento.

Marilena creyó que eran los efectos del vino los que la habían hecho revelar tantos detalles de su vida privada con semejante sinceridad y emoción; como no lo había hecho desde hacía mucho tiempo y menos aún a una persona prácticamente desconocida. Desde luego que para Marilena, Viviana Ivinisova era ahora el vivo recuerdo de cómo en años anteriores Sorin le había llamado la atención de una forma

tan intensa. Lo que la atraía hacia esta mujer no era tan solo
el vasto conocimiento que esta parecía poseer sino además el
hecho de que se interesara tanto por su vida y su disposición
de ayudarla a conocer un mundo completamente nuevo para
ella. ¿Cómo podía saber Viviana quiénes iban a responder
positivamente con verdades muchas veces consideradas mitos
o cosas sin sentido más allá del mundo intelectual académico? ¿Qué pensarían los colegas de Marilena de todo esto?
Bueno, ella sabía qué pensarían. Sencillamente la verían del
mismo modo en el que ahora Sorin la veía. En el caso de él,
lo que verdaderamente estaba pensado acerca de la señorita
Ivinisova y de sus enseñanzas era evidente por su actitud indiferente y el hecho de que en casi tres meses —apenas después
de la segunda semana de iniciarse las reuniones—, había
dejado de asistir.

—¿Entonces fuiste tú la que trató de persuadirlo a que se
interesara en ti? —preguntó Viviana.

—Ni siquiera se me ocurrió, aunque sí es cierto que fui yo
quien se interesó en su capacidad intelectual. Deseaba estar
cerca de él, junto a él, en su clase o de cualquier otro modo.
Fue él quien se interesó por mí.

—¿De verdad lo crees así?

—Sí. Fue él quien me pidió que fuera su auxiliar. Al
momento me pareció que esto se debía a un interés pura-
mente académico. Aún así, sabía que de ninguna manera consideraba que yo podía estar en su mismo nivel intelectual,
pero me permitía figurarme que por lo menos respetaba mi
curiosidad intelectual y mi deseo insaciable por aprender.

—No estabas acostumbrada a esa clase de atención por
parte de un hombre —dijo Viviana, quien ni siquiera pesta-
ñeaba.

De esto a Marilena no le cabía ni la menor duda. Rara vez
entablaba conversación con un hombre. No solo porque no
le había coqueteado a los miembros del sexo opuesto, sino
porque pensaba que ninguno de ellos podía jamás sentirse
atraído hacia ella. Mucho menos el doctor Carpatia. No se lo

imaginó posible, ni siquiera después de que insistió en que lo llamara Sorin, ni después de que la invitara a cenar y pasar tiempo con él después de las horas de oficina.

A Marilena no se le ocurrió pensar que algo más estaba sucediendo. Aunque el trato de él se había tornado más informal, dándole palmaditas en el hombro, apretándole la mano, poniendo su brazo alrededor de sus hombros, ella consideraba que estos eran gestos de compañerismo. Debido a que Sorin era diez años mayor que ella, hasta se le ocurrió pensar que él solamente le tenía un afecto más bien paternal.

—Pero en algún momento debiste haberte dado cuenta de sus sentimientos hacia ti. Después de todo, te casaste con él —dijo Viviana.

—La primera vez que acepté su invitación para ir al apartamento en el cual ahora vivimos —explicó Marilena—, pasamos la mayor parte de la noche discutiendo grandes temas literarios. Él preparó la cena —muy mala, por cierto—, pero no me atreví a estar de acuerdo con él cuando él mismo lo reconoció. Luego miramos dos películas. La primera de un tema sombrío, de los que le obligan a una a pensar profundamente. Con confianza, él se sentó y se reclinó junto a mí. Ni siquiera en ese momento me di cuenta de lo que estaba sucediendo.

—Si no me equivoco, la siguiente fue una película romántica, ¿verdad? —preguntó Viviana con ojos inquietos.

¿Es que acaso las cosas eran así de predecibles? ¿Era este otro de los dones de Viviana? En las reuniones, a menudo ella había demostrado su capacidad de predecir el futuro, pero ¿tal vez conocía también el pasado?

—No fue una comedia —dijo Marilena—. Más bien fue una historia de amor llena de sufrimiento.

—¿Amor verdadero?

—Sí.

—Cuéntame.

—¿Qué cosa?

—Cuéntame, ¿cómo te sedujo?

—Yo no dije eso.

—Pero te sedujo, ¿verdad? Estoy segura de que lo hizo.

—Bueno, puso su brazo alrededor de mí y lo mantuvo así. Durante las escenas más cargadas de emoción, me apretaba contra él.

—Te quedaste con él toda la noche, ¿verdad?

Sorprendente la deducción de la señorita Ivinisova. Aquella noche, después de haber hecho el amor, Sorin la mandó a que buscara sus pertenencias y viniera para su apartamento.

—Muy poco caballeroso de su parte —continuó Viviana—. Con razón la relación de ustedes no duró mucho tiempo.

—Pero sí ha durado.

—Ustedes nada más viven juntos y tú lo sabes bien —afirmó Viviana mientras sacudía la cabeza en obvia señal de compasión. Ustedes son más bien como hermano y hermana, no como esposo y esposa. Ya ni duermen juntos.

—Tenemos solamente una cama.

—Sabes bien a lo que me refiero.

—Pero de todas maneras, yo nunca quise eso. En realidad nunca quise otra cosa, estaba cautivada con el intelecto de Sorin. En verdad todavía lo estoy. No hay alguien más con quien me interese conversar o discutir ideas.

—¿Nunca lo amaste?

—Nunca pensé en eso. Su seducción, como tú la llamas, fue el pretexto que me permitió conseguir lo que yo más quería: Estar cerca de semejante mente tan brillante. Sí sé que él nunca me amó.

—¿Cómo sabes que nunca te amó?

—Me lo ha dicho muchas veces . . . al no decírmelo.

—¿Nunca te ha dicho que te ama?

Marilena asintió, y una emoción extraña la envolvió. ¿Por qué? ¿Acaso era esto lo que siempre había anhelado escuchar de sus labios? ¿Había siempre deseado que Sorin la amara y que se lo dijera? Se había convencido a sí misma de que no le interesaba para nada.

—Seguro he sido una amante muy torpe.

—¿Él perdió el interés en ti?

—En cierto sentido. Pero aún pasamos horas enteras hablando, leyendo y estudiando juntos. Todavía disfrutamos tales actividades.

—Pero ya no existe el romance.

—No. Pienso que el «romance» desapareció apenas pocos meses después de su divorcio y dentro de los dos años posteriores a nuestro matrimonio, salvo en el caso de sus «necesidades», —dijo ella con el mismo énfasis con el que él solía mencionarlas—. Quién sabe ahora dónde va o a quién recurre cuando tiene sus «necesidades».

—¿No te importa?

—No pienso en eso. No me casé con él por esa razón. Soy una estudiante innata y vivo con un maestro innato. No soy una persona apasionada físicamente ni mucho menos. Tengo todo lo que necesito y quiero.

Una vez que las dos mujeres se encontraban de vuelta en la calle, caminando hacia la parada del autobús, Viviana sujetó por el brazo a Marilena.

—Estás mintiendo —le dijo, y Marilena se sintió invadida, por primera vez desde su infancia, por un gran sentimiento de culpa—. Estamos acercándonos a tu amargura, a tu soledad, al vacío en tu alma, ¿verdad?

Marilena se alegró de que para no tropezar en la oscuridad, forzosamente tuviera que mantener su mirada fija hacia delante. No habría podido enfrentar cara a cara a su nueva mentora. *Mi alma*, pensó. Hasta hacía unos pocos meses atrás, no había creído que tuviera alma. Las personas religiosas eran las que creían en el alma, y ella era cualquier cosa menos eso.

Marilena estaba deseosa de que el autobús viniera y se la llevara. Sabía que al llegar a su apartamento tendría que enfrentar el desconcierto de Sorin ante su nuevo interés —acerca del cual él solía decir: «Cualquier ser pensante, incluyéndote a ti misma, lo consideraría un suicidio intelectual»—, pero era mejor que continuar bajo el implacable examen del preconocimiento de Viviana.

Al llegar a la parada del autobús, las dos se sentaron en una banca. Marilena todavía tenía la esperanza de que algún extraño se sentara junto a ellas e interrumpiera todo esto.

—Has descubierto algo dentro de ti misma, algo más allá de lo que te he enseñado —expresó Viviana.

¡Cuán cierta era tal aseveración! En realidad era muy cierta.

—Las primeras veces que esta inquietud, esta ansiedad, te embargó, trataste de ignorarla. Te repetías a ti misma que ya lo habías discutido con Sorin, que era ya un asunto olvidado. Él ya tenía una familia. Además, el apartamento era muy pequeño. No podías interrumpir su trabajo. Era algo imposible de realizarse.

Marilena se puso tensa y no podía negar que todo lo que acababa de oír era verdad. Se soltó del brazo de Viviana y se cubrió la cara con las manos. ¿Cuánto tiempo hacía desde la última vez que había llorado? Esta gran ansiedad, como su mentora la llamaba, la había estado acosando hasta el punto en el que se había visto obligada a rechazarla con todas sus fuerzas. «Imposible de realizarse» no era suficiente para describir la realidad de la situación. Ella no deseaba tener un hijo de Sorin, especialmente si él no lo quería. Tampoco quería engañar a su esposo para quedar embarazada. Era absurdo pensar que, después de tantos años de tratar de ignorar el hecho de que él satisfacía sus «necesidades» en algún otro lado, ella iba a comenzar de nuevo a ser su amante hasta obtener el resultado esperado.

El ruido del autobús acercándose le produjo a Marilena un gran alivio. Se puso de pie y comenzó a buscar dentro de su cartera su tarjeta de transporte.

—Hablaremos la próxima semana —le dijo Viviana mirándola de frente mientras la sujetaba por los hombros—. Pero antes déjame asegurarte que tengo la respuesta que necesitas, mi «amargada». Tengo la luz que necesitas.

Raimundo Steele, con sus nueve años de edad, corría en la cancha de fútbol de la escuela primaria Belvidere, esquivando la defensa y esperando un pase de Roberto Stark. Atravesó por el medio campo a pocos metros de distancia de la portería y aunque el pase le vino desde atrás, con rapidez se acomodó, se dio la vuelta y controló la pelota con los pies. Venció a los dos defensas y corrió hacia la portería pero el portero salió a su encuentro.

—¡Bravo, Raimundo, bravo! ¡Qué buen jugador!

Era su padre dándole ánimo de nuevo. Lo cierto era que Raimundo hubiera preferido que se callara. Se sentía avergonzado, ya que su «viejo» era realmente viejo. Su padre y su madre eran más viejos que los de cualquier otro estudiante y lucían aún mayores de lo que eran.

En cierta ocasión el padre de uno de sus amigos vio a Raimundo caminando en compañía de su papá hacia el auto.

—¡Qué bueno que tu abuelito haya podido venir para verte jugar! —le dijo el hombre.

—¿Abuelito está aquí? —preguntó Raimundo sin darse cuenta. Al otro señor y al papá de Raimundo el malentendido les pareció chistoso. Raimundo se metió de un salto en el destartalado automóvil de sus padres y escondió la cabeza.

A Raimundo, aunque cometía errores, todo le salía bien. Pretendió ir a la izquierda y fue hacia la derecha pero, de todas maneras, el portero no lo perdió de vista. Entonces retrocedió e hizo rebotar la pelota en el pecho del portero, a fin de luego recuperarla, y lo logró. Habiendo puesto fuera de lugar al portero y mientras los defensas corrían hacia él, Raimundo pateó calmadamente la pelota a la izquierda hasta dejarla dentro de las redes.

Se quitó de encima a sus compañeros de equipo, quienes trataban de levantarlo en hombros en un gesto de celebración. No entendía por qué actuaban de una manera tan tonta y exagerada. Después de todo no estaban jugando por el campeonato ni nada por el estilo. Tampoco había anotado un gol decisivo. De hecho, todo lo que significó fue que ahora el equipo de Raimundo iba ganando por 7 goles a 1. Además, pensaba que no había motivo para tanta celebración, ya que el equipo contrario no había ganado ni siquiera un partido en toda la temporada.

Raimundo Steele era muy buen futbolista, pero en realidad no le gustaba el juego. Le parecía que requería demasiado esfuerzo para obtener pocos resultados. Además, no le gustaba mirar los partidos por televisión. Pensaba que tanto correr de un extremo a otro de la cancha y tanto despliegue del envidiable talento de jugadores de talla internacional, solo para obtener un partido empatado sin anotaciones que al fin tenía que ser decidido por penales en tiempo suplementario de juego, no valía la pena.

Jugaba solo con el fin de mantenerse en forma para sus deportes favoritos: fútbol americano, baloncesto, y béisbol. Sin embargo, en honor a la verdad, Raimundo era muy bueno para el fútbol, tanto así que era el mejor futbolista en toda la liga, el mejor anotador y uno de los mejores defensas. Además, a pesar de ser tan joven, la atención de las porristas en él era evidente. Así y todo, no era de los que entablaban con facilidad conversación con muchachas. No sabía qué decir. Pero aunque toda esta atención le resultaba algo vergonzosa, tampoco iba a dejar de jugar lo mejor que podía solamente para evitar ser el centro de tantos halagos.

Aparte de que Raimundo era más alto que los otros niños, también sobresalía de manera extraordinaria en otros aspectos, tanto así que podía ser considerado una anomalía. En primer lugar, corría largas distancias mucho más rápido que cualquier otro niño de su edad; inclusive era más veloz que los niños mayores que él. Cuando el equipo corría unas vueltas alrededor de la cancha, él arrancaba rápidamente tomando la delantera, la cual mantenía hasta el final. Al terminar, todos estaban enrojecidos, sin aliento, doblándose de agotamiento y apoyando las manos sobre las rodillas. En cambio, Raimundo se recuperaba con rapidez y comenzaba a conversar con su entrenador. Tal vez habría sido mejor que el entrenador no le hubiera dicho a su papá: «¡Su hijo es un excelente atleta! ¡Excelente!»

En segundo lugar, Raimundo era también más rápido que todos en las carreras de corta distancia, algo poco común para alguien de su edad y estatura. Los corredores de larga distancia, por lo general, no eran buenos para las carreras cortas. ¿Cómo se podía explicar esto? Su papá afirmaba que cuando él fue niño, también había sido un gran deportista, pero eso debió ocurrir hacía muchísimo tiempo.

En tercer lugar, Raimundo era una anomalía por el mismo hecho de que sabía el significado de la palabra «anomalía», cosa que la mayoría de los estudiantes de cuarto grado no tenían ni idea. Como si esto fuera poco, era conocido también como el niño más hermoso de su clase. Aunque esto le hacía sentirse acomplejado, tenía que admitir que era preferible a ser considerado lo contrario. De seguro no envidiaba al niño gordo, a la niña fea, ni al niño torpe y menos agraciado. De alguna manera, tenía todo a su favor: el más inteligente, el mejor atleta, el más rápido y el más agraciado.

No obstante, nada de esto cambiaba el hecho de que aún se sentía avergonzado de sus padres y de su auto. Nadie seguía usando el mismo auto por tanto tiempo como lo hacía el papá de Raimundo. Gracias al hecho de que —al igual que en los demás autos de la misma época— el plástico polímero de su diseño original aún brillaba, su auto todavía no mostraba tantos indicios de desgaste. No obstante, todos sabían cuán viejo era, pues los fabricantes de autos ahora conseguían hacerlos lucir nuevos de dos maneras: cambiaban de modelos cada año y ofrecían una nueva gama de colores cada tres o cuatro años.

Cuando compraron el Chevy amarillo ya estaba usado. «No lo menosprecien», había dicho su papá. «Tiene poco kilometraje y como sé de autos, puedo ver que ha tenido un buen mantenimiento, por lo que nos durará muchos años».

Eso era lo que Raimundo temía. Parecía que otras familias

siempre compraban los últimos modelos, por lo que siempre tenía que aguantar a sus amigos cuando hacían alarde de todas las características especiales de sus nuevas adquisiciones. Raimundo recordaba bien la época de plata y platino, en la que los autos estaban diseñados para lucir como si pertenecieran a la primera década del nuevo siglo. Después vino la época de los colores primarios, que no duró mucho, excepto por ese Chevy que el papá de Raimundo estaba decidido a preservar por el mayor tiempo posible.

Raimundo cometió el error de expresar su intenso deseo de que el auto amarillo se quemara, fuera destruido o hasta que se lo robaran.

—¡¿Por qué, Raimundo?! —exclamó su madre—. ¡¿Por qué dices semejante barbaridad?!

—¡Ay, mamá! Todos saben que esa chatarra ya tiene, por lo menos, seis años.

—En años normales, tal vez —dijo el señor Steele—. Pero por la manera en que ha sido mantenido y por la manera en que yo lo he cuidado, se ve casi nuevo.

—Ese auto tiembla y hace toda clase de ruidos —murmuró Raimundo.

—Lo importante es el motor. Es lo bastante bueno para alguien como nosotros.

«Alguien como nosotros» era una de las frases favoritas de su papá, y ya que Raimundo sabía lo que quería decir, hubiera preferido no volver a escucharla por el resto de su vida. Sabía bien lo que iba a decir a continuación: «Somos solo gente sencilla y trabajadora».

En realidad, ser trabajador no era algo malo. Raimundo mismo era trabajador, estudiaba y se esforzaba por obtener buenas calificaciones en la escuela. Quería ser el primero de su familia en ir a la universidad y ahora, hasta para conseguir una beca para practicar deportes se requería de buenas calificaciones. Él llevaba las de ganar, gracias a uno de los deportes que tanto le gustaba, debería obtener el ingreso a una buena universidad. Si además obtenía un buen promedio en sus calificaciones y mantenía su estado de liderazgo estudiantil, nada le impediría alcanzar su meta. A pesar de lo mucho que se sentía avergonzado de sus padres, para sus adentros aún quería darles motivo para que se sintieran orgullosos de él.

—¡Está bien, ya está claro que somos gente sencilla! —dijo al sentarse a cenar. Cada vez le costaba más quedarse callado. Todo lo que conseguía con esa su actitud era que sus padres lo recriminaran aún más.

—¿Qué tiene de malo ser sencillos y corrientes? —dijo estruendosamente su papá.

—Tu padre transformó su negocio de fabricación de maquinaria en el medio que trae la comida a la mesa . . .

— . . . y la ropa que llevo puesta. Ya sé, ya sé.

—y pagó por . . .

— . . . por la casa también. Ya sé, ya sé. Ya entendí, ya entendí.

—No sé qué te está pasando, Raimundo —dijo su mamá—. De buenas a primeras nos consideras poca cosa. ¿Quién te crees que eres?

Raimundo sabía que debería pedir disculpas. Se sentía como el mimado y necio que era. ¿Pero de qué le servía ser el niño más popular en el cuarto grado si vivía en la casa más vieja y dilapidada del vecindario? A estas alturas ya no quería discutir más porque sabía bien a lo que esto lo conduciría. Le recordarían que por lo menos la casa ya estaba pagada y que su padre no estaba endeudado. También le dirían que, aunque no tenían mucho dinero, había personas en este mundo en peores condiciones que la de ellos.

Raimundo solo deseaba conocer a alguna de esa gente tan desafortunada. En muchos aspectos sobresalía y era considerado el mejor, pero cada vez que subía o bajaba del auto de su papá se sentía humillado y, además, lo último que se le hubiera ocurrido era invitar a un amigo a su casa. En cambio, cuando visitaba las casas de los otros niños se imaginaba las posibilidades. *Algún día. Algún día*, pensaba.

—¿Me puedo retirar? —preguntó.

—Para decirte la verdad, jovencito, estaba a punto de enviarte a tu habitación por faltarle el respeto a tu padre, pero . . . —comenzó a decir su mamá.

—No te hagas cargo de lo que me toca hacer a mí —interrumpió su papá—. Si este joven se pasa de la raya, lo voy a . . .

—¿Pero qué, mamá? —dijo Raimundo.

—te hice tu postre favorito y pensé . . .

—¿Pastel de limón? ¡Bravo!

—No lo merece —aseveró su papá.

— . . . y pensé que, ya que jugaste tan bien . . .

—Lo comeré más tarde —dijo Raimundo mientras corría hacia su habitación. Él esperaba que su papá lo hiciera regresar, pero cuando se volteó para mirarlos desde las escaleras, sus padres —a la vez que sacudían sus cabezas— estaban mirándose el uno al otro con una mezcla de incredulidad y desesperación, que por poco lo hizo regresar por su propia cuenta.

¿Por qué tenía que comportarse de esa manera? No se sentía bien cuando trataba así a sus padres. Se sentía mal por ser un niño tan popular y por no tener todo lo que creía que debería tener. Pero bueno, si era verdad que el ser inteligente y trabajador le ayudaría a conseguir todo lo que quisiera en este mundo, entonces iba por buen camino.

La maestra de Raimundo le había dicho que no se sintiera acomplejado por ser el más alto de la clase. Pero tal consejo no era necesario ya que le encantaba ser alto. Sin embargo, su maestra había añadido: «Es solamente por una temporada, los demás te alcanzarán. Para cuando estés en el séptimo grado de seguro que ya no serás el más alto. Hasta algunas de las niñas quizá lleguen a ser tan altas como tú ».

Raimundo hubiera preferido que ella no le hubiera dicho tal cosa. Tenía la esperanza de que, si continuaba creciendo como hasta ahora, al llegar a la escuela secundaria alcanzaría a sobrepasar los dos metros de estatura. No había decidido aún a cuál de sus deportes favoritos iba a dedicarse por completo —para poder obtener una beca para la universidad— pero se inclinaba más por el baloncesto. De hecho, ya había comprobado que la creencia popular de que los hombres blancos no pueden jugar tal deporte no era verdad. Así que, aunque no tendría que ser el más alto del equipo, ser uno de los más altos sería fabuloso.

Raimundo corrió a su habitación y cerró la puerta, como si al hacerlo lograra quitarse a sus padres de la mente. A pesar de que la casa era bastante pequeña, había hecho de su habitación un oasis para sí mismo. Del techo colgaban, suspendidas por cordones de nailon, maquetas de aviones desde los modelos más antiguos hasta aviones de combate y también los gigantescos transportadores supersónicos modernos.

Cada vez que alguien le preguntaba, en persona o por escrito, qué quería ser cuando fuera grande, invariablemente respondía: «Piloto o deportista profesional». Le fastidiaba sobremanera cuando los adultos le daban esas sonrisas con aire de superioridad, como insinuando que solo era un niño que no sabía de lo que hablaba. Esto le infundía aún más ganas de lograr sus metas. Raimundo ya había oído suficiente acerca de que el lograr una carrera como deportista profesional, en cualquiera de sus deportes favoritos, era casi igual a esperar ser alcanzado por un relámpago. Por otro lado, cada vez que expresaba su sueño de ser piloto, causaba que sus maestros y consejeros le recordaran una y otra vez cuán arduamente tendría que dedicarse a estudiar matemáticas y ciencias.

Ya lo sabía, ya lo sabía. Al menos su sueño de ser piloto no provocaba miradas y actitudes de superioridad y condescendencia por parte de los adultos que le oían. De hecho, esta meta era la más realista. Su papá era bueno en asuntos relacionados con la ingeniería, la producción industrial y cosas de ese tipo, quizás habría heredado su talento ya que daba la casualidad de que Raimundo —aunque era excelente en todas las materias— prefería las matemáticas y las ciencias.

Estaba dispuesto a hacer todo lo que fuera necesario a fin de lograr su meta. Sabía que por lo menos uno de sus sueños sería hecho realidad, y le daría lo que más anhelaba tener en este mundo: dinero. Este era su mayor incentivo. Sabía que el dinero era lo que distinguía las diferentes clases de personas. La gente que tenía los mejores autos de último modelo tenían más dinero que su papá. Aunque su papá afirmaba que lo más probable era que esas personas estaban endeudadas, Raimundo concluyó que estar un poco endeudado no sería del todo malo si así se lograba dar la apariencia de que se tenía mucho dinero.

El plan de Raimundo era aún mejor. Si no conseguía ser un deportista profesional y ganar decenas de millones, entonces sería piloto comercial y ganaría millones. Aparentaría ser un tipo con dinero . . . porque en realidad lo sería y no tendría que endeudarse en absoluto.

DOS

A PESAR de que a Marilena siempre le parecía que en el autobús había una corriente fría de aire, en esta ocasión se abrió el abrigo y se desabotonó el cuello de la blusa. Tenía por costumbre dejarse absorber por la lectura de uno de sus gruesos libros que llevaba en su bolso, pero hoy no estaba en condiciones de hacerlo. De ninguna manera le iba a ser posible concentrarse en una novela literaria francesa ni en un tomo acerca de la historia de la revolución húngara del siglo veinte. Menos aún en *El Rey Lear*, el cual prefería en su inglés original.

Esta vez se sentó a admirar desde la ventana como pasaba ante sus ojos la sombría silueta de la ciudad de Bucarest, alumbrada cada pocos metros por lámparas halógenas de color ámbar. Pensó en su abuelo, quien solía recordar en voz alta cuando el comunismo era una promesa vacía y como se podía caminar en la oscuridad, por más de dos kilómetros, sin poder encontrar una parpadeante luz del alumbrado público a vapor. «Éramos un tigre de papel, como la antigua Unión Soviética, no representábamos amenaza alguna para la comunidad internacional. No hubiéramos podido utilizar nuestras armas, ya que teníamos el dedo puesto en un botón que no servía».

Aunque la democracia y la tecnología habían revolucionado a Rumanía, Marilena se consideraba a sí misma «chapada a la antigua». Según tenía entendido, ella y Sorin eran la única pareja que todavía tenía un televisor que no se colgaba de la pared. Este era otro tema en el cual ella y su esposo también estaban de acuerdo. Recordó que Sorin acostumbraba decir: «Es solo una herramienta, no un objeto de adoración. ¡Además, es el enemigo del aprendizaje!»

Por ser una gran caja anticuada, su televisor era con frecuencia objeto de las bromas de sus colegas. Así una noche, Baduna Marius, el subdirector de la facultad de Sorin, les advirtió: «El mundo ha avanzado muchísimo desde la época en que esta pantalla plana de ustedes estaba de moda».

Marilena se había sentado cómodamente a disfrutar el espectáculo que —tan pronto como Sorin se adentrara más en el tema— daría inicio. El subdirector —un hombre rubio y apuesto— insistía repetidamente que solo bromeaba, pero una vez que Sorin se «asía» de un argumento, su pasión por este no le permitía abandonarlo hasta que él mismo terminaba extenuado. Se enfrascaba de tal manera en la discusión, que no podía dejar de pararse, sentarse, gesticular con las manos, pasarse las manos por el cabello. Su piel clara se enrojecía y hasta sus pecas se hacían más oscuras. En ocasiones, admitía la propia Marilena, ella lo había provocado solo para verlo lanzarse en esta cadena de reacciones.

¡Ah, Sorin! ¡Qué cerebro! ¡Qué intelecto! ¡Qué entusiasmo por el conocimiento! Pero ¿ella lo amaba? A su manera, aunque seguro no de una manera romántica. ¡No, eso jamás! Estaba convencida de que él tampoco la amaba de ese modo. ¿Cómo podría? Él se había aprovechado de su devoción juvenil para satisfacer sus impulsos sexuales. Aunque al ella haber madurado, quizás él había llegado a respetarla lo suficiente como para aceptar el hecho de que ella tenía derecho a sus propias opiniones. Debido a su juventud y falta de experiencia, Marilena tuvo que ser una amante más bien torpe. En realidad, nunca le dio motivo para que la viera sexualmente atractiva. Ella no se sentía atractiva y no lo veía a él atractivo, algo que no podía ocultar. En resumen, Marilena no podía culparlo por buscar satisfacer sus impulsos y sus «necesidades» en otro lado.

Acerca de esto no discutían, no se culpaban el uno al otro,

no estaban en gran desacuerdo y tampoco parecía preocuparles. La singular idea del lecho matrimonial simplemente se desvaneció de sus vidas. En realidad, ella no lo echaba de menos. Todavía se preocupaba por Sorin, pero más bien como una hermana. Él era su mejor amigo y admiraba mucho su capacidad intelectual. Aún le prodigaba sus cuidados cuando caía enfermo y él hacía lo mismo con ella. Al vivir juntos bajo tales circunstancias, habían llegado a tenerse la confianza suficiente como para —una que otra vez— permitirse el contacto físico de amigos. Si le hacía reír, él no dudaba en abrazarla por un momento. Cuando los padres de ella murieron, llegó a tomar su cara entre las manos y darle un beso en la frente.

Por más extraño que el matrimonio de ellos resultaba en la Rumanía moderna, no se guardaban rencor ni resentimiento. Desde luego que todavía eran mutuamente capaces de provocarse ira, pero ella conocía parejas felizmente casadas —quienes tenían varios hijos y que no tenían temor de demostrarse afecto en público—, pero que eran también conocidos por armar escándalos domésticos de tal magnitud que requerían de la intervención de la policía. Marilena podía dar gracias que ella y Sorin, por lo general, se llevaban bien.

Si algo de verdad había en las especulaciones de Viviana Ivinisova acerca del significado de su nombre que la describiera acertadamente —la amargura, la soledad y la falta de propósito en su vida—, el vacío en su corazón no tenía que ver con Sorin a menos que ella quisiera llenarlo y entonces su esposo era obviamente el medio para hacerlo.

Una tarde, después de tomar el autobús de regreso a su apartamento desde la universidad, el instinto maternal la embargó como nunca antes. Desde hacía varios días se sentía sorprendida al darse cuenta de que estaba fijándose más en los niños que alborotaban alrededor del parque cercano. Le pareció extraño que durante años, jamás les hubiera puesto mucha atención. En cambio, ahora los miraba con gran interés y mucho detenimiento mientras esperaba su turno de bajarse del autobús y cruzar la calle hasta su edificio.

De manera muy particular, una niña de unos cinco o seis años de edad cautivó la atención de Marilena. La niña no tenía nada de extraordinario, excepto el hecho de que le llamaba mucho la atención. Aunque por breves instantes cada día, disfrutaba al máximo verla sonreír y jugar.

Un día sucedió un milagro. Marilena no hallaba otro modo de describirlo. Mientras se bajaba en su parada, la niña ágilmente saltó la cerca de hierro que separaba a los niños de la calle tan transitada.

«¡Niña!», gritó Marilena, pero la pequeña pasó corriendo junto a ella y frente al autobús que aún no había echado a andar.

La niña estaba persiguiendo algo. ¿Quizás una pelota? ¿Tal vez a un animalito? La pequeña no miró ni a la derecha ni a la izquierda. Marilena vio al conductor que sacudía su cabeza, esperando con el pie en el freno mientras ella siguió a la niña hasta la calle.

De pronto, un automóvil negro apareció de la nada y cruzó velozmente la doble línea amarilla, rebasando a varios autos, los mismos que tuvieron que voltear bruscamente hacia la acera. ¡El sedán se dirigía directamente hacia la niña! Marilena se quedó paralizada de horror, pero la pequeña —quien no se dio cuenta de lo que estaba sucediendo— se arrodilló en medio de la calle y trató de alcanzar a un gatito, el cual —en el último momento— se le escapó.

No había modo de que el automóvil pudiera evitar el atropellar a la niña. Marilena esperó lo peor. Cerró con fuerza los ojos, esperando escuchar el chirriar de los neumáticos y el golpe mortal. Pero no sucedió. Se esforzó para abrir un poco los ojos. Vio que al parecer el auto negro había pasado «a través» de la pequeña, para deslizarse en el único espacio de estacionamiento que quedaba frente a su edificio.

Marilena estaba segura de que el conductor saltaría del auto y correría para cerciorarse de que la niña se encontraba bien, pero nadie salió. Varios transeúntes corrieron hasta el sedán. Marilena también lo hizo después de asegurarse que la pequeña estaba sana y salva y de regreso dentro del parque. Las personas se aglomeraron alrededor del auto, tratando de ver en su interior. Estaba vacío. Un hombre puso la palma de su mano sobre el capó. «¡Está frío! ¡¿Acaso no era este el auto que vimos?!», exclamó con incredulidad.

Los demás, incluso Marilena, le aseguraron que sí lo era. El hombre revisó las llantas. «¡También están frías!», dijo.

Para una mujer de tanta educación, esto resultaba ser algo más allá de lo inaudito. Marilena ni siquiera se atrevió a contárselo a Sorin. ¿Un auto sin conductor se desvaneció al impactarse contra una niña? Él se hubiera reído en su propia cara.

Aquella noche, ella y Sorin se sentaron en sus respectivos escritorios. Los dos estaban preparando sus nuevos planes de estudios y de vez en cuando se expresaban uno al otro las ideas que les iban surgiendo. El contenido de sus cursos estaba muy lejos de tocar temas prácticos como el matrimonio, los hijos y la vida familiar. En medio de una conversación casual acerca de sus listas de lecturas requeridas, Marilena sintió que estaba a punto de sucumbir a la presión que sentía dentro de sí.

Sentía un anhelo tan profundo e intenso, que ella solo podía describirlo —únicamente para sí misma, desde luego— como un dolor físico. Dada su condición, no le hubiera sorprendido en lo más mínimo, si Sorin le hubiera preguntado qué era lo que la agobiaba. ¿Cómo había logrado disimular todo esto y continuar con la confusa conversación esta misma noche en el autobús? Había sentido como si toda su existencia dependiera de que alguien la amara, la apreciara, la abrazara y —si fuera posible— le permitiera el invalorable privilegio de amar, apreciar y abrazar a alguien.

Solo por breves instantes, ella había mirado a Sorin de un modo diferente. ¿Sería algo de su imaginación? ¿Acaso lo amaba, lo deseaba, anhelaba estar con él? No. Simplemente no. A pesar de su mente prodigiosa, él no la atraía de otra manera. Tenía por costumbre sentarse encorvado sobre su escritorio hasta altas horas de la noche leyendo, escribiendo, analizando, pensando y discutiendo. Esto lo hacía aún vestido con el mismo traje y la misma corbata que había usado para enseñar durante todo el día. Solo había accedido a aflojarse la corbata y quitarse los zapatos y la chaqueta. (Hacía años que Marilena se había dado por vencida y había dejado de tratar de convencerlo de que se cambiara de ropa al regresar del trabajo.)

Además, de sus pies emanaba mal olor, pero ella bien sabía que esto era algo sin mucha importancia. También ella tenía sus manías y peculiaridades, entre las que parecía destacarse su completo desinterés por arreglarse para lucir femenina. ¿Qué era entonces lo que le estaba sucediendo? ¿Qué significaba este bombardeo agobiante de emociones que no podía extinguir? En un instante Marilena lo comprendió todo. Estaba segura que nunca antes le había pasado por la mente algo similar: Ella necesitaba y anhelaba de manera ardiente tener un hijo.

Antes ya habían tocado el tema. Desde los comienzos de su relación, Sorin había dejado establecido con claridad: No quería tener más hijos y esperaba que esto no fuera un problema para ella. Marilena, por su lado, le había asegurado que no tenía semejante idea y que tampoco podía imaginarse dedicando su tiempo para hacer el papel de madre, en lugar de continuar en pos de su tan preciado desarrollo intelectual. Sin más ni menos, allí había terminado la discusión.

En más de una ocasión, su difunta madre le había hecho preguntas al respecto. Marilena había puesto tal grado de resistencia a hablar del tema, que hasta Sorin se vio obligado a intervenir, aunque arriesgándose a ofender a su suegra. En aquel entonces había dicho en tono de reprimenda: «Espero que no se ofenda, aunque estoy seguro de que se ofenderá de todas maneras, pero su hija ha establecido muy claramente su posición en el asunto. Además, esto es algo que a usted no le concierne».

Marilena, aunque se había sentido avergonzada por el comportamiento impertinente de Sorin, por otra parte apreciaba el hecho de que él la hubiera defendido.

Ahora, muchos años después del fallecimiento de su madre y de que su matrimonio se hubiera convertido en una conveniente alianza en nombre del desarrollo intelectual, ¿qué podía hacer con este nuevo sentimiento que la acosaba? Pensaba que había hecho todo lo que estaba a su alcance para cohibirse, en medio de su ansiedad, de preguntar: «Sorin, ¿podrías olvidar nuestro acuerdo anterior para que podamos tener un hijo?» Marilena trató de convencerse a sí misma de que había ingerido demasiado *mămăligă,* el puré de maíz que Sorin consideraba su especialidad culinaria. Ella sabía que el comer grandes cantidades de este puré podía hacerla tener pesadillas (pero nunca cuando aún estaba despierta). ¿Había, Sorin, acabado de hacerle una pregunta? Tal vez le había hecho una sugerencia acerca de su nuevo plan de estudios.

—Perdón, no estaba poniendo atención. ¿Te gustaría un poco de *țuică?* —dijo ella.

Él arqueó una ceja, en señal de pregunta, queriendo saber cuál era la relación entre lo que Marilena le acababa de contestar y lo que habían estado discutiendo.

A pesar de que el coñac de ciruela le pasó rápidamente a su corriente sanguínea —a tal punto de afectar su equilibrio—, Marilena fue capaz de contener sus impulsos y no dijo algo que pudiera alarmar a Sorin. Si algo había aprendido dentro de su volátil relación, era que su esposo evitaba cualquier interacción de carácter personal y ¿qué podía ser más personal que tener un hijo?

Marilena se sintió aliviada ya que, en los días siguientes, parecía que su agobiante deseo se iba desvaneciendo. Pero tal alivio no le duró mucho, ya que otra vez —en los momentos más inoportunos— sus emociones volvieron a perturbarla. Cuando estaba limpiando el apartamento, lavando los platos con Sorin o simplemente mientras leía. Lo más preocupante era que cada vez la necesidad de tener un hijo a quien amar y quien la amara se hacía mucho más intensa. Marilena se había inventando varias tácticas para tratar de sofocar su deseo. Practicaba el diálogo consigo misma, lo que sus amigos psicólogos de la universidad hubieran llamado «diálogo interno». Se juzgaba duramente a sí misma, trataba de convencerse de que estaba siendo egoísta, inmadura e idealista. Se preguntaba quién se creía que era y se decía que tenía que volver a la realidad y ser práctica.

Por lo general, estas tácticas le daban resultado al menos temporalmente. Cuando Marilena pensaba de manera fría en el asunto, dejando de lado sus emociones y sentimientos, se daba cuenta de que ni en su vida, ni en la de Sorin y mucho menos en el apartamento, había cabida para un hijo, menos aún para un recién nacido. ¡Era sencillamente imposible!

Durante semanas y meses, Marilena se esforzó por ignorar sus emociones. Creía haber aprendido a detectar cuando la naturaleza estaba a punto de «atacarla». Así que de inmediato comenzaba su «diálogo interno». «No comiences», se decía. «Nunca va a suceder. Es imposible».

Sin embargo, no pasó mucho tiempo hasta que constantemente se encontraba pensando en tener un bebé. Al no hallar explicación alguna para estos sentimientos, se rindió ante la posibilidad de que este tormento la iba a torturar por el resto de sus días. ¿Qué otra opción tenía? A fin de satisfacer tal instinto, ¿debería quizás apoyar económicamente a un huérfano o dar una generosa donación a una obra de caridad para niños?

Ella nunca había creído en un fácil diagnóstico de depresión. Cuando se encontraba atravesando por un estado de tristeza, siempre había sido capaz de sobreponerse con solo adentrarse profundamente en sus lecturas, en sus estudios y en la enseñanza. Sus colegas le venían advirtiendo que alguien tan inteligente como ella no debería confundir un caso de seria depresión con un estado de simple tristeza.

Aunque sabía bien que el suyo era un caso de depresión, no buscaba tratamiento ni consejería. Nada podría curarla.

La necesidad de tener un hijo se había vuelto parte de su ser y la imposibilidad de que este sueño se hiciera realidad la sumía en un estado de desesperación.

Irónicamente, había sido esta misma situación paradójica la que había despertado su interés por algo nuevo. Había visto los anuncios en las publicaciones académicas y hasta en muchos de los periódicos locales: «¿Está buscando algo más allá de usted mismo? Venga y se sorprenderá». Había visto más letreros similares alrededor de las oficinas de los profesores, pero al igual que sus colegas, no les había hecho mucho caso.

Se hubiera descrito a sí misma como humanista. Pero ya que no había agotado por completo las posibilidades de la existencia de un Ser supremo, quizás agnóstica —no atea—, era la mejor manera de describirse a sí misma. Siempre había preferido encontrar las respuestas a los dilemas de la vida dentro de su propio ser.

Desde hacía ya mucho tiempo, había sido más bien auto-dependiente, siempre ansiosa de hacer las cosas por sí sola. A diferencia de muchas de sus amigas, no le gustaba depender de un compañero para realizar algo nuevo. A veces era mejor cuando Sorin u otro colega la acompañaba cuando tenía que ir a una exhibición o a una conferencia, pero tampoco temía ni se resistía a ir sola.

Su curiosidad por el letrero que anunciaba las reuniones de cada martes en la noche en la biblioteca había nacido de su angustiosa necesidad por tener algo que la distrajera de lo que ella creía ser más bien un mito: «La marcha audible de su reloj biológico». La maternidad había sido un concepto extraño para ella. Ni siquiera lo había pensado hasta que este deseo tan profundo la comenzó a «atacar».

Por alguna razón pensó que sola no sería capaz de asistir a estas reuniones para satisfacer su curiosidad, así que le pidió a Sorin que la acompañara. Él señaló el papel y leyó el anuncio en voz alta. «¡Ah! Marilena, ¿en serio?», fue su respuesta y le tiró de regreso la hoja del anuncio.

En los comienzos de su matrimonio le hubiera sido más fácil acceder, quizás por temor. Pero eso era algo del pasado.

—En realidad me gustaría que vinieras conmigo —insistió ella.

—Pero ¿por qué? ¿No te imaginas lo que es esto? «Algo más allá de usted mismo». ¿Acaso no te das cuenta?

—¿Qué? ¿Qué crees que sea, Sorin?

—Si no es religión, entonces es espiritismo. Las dos caras de la misma absurda moneda.

—¿Acaso nunca has pensado que «podría» haber algo más allá de nuestra mente?

—No, y tú tampoco lo has hecho. Por favor, no me molestes más con tanta ridiculez —dijo Sorin mientras apretaba los labios.

Ella no lo mencionó más, aunque solo por un tiempo. Sin embargo, su resentimiento fue en aumento. Se sumió en el silencio. Cuando él le preguntaba algo, le contestaba con monosílabos. Las razones eran obvias, pero quedaba claro que a Sorin no le importaba. *Tal vez*, pensó ella, *si hubieran sido una pareja común y corriente, él hubiera sido capaz de sentir la intensidad de su enojo.* Pero ya que se habían convertido solo en colegas que convivían bajo el mismo techo. ¿Por qué le iba a importar a él si algo parecía agobiarla?

Acostumbraban a turnarse con los quehaceres domésticos. Una noche cocinaba ella para los dos, la siguiente noche él lo hacía. Así que cuando ella comenzó a ignorarlo por completo, cocinando solo para ella, preparando la vianda solo para ella, limpiando solo lo suyo, por fin él se dio cuenta de que algo no marchaba bien.

—¿Te pasa algo? Te estás comportando de modo muy extraño —dijo él—. ¿Qué problema tienes?

Ella se sentía mezquina al no decir algo. De esta manera le daba a entender que si él no entendía lo que estaba sucediendo, ella tampoco se lo iba a explicar. Ella sabía que era una actitud inmadura y también sabía que podía actuar de mejor manera, pero no podía negar que tal táctica había dado resultado.

—Marilena, no es agradable vivir contigo —por fin dijo él—. ¿Piensas que uno de los dos tiene que mudarse?

Típica respuesta de Sorin: Nada de rodeos, directo al grano. Marilena se sorprendió lo repulsiva que le resultó semejante sugerencia de su esposo. Sin importar cuál fuera la condición actual de su matrimonio, de ninguna manera podía imaginar su vida sin él. No, ella no quería mudarse y tampoco quería que él se mudara.

—Tal vez —dijo ella. Se sorprendió de haberlo dicho. Solo era otra táctica y tenía la esperanza de que él no la tomara en serio. ¿Qué sucedería si él se mudaba? ¿Sería capaz de salir del apartamento que había sido suyo desde que su primera esposa lo echó de su casa años atrás? ¿Haría, quizá, que Marilena se mudara?

Sintió un gran alivio cuando él pareció olvidar el asunto, hasta cuando ella —unos días más tarde— le fastidió tanto con su dañina indiferencia.

—Marilena, ¿estás a punto de abandonarme?

—¿Mental o físicamente?

—Te hablo en serio. Ambos sabemos que ya hace mucho tiempo me has abandonado emocionalmente. ¿Qué quieres?

—Lo sabes.

—¡No, no lo sé!

Por la forma en la que la miraba era evidente que de verdad no sabía. Ella había dejado transcurrir demasiado tiempo desde que le mencionó el asunto por primera vez.

—¡Por favor, dime qué quieres!

—Quiero que vengas conmigo a ver de qué se tratan estas reuniones de los martes en la noche.

—¿Eso es todo? ¿Solo por eso te has comportado de semejante modo todas estas semanas? No me digas que eso es todo lo que te ha estado molestando —dijo él mientras se ponía de pie.

—Sí, eso es todo.

—¡Es ridículo!

Ella sabía muy bien que era algo muy insignificante. Pero si en verdad era algo sin mayor importancia, ¿por qué no podía él acceder aunque fuera solo por esta vez a una de sus peticiones? ¿Por qué no podía ir un poco más allá de sus convicciones e idiosincrasias?

Entonces fue él quien se sumió en el silencio, demostrando de este modo su enojo. Parecía que en ciertos momentos estaba preparado para continuar discutiendo el asunto, pero en seguida se volvía a su trabajo.

—¡Que los cielos nos ayuden si algún día hallas algo en realidad importante que te moleste! —dijo él finalmente, tal vez porque no podía concentrarse.

—Si esto es algo tan sencillo, Sorin, entonces la solución también es sencilla. No desprecies mis sentimientos. Quiero que vengas conmigo a una reunión de una hora, algún martes en la noche. ¿Acaso te estoy pidiendo demasiado?

—No es eso —dijo él—. Es la naturaleza de la reunión. Me ofenderá en todo sentido y espero que también a ti.

—Tal vez así será. Desde luego que tienes la razón. Pero sígueme la corriente; no quiero tener que ir sola.

—Así que si voy contigo una vez, ¿prometes volver a la normalidad?

—Dos veces.

—¿Dos veces? ¿Pero qué tal si la primera reunión te es ofensiva?

—Entonces ya no tendrás que regresar.

—Dos veces. Si voy contigo dos veces . . .

—Eso es todo lo que te pido.

El viernes, habían invitado a Raimundo a cenar y pasar la noche en casa de Roberto Stark. Luego iría con Roberto y sus padres al juego de fútbol el sábado.

Raimundo estaba ansioso. Todo el día se pasó mirando el gran reloj en la pared del aula. En especial después de que él y Roberto habían planeado durante el almuerzo y el recreo todo lo que iban a hacer al salir de la escuela.

«Mamá está preparando una gran cena. Luego podríamos jugar hockey láser, juegos de video, mirar películas o cualquier otra cosa», dijo Roberto.

La forma de vestir de Roberto denotaba que venía de una familia con dinero. Por lo tanto, Raimundo dio por seguro que también su casa sería formidable. Al llegar no se decepcionó. Aunque no era exactamente un palacio ni nada semejante a la casa que él soñaba tener cuando fuera un deportista profesional o un piloto, era mucho mejor que la casa de sus padres.

Roberto tenía dos hermanas menores quienes querían tomar parte en todo, pero cada vez que Raimundo les prestaba atención, se sonrojaban, comenzaban a dar risitas traviesas y echaban a correr. Roberto solo les daba de gritos y las acusaba con su mamá, hasta que por fin ella las hizo dejarlos tranquilos.

Una vez que se sentaron a la mesa, el señor Stark preguntó a Raimundo si deseaba decir la oración de gracias.

—¿La qué?

—La oración de gracias, hijo. Eres cristiano, ¿verdad? ¿Vas a la iglesia?

—Desde luego. Cada domingo. ¿Quiere decir que me está pidiendo que ore?

—Sí, eso es lo que quise decir.

—A ver, mmm . . . ¡Ah, sí! —Raimundo inclinó la cabeza, cerró los ojos y juntando las manos sobre su plato dijo—: Dios es grande. Dios es bueno. Ahora le damos gracias por nuestro alimento. Amén.

Las niñas se rieron a carcajadas. Roberto mismo, a pesar de que trató de apretarse la palma de la mano contra su boca, no pudo disimular su risotada burlona.

—¿Así oras tú? —le preguntó.

—¡Roberto! —dijo su mamá.

—Perdón.

—Sí, esa es mi oración. ¿Qué tiene de malo?

—¿Así oras por los alimentos?

—Sí, ¿por qué?

—Solo por simple curiosidad, ¿así ora tu papá por los alimentos? —preguntó el señor Stark, al parecer sintiéndose incómodo—. Es que dijiste una oración muy infantil. Entiendo que eres un niño, pero ya te estás convirtiendo en un hombre.

Raimundo quería que esta conversación terminara de una vez por todas. No entendía por qué esta gente tomaba tan en serio este asunto.

—Entonces, ¿quiere que ore como mi papá?

—Sí, Raimundo —contestó la señora Stark mientras ponía en la mesa un tazón que estaba a punto de pasar a los comensales—, eso estaría muy bien.

Todos cerraron los ojos otra vez.

—Por lo que estamos a punto de recibir —dijo Raimundo—, estamos verdaderamente agradecidos. Amén.

—¡Amén! —dijeron las niñas en coro.

Raimundo tuvo la impresión de que Roberto y sus padres aún no estaban satisfechos, pero parecía que prefirieron no humillarlo más. Durante el desayuno no iba a permitirles que le hicieran orar otra vez. No solo que ya había dicho dos de las únicas tres oraciones que sabía, sino que la otra decía: «Ahora me acuesto a dormir. Te ruego, Señor, mi alma guardar. Si muero antes de despertar. Te ruego, Señor, mi alma llevar». No quería ni imaginarse cómo reaccionarían si decía semejante oración. Esa noche, Roberto parecía estar estudiándolo en silencio. Raimundo, por su parte, esperaba que no tocarían algún tema serio.

—¿De verdad oran así en tu casa? —le preguntó Roberto mientras preparaban los controles de los juegos de vídeo.

—No oramos mucho. Solo antes de las comidas y antes de ir a dormir —replicó Raimundo mientras se encogía de hombros.

—¿En serio?

—Sí.

—¿Así que solo repiten oraciones cortas que a veces riman?

—¿Qué más debemos hacer? —dijo Raimundo con un suspiro—. ¿Orar como el predicador?

—En fin, ¿a qué iglesia van? —preguntó Roberto.

—A la Central.

—¿La grande en la esquina del centro de la ciudad? ¿Creen en Jesús?

—Claro que creemos en Jesús. ¿En qué otra cosa podríamos creer?

—Bueno, algunas iglesias no creen en Jesús.

—Esas serán sinagogas —respondió Raimundo.

—Y tú, ¿crees en Jesús?

—¡Ya te lo dije! Todos los domingos voy a la Iglesia Central.

—¿Así que tienes a Jesús en tu corazón?

Raimundo solo quería jugar. ¿De qué estaba hablando Roberto? ¿«En mi corazón»? ¿Qué significaba eso?

—¿Por cuánto tiempo has estado yendo a esa iglesia?

—Mi papá creció en la Iglesia Central. Él es verdaderamente religioso —contestó Raimundo mientras ponía a un lado los controles y se sentaba en el sofá.

—¿Y tu mamá?

—Ella creció en Michigan y también es religiosa.

—¿Son cristianos?

—Desde luego que lo somos. ¿Acaso piensas que somos judíos? —contestó Raimundo mientras hacía un gesto de asentimiento con la cabeza y pensaba que en la escuela Roberto no parecía ser tan lento de entendimiento.

—Bueno, es que no se trata solo de ser judío o cristiano.

—Bien, pero nosotros somos cristianos y nada más.

—Tienes que tener a Jesús en tu corazón, Raimundo. Eso es lo más importante.

Raimundo tomó de nuevo el control, esperando que Roberto cambiara de tema.

—¿Lo tienes, Raimundo?

—¿Tengo qué?

—¿Tienes a Jesús en tu corazón?

—Mira, Roberto, he estado asistiendo a la Iglesia Central desde que nací y jamás he escuchado algo acerca de tener a Jesús en mi corazón. Pero el pastor predica acerca de Él. También la iglesia tiene cuadros o pinturas de Jesús por todas partes, hasta en las ventanas. El hecho de que no usemos los mismos términos que usan en tu iglesia, no quiere decir que no somos tan religiosos como ustedes.

—No se trata de ser religioso —dijo Roberto en un tono que a Raimundo le pareció como el de un maestro de escuela dominical—. Se trata de ser un verdadero cristiano.

—¡Yo soy un verdadero cristiano!

—No lo eres a menos que tengas a Jesús en tu corazón.

—¿Qué pasa si no lo tengo? —preguntó Raimundo con enojo.

—Entonces te irás al infierno.

—¡¿Qué?!

—Eso es lo que la Biblia dice. Tienes que confesarle a Dios que sabes que eres un pecador y . . .

—Yo no soy un pecador.

—¿Tu iglesia no enseña que todos somos pecadores?

—¡No!

—Está en la Biblia. Dice que todos hemos pecado.

—Te apuesto que mi mamá no ha pecado.

—Te apuesto que ella sí es pecadora.

—Roberto, no sabes lo que dices. Mira, reconozco que no sé todo lo que nuestra iglesia enseña, pero pienso que creemos que todos tenemos un buen corazón y que tratamos de hacer siempre lo bueno, lo que Dios manda.

Roberto permaneció sentado, moviendo la cabeza.

Raimundo quería darle un golpe. *¿Así que te sientes superior a mí? Ni siquiera tienes la misma inteligencia que yo tengo*, pensó Raimundo.

—¿Ahora qué? —dijo Raimundo.

—¿Tu iglesia enseña que todos tenemos un buen corazón?

—No sé, Roberto. ¿Podemos hacer otra cosa?

—Es solo que no quiero que te vayas al infierno. Eso es todo.

—No tienes que preocuparte por eso.

—¿Así que no eres pecador? ¿Tú no pecas? Te he escuchado decir groserías.

Raimundo se echó en el sofá y juntó las manos detrás de su cabeza.

Esta iba a ser una larga noche.

—Está bien, reconozco que digo groserías. ¿Y qué? ¿Acaso Dios me va a mandar al infierno por eso? Entonces tampoco voy a estar solo allí.

—También te enojas, Raimundo.

—Todos nos enojamos. Por lo general me enojo cuando no juego bien. En este momento estoy enojado contigo porque con toda esta conversación, me estás matando de aburrimiento.

La verdad era que Raimundo no se sentía tan aburrido, Más bien insultado.

—Naciste en pecado.

—¿Cómo puedes saber eso? —preguntó Raimundo mientras se sentaba y le daba a Roberto una mirada furiosa.

—Está en la Biblia. Todos nacimos en pecado.

—Insistes en hablar de la Biblia otra vez. ¿Acaso cuando crezcas vas a ser un predicador, un misionero o algo parecido?

—Voy a ser lo que Dios quiera que sea.

—¿Y cuándo piensas que Él te lo hará saber?

—No sé, pero sí sé que tengo que estar siempre escuchándole.

—¿Te das cuenta cuán raro suena lo que acabas de decir?

—Bueno, escucha lo que tú dices, Raimundo. Ni siquiera crees que eres un pecador.

—Lo que sé es que hay gente mucho peor que yo, pero me supongo que tú no eres uno de ellos.

—Solo soy como todos los demás —dijo Roberto—. Nacido en pecado; necesito ser perdonado; a veces soy grosero con mis hermanas y hasta con mis padres. . . .

—¿Así que tú también estás en camino al infierno?

—Lo estaba hasta que acepté a Jesús en mi corazón.

—¿Quieres decir que desde entonces ya no pecas?

—Claro que sigo cometiendo pecados, pero ahora he sido salvo por gracia. Jesús murió. . . .

—¿Podríamos hablar de otra cosa, Roberto? En realidad debes estar asistiendo a una iglesia muy extraña.

—No, al contrario, es maravillosa. Deberías venir con nosotros algún día. ¿Piensas que tus padres te darían permiso? ¿Quizá pasado mañana?

Ni en un millón de años, pensó Raimundo.

T R E S

AUNQUE Marilena trataba de decirse a sí misma que era
una mujer moderna, hecha y derecha, no podía dejar de sentir una gran decepción y hasta sospecha, cuando al cruzar de
la parada del autobús hacia el edificio donde vivía, vio desde
la calle que su apartamento estaba a oscuras. Esto quería
decir que no había nadie. Sorin acostumbraba leer hasta la
medianoche y no eran ni las diez.

Su esposo nuevamente había aprovechado su ausencia para
ir a satisfacer sus propias «necesidades». «¿Qué más podía
esperar? Está bien; de verdad, está bien. La alternativa es aún
peor», se repetía a sí misma.

Aunque sabía que el ejercicio le haría bien, Marilena usó
el elevador en lugar de las escaleras. Su mente estaba tan
cargada que parecía añadir peso sobre su cuerpo. Cuando
por fin entró a su apartamento, cerró la puerta sin ponerle
el seguro, ya que sabía que Sorin regresaría pronto. Sin
siquiera encender la luz, se dejó caer pesadamente sobre su
sillón favorito e inhaló el viciado y dulcemente enfermizo
aroma de la pipa de tabaco con sabor a cereza de su esposo.

No por amor, sino más bien por la fuerza de la costumbre,
Marilena extrañaba a su esposo. Quería tenerlo en casa. No
iba a obsesionarse pensando dónde pudiera estar, qué cosa
estaría haciendo o con quién estaría. Sencillamente permane-
cería sentada en medio de la oscuridad, sudando después
de su caminata desde la parada del autobús. Se dedicaría a
recordar y pensar acerca de la primera vez que vio a Viviana
Ivinisova.

Al principio ella se había sentido ofendida cuando aquel martes por la tarde Sorin regresó de la universidad más tarde de lo acostumbrado. La última clase de ella había terminado cerca del mediodía y se había apresurado en regresar al apartamento para preparar la comida favorita de Sorin, moliendo y asando carne de res y de cerdo, y luego envolviéndola en *mititelis* esféricos. Aunque Marilena sabía que no tenía que recordarle a su esposo —otra vez— del compromiso que tenían esa noche, pensó que al menos se daría cuenta de que ella se estaba esmerando sobremanera por servirlo. Cuando llegó, lo ayudó a llevar su maleta de cuero, repleta de libros, para que él solo tuviera que ocuparse de cargar la bicicleta hasta el apartamento.

—¿Tengo tiempo para cambiarme de ropa antes de comer? —preguntó él—. Tengo mucho trabajo para esta noche.

¿«Cambiarme de ropa»? Él nunca se cambiaba y precisamente hoy, la noche que había prometido ir con ella, quería cambiarse. ¿«Mucho trabajo»? Él siempre tenía trabajo, pero nunca se dejaba agobiar ni se apresuraba. Su rutina era la de leer el periódico, comer algo ligero, estudiar por varias horas antes de mirar las noticias internacionales y luego leer hasta que se iba a dormir a la medianoche. Bien podía dedicar dos horas para ir con ella esa noche.

—Sí, tienes tiempo —respondió ella de manera cortante, a la vez que asentía.

No podía obligarlo a ir. Si tenía que ir sola lo haría. Pero él no era de los que acostumbraban a romper sus promesas ni tampoco era olvidadizo. No era como el profesor estereotipo al que todo se le olvida. Le costó un gran esfuerzo no decirle: «No te has olvidado del compromiso que tenemos esta noche, ¿verdad?»

Entonces solo quedaba una posibilidad, la cual Marilena no quería considerar: Sorin estaba jugando con ella. Aunque su tendencia pasiva-agresiva la enfurecía, era también tan astuto que ella no se atrevía a contradecirlo. Siempre se aseguraba que al final del conflicto, resultara siendo ella la culpable.

Él se detuvo, frente a uno de sus repletos libreros para buscar un grueso libro de referencia. Luego caminó hacia la mesa, vestido con su bata de franela y calzando las pantuflas que ella siempre le había insistido que usara cuando trabajaba en la noche. A pesar de toda la inconveniencia que parecía ser, si Marilena le hubiera mencionado que tendría que cambiarse otra vez para ir con ella esa noche —tal como lo había prometido—, él hubiera dicho: «Por supuesto. ¿Por qué se te pudo ocurrir que se me había olvidado? »

Entonces sería de nuevo culpa de ella. Él la habría hecho sentirse una mujer paranoica, regañona e insignificante. Pero esa noche también iba a ser astuta. Cuando se sentó, él pudo notar la mirada de desconcierto de ella. Aunque por lo general él tenía buenos modales en la mesa, esa noche tomó la bandeja con las bolas de carne y se sirvió una gran cantidad. Aspiró ruidosamente por la nariz.

—Tu especialidad —dijo él—. Habrías sido una buena ama de casa.

—¿Por qué querría ser una ama de casa, cuando puedo ser tu esclava? —contestó ella, sarcásticamente, ya que le pareció una broma de muy mal gusto.

—¡Bien dicho! —respondió él con una sonrisa.

Sorin comió con tal deleite que el enojo de ella comenzó a desvanecerse. Sin embargo, su enojo volvió cuando al terminar le dio las gracias de manera superficial, se limpió la boca y las manos y abruptamente se retiró a su escritorio. Por lo general uno cocinaba y el otro limpiaba, pero era claro que esa noche todos los quehaceres eran solo para ella. Marilena los hizo muy ruidosamente, con la esperaza de interrumpirlo en su concentración. Él sabía muy bien que la había provocado demasiado.

La silla y el escritorio de ella quedaban frente a los de él, así que cuando se acercaba el momento de salir a tomar el autobús, ella se sentó —con su abrigo puesto y con su cartera sobre sus rodillas—, de tal manera que él la pudiera ver. Sorin leía y tomaba notas como si ella no estuviera allí. Marilena quería hacer ruido con el pie, tamborilear con los dedos o gritar, pero no lo haría. Decidió que tan pronto el reloj marcara las seis y quince saldría dando un portazo y no le hablaría a Sorin por varias semanas.

Al faltar unos minutos para salir, su respiración se aceleró. Su mandíbula estaba firme y tensa. Abruptamente, Sorin dejó sus libros y sus notas, se puso de pie y fue a la habitación. En el instante en que ella iba a salir, él se apareció cambiado de ropa y con un libro bajo el brazo.

—Mejor nos vamos pronto —dijo él—. No te gustaría llegar tarde.

Marilena se sintió calmada porque él la iba a acompañar. Abandonó su exasperación y no quiso enojarse porque hubiera tratado de culparla por estar atrasados.

———————

—¿Así que quieres ser piloto, Raimundo? —preguntó el señor Stark a la mañana siguiente, de camino al juego de fútbol.

—Sí señor. Eso es, si no logro ser deportista profesional.

—Sabes que la posibilidad de que llegues a ser piloto es mucho mayor que . . .

—Sí, ya lo sé.

—¿Te ha llevado tu papá al aeropuerto O'Hare para ver los aviones a reacción o para dar una visita con un guía?

—Sí. Me fascinó.

—Buen muchacho. También puedes servir al Señor en esa profesión. No tienes que estar en el ministerio a tiempo completo, como probablemente Roberto lo va a estar.

¿«Servir al Señor»? Raimundo no logró entender qué significaba eso. No creía que Dios necesitara que lo llevaran en avión de un lado a otro. ¿Qué cosa era eso de «ministerio a tiempo completo»? Solo podía ser una cosa: Predicador o misionero. Aunque el señor Stark había dicho que Raimundo no «tenía» que hacer eso, lo que en realidad quería decir estaba muy claro.

—Yo voy a ser cirujana cardiovascular —dijo en voz alta una de las hermanitas de Roberto.

—No, tú no vas a ser eso —dijo Roberto.

—Sí, sí lo voy a ser.

—Ni siquiera sabes lo que eso significa —insistió él—. Solo te gusta semejante título profesional.

—Sí sé lo que significa: Cirujana del cerebro.

—No, no significa eso.

—¡Sí, eso es lo que significa!

Raimundo estaba ansioso por ir al juego de fútbol y alejarse de esta gente tan extraña.

———————

Aunque Marilena no lo dijo, estaba casi segura de que a Sorin —esta nueva locura que ella había encontrado interesante— le parecía algo ridículamente entretenido. Ya en el autobús, se dio cuenta de que el libro que él había traído era una traducción alemana de «Las ramificaciones del manifiesto humanista».

Ella no tenía idea de lo que iba a encontrar en la reunión en la biblioteca, pero estaba segura de que ese humanismo iba a ser un tamaño contraste con el tema a tratarse esa noche. Sorin era capaz de hacer obvio ante todos, especialmente ante la líder, el hecho de que había venido a sumergirse en la lectura de su propio libro. Además, se aseguraría que se enteraran de qué libro se trataba. Si iba a discutir o a pelear dependía de su estado de ánimo. Marilena temía que él, más que nada, quisiera una pelea. Ella solamente tenía curiosidad, pero principalmente —se repetía a sí misma— había venido porque estaba buscando algo que la distrajera de la obsesión de tener un hijo, la cual últimamente había embargado todo su ser.

Marilena no se consideraba una persona mandona o controladora, pero tan pronto como llegaron a la antesala de la biblioteca, hubiera deseado ser la madre de Sorin. Ella dejó que alguien tomara su abrigo; en cambio, él se quedó con el suyo puesto a pesar del calor que hacía en la sala. Era como si quisiera estar listo en caso que tuviera que escapar en el momento menos pensado. Ambos estaban un tanto perplejos ante la desmesurada amabilidad que todos les mostraban al saludarles con sonrisas y apretones de manos a cada momento y por todos lados. Marilena pensó que todo esto era un poco exagerado. Lo único que quería era sentarse en la fila de atrás y ver de qué se trataba la reunión. No obstante, tal y como lo había pensado, Sorin trataba de hacer lo más obvio posible el hecho de que había traído su propio libro para leer.

Cuando faltaban más o menos unos treinta segundos para las siete, todos los presentes tomaron asiento y se sumieron en un profundo silencio. Marilena no estaba segura del significado de tal acción. Trató de adivinar quién era la líder, pero pronto se hizo evidente que no era parte del grupo que les había dado la bienvenida al entrar. Tan pronto como las manecillas del reloj marcaron las siete en punto, se vio entrar a una mujer pequeña, muy bien vestida, que parecía haber salido de una revista de modas . . . de hacía cincuenta años atrás.

La mujer, de unos treinta y cinco años de edad, actuaba de un modo que la hacía parecer mucho mayor de lo que era. Traía consigo un cargamento de carpetas y un maletín de mano. Usaba zapatos negros de cordones y tacón bajo, medias de nailon que Marilena no había visto desde su infancia, un traje celeste con una falda de tres cuartos de largo, una blusa blanca con cuello de volantes con encaje, un broche sencillo pero posiblemente costoso y un peinado con mucha laca que hacía parecer que su cabello entrecano había sido cardado. (Marilena solo había visto algo semejante en los libros de historia.)

Con su voz agradable, de tono claro y de pronunciación precisa y articulada de cada sílaba, la mujer se presentó como Viviana Ivinisova.

«Parece que, semana tras semana, nuestro grupo va creciendo», dijo con una sonrisa. «Bienvenidos, bienvenidos. En especial quienes nos visitan por primera vez».

Al terminar de decir esto, dio una mirada profunda y directa a por lo menos seis de los nuevos visitantes, como si quisiera dejar en claro que les estaba poniendo atención. Marilena le devolvió una sonrisa. Cuando la mujer se volvió para mirar a Sorin, Marilena también lo hizo. La mortificó ver que él se había puesto la mano sobre la boca, como queriendo evitar que se le escapara una gran carcajada. Viviana volvió su mirada a la primera persona en la que se había fijado.

«Por favor, díganos su nombre y qué le trajo hasta aquí».

La mayoría de los interrogados contestó que había escuchado cosas maravillosas acerca de esta clase. Otros dieron respuestas variadas, refiriéndose a que tenían curiosidad o que venían con una mente abierta ante la idea de «encontrar algo más allá de ellos mismos».

—Simplemente tengo curiosidad y me encanta aprender cosas nuevas —contestó Marilena cuando le tocó su turno.

—Excelente —dijo Viviana—. ¿Y usted, señor?

—Sorin Carpatia. Fui traído a rastras por mi esposa, quien tiene curiosidad y le encanta aprender cosas nuevas —respondió Sorin mientras se quitaba la mano de la boca y sonreía ampliamente. (Su respuesta causó risas y hasta carcajadas. Marilena pensó que no era para menos.)

—¿Y usted, Sorin, tiene curiosidad y también le encanta aprender cosas nuevas? —le preguntó Viviana.

—En realidad —contestó él—, soy más bien un sabelotodo y me encanta enseñar.

Esto le pareció interesarle a la señorita Ivinisova.

—¿Usted enseña?

—Soy el director de la facultad de literatura clásica de la Universidad de Rumanía —replicó Sorin.

—Excelente. Entonces, ¿puedo entender que tiene una mente abierta?

—Así lo considero —dijo él—, pero tengo la sospecha de que esta noche va a ser un verdadero reto, ya que su anuncio aseguraba que me iba a quedar atónito.

El juego para Raimundo y su equipo fue más difícil de lo acostumbrado, no obstante, él había sido —otra vez— el mejor anotador del partido y terminaron ganando. (También, como de costumbre, se había sentido avergonzado por la manera tan apasionada en que su papá gritaba cuando venía a verlo jugar para darle ánimo.)

—¿Somos cristianos, verdad? —preguntó Raimundo cuando estuvo de vuelta en el auto con sus padres.

—Por supuesto —contestó su mamá—. ¿A qué se debe esa pregunta?

Raimundo le contó lo dicho por Roberto.

—Fundamentalistas —aseveró su papá.

—Funda . . . ¿qué?

—Santurrones, aleluyas. No me sorprendería que fueran encantadores de serpientes.

—¿De qué estás hablando, papá?

—Algunas personas, en ciertas iglesias, tienen la tendencia a exagerar todo. Interpretan literalmente cada palabra de la Biblia, creen que Jesús puede entrar dentro de uno, que uno tiene que bañarse en su sangre. Si la Biblia dice que si uno tiene fe en Dios hasta puede enfrentarse a serpientes venenosas sin sufrir daño alguno, entonces lo harán solo para probar que están en lo correcto.

—No creo que Roberto y su familia sean de esa clase de gente.

—Puede ser que no, pero ten cuidado. Gente así llega a creer que solamente ellos, y nadie más que ellos, conocen la verdad.

Raimundo estaba tan confundido acerca de lo que su papá le acababa de decir como lo estaba acerca de lo que Roberto le había dicho.

Viviana Ivinisova pidió a todos que inclinaran la cabeza, que cerraran los ojos y que voltearan las palmas de las manos hacia el cielo.

«Después de un momento de silencio comenzaré con una oración», dijo la mujer.

Marilena quería ver disimuladamente lo que su esposo estaba haciendo, pero para evitar que la señorita Ivinisova se diera cuenta, decidió esperar hasta que esta diera comienzo a la oración. Sorin no era de los que obedecía órdenes, así que ella no se lo podía imaginar haciendo ni una sola de las cosas que Viviana había mencionado, menos aun las tres.

«Encuentren paz dentro ustedes mismos», dijo la líder. «Concéntrense, enfóquense, pongan de lado cualquier preocupación terrenal».

Marilena trató de hacerlo. Pensó que cualquier cosa que esto pudiera significar, quizá sería su salvación del tormento de querer y necesitar algo con tal intensidad que se había convertido en obsesión. Hasta pudiera ser que lograra encontrar la libertad para concentrar sus energías en algo nuevo, algo diferente, algo que la librara del tormento de ansiar tanto abrazar a cada bebé que veía. En cierta ocasión, una amiga le contó que cuando estaba separada de su tierno hijo por unas pocas horas, ella sentía —literalmente— un dolor en sus brazos que solo era mitigado cuando lo abrazaba de nuevo.

Marilena había disimulado su curiosidad e inquietud al respecto. Ahora era capaz de entender tal situación mejor que nunca. Cuando miraba a los bebés de otras personas, pensaba cuál sería la reacción de estos padres si ella les pidiera que la dejaran tomar a sus tiernos hijos en sus brazos. Aunque había logrado controlar sus emociones, en ocasiones este profundo anhelo suyo la hacía temblar. Era como si alguna fuerza externa hubiera implantado este gran deseo dentro de ella. Ella no lo había buscado, pero ahora sentía este deseo y no sabía por cuánto tiempo más podría sobrevivir sin hacerlo realidad.

«Ahora», oró Viviana, «ruego que todos los mejores agentes del mundo espiritual y los más deseosos de cooperar, nos honren con su presencia. Pido que salgan los espíritus negativos y hostiles. Y al único paradigma de la belleza, gloria, majestad y poder, le ofrezco mi ser para servirle como su canal, su conducto, su medio, su instrumento, para cualquier mensaje que tenga para nosotros esta noche. Ven, estrella brillante».

Algo conmovió a Marilena. Orarle a algo o a alguien en el gran más allá era algo que jamás había experimentado, pero tal vez ya era hora de que saliera de los convencionalismos y los parámetros conocidos de su mundo académico. Si esto era una farsa, no podía hacerle daño alguno. Entonces, echó una mirada a Sorin. No se sorprendió al encontrarlo que disfrutaba al ver a Viviana orando. Para él esto era más bien un espectáculo. Marilena hasta pensó que al salir, él le iba a agradecer por haberle proporcionado una noche tan entretenida.

Ella sabía que Sorin preferiría sentarse fuera de la vista de los demás, donde pudiera leer cómodamente, pero ni siquiera él sería tan descortés.

Viviana se sentó a la mesa y con cuidado sacó varias hojas de papel de algunas de sus carpetas. Las puso frente a ella y se reclinó en su silla. Colocó las manos de tal manera que al juntar solo las puntas de los dedos formaban algo similar a una pirámide.

«Antes de revelar pasados y futuros, esta noche me ha sido dado un mensaje para ustedes. No tienen que escribirlo, pues no lo van a olvidar. ¿Listos? Ahora escuchen con mucha atención . . . .» Cerró los ojos y bajó la cabeza, luego la levantó hasta que quedó mirando hacia el techo: «El camino a la felicidad es la rebelión».

Marilena entrecerró los ojos y repitió esta oración en su mente. Muchos otros asintieron con murmullos y zumbidos, como si esta fuera la más grande aseveración que jamás hubieran escuchado.

Viviana la repitió, bajó la cabeza, sonrió y abrió los ojos para echar un vistazo alrededor de la sala.

¿Felicidad?, pensó Marilena. *¿Quién quiere un camino a la "felicidad"? Satisfacción o contentamiento, tal vez. Comodidad. Paz. ¿Pero "felicidad"?* Le pareció una meta carente de

interés. El leer, estudiar, discutir, aprender, eran metas dignas. Eran objetivos que traían consigo satisfacción. *¿Y "rebelión" en contra de qué? ¿Del convencionalismo? ¿De la sociedad establecida?*

De pronto, Viviana se puso de pie y se ubicó al costado de su mesa. Con sus ojos claros y penetrantes —según percibió Marilena—, causó que algunos se pusieran tensos y se sentaran erguidos como si estuvieran esperando que algo sucediera. La líder separó ligeramente sus pies, como para tener una mejor base de apoyo, levantó las manos —con las palmas abiertas—, cerró los ojos y tiró la cabeza hacia atrás.

—Esta semana, alguien se permitió creer en un mundo en otro plano o dimensión —declaró Viviana con una voz apenas perceptible que daba la impresión de que estaba exhalando tales plegarias.

—Yo —dijo con voz temblorosa un hombre sentado en la parte de atrás.

Marilena comenzó a voltearse para mirar, pero se detuvo. De reojo pudo ver a Sorin que sacudía la cabeza y se cubría la boca para evitar —ella estaba segura—, estallar en carcajadas.

—El espíritu te exhorta a creer —dijo Viviana—. Te exhorta a creer con todo tu corazón y con toda tu alma. Te urge a resistir la tentación de juzgar a las huestes adversarias del mundo espiritual basándote en mitos.

—No entiendo —se atrevió a decir el hombre.

—Recuerda que el camino a la felicidad es la rebelión. Los rebeldes, aun en el más allá, con frecuencia tienen la razón —contestó la señorita Ivinisova quien se mantenía con el rostro hacia el techo y con una mano más alta que la otra.

—Mmm —dijo alguien.

—Um, hm —añadió otro.

Viviana presionó los dedos contra sus sienes, bajó la cabeza y hundió la cara entre las manos. Parecía estar a punto de desmayarse. Marilena sintió que todos se estaban poniendo tensos. ¿Acaso la señorita Ivinisova era una embaucadora? ¿Era todo esto un espectáculo? ¿Tal vez estaba en realidad recibiendo algún tipo de mensaje?

«Alguno de los presentes está interfiriendo con la comunicación. Hay incredulidad, escepticismo y un espíritu burlón que están causando esta interrupción», dijo la mujer.

Sin querer, Marilena se sintió culpable. *Quisiera poder creer*, pensó. *Pero todo esto es tan extraño para mí.* De alguna manera Viviana supo que un hombre se había unido al grupo de los creyentes. ¿Había algo de verdad en todo esto o había Marilena caído víctima de trucos baratos?

«Aunque no todo es tan negativo como parece. La persona escéptica es alguien que nos visita por primera vez, razón que es fácil de entender», dijo Viviana.

Marilena sintió que estaba siendo perdonada, pero también sintió que al ser pocos los visitantes, era probable que todos supieran que era ella quien estaba causando la interferencia.

—Esa persona seré yo —dijo Sorin, cuyo tono de voz denotaba su esfuerzo por no echarse a reír.

—Fácil de entender —dijo Viviana otra vez.

—Todo esto me parece . . . —comenzó a decir Sorin.

—Fácil de entender —dijo la señorita Ivinisova en tono más firme—. Le suplico su comprensión.

Sorin tomó asiento sacudiendo la cabeza, a la vez que Marilena le daba un codazo. Ella deseaba que —de una vez por todas— se marchara o se quedara callado. Él dejó de sonreír y la miró con tanto desprecio e indignación que hubiera preferido no haberle hecho caso.

«Silencio», susurró otra vez Viviana. «Otra persona más está confundida».

Con el corazón palpitándole con rapidez, Marilena pensó que lo que acababa de escuchar no era suficiente para describir el estado de desconcierto en el que se encontraba.

«Te estás preguntando si la felicidad es un objetivo digno», dijo la mujer. «Te bastaría con alcanzar contentamiento, comodidad, paz o algo de satisfacción en la vida».

Marilena cruzó los brazos y comenzó a mecerse en su silla, temiendo que iba a desmayarse. ¿Cómo era posible que Viviana supiera exactamente cuáles eran sus pensamientos? ¿Acaso podía la señorita Ivinisova leer la mente? Marilena había visto en acción a los mejores adivinos gitanos y siempre había sido capaz de descubrir todos sus trucos. Sin embargo, en esta ocasión no lograba encontrar explicación alguna.

«¿También te estás preguntando a qué se refiere el espíritu cuando habla de "rebelión"?» aseveró Viviana. «¿Rebelión en contra de qué? ¿Del convencionalismo? ¿De la sociedad establecida?»

Marilena tuvo que hacer un esfuerzo inmenso para evitar respirar agitadamente.

«Esto no es un truco», afirmó la mujer. «No soy adivina ni puedo leer la mente, pero sí estoy en contacto con el mundo de los espíritus».

Marilena estaba haciendo todo lo que podía para controlarse, pero la carcajada de Sorin la distrajo. Cuando ella estalló en sollozos, él se calló rápidamente y pareció avergonzado.

Después de apagar las luces —lo cual a Marilena le pareció un gesto amable—, Viviana regresó a su mesa. De lo profundo del bolsillo de una carpeta sacó una vela y un candelabro y los colocó frente a ella.

«Estoy a tu disposición, ángel de luz», dijo la señorita Ivinisova a la vez que se sentaba, encendía la vela y hacía una reverencia.

Marilena no podía quitarle los ojos de encima.

«Sí», dijo Viviana. «Sí, sí, sí. Gracias. Sí».

Sorin dio un sonoro suspiro. Marilena decidió que si él atraía un mínimo más de atención lo abofetearía. Ella estaba muy consciente de lo extraño que todo esto resultaba para su esposo y se habría quedado atónita si él hubiera reaccionado de una manera diferente. Después de todo, la mujer no había repetido —al pie de la letra— los pensamientos de él, sino los de ella.

Los padres de Raimundo lo llevaron a comer a un sitio de comida rápida y comenzaron a ingerir los alimentos tan pronto se sentaron.

—¿Por qué no oramos en público tal como lo hacemos en casa?

—Porque eso sería ostentoso —respondió su mamá—. La Biblia dice que debemos orar en secreto, no en público ante la vista de los hombres.

—La Biblia dice muchas otras cosas con las que no estamos de acuerdo —contestó Raimundo.

—¿Cómo cuáles? —preguntó su papá.

—Que todos somos pecadores, nacidos en pecado.

—¿Más intimidaciones de parte de Roberto y su familia? —preguntó el señor Steele mientras comía.

—¿Intimidaciones?

—Sermoneos, proselitismos. Llámalo como quieras.

—Roberto dijo que eso es lo que la Biblia dice, eso es todo —insistió Raimundo mientras se encogía de hombros.

—La Biblia también dice que Dios mandó a los hijos de Israel a matar a cada hombre, mujer y niño de las naciones que no creían en Él.

—¡Querido! —exclamó la mamá de Raimundo.

—Bueno, pero eso dice —insistió su esposo—. Si vamos a analizar todo lo que la Biblia dice y a tomarlo literalmente, le va a causar al niño más mal que bien.

—Ya lo sé —dijo ella—. ¿Pero podríamos hablar con calma?

—Pensé que creíamos en la Biblia —dijo Raimundo.

—Hasta cierto punto —contestó su papá—. Dice que Dios es amor. ¿Crees eso?

—Bueno, claro que sí. ¿Por qué no?

—¿Te parece que matar a todos los que no creen en Él es amor?

—¿De verdad dice eso? —volvió a preguntar Raimundo, aunque deseaba no haber tocado el tema.

—Cuando los hijos de Israel desobedecían, Dios mataba a muchos de ellos. Tú dime, si eso es verdad literalmente, ¿qué te dice acerca de Dios? Si Él es la definición del amor verdadero, ¿no tendría que ser justo y misericordioso? La Biblia dice algo acerca de que Él es lento para la ira y que no quiere que nadie perezca. No sé cuánto tiempo le tomó airarse en contra de las llamadas «naciones paganas», pero si tomas el Antiguo Testamento literalmente, verás que Él quería que ellos perecieran —respondió su papá.

—¿Entonces tú no crees en la Biblia? —preguntó Raimundo a la vez que analizaba a su padre.

—Claro que creo en la Biblia. Lo que trato de explicarte es que no siempre quiere decir lo que dice. Dios no puede ser amoroso y misericordioso y también lo bastante vengativo como para liquidar a naciones enteras que no creían en Él. La gente se confunde cuando toma todo literalmente. Eso es todo lo que quiero decir. Mira, por ejemplo, a tu amigo, quien probablemente piensa que Jesús es el único camino a Dios.

—¡Posiblemente! ¿No es eso lo que nosotros también creemos? ¿Por qué entonces asistimos a una iglesia cristiana?

—Porque esa ha sido nuestra costumbre. Se nos crió de ese modo. Pero si comenzáramos a pensar que la nuestra es la única manera de creer, eso sí sería algo antirreligioso. También creo que Dios ayuda a los que se ayudan a sí mismos. Pienso que toda religión básicamente cree en el mismo Dios. Es como si Dios estuviera en la cima de una montaña, entonces cualquier religión buena —como las que te hacen querer ser un mejor ser humano, ayudar a tus semejantes y esa clase de cosas—, te ayudará a llegar a Él. Todos podemos tomar caminos diferentes, pero al fin y al cabo todos llegaremos al mismo lugar.

—A Dios.

—Exactamente.

A Raimundo esto le pareció algo razonable. De todas maneras, no era su plan continuar discutiendo con Roberto.

Pensó que si olvidaban sus diferencias de opinión en cuanto a este tema, aún podían seguir siendo amigos.

—¿Entonces qué acerca de Dios aniquilando a todas las naciones paganas?

—Tiene que tener otro significado —contestó el señor Steele mientras sacudía la cabeza y guardaba la envoltura de su hamburguesa en la bolsa—. Tiene que ser algo simbólico, un estilo figurado. ¿Sabes lo que eso significa?

—Creo que sí. Entonces las historias acerca de las batallas y de las matanzas y de ser liquidado si uno no obedece, todo eso se refiere a otra cosa.

—Correcto.

—¿A qué otra cosa, por ejemplo?

—¿Hm?

—¿A qué otra cosa se refiere? ¿Acaso si uno no hace lo que Dios manda, entonces Él te aplastará?

—No. Ese tampoco sería un Dios de amor, ¿verdad?

—No. ¿Entonces a qué se refiere?

—No lo sé. Solo sé que no puede ser lo que dice.

—Algunas cosas no las podemos entender en esta vida, pero podremos pedirle a Dios que nos las explique cuando lleguemos al cielo —añadió la mamá de Raimundo.

—¿Y estamos seguros de que iremos al cielo?

—Claro que sí —afirmó su papá.

—¿Cómo?

—Haciendo lo mejor que podamos. Tratando bien a nuestros semejantes. Haciendo lo que dice la Regla de Oro. Asegurándonos que nuestras buenas acciones sobrepasen a las malas.

Ese día Raimundo vio a su papá de un modo diferente. Podía ser un hombre mayor —quien a veces hasta lo hacía sentirse avergonzado—, pero seguro que era muy listo.

CUATRO

ALTO Y DELGADO, el hombre con el traje gris de lana y con el cabello rapado contempló el paisaje desde las ventanas —que iban desde el techo hasta el suelo— de su oficina, ubicada en el último piso del edificio. Le encantaba la manera en que Manhattan brillaba en las primeras horas del anochecer con las luces del alumbrado público encendidas por todas partes.

Reportes de guerra y de nuevas amenazas de guerras de carácter mundial, habían plagado los periódicos de la mañana y de la tarde, así como también otros noticieros. Tres huracanes enfilaban hacia la costa de la Florida y los reporteros del clima predecían el desastre natural más devastador que este estado jamás hubiera conocido. El paso de tornados prometía ser el peor en la historia. Volcanes erupcionaban en cada continente y aun varios más amenazaban con hacer lo mismo.

El hombre se volteó lentamente, se inclinó sobre su escritorio y descansó el peso de su cuerpo sobre las palmas de sus manos. Teniendo cuidado de sus manos y uñas recién arregladas y de sus discretas, pero extremadamente caras joyas, presionó el botón del intercomunicador.

—¿Sí, señor «S»?

—Federica, por favor, necesito que entregue personalmente un mensaje de mi parte.

—Con mucho gusto, señor. ¿Para dónde va el mensaje?

—A París, esta misma noche.

—Mil disculpas, señor, pero tengo unos familiares que están por llegar y . . .

—Tiene que salir esta misma noche para que pueda ser entregado en la mañana. No tiene inconveniente con eso, ¿verdad?

—¿Está listo? —dijo la secretaria luego de hacer una pausa y de dar un suspiro.

—En cinco minutos.

El hombre se sentó y escribió en papel de lino con una antigua pluma fuente.

> *Augusto:*
>
> *Convoquemos a la Comisión para una reunión en Le Havre este lunes que viene. Por favor informa a R. Planchet que el momento para poner en acción el Proyecto Victoria del Pueblo ya casi ha llegado.*
>
> *Recuerdos, J. S.*

———————

Viviana Ivinisova había permanecido sentada en silencio por casi un minuto. Había mantenido la cabeza inclinada ante la vela encendida, los codos sobre la mesa y las manos levantadas.

«Alguien tiene una profunda necesidad personal», dijo por fin. «Un anhelo agobiante. Ten fe. Tu deseo será cumplido. Tu sueño se hará realidad».

¿Podría ser?, pensó Marilena. Tal vez lo que acababa de oír se refería a alguien con una necesidad económica o quizás a alguien en una relación personal perjudicial. Pero también cabía la posibilidad de que Viviana pudiera haber leído los pensamientos de Marilena.

———————

Aquella noche de la primera reunión, Marilena había tenido que recurrir a toda su fuerza de voluntad para cohibirse de contarle a Sorin que Viviana Ivinisova le había estado comunicando directamente a ella un mensaje del más allá. Mientras más se alejaban de la biblioteca y se acercaban a su apartamento, menos lo creía ella misma. ¿Cómo pudo ser tan ingenua como para dejarse convencer por una charlatana? Ella no creía en el cielo ni en el infierno, ni en Dios, ni en Satanás, ni en clarividentes, ni en adivinos.

Marilena era una mujer con educación, una existencialista, una humanista, una erudita, una profesora, una estudiante. Creía en el mundo material, en lo que se podía ver, sentir y palpar. Lo peor de todo era que tal reunión había causado en su problema el efecto opuesto al que hubiera deseado. En lugar de ser una bienvenida distracción de sus ansias de tener un hijo, Viviana más bien le había prometido que su sueño se haría realidad.

—¿Qué pasa? —le preguntó Sorin de pronto.

Marilena no se dio cuenta de que había sacudido la cabeza varias veces y su esposo se había percatado de ello, sacándolo de la lectura en la que se había encontrado sumido.

—La mujer no fue específica —contestó Marilena.

—¡Por supuesto que no! ¿Qué más esperabas? Es cierto que debo reconocer que la mujer dio un gran espectáculo, con drama y todo. Fue muy sagaz al usar la vela en la oscuridad, los ojos cerrados, las manos levantadas, las pausas dramáticas. Me sorprendió que no preguntara si alguien en la sala tenía alguna persona importante en su vida cuyo nombre comenzara con la letra «S». ¿Quién no la iba a tener? ¿Te das cuenta de lo que estoy hablando? —replicó Sorin mientras se reía a carcajadas.

—De todas maneras irás conmigo una vez más como lo prometiste, ¿verdad?

—¿Qué cosa? ¿Estás hablando en serio? ¿Acaso tú vas a regresar?

—Me lo prometiste, Sorin.

—Marilena, no se trata de eso. Sabes bien que cumplo mis promesas, pero no puedo explicarme por qué quieres regresar, pues ya te imaginarás lo que va a pasar. ¿Por qué quieres regresar?

—No debes dar por sentado que conoces lo que estoy

pensando, Sorin. Si estoy intrigada, estoy intrigada. No dije que la mujer me esté convenciendo ni nada por el estilo —respondió Marilena y se encogió de hombros.

—Por lo general eras tan sensata e inteligente.

—¿Entonces ahora ya no soy inteligente solo porque quiero ir una vez más? Acordamos que irías conmigo dos veces.

—¿Puedes imaginarte cómo me sentí? —dijo él mientras cerraba su libro y se dejaba caer en su asiento.

—Parecía que estabas divirtiéndote.

—Diversión fue lo menos que experimenté. Me sentí humillado. Me parecía que estaba llamando la atención de todos. Estaba aterrado de pensar que alguien que me conociera pudiera verme allí. Sinceramente, Marilena, si te parece algo recreativo, siéntete libre de regresar pero no me pidas que vaya contigo.

—Solo una vez más.

—¿Te sentirías avergonzada si me siento en la fila de atrás y me dedico a leer?

—Sí, pero no puedo esperar otra clase de comportamiento.

—¿Tiene que ser precisamente esta reunión? ¿No podríamos encontrar algún circo que esté de paso al que podamos ir para cumplir con mi obligación de acompañarte una vez más?

—Tú mismo lo acabas de admitir: La mujer hace muy bien su papel.

—Sí, hace muy bien su papel para ofrecer semejante espectáculo. Pero si quisiera entretenimiento, preferiría mirar una película de acción.

—Pero a ti no te gustan esas películas.

—¿Ves lo que quiero decir?

—Sorin, tú me lo prometiste y no hay nada más que discutir.

El martes siguiente, Marilena y Sorin recibieron una bienvenida aún más efusiva por parte de quienes los reconocieron de la semana anterior. Sorin no estuvo dispuesto a aceptar algo así. Se negó a dar la mano, a entablar cualquier tipo de conversación y hasta a hacer contacto visual con quienes se le acercaban. Se dirigió directamente hacia la fila de atrás mientras decía entre dientes: «¿Qué tal? Sí, sí, igualmente, que maravilloso verlos otra vez». Sin siquiera desabotonarse el abrigo, clavó su rostro en su libro: «Desenmascarando a los charlatanes de lo paranormal» y de allí en adelante rehusó levantar la mirada.

Marilena estaba acostumbrada a ser ignorada en lugares públicos aparte de la universidad donde era admirada y respetada, tanto por sus colegas como por los estudiantes. Estaba consciente de que su apariencia sencilla y pasada de moda parecía hacerla invisible en cualquier otro sitio. No sabía, ni tampoco le importaba, lo que la gente pensaba de ella. Su apariencia era más bien modesta, tanto así que nadie hubiera podido saber a simple vista que ella y su esposo no tenían ninguna clase de deuda, gracias a que habían sido siempre muy cuidadosos con el manejo del dinero proveniente de sus dos salarios.

En cierta ocasión cuando iba en el autobús, Marilena se había dedicado a observar más detenidamente a los otros pasajeros. Se dio cuenta de que en comparación a los demás, ella lucía como una empleada doméstica en lugar de la profesional que realmente era. ¿Debería cambiar su apariencia? ¿Por qué? ¿Acaso no le importaba lo que la gente pensaba de ella? Además, juzgar a las personas de acuerdo con sus apariencias externas era algo muy lamentable. Así y todo, ella también lo acababa de hacer. Creía poder reconocer quiénes eran los obreros y las empleadas domésticas basándose únicamente en el hecho de que no llevaban consigo maletines o bolsos con libros como ella lo hacía. ¿Pero cómo podía estar segura de semejante cosa? En su propio caso, nada —aparte de lo que iba leyendo en el trayecto— daba indicio alguno de cuál era su profesión.

En contraste, en la segunda reunión del martes en la

noche, Marilena tuvo una extraña sensación acogedora gracias a todas las conversaciones de las que la hacían parte. Nadie parecía estar interesado en asuntos profundos o de índole personal. Tampoco trataban de averiguar acerca de su trabajo ni preferencias individuales. Sencillamente se limitaban a mantener el contacto visual, darle calurosos apretones de mano y a hacerla sentir bienvenida, de tal manera que parecía que estaban contentos en realidad de verla otra vez.

¿Acaso antes esta clase de personas de la sociedad con falta de educación no las había repudiado? Muy a pesar de sus conversaciones triviales y entusiasmo fingido, esta gente parecía ser sincera. ¿Por qué? ¿Tal vez ella necesitaba que lo fueran? ¿Era debido a que su matrimonio se había deteriorado, a tal punto de haber llegado a ser solo una amistad intelectual? ¿Sería posible que una o más de estas personas hasta llegaran a ser sus amigas? ¿Pudiera acaso ser que estas amistades semanales hasta llegaran a profundizarse? Era obvio que quienes habían estado allí desde el principio habían llegado a conocerse bien y a tenerse confianza mutua. ¡Algunos hasta se saludaban dándose abrazos!

Si había algo que a Marilena le molestaba en particular, era llegar a entablar amistades íntimas demasiado pronto. Le molestaba el mucho contacto físico, demasiadas preguntas personales y hasta el uso muy frecuente de los nombres de pila. Sin embargo, ahora le daba hasta envidia esta gente pues —aunque al parecer estaban vinculados solo por estas reuniones semanales— parecían considerarse mutuamente como parte de una familia.

El caso no era que Marilena no tuviera amigos. De hecho los tenía, pero no en el sentido convencional como los descritos en las historias que leía. No conocía a alguien con quien pudiera hablar de sus asuntos más íntimos o personales. Tenía los colegas de su facultad y también había llegado a conocer —un poco más de cerca— a los profesores de la facultad de psicología, ya que estos últimos tenían que compartir el mismo edificio que ella y los demás profesores de literatura ocupaban. Inclusive, una vez al mes, ella y Sorin invitaban a un grupo variado de cuatro o seis personas a venir a su apartamento. Sorin hasta tenía uno o dos amigos quienes parecían ser más allegados que cualquiera de las amistades que ella había hecho. El subdirector de la facultad era uno de esos amigos, pero debido a su posición como director, Sorin también tenía que mantener esta amistad a cierta distancia.

«Amistad a cierta distancia» era posiblemente la mejor forma de describir la clase de relación que Marilena mantenía con sus colegas. Aunque parecían respetarla y hasta admirarla, en realidad no conocía a ninguno de ellos de una manera cercana. Según el recuento de conciertos, cenas y otras actividades de tipo social que ella podía escuchar, hasta parecía que algunos salían juntos con frecuencia y se veía que eran más allegados entre sí. En cambio, ella nunca había recibido una invitación de ese tipo y trataba de convencerse a sí misma que no le importaba. Desde luego que no era verdad, pero le era fácil creerse su propia mentira ya que llenaba su tiempo con sus propios intereses —sus libros y sus disquetes de computadora—, en los que solía sumirse por horas enteras cada noche.

En los comienzos de su matrimonio, cuando aún consideraba a Sorin algo más que el simple compañero de apartamento en el cual ahora se había convertido, una vez trató el tema de su situación casi de «aislamiento amistoso» —si el término cabía— en cuanto a su relación social con sus colegas. «Bueno», había dicho él mientras hacía humear una de sus pipas, «tú tampoco los invitas a ninguna parte. Deberías hacerlo. Quizá te aceptan la invitación y posiblemente hasta serían recíprocos».

Nunca lo hizo. Pero ahora esta necesidad de tener un hijo —al fin había aceptado que esto era lo que últimamente la agobiaba tanto—, podría estar preparándola también para desear tener tales amistades convencionales. De hecho, se preguntaba si una o dos relaciones significativas con otros adultos tal vez la ayudarían a mitigar su dolor.

Marilena se había sentado en la fila de atrás, junto a su enfadado esposo. Cuando Viviana Ivinisova dio inicio a su rutina, él ni siquiera levantó la mirada. Luego, cuando llegó el momento de apagar las luces y quedar solo con la vela encendida, Marilena pudo advertir que Sorin se estaba quedando dormido.

En la segunda reunión, ella misma se había sentido más escéptica, esforzándose para detectar cualquier clase de trucos o aseveraciones generalizadas que la señorita Ivinisova pudiera usar para recitar el pasado, predecir el futuro y hasta —según le parecía— leer la mente. El estar sentada en la fila de atrás le ayudó, ya que podía fijarse en el lenguaje corporal de los asistentes y en la dinámica del grupo. No cabía duda de que la gente creía en todo lo que estaba ocurriendo. Pero se propuso poner el máximo de resistencia para no ser convencida con tanta facilidad como había sucedido la semana anterior. Parecía que lo estaba logrando hasta que Viviana la miró directamente.

¿Era solo su imaginación o realmente Viviana la estaba mirando con una intensidad desconcertante? Parecía que la mujer no estaba dirigiendo la mirada a alguien más. ¡Ah! Estaría tal vez fingiendo. Las personas en la segunda y en la tercera filas creerían que la señorita Ivinisova estaba mirando directamente a alguien en la cuarta o quinta filas, o más atrás. Marilena, en cambio, pudo darse cuenta de que esta dirigía su mirada hacia los espacios entre cada persona —hacia la pared de atrás— y a veces hacia el techo.

No obstante, esto era algo común entre maestros y oradores. A Marilena le habían enseñado que un buen profesor mantenía contacto visual con varios estudiantes. (Pero a ella esto le pareció ser, a más de desconcertante, una tremenda distracción, así que solo fingía hacerlo.) También Viviana parecía estar fingiéndolo, excepto cuando daba la bienvenida a los nuevos visitantes o cuando hablaba con alguien que había admitido haber recibido un mensaje personal del más allá. Tampoco fingía cuando miraba a Marilena fijamente a los ojos.

Continuaba tratando de convencerse de que todo esto era producto de su imaginación, de que al estar sentada ocho filas hacia atrás no había manera de que pudiera saber con certeza si la estaba mirando directamente a ella o no. Quizá sí podía saberlo . . . ¿Tal vez Viviana estaba tratando de prestarle más atención que a los demás a causa de su esposo, quien era un caso perdido? ¿Acaso había percibido el escepticismo de Marilena? ¿Sería que la mujer había detectado algo especial en ella?

Luego de hablar por más de cinco minutos acerca de los conceptos erróneos acerca del mundo espiritual, Viviana concluyó con algo semejante a una exhortación: «En los momentos que nos restan tengo dos mensajes que darles. Muchos de ustedes están familiarizados con la Biblia y saben lo que esta dice acerca de los adivinos, los clarividentes y los espíritus malignos. Solo quiero recordarles que este es un punto de vista. En mi opinión, no es válido ni representa la mayoría de las mejores ideas intelectuales sobre el tema. En lo que a nosotros nos concierne, debemos mantenernos abiertos a los puntos de vista de gente con la máxima sensibilidad espiritual. Creemos que sí existen espíritus negativos, pero no todos deben considerarse enemigos de Dios. Ahora les ruego que me escuchen con atención y que piensen bien si acaso creen en Dios y que la Biblia es su mensaje para la humanidad, esto no significa necesariamente que el oponerse a Dios es pecado».

Marilena no tenía idea de cuántos de los presentes profesaban la fe cristiana. Sabía que, a través de la historia, Rumanía había atravesado por etapas con diferentes formas de pensar acerca del tema de Dios: Desde el paganismo hasta el catolicismo; desde la ortodoxia hasta el ateísmo durante el régimen comunista. Ahora, la nación parecía haberse estacionado en un humanismo secular que toleraba unas pocas iglesias antiguas y pintorescas de diversos tipos de fe. Aparte de la manera en que uno pudiera creer en Dios, la mayoría tenía por lo menos un entendimiento elemental de las enseñanzas religiosas: Dios era el Ser supremo, benévolo o listo para condenar —dependiendo en la preferencia de cada denominación—, y su enemigo era el diablo.

Ahora, Viviana Ivinisova parecía estar pidiendo que todos, sin importar cuáles fueran sus creencias religiosas —o aún su carencia de ellas— consideraran una creencia alternativa.

«Explicaré esto con más profundidad en las próximas semanas», dijo ella. «Pero por el momento, consideren que si hay un Dios, le sería muy conveniente decir que cualquiera que se le opone es pecador; especialmente si ese oponente tiene la razón. Además, tal vez no es pecado cuestionar el hecho de que Dios posea el derecho exclusivo de ser preeminente. Entiendo que este concepto es revolucionario, pero mantengan una mente amplia y hasta que nos reunamos otra vez, piensen bien acerca de lo que les he dicho.»

Mientras tanto, tengo un mensaje de un espíritu colaborador. Si es que es algo que les concierne a ustedes, acéptenlo por lo que es».

Marilena estaba segura de que Viviana antes de sentarse en su mesa y mientras se presionaba las sienes con los dedos, la miró directamente otra vez.

«Hija», dijo quedamente, después levantó la cabeza y sonrió como si estuviera sorprendida. «Ahora sabemos que este mensaje está dirigido a una mujer». Bajó otra vez la cabeza y añadió: «Hija, no necesitas buscar una solución alternativa. Tu profundo deseo no puede ser concedido por tus semejantes. Tú necesitas lo que necesitas y eso es lo que se te dará».

Raimundo Steele escuchó con mayor atención la enseñanza de la escuela dominical en la iglesia. Hizo preguntas que inquietaron a su maestra. Preguntó acerca de lo que su papá le había dicho: Que Dios —en el Antiguo Testamento— fue más bien un juez temible.

—Yo . . . ah mmm . . . en realidad no soy una experta en el Antiguo Testamento —dijo la señora Knuth—. Esta temporada nuestras lecciones se refieren a historias y parábolas del Nuevo Testamento, así que tal vez sería bueno que esperaras para hacer estas preguntas.

—Bueno, solo quería saber cuál era su opinión. ¿Le parece que eso fue justo? ¿Le parece que ése es un Dios de amor?

—En realidad, tengo que continuar con la lección. Contamos con muy poco tiempo para terminar todo lo que tenemos que hacer. Entiende, por favor.

También los sermones del pastor le parecieron confusos a Raimundo. Únicamente predicaba acerca del Nuevo Testamento y usaba las historias y demás narrativas solo como ilustraciones para lo que él quería decir. Su mensaje, por lo general, era que «los creyentes en el cristianismo deben ser ejemplos de santidad en el mundo».

Raimundo estaba de acuerdo con eso, excepto que si Dios era Dios y Dios era perfecto y amor, entonces ¿por qué hizo lo que hizo en el Antiguo Testamento? Si Raimundo era un «creyente en el cristianismo» —ya dudaba si lo era o no, o si tal vez solo había sido forzado durante toda su vida a asistir a la iglesia—, ¿tenía que aceptar que una de las virtudes de la santidad era la de aniquilar a quienes no estaban de acuerdo con la fe?

—Mira Raimundo, tu mamá cree que el otro día no debí decirte todo lo que te dije. Tengo que admitir que tiene la razón, ya que a tu edad no necesitas estar preocupándote de los asuntos más controversiales en cuanto a Dios y a la vida en general —fue la evasiva respuesta de su papá cuando el domingo, durante la cena, Raimundo hizo de nuevo su pregunta.

—Pero solo quiero saber.

—Ya lo sé, pero escucha. Yo nací cristiano y crecí cristiano y aún así no he logrado entender todo. Debemos tratar de

hacer todo el bien que podamos y siempre tratar de ser buenas personas. Debemos respetar a los demás y no hablar de
política ni de religión. Tú prefieres ser una buena persona
antes que una mala, ¿verdad?

—Claro que sí.

—Tú eres una buena persona, Raimundo —dijo su mamá.

—Eso es lo único que debe preocuparte por el momento
—dijo su papá—. Algunas cosas no nos son dadas a conocer . . .

— . . . en este lado del cielo —concluyó su mamá.

Sorin se negó firmemente a asistir a otra de las reuniones del
martes por la noche. Además, expresó su sorpresa ante el
hecho de que Marilena no había «renunciado a esta tonta
diversión. No me digas que esa mujer te está convenciendo».

«Claro que no», había contestado, aunque ella sabía que
era una mentira. Pero esa noche durante todo el trayecto
hasta su apartamento —y con Sorin recordándole continuamente que ya había cumplido su promesa de acompañarla
dos veces—, Marilena estaba haciendo todo lo humanamente
posible por convencerse de que el mensaje que Viviana les
había dado no podía, de ninguna manera, ser para ella.

*Ese mensaje pudo haber sido para cualquiera de los pre-
sentes. La mujer no dio detalles específicos. Por lo menos una
decena de ellos pudo haberlo aplicado a su situación personal*, se repetía a sí misma.

Sin embargo, había sido ella quien —momentos antes de
que se diera el mensaje— se había preguntado si, por falta de
otra solución, tal vez una amistad más cercana con sus colegas o aun con alguna persona que participaba en estas reuniones— llegaría a satisfacer la necesidad que tanto la
agobiaba.

CINCO

LA REUNIÓN en Le Havre tuvo lugar en una villa clandestina que pertenecía a uno de los miembros del consejo secreto. Solo quienes participaron en esta reunión supieron de la misma y del tema que se trató. Nadie más —ni siquiera amigos íntimos, ni cónyuges, ni hermanos de sangre de los participantes— tuvo ni la más mínima idea de que dicho acontecimiento se llevó a cabo. El señor «S» presidió la junta, la cual fue breve y de carácter muy directo. Allí, hombres poderosos en el campo del comercio internacional, provenientes de todas partes del mundo, juraron de nuevo su lealtad a sus objetivos comunes, a la confidencialidad y al Proyecto Victoria del Pueblo.

———

Una noche, diez semanas más tarde, cuando Marilena estaba quedándose dormida, el sonido de los pasos de alguien en el pasillo la despertó. No quería que Sorin la encontrara allí sentada en la oscuridad. Aunque se sentía un poco desorientada, se levantó rápidamente y encendió la luz.

«¿Acabas de llegar?», preguntó él. «Desde la calle el apartamento se veía oscuro».

Asintió con la cabeza. Mentirle ya se había convertido en hábito. Pero ¿por qué no? ¿No eran las inexplicables ausencias de él también una mentira de omisión? La manera tan cuidadosa en que la miró le dio a entender que, posiblemente en la expresión de su rostro él había podido ver como se sentía de verdad. La conversación con Viviana en camino al autobús la había dejado conmocionada.

—¿Algún mensaje más del mundo de los espíritus? —preguntó él mientras guardaba su abrigo y tomaba una cerveza de la nevera.

—Cada semana —respondió ella para acceder al juego.

—¿Y ahora qué fue? ¿«Alguien está sufriendo remordimiento por un mal recuerdo de la niñez»?

—Sí —contestó ella—. Algo por el estilo.

Mientras él encendía más luces y comenzaba a trabajar un poco en su escritorio, ella volvió a sentarse en su silla. Esto hizo que él le preguntara si estaba bien.

—Quisiera hablar contigo un rato, si es que no te fastidia.

—¿Hablar un rato? —se sentó sobre el borde de su escritorio y la miró—. Con tal de que no me vayas a decir que te has comunicado con el mundo de los espíritus.

—Tú me conoces mejor que eso.

—¿Cuánto tiempo va a tomar esta conversación?

—Sinceramente, Sorin, si no tienes tiempo para hablar conmigo . . .

—Solamente es una pregunta. Mañana voy a estar bastante ocupado y aún me queda un poco de trabajo por hacer esta noche, así que . . .

—Entonces olvídalo.

—No es para tanto, solo quiero tener una idea de si voy a poder terminar mi trabajo esta noche o si tendré que madrugar.

Ella sacudió la cabeza.

—Ya veo —dijo él—. Quieres que te vaya sacando la información poco a poco.

—De ningún modo. Si es que estás tan ocupado y tienes tanto que hacer, entonces ¿dónde has estado hasta estas horas?

Él se acercó a la silla de su escritorio.

—¿Desde cuándo me preguntas dónde he estado?

—Cada vez que te quejas de estar demasiado ocupado como para hablar conmigo.

Marilena no lo había esperado, pero su respuesta pareció

haber dejado a Sorin sin palabras, quien simplemente comenzó a organizar las cosas en su escritorio. Ella ya sabía, sin duda alguna, que de nada servía discutir con él.

—Bueno, por lo menos me has despertado la curiosidad.

—Olvídalo, Sorin.

—No. Discúlpame. Tienes toda mi atención, por el tiempo que te sea necesario —afirmó él mientras ella se le quedó mirando—. En serio, Marilena, tienes razón. No me has pedido mucho y en realidad estoy al día con mi trabajo, así que por favor . . .

—Entonces prométeme que me vas a oír.

—Creo que acabo de hacerlo.

—Sorin, sé que lo que voy a decirte será un choque bastante fuerte, tal como también lo fue para mí. Créeme, no es algo pasajero, sino más bien algo que me ha inquietado ya por varios meses. He tratado con todas mis fuerzas de no pensar en el asunto, hasta he querido convencerme a mí misma de algo en sentido contrario y de guardarlo como un secreto.

Sorin frunció el ceño. A estas alturas, él ya la estaba escuchando con toda su atención.

—Quiero hablar contigo acerca de esto y no quiero que te sientas molesto ni tampoco que te pongas a la defensiva.

—Ya sé —dijo él a la vez que se reclinaba en su silla.

—¿Qué es lo que ya sabes?

Asintió con la cabeza.

—Ha sido muy obvio ya por mucho tiempo —respondió Sorin a la vez que él también asentía.

—¿Se me nota?

—Por supuesto. Te conozco bien, Marilena. Reconozco que no tenemos un matrimonio normal, pero como ya tú sabes, nuestras mentes a menudo parecen una sola.

—Sí, parece que con frecuencia así es.

—De modo que no te debe sorprender que sepa lo que estás pensando. Hasta te puedo asegurar que sé más que esa adivina tuya.

—Ella no es una . . .

—Estoy bromeando, Marilena. Solo te digo que ya sé de lo que me vas a hablar.

—Entonces, ¿por qué no me lo dices tú primero?

—Quieres saber si hay otra persona entre nosotros.

Marilena trató de no reírse. El gran intelectual creía saberlo todo, creía conocerla tan profundamente. Aunque esta sí había sido —hasta cierto punto— una de sus inquietudes, de verdad, ahora era lo que menos la preocupaba. Desde luego que tenía que haber otra persona. A menos que Sorin hubiera dejado de sentir las pasiones dadas a un hombre, era más que obvio que él tenía sus aventuras amorosas, pero de ninguna manera esto la molestaba. Más bien la hacía sentir una sensación de alivio, dado que no tenía deseo alguno por él en ese aspecto, ni jamás lo había tenido.

No obstante, ¿tenía curiosidad en cuanto a quién era la otra mujer? Claro que sí. Sospechaba que a lo mejor no había solo otra, sino varias más. Era muy posible que Sorin se hubiera dado a la promiscuidad. En realidad a ella no le importaba. Sin embargo, esta última posibilidad le había dado más ánimo para no bajar la guardia y para jamás ceder en caso de que a él se le ocurriera presionarla para obtener intimidad sexual. ¿Quién sabía cuál clase de enfermedad de la mala vida él pudiera traer a su cama?

¿Estaba él a punto de confesar? ¿Sería alguien a quien ella conocía? Marilena jamás había sospechado de nadie de la universidad. Enredarse con una de sus colegas habría sido tamaña estupidez por parte de Sorin y muy ajeno a su carácter. Además, ella jamás había percibido algo inapropiado entre él y sus compañeras de la facultad.

—Bueno —dijo ella con cautela—. ¿Quieres que yo haga las preguntas?

—No —respondió él—. Tú mereces saberlo; ya es hora. Es Baduna.

—¡¿Quién?! ¡Baduna! ¿Hablas en serio? ¿Baduna Marius?

—No te preocupes —dijo Sorin—. No te voy a abandonar

a causa de él. No puedo. Él está casado, felizmente casado, si es que puedes creerlo.

—Pero yo . . .

—Además, él no está dispuesto a declarar públicamente su preferencia homosexual.

Marilena cerró los ojos y sacudió la cabeza.

—¿Y tú, sí?

—Marilena, ¿acaso no crees que ya lo sabe todo el mundo?

—¡Pues, yo no lo sabía!

—¡Marilena! Piénsalo bien. Es por eso que mis hijos no quieren tener que ver conmigo. Es por eso que me divorcié. Es por eso que no he tenido casi nada de interés en . . .

—Yo no lo sabía.

—Pues ya lo sabes. Francamente, es un alivio que lo sepas. A lo mejor, de ahora en adelante, puedo decirte sencillamente: «voy a verme con Baduna un rato». Quizás hasta puedo, de vez en cuando, pasar la noche en otra parte. ¡Ah! Además no creo que haga falta recalcarte que nadie sabe de él.

—No te preocupes. Apenas conozco a su esposa.

Raimundo Steele comenzó a dar problemas de comportamiento en la casa. Había adoptado una actitud irónica y contestaba de mala manera a sus padres. Hasta él mismo parecía detestar su nueva forma de ser. La escuela dominical —y todo lo relacionado con la iglesia— le parecía aburrido e insignificante. A pesar de que aún tenía algunos amigos allí, se negaba tenazmente a asistir. Su padre dejó bien en claro lo que se debía hacer a este respecto: Raimundo tenía que asistir a la iglesia y punto. Claro que Raimundo se había quedado muy inconforme con tal imposición y cada vez que iba a la iglesia se comportaba mal. En sus clases dominicales y también durante el tiempo de alabanza y predicación, se dedicaba a dibujar y a leer. De todas formas, ninguna de las enseñanzas que allí recibía parecía tener sentido, así que decidió ignorarlas.

Marilena había descubierto que, a fin de cuentas, la culpa no era de ella. Había convivido con un erudito brillante quien, por coincidencia, era homosexual. Trató de imaginarse cuán difícil le sería la vida a él si hubiera pertenecido a una de las generaciones anteriores. La idea de la tolerancia había llegado lentamente a Rumanía, en especial en cuanto a la preferencia sexual.

Así fue como murió la idea de confesarle su profundo anhelo de tener un hijo y de pedirle que cambiara de opinión en cuanto a procrear una familia con ella. Si el caso hubiera sido que Sorin tenía varias mujeres, tomando en cuenta que —al parecer desde hace mucho tiempo atrás— él había perdido todo interés sexual en ella, de todas maneras se hubiera atrevido a pedirle que donara su esperma, ya que en un acto de consideración Marilena no hubiera querido someterlo a una experiencia tan detestable como la de tener relaciones íntimas con ella. Además el asunto era aún más complicado, ya que este sentimiento era recíproco.

¿Ahora qué iba a hacer? ¿Tendría que buscar a otro hombre para que fuera su amante? Marilena sin duda sentía que estaba en su pleno derecho de hacerlo, pero también tenía que admitir que a veces contemplaba la posibilidad de que ella misma fuera lesbiana. Esto no le cabía en la cabeza porque jamás había sentido atracción sexual por otra mujer, pero a la vez, a ella tampoco la atraían los hombres y mucho menos Sorin. Ya había quedado establecido que su atracción hacia él había sido siempre solo intelectual. Por fin, gracias a sus estudios, encontró la descripción perfecta para su caso: Decidió que era asexual.

Ese descubrimiento tampoco le servía, dado que su urgente necesidad se hacía cada vez más agobiante. Consideró que la adopción podría ser una posible solución. Por supuesto, en seguida descartó esta posibilidad y decidió que no pensaría más en ella a menos que fuera absolutamente necesaria. En el transcurso de los últimos meses se le había ocurrido que este niño que tanto anhelaba tener tendría que ser de su misma carne. Ella quería experimentar el embarazo, el parto, el amamantar, el nutrir a su propio hijo y el recibir de él su amor.

Todo esto era más de lo que ella se sentía capaz de compartir con Sorin. Él había comprobado su total incapacidad para comprenderla. Esperaría unas semanas y luego volvería a tocar el tema, a fin de poder ver como reaccionaba. ¿Acaso sería solo hipocresía por parte de él negarle una relación sexual que pudiera resultar en un embarazo? Parecía que el verdadero problema era lo que él ya había dejado muy en claro: No quería tener más hijos. Tampoco ella creía que fuera a cambiar de opinión en caso de que el niño no fuera de él.

Marilena no tuvo el valor para poner en marcha su plan de tener una práctica y breve aventura amorosa. La sola idea se le hacía tan extraña que le era imposible expresarla con palabras. Era cierto que no faltaban los hombres que sin pretexto alguno se acostarían con cualquiera, aun con una mujer poco atractiva como ella. Pero ¿qué clase de hombres serían? ¿Cuáles genes se iban a mezclar con los de ella para crear una nueva vida? ¿Los de un borracho, un irresponsable o de un promiscuo sin carácter?

Entonces, un banco de esperma era la respuesta. De este modo podría obtener la historia personal, nacionalidad, profesión y hasta el coeficiente intelectual del donante. Pero Marilena no se atrevía hablar de esto con Sorin. No se trataba de que a él le fuera a importar su embarazo —ni cómo este se originara—, sino más bien la invasión que un recién nacido sería para sus vidas.

¿Qué iba a hacer si él no lo permitía? ¿Qué iba a hacer si la abandonaba? ¿Cómo podría ella sustentarse a sí misma y a un bebé cuando no trabajaría por un tiempo? ¿Y cómo sería todo cuando al fin regresara al trabajo? ¿Cómo pagaría por el cuidado del niño? A pesar de que esto era un profundo deseo de su corazón, Marilena no podía permitir que sus emociones interfirieran con la realidad y las dificultades prácticas. De todas formas, no planeaba ser una madre que tuviera que trabajar, por lo menos no fuera de casa. Con los talentos que tenía, seguramente encontraría un trabajo que se pudiera realizar mediante la Internet.

Sin embargo, lo ideal sería quedarse con Sorin, para no tener que mudarse de casa y poder así recibir alguna clase de apoyo por parte de él. Pero ¿accedería Sorin a semejante petición?

S E I S

RAIMUNDO STEELE se sentía como un tonto. Aunque era uno de los niños más populares del cuarto grado, estaba comportándose como un bebé.

Su madre lo había obligado a ir con ella para hacer algunas diligencias. Por lo general esto no le fastidiaba mucho, dado que ella siempre le dejaba esperar en el auto. Además, cuando su mamá le pedía que la ayudara yendo a una tienda mientras ella iba a otra, él sabía que era para ahorrar tiempo. De este modo podían llegar más pronto a casa, cenar y luego dejarlo hacer todo lo que él en realidad quería hacer.

Hoy ella le había pedido que comprara pilas en la ferretería mientras ella iba a un almacén inmenso, en el cual vendían toda clase de materiales para la decoración interior del hogar. Su mamá le dijo que cuando él regresara al auto, debería quedarse allí esperándola.

—No debo demorar más de media hora —afirmó ella.

—¡Media hora! —exclamó Raimundo—. ¿De verdad vas a necesitar tanto tiempo?

Ella lo ignoró y aunque eso le disgustaba sobremanera, él sabía que era la única forma de lidiar con su nueva actitud de rebeldía.

El verdadero deseo de su corazón era que sus padres le prestaran atención y que discutieran diversos asuntos con él. Cuando eran indiferentes o cuando se daban por vencidos —como en las ocasiones en que su padre decía: «Contigo no se puede razonar», Raimundo de inmediato sentía remordimiento por haber sido tan testarudo, ya que le disgustaba que lo ignoraran.

La manera de tratarlo que su mamá había adoptado —sencillamente ignoralo, sin tener que decir nada desagradable ni expresar su exasperación— daba resultado. Así no había cabida a discusiones que podían escalar a tal punto que Raimundo terminaba dándose cuenta de cuán ridículo era su comportamiento al responder con enojo, al decir tonterías de las cuales más tarde no podía retractarse. En ciertas ocasiones hasta había provocado que su madre se pusiera a llorar, por lo cual se había sentido sumamente mal.

Claro que su mamá era mayor que las de sus amigos y también algo «chapada a la antigua». Por ejemplo, la mayor parte del tiempo todavía lo llamaba «Raimi», lo cual era preferible a «Raimundito», diminutivo que ella había usado hasta que él tuvo seis años. Hacía poco ella había cometido el error de llamarlo así frente a sus amigos y él temía que esto fuera motivo para que ellos se burlaran de él por mucho tiempo.

Después de todo, Raimundo reconocía que su madre se preocupaba mucho por su bienestar y que lo quería muchísimo, aunque ella expresara ese cariño a su manera. A pesar de que él trataba de no pensar mucho en esto, sabía que su vida sería terrible sin el amor y el apoyo de su mamá.

Luego de comprar las pilas que su mamá le había pedido, Raimundo regresó al auto y puso la bolsa de plástico en el asiento delantero. Prácticamente escondiéndose para evitar que algún conocido le viera en ese auto viejo, decidió recostarse en el asiento de atrás y leer su revista de deportes preferida. Raimundo prefería los deportes principales, pero también disfrutaba al ver en la televisión competencias de monopatín, ciclismo y de deslizamiento sobre nieve, así que se quedó conforme con leer la revista. Pronto comenzó a quedarse dormido y dejó caer la revista a su lado.

Se despertó de repente, empapado en sudor debido a los fuertes rayos del sol que penetraban a través de la ventana; su madre había estado en el almacén ya por mucho más que treinta minutos. Prefirió pensar que ella no estaba lejos y que regresaría muy pronto. Desde el auto, Raimundo podía ver la salida del almacén, así que pensó que podría ver a su mamá en cuanto saliera. Trató de volver a leer la revista, pero no pudo concentrarse.

En su reloj pudo ver que su mamá ya se había demorado más de cuarenta y cinco minutos. Decidió que con tanto calor, no podía permanecer ni un minuto más dentro del auto. Salió y sin importarle quien podría verlo, se reclinó sobre su auto viejo. Por supuesto —aunque sentía que era el centro de atención— nadie lo miró. Raimundo se dedicó a observar de manera detallada a cada señora que salía del almacén. Al principio le pareció que cada una de ellas se parecía mucho a su mamá.

Cuando ya había pasado una hora, utilizó el teléfono del auto para llamarla a su celular. Pero pronto lo oyó sonar dentro del auto. Ella había dejado su teléfono en el asiento. Entonces decidió llamar a su padre, pero solo respondió el contestador automático. Luego llamó a la oficina de su padre, pero ésta ya estaba cerrada.

¿Por qué estaba tan nervioso? Nada malo podía haberle sucedido a su madre. ¿O sí? No, no era posible a plena luz del día. Era posible que su tardanza fuera debido a que había mucha gente en el almacén. Trató de convencerse de que lo más probable era que su mamá estuviera esperando en una larga fila en las máquinas registradoras. Pero pasó más tiempo y ella aún no regresaba. Por fin, recriminándose a sí mismo por ponerse tan nervioso, Raimundo decidió entrar al almacén.

Era realmente inmenso y para su sorpresa, no había mucha gente. Comenzó a buscar a su mamá, yendo de un extremo al otro de cada uno de los pasillos. Luego empezó a recorrer el extremo opuesto del edificio y decidió que, de ser necesario, revisaría cada centímetro cuadrado hasta encontrarla, pero su búsqueda fue en vano. Raimundo sintió que el pulso se le estaba acelerando y que la respiración se le iba acortando. ¿Qué estaba sucediendo? Seguramente no había problema y su mamá se encontraba bien. Entonces, ¿por qué estaba experimentando semejante pánico?

Comenzó a imaginarse cosas horribles, inclusive la posibilidad de un secuestro y hasta de un homicidio. Pero su asombro aumentó al darse cuenta de que había otra opción que sería aún peor: ¿Qué tal si su mamá lo había abandonado dejándolo allí? Tal vez ella y también su papá ya no lo aguantaban más y habían decidido irse. Se imaginaba que al llamar a la policía lograría de algún modo regresar a su casa para encontrarla vacía y con el horrible descubrimiento de que sus padres se habían ido, abandonándolo para siempre.

¿Qué le pasaba? Era absurdo pensar así. Entonces, ¿por qué le parecía que podía ser algo tan lógico, tan posible? ¿Por qué le parecía que la posibilidad de semejante abandono era algo muchísimo peor que la posibilidad de que algo trágico le hubiera sucedido a su mamá?

Raimundo estaba agobiado por el temor, pero también por un sorprendente amor y un profundo anhelo por estar junto a su madre. *¿Acaso soy un pequeño de cuatro años?*, pensó.*¡Tengo que reaccionar y comportarme como un niño de mi edad!*

Sin embargo, no podía hacerlo. Conforme pasaban los minutos, su ansiedad también se acrecentaba, hasta el punto en que no le quedó más opción que la de ponerse a orar. Sollozando, sabía que tenía que estar dando un espectáculo ridículo: Un niño flaco dando vueltas en un gran almacén, con la cara enrojecida y los ojos llenos de lágrimas.

No quería pedir ayuda. Aun cuando hubiera querido hacerlo, no sabía a quien debía acudir. Además, ¿qué iba a decir y cómo lo diría? ¿Pensarían que estaba comportándome como un bebé? ¿Comenzaría a llorar descontroladamente? ¿Qué tal si su madre aparecía en medio de todo ese espectáculo, habiéndose demorado apenas un poco más de lo esperado?

Utilizó un teléfono público que le permitía hacer llamadas por cobrar. Llamó otra vez al celular de su papá y también a su casa. Los resultados fueron los mismos.

Entonces se le ocurrió llamar al mismo almacén en el cual se encontraba y —sintiéndose como un tonto—, fingió estar llamando de otro lugar y pidió que ubicaran a su mamá.

—Si es una emergencia, podemos llamarla por el altoparlante —le dijeron.

—Bueno, es más o menos una emergencia.

—¿Más o menos? Mire joven, ¿de qué clase de emergencia se trata?

No supo cómo responder.

—Oiga, ¿se trata de una broma?

—No, es que . . .

—¡Nuestro dispositivo para identificación de llamadas nos indica que está llamando desde este mismo almacén! Así que . . .

Raimundo colgó e inmediatamente se alejó de las cabinas telefónicas. Sabía que si lo veían, inmediatamente sospecharían de él, ya que era el único niño en los alrededores.

Regresó rápidamente al auto y con alivio vio que las pilas aún estaban en el asiento delantero. No podía imaginarse que, además de haber tenido que pasar por semejante experiencia tan desagradable, también tendría que decirle a su mamá que le habían robado las pilas. En seguida dio una vuelta alrededor de todo el estacionamiento, mirando por todos lados. Se encontraba bastante desesperado y también sudaba copiosamente.

Por fin decidió —a pesar del calor extremo— entrar otra vez al auto. Se reclinó en el asiento de atrás y comenzó a llorar a lágrima viva. Mientras lloraba, oraba en voz alta: «¡Dios, ayúdame! Haz que mi mamá regrese; haré lo que tú quieras. Dejaré de ser grosero y de contestar mal a mis padres. Iré a la iglesia y de verdad escucharé con atención».

Estaba llorando descontroladamente. Quería volver al almacén y pedir ayuda, pero el miedo de parecer un pequeño llorón era tan fuerte como el miedo que sentía al pensar que sus padres pudieran haberlo abandonado.

Mientras estaba recostado, sollozando, oyó pasos y luego alguien abrió la puerta del conductor.

—¡Ay! Raimundo —dijo su madre—, ¿estás durmiendo?

—Estoy despierto —contestó y se limpió rápidamente la cara.

—Discúlpame por la demora —siguió ella mientras colocaba sus compras en el asiento delantero—. No vas a creer lo que sucedió.

Sin volverse a mirarlo, puso el auto en marcha. Raimundo sintió un gran alivio. Alivio de que su mamá aún estuviera viva, de que había vuelto y de que él se había equivocado al imaginarse todas esas horribles posibilidades. ¿Acaso Dios le había contestado su oración? Raimundo se sorprendió de cuán rápido se arrepintió de haber hecho tantas promesas a Dios, en especial cuando el regreso de su madre parecía ser algo tan normal y no algo milagroso.

—¿Qué pasó? —preguntó él.

—Bueno, hasta me da un poco de vergüenza contártelo. Estaba por salir del almacén, cuando pensé ver a una amiga, pero resultó no ser ella. Cuando me detuve, la puerta me pegó en el talón y me lastimó un poco la piel expuesta por sobre el borde del zapato. Hasta me hizo sangrar un poco. No logro explicarme qué pasó. Entonces un empleado de la tienda me ayudó y me llevó a otra parte del almacén donde me atendieron. Hasta vino el asistente del gerente y él mismo me limpió la herida y me aplicó una venda. ¡Te puedes imaginar que torpe me sentí!

—Estaba preguntándome dónde estarías.

—Me alegro, Raimi, que durante todo este tiempo pudiste dormir un rato. Bueno, estoy cojeando un poco, pero no es algo grave. Mañana me sentiré mucho mejor.

—Ah.

—Temo lo que va a decir tu papá.

—Mmm.

—Pues, ya veo que lo que me acaba de suceder no inspira compasión alguna por parte de mi afectuoso hijo.

Raimundo no supo qué hacer ni qué decir, pero estaba contento de que ella no tenía ni idea de lo que él acababa de pasar.

—Debiste llevar el celular contigo, mamá. Otra vez se te olvidó.

—Ya sé. Casi llamé al auto, pero dado que el motor estaba apagado . . .

—¡Si hubieras tenido tu teléfono, yo te habría podido llamar!

—Ay, mi amor.

—Es que eres tan desorganizada —dijo él.

—Pues, discúlpame. Quisiera que fueras un poco más comprensivo.

—¡Ay! Sí, claro, de la misma manera como tú me comprendes a mí, ¿cierto?

Otra vez, su mamá lo ignoró. Él mismo no podía entender qué le pasaba. ¿Qué había sucedido con el temor que había sentido hace unos instantes, con sus promesas a Dios y con el alivio que había acabado de experimentar? Estaba molesto. Después de todo, había sido un accidente torpe y sin sentido que su distraída madre pudo haber evitado.

Raimundo sentía desprecio por sí mismo. ¿Qué clase de niño llorón e hijo mal agradecido era?

Si de verdad existía un Dios, entonces, ¿por qué Él no resolvió la situación de inmediato? ¿Acaso era esta su manera de contestar una oración desesperada? Raimundo jamás se había sentido tan inmaduro. Tal vez sí existía un Dios, pero ahora le parecía un ser muy complicado, tanto en la Biblia como también en la vida real.

Todas estas emociones dejaron a Raimundo muy confundido e hicieron que se sintiera algo hipócrita. Su amor hacia su madre —y su desesperación ante su breve ausencia— fueron rápidamente reemplazados por el enojo y el resentimiento cuando ella por fin regresó al auto.

—¡¿Por qué no contestaste cuando te llamé a tu celular esta tarde?! —le dijo Raimundo esa noche durante la cena de forma agresiva a su papá.

—¿Trataste de llamar a tu papá? —preguntó su mamá—. ¿Por qué? ¿Cuándo? ¿De dónde hiciste la llamada?

—Bueno, quería preguntarle algo; ya ni me acuerdo de qué se trataba. ¿Qué importa eso? De verdad, mamá, a veces . . .

—¿De dónde llamaste? No podemos darnos el lujo de gastar mucho dinero en llamadas.

—Traté desde el auto y luego desde el almacén en el que estabas —contestó Raimundo mientras se daba cuenta de que al recibir la próxima cuenta telefónica, la respuesta sería obvia.

—¿Por qué motivo?

—¿Qué importa? ¿Por qué no tenías el teléfono encendido, papá?

—Mi teléfono sí estaba encendido, Raimundo, ahora tranquilízate. Estaba hablando con uno de mis proveedores más importantes de Ohio y la llamada duró hasta que llegué a la casa.

—Ah.

—¿«Ah»? ¿Eso es todo lo que vas a decir? ¿No me vas a pedir disculpas por haberme reclamado de semejante modo, sin siquiera saber lo que pasó?

—No me importa.

—Una vez más tu respuesta es la muestra perfecta de la actitud irrespetuosa que has asumido últimamente —dijo su padre.

El resto de la noche, Raimundo no pudo concentrarse. No pudo disfrutar de sus programas deportivos, ni de la lectura de sus libros de aviación; tampoco pudo descansar tranquilo y hasta tuvo dificultad para dormir. Esta etapa era la peor de su vida. ¿Por qué no podía estar agradecido de haberse equivocado al pensar que su madre le había abandonado, de que ella permanecía en casa, de que aún lo quería y de que siempre podía contar con ella?

Raimundo iba haciéndose cada vez más retraído. Se sentía culpable por haber hecho tantas promesas a Dios que —a pesar de habérselas hecho con toda sinceridad—, ahora parecían locas y vacías. Además, tampoco tenía ni la más mínima intención de cumplirlas.

Era uno de esos martes por la tarde —poco comunes— en los que el día laboral de Marilena y Sorin terminaba casi simultáneamente. Así que, cobrando ánimo, Marilena se acercó a la oficina de él.

—¿Sería posible que me acompañaras a caminar de regreso al apartamento?

—¿Por qué iba yo a hacer eso? Aquí tengo mi bicicleta y tú siempre tomas el autobús —respondió él con una mueca.

—Bueno, entonces, olvídalo.

—¡No! No quería ofenderte, Marilena. Solo es que . . .

—Pues, ¿acaso mañana por la mañana no puedes volver a la oficina conmigo en el autobús? Aquí no le va a pasar nada a tu bicicleta.

—Bueno, está bien. Pero ¿por qué quieres que te acompañe?

—Necesito el ejercicio y prefiero no caminar sola —respondió ella.

—¡Ah, no, no es eso! —exclamó él—. Ya te conozco. ¿Hay algo que te está molestando?

—Bueno, sí.

Sorin alistó su maletín y se echó la correa de este al hombro. Cuando pasaban por la puerta de la oficina del doctor Baduna Marius, Sorin lo saludó.

«Voy caminando de regreso a casa. Nos vemos esta noche», le dijo Sorin.

Baduna asintió sonriendo, pero ni siquiera miró a Marilena. Con este gesto, ella se dio cuenta de que Sorin ya le había informado a Baduna que ella estaba enterada de todo, lo cual la ponía en una situación bastante incómoda ya que los tres trabajaban juntos. Pero decidió que si ellos podían actuar con tanta frialdad ante semejantes circunstancias, entonces ella también podía hacerlo.

Después de haber caminado unas pocas cuadras, Marilena no sabía cómo comenzar. No había planeado la manera de abordar el tema.

—No desperdiciemos esta interrupción de mi rutina —dijo por fin Sorin.

—De acuerdo —respondió ella—, pero no tomé en cuenta que desde hace mucho tiempo no había caminado una distancia como esta. ¿No te fastidiaría si nos detuviéramos a descansar en algún lado?

—Aún no tengo hambre —replicó él mientras la llevaba hacia una banca en el parque—. Vamos ya, dime de una vez de qué se trata todo esto.

—Ah, Sorin, no puedes forzarme para tener una conversación seria. Eres tan impaciente. ¿Te imaginas cómo me hace sentir tu actitud tan negativa?

—Como si no me cansara de juegos tontos y de estas «conversaciones serias» —contestó sarcásticamente—. Estamos casados solamente en documentos. Nos conviene a ambos, pero francamente, te conviene más a ti que a mí.

—Lamento que pienses así.

—No vayas a fingir sorpresa, Marilena. Agradezco tu colaboración con los gastos y el hecho de que nos apoyemos mutuamente, pero muy bien sabes que preferiría estar casado con Baduna. Pero quién sabe cuánto tiempo tendrá que pasar hasta que eso pueda convertirse en realidad. Sabes bien que te respeto, creo que eres una persona de alta categoría y también disfruto tener conversaciones de carácter intelectual contigo. Sin embargo, me molestan estas cursis «charlas de corazón a corazón».

Marilena estaba fastidiada consigo misma, ya que su voz se escuchaba temblorosa, dando a notar así con más claridad cuán débil se sentía en realidad.

—En ese caso, tal vez sería mejor no molestarte.

—Por favor, no vayas a hacer una escena. Por lo menos has logrado despertar mi curiosidad.

—Quiero tener una conversación seria, no solamente satisfacer tu curiosidad —respondió Marilena, quien dio un suspiro y dejó de mirarlo.

—Bueno, aunque esto no sea de mi completo agrado, estoy aquí, ¿verdad? Mira, estoy ansioso por llegar a casa, pero como ves, aún estoy aquí.

—Tu actitud no es favorable para que podamos tener una conversación fructífera.

Sorin se inclinó hacia ella y con los codos sobre sus rodillas, sostuvo su mandíbula con las manos.

—No he tenido una conversación fructífera contigo en muchos años, aparte de las relacionadas con temas académicos. No vayas a llorar. No es por herirte, pero ya sabes que siempre digo las cosas tal como son, cueste lo que cueste.

—¿Aun cuando me ofendas?

—Francamente, sí.

—¿Pudieras tratar de entender cuán difícil me es soportar tu impaciencia? —insistió ella mientras sacudía la cabeza.

—Ya que estamos hablando francamente —respondió Sorin—, imagínate cuán difícil es todo esto para mí. No importa cuál sea el tema del que vayamos a hablar, esto no deja de ser una interrupción. De ningún modo puedo concebir que, lo que quiera que sea, me vaya a importar tanto. Sin embargo, voy a sentirme en la obligación de aparentar lo contrario.

—¿De verdad soy semejante carga para ti, Sorin?

—A veces, sí.

—Quieres que me vaya, ¿cierto? Tampoco es mi intención ser una carga para ti.

—Te puedes ir o te puedes quedar —dijo él— pero, por favor, ya basta de temas personales.

Marilena no podía imaginarse haber tenido un esposo más cruel que Sorin, a menos que hubiera sido uno que la maltratara físicamente.

—¿No te importan mis sentimientos?

—No, Marilena. Discúlpame, pero no. Quizá me importa tu vida intelectual, porque eres una estudiante cuidadosa y tienes una mente privilegiada. Pero no me importa para nada lo que sucede en lo que tú llamas tu corazón, tu alma o lo que sea ese algo que estás buscando alimentar. No, al contrario, todo esto me aburre.

—Pero esto tiene que ver contigo.

—¿Cómo que tiene que ver conmigo? ¡Si ni siquiera me importa!

—¡El asunto del que te quiero hablar sí pudiera «afectarte», Sorin!

—No, no voy a dejar que me afecte. Sabes muy bien mi opinión de todo este *prostie* espiritual.

—¿Tonterías? ¿Crees que todo esto es nada más que una tontería?

—Por supuesto, y tú ya lo sabes. A menos que hayas enloquecido por completo, estarás también de acuerdo conmigo en que todo esto es una tontería.

—¿Entonces piensas en realidad que todo esto es una locura?

—Sinceramente, Marilena, no tengo tiempo disponible para seguir con esto —respondió él y miró su reloj—. Esta noche tienes una reunión con la *zevzec*. Entonces Baduna y yo . . .

—No la vayas a llamar una tonta, Sorin. No hay necesidad de que seas tan grosero. Eres perfectamente capaz de ser más cortés que eso. Está bien si no estás de acuerdo con ella, pero . . .

—¡Marilena! ¡No lo dije por ser grosero! ¿No te das cuenta? ¡La llamé una *zevzec* porque creo que en eso te has convertido «tú» también!

Marilena se puso de pie y comenzó a caminar de un lado a otro. De nada servía tratar de razonar con Sorin. Si de verdad quería tener un hijo, entonces tendría que resignarse a criarlo sola y depender de la ayuda del gobierno.

—¿Ya podemos irnos, querida? —preguntó él.

—Jamás vuelvas a llamarme de ese modo —respondió ella—. Ahora ya sé lo que en realidad opinas de mí.

—¡Ah, Marilena! ¿Qué te pasa? Ambos sabemos que no soy una persona sentimental. Simplemente no poseo las habilidades para relacionarme con otras personas que alguien en mi profesión debería tener. No tengo la intención de hacerte daño, solo estoy siendo muy sincero, cosa que a veces ni yo mismo disfruto. Pero de otra manera no estaría siendo sincero ni conmigo mismo y tampoco te traería beneficio alguno. Ahora, por favor, dime de qué quieres hablar. Trataré de ser sensible, aunque no puedo prometerte nada.

—¿Me vas a escuchar?

—Eso sí te lo prometo.

Por lo menos, había que reconocer que él siempre cumplía sus promesas.

—Quiero tener un bebé, un hijo propio —contestó ella mientras respiraba profundamente.

Sorin se cubrió los ojos, luego bajó sus manos hasta cubrirse la boca, como si estuviera tratando de no decir algo impulsivo, grosero, hiriente. Antes de que él pudiera pronunciar palabra alguna, Marilena se apresuró a explicarle todo lo que le había sucedido últimamente. Le describió la manera en que este anhelo profundo la había comenzado a agobiar desde mucho antes que comenzara a asistir a las reuniones de los martes por la noche y cómo dichas reuniones y esa mujer, Viviana, se habían dirigido de manera específica a ella.

Cuando Sorin, por fin, se quitó las manos de la boca, ella siguió hablando, sin intención alguna de escuchar lo que él tuviera que decirle.

—La semana pasada hablamos después de la clase y ella me aseguró que sabía lo que me estaba inquietando. Me dijo que tenía la respuesta para mí. Esta noche la voy a obligar a que me lo explique. Bueno, sé muy bien lo que opinas de ella y de la idea de poder comunicarse con los espíritus del más allá, pero ya no lo puedo ignorar más. Si quieres, tú puedes rechazar dichos mensajes y también el mundo espiritual, pero no te atrevas a robarme el derecho de sentir lo que yo quiero sentir. Quiero, necesito y voy a tener un hijo.

—Pues —dijo él al fin—, que bueno será eso para ti.

—¿«Qué bueno será eso para ti»?

—Claro, «para ti». Obviamente, nada de eso será bueno para mí.

—Me temía que ibas a decir algo así.

—Con razón —dijo él—. ¿Qué te ha hecho pensar que haya cambiado de opinión acerca de esto? No quiero tener más hijos. No quiero tener interrupciones en mi vida ni en mi rutina ya establecida.

—Está bien.

—Entonces, ¿ya queda bien claro?

—Siempre has dejado todo bien claro, Sorin. ¿Tanto me desprecias, que ni siquiera eres capaz de expresar nada más que lo que acabas de decir? ¿Nada de empatía, nada de interés, nada de gozo por lo que he llegado a entender acerca de mí misma? ¿No te alegras por mí?

—Si eso te hace feliz, entonces me alegro por ti. Naturalmente, surge un sinnúmero de preguntas. ¿De dónde vendrá este niño? ¿Dónde lo vas a criar? ¿Cómo . . .

—¿Así que era *nebunie*, aun el soñar que posiblemente tú . . .

—¿Una locura pensar que esto tendría lugar en mi apartamento, entre todos mis papeles y mi trabajo? ¡Por supuesto!

—¿Me vas a extrañar? —inquirió ella.

—No, no completamente. No voy a extrañar esta obsesión y la forma en que te ha afectado intelectualmente, pero a la vez, tienes muchos atributos y llevamos juntos mucho tiempo.

—Además, hemos pasado algunos buenos ratos, ¿no, Sorin?

—De verdad que sí. Tengo muchos recuerdos de ti que me durarán toda la vida.

—Por eso es que me animo a pedirte el siguiente favor.

—Una vez más, sin querer herirte, debo advertirte que dicho «favor» debe ser algo que yo pueda cumplir sin tener una inter . . .

—Una interrupción en tu vida. Sí, ya lo sé. Sorin, te agradecería sobremanera, dado lo que hemos pasado juntos, que no te divorciaras de mí hasta que yo dé a luz a mi bebé.

—Pero ni siquiera sabes qué modos vas a emplear para concebir.

—Eso es asunto mío. Pero sí quiero que el niño tenga un apellido legítimo, tu apellido.

—No tengo el más mínimo interés en dejarte embarazada, ni convencionalmente ni de alguna otra manera.

—Ya lo sé. Por eso voy a tener que recurrir a algún método costoso para poder concebir, pero quiero que mi hijo o hija lleve el apellido Carpatia.

Sorin se puso de pie y ella se sentó. Aunque Sorin no era de gran estatura física, en ese momento se veía muy imponente.

—Si accedo eso no me va a . . .

—¿Poner bajo alguna obligación o responsabilidad como padre? No. No tendrás que preocuparte por eso.

—Quizá debería hacerte firmar un documento en que te requiera quitarle mi apellido si el niño alguna vez hace algo de lo que pueda avergonzarme —dijo él mientras se pasaba la mano por el cabello.

—¿No te estás adelantando un poco?

—Tal vez. Pero tengo que proteger mi buena reputación.

Esa noche en la reunión, Viviana Ivinisova parecía estar de prisa. Dio inicio a su rutina de siempre, adivinando el pasado y el futuro, comunicándose con los espíritus cooperativos, encendiendo la vela, orando al ángel de luz y también leyendo e interpretando las cartas de tarot.

En esta ocasión no era la imaginación de Marilena la que le hizo pensar que Viviana la miraba constantemente. Durante la reunión, Marilena se sentó en otro lugar y sin lugar a dudas, Viviana —sin importarle dónde ella se sentara— seguía mirándola. Al concluir, la señorita Ivinisova señaló a Marilena con el dedo y al parecer con la intención de remover cualquier duda dijo:

—«¿Podemos hablar un rato?», como si hubiera otra opción.

No caminaron juntas hasta la parada del autobús, ni fueron a un restaurante; tampoco tuvieron una conversación ligera. Al contrario, Viviana la tomó por el brazo y la dirigió a una esquina remota y oscura en el piso bajo de la biblioteca.

—Tengo mensajes urgentísimos para ti del mundo de los espíritus, pero no habría sido apropiado revelártelos ante todo el grupo.

—Ah, Viviana, no estoy segura de cuán convencida de verdad estoy. Creo en . . .

—No hables tonterías, Marilena. Desde el momento en que te conocí, percibí una energía sobrenatural dentro de tu ser. Durante las reuniones puedo ver que tienes una aura muy especial. He recibido mensajes bastantes claros para ti. Además, son mensajes que te competen de manera muy directa. No puedes decirme que aún no estás convencida.

Marilena estaba convencida, pero aún no podía dominar por completo la mente racional que poseía y que solía obligarla a ver las cosas de una manera práctica y realista.

—Posiblemente no sería problema tener más evidencia.

—Tengo que decirte que, con semejante escepticismo, corres el riesgo de ofender hasta a los espíritus más benignos —afirmó Viviana luego de dar un suspiro.

—Si son reales y si de verdad te han dado mensajes urgentísimos para mí, no creo que vayan a abandonarme solo porque necesito más evidencia.

—¿Qué evidencia necesitas?

Esto parecía ser algo inesperado para Viviana, quien se veía molesta. En cambio, le dio a Marilena la sensación de estar en control de la situación. A pesar de que la había asombrado la certeza de todo lo que la señorita Ivinisova había dicho en las últimas doce semanas, Marilena aún se sentía como una oveja; sentía que estaba dejando que esta gente la guiara e influyera con creencias que jamás había contemplado antes. Por lo menos, ahora ella podría aplicar algunos procedimientos académicos, aunque solo fuera para insistir en que se le proveyera de más evidencia.

—Quiero que seas más específica —insistió ella—. Quiero que me digas algo que solamente me concierne a mí. Algo que no se pudiera aplicar a la situación de alguna otra persona.

—Bueno —dijo Viviana como si estuviera atrapada—. Ven.

Marilena la siguió y pasaron por las colecciones de discos y libros y también por las mesas largas, anchas y brillantes, cuyos escasos ocupantes se encontraban leyendo los periódicos. Al fin encontraron algunos cubículos de estudio desocupados. Viviana trajo una silla adicional para que ambas pudieran sentarse en uno de ellos. Tomó la mano de Marilena, inclinó la cabeza y cerró los ojos.

—Escúchame con atención —dijo, mientras Marilena sintió una presión en su pecho—. Un espíritu de alto rango me dice que tu necesidad de tener un hijo va a provocar la ruptura permanente de tu matrimonio.

—Es cierto —alcanzó a afirmar mientras sentía que su boca estaba seca y que casi no podía respirar.

—¿De verdad, ya ha sucedido tan pronto?

—Sí.

—El espíritu dice que debes seguir insistiendo para que tu esposo se quede contigo hasta que tu hijo nazca, para que el niño lleve su apellido.

—¿«Niño»? ¿Entonces será varón?

—Ése fue el mensaje que recibí. El hecho de que el espíritu haya dicho que «sigas insistiendo», indica que ya has hablado del tema con tu esposo.

—Así es.

—¿Aún necesitas más evidencia?

—¿Hay más evidencia?

—¿La necesitarías si en caso la hubiera?

—Definitivamente quisiera oírla —replicó Marilena.

—Por supuesto, pero si es que necesitas más evidencia solo para convencerte, de verdad temo que vamos a poner a prueba la paciencia de los espíritus.

—No, no es eso. De verdad, estoy plenamente convencida.

—Yo también lo estaría.

—Pero si sabes algo más, ¿te sería posible decírmelo?

SIETE

SÍ HABÍA MÁS que decir. Con este propósito, Viviana Ivinisova pidió reunirse con Marilena y su esposo en el apartamento de ellos.

—¿Para qué? —preguntó Marilena.

—Pues —dijo Viviana luego de una pausa—, parece que deberías ir preparando a tu esposo. No te preocupes por mí, a través de los años he conocido bastantes escépticos, así que no me intimida ni el escepticismo ni alguien que sea más inteligente que yo. Además, está bien si él me recibe como una *distracţie,* pero . . .

—¿Una distracción? Eso sería lo de menos —dijo Marilena—. Tal vez va a querer enfrascarse en un debate sin fin contigo.

—Eso tampoco me molesta, pero no quisiera que él se sintiera impaciente, invadido o cualquier otra cosa que le vaya a causar enojo.

Marilena accedió a tratar de convencer a Sorin de que, por lo menos, dejara que la señorita Ivinisova viniera a visitarlos.

—Lo que más me preocupa —dijo Marilena—, es cómo me las voy a arreglar para salir adelante sola. ¿Dónde viviré? ¿Tendré lo suficiente como para mantenernos económicamente? Sorin ha dicho que, aunque el niño lleve su apellido, me va a exigir exonerarlo de cualquier responsabilidad económica.

La señorita Ivinisova pareció controlar una sonrisa. Marilena no sabía con certeza si la mujer guardaba un secreto o simplemente le causó gracia lo que acababa de decirle.

—Viviana, ¿qué voy a hacer?

—¿Tienes prisa o puedes quedarte unos minutos más? —le preguntó Viviana mientras se inclinaba hacia delante y le daba un abrazo.

—Sí, sí puedo quedarme unos pocos minutos más. No hay algo en el mundo que me importe más que esto —respondió Marilena.

—Déjame explicarte como veo tu peregrinaje espiritual hasta el momento —dijo la señorita Ivisinova—. Me vas a corregir si me equivoco: Viniste a mis clases por distraerte, para no pensar en tus ansias de tener un hijo. Debido a tu intelecto eras una escéptica, pero aún así no podías negar las verdades que te tocaron profundamente.

Marilena asintió después de oír cada aseveración.

—Los días que no teníamos las reuniones tratabas de refutar todo lo que habías escuchado y experimentado, pero ya no podías más. Sabías que esta creencia era válida y que era válida específicamente para ti.

Marilena se encogió de hombros y volvió a asentir.

—Ya estás convencida. Los espíritus han demostrado que tienen un interés personal en ti. Además, rápidamente estás llegando a darte cuenta de que dicho interés te conviene. Tu sueño se va a realizar: Darás a luz a un niño.

—Sin embargo, mi vida se va a complicar demasiado y todo será mucho más difícil.

—En eso estás muy, pero muy equivocada.

—Bueno, entonces sigo escuchándote.

—Hasta el momento —respondió Viviana—, sigues viendo este nuevo modo de ser desde una perspectiva académica. Claro está que te ha causado nuevos sentimientos, te ha abierto los ojos y te ha emocionado, pero aún sigues analizando mucho el asunto. Eres creyente, pero continuamente te centras en las causas y en las consecuencias: «Si todo esto es verdad, ¿qué va a pasar?»

—Sí, es cierto, pero entonces ¿qué perspectiva debo adoptar?

—Marilena, espero que pronto veas que todo este interés en ti, por parte del más allá, es tan personal como lo has percibido. Los espíritus se preocupan por ti y desean lo mejor para ti. Deberías sentirte amada.

Marilena entrecerró los ojos. *Sentirme amada*, pensó para sí.

—Francamente, Viviana, aún tengo miedo.

—Naturalmente. Mucha gente tiene creencias erradas acerca de los seres espirituales. No se imaginan la posibilidad de que estos puedan amar a los seres humanos.

—Pero ¿quién es, entonces, este ser que se preocupa por mí y que me ama? ¿Acaso es un espíritu invisible y sin nombre? ¿Y por qué me ama?

Viviana se puso de pie y le extendió su mano a Marilena, quien también se puso de pie.

—Vamos —dijo la señorita Ivinisova—. Déjame contarte mi historia. Es posible que te ayude a entender la tuya.

La noche estaba fresca. Viviana siguió caminando con su brazo puesto levemente sobre el hombro de Marilena.

Viviana le explicó que durante su infancia en Rusia, sus padres se consideraban a sí mismos algo así como vestigios del ateismo comunista. (Orden que había regido en una época pasada.)

—Una forma de democracia llegó a la Unión Soviética, pero el aspecto religioso permaneció igual —continuó la señorita Ivinisova—. Claro que existían grupos pequeños de cristianos y judíos devotos y sin duda, también de musulmanes, quienes practicaban sus creencias como minorías insignificantes. Pero a pesar de gozar de nuevas libertades, no hubo un surgimiento por parte de gente de fe religiosa. Mis padres despreciaban la religión, pero también estaban en contra del estado. Detestaban el comunismo y jamás fueron ateos de convicción profunda. Dejaban siempre abierta la posibilidad de que existieran seres sobrenaturales y también otros mundos y dimensiones que la humanidad aún no había llegado a conocer. Esto se les manifestó con más claridad cuando se involucraron en lo que algunos llaman las ciencias ocultas.

—¿Te refieres a los demonios y demás cosas semejantes?

—Bueno, ahí se complica la cosa. Mis padres jamás creyeron en el cielo ni en el infierno ni en la batalla eterna entre Dios y Satanás. Sin embargo, sí creían en los poderes del bien y del mal. Pero su iniciación en el espiritismo se dio más bien como algo recreativo. Mi madre me dio a entender que solo con el fin de ofender a sus amigos intelectuales y eruditos, había comenzado a escudriñar en el campo de la clarividencia y otras cosas similares.

—Parece que sus amigos eran como mi esposo.

—Como él, sí. Pero también como tú.

—¿Por qué dices eso? Ya te dije que estoy convencida —aseveró Marilena.

—Lo estás, pero solo hasta cierto punto.

—No, de verdad, ahora sí creo en lo que me has venido diciendo.

—Tal vez crees, pero para ti todavía no es algo personal.

—Bueno, de varias maneras sí me es muy personal —contestó Marilena—. No quiero ser polémica, pero es que aún no logro entender ciertas cosas. Claro está que algo o alguien te ha comunicado mis pensamientos y anhelos íntimos, y ahora estás profetizando que estos se van a cumplir. Te aseguro, con todo mi ser, que quiero creer todo eso, pero . . .

—Pero tu intelecto aún no te permite aceptarlo basándote, únicamente, sobre la fe en la clarividencia y en su cumplimiento final.

—Te aseguro que lo voy a creer cuando esté embarazada.

—Desde luego. Pero hasta entonces, aunque todo «parezca» real, te cohíbes de amar a aquel que te ama.

—¿Qué quieres decir? —preguntó Marilena.

—¡Ah! Querida, alguien del otro reino te ama y ha escogido honrarte y aún así eres tan escéptica —lamentó Viviana mientras quitaba su brazo del hombro de Marilena.

—¿Tú no serías cautelosa y escéptica si estuvieras en mi situación?

—¡Yo estuve en tu situación! Al principio, mis padres se

divertían con las cartas del tarot, la clarividencia y aún con la tabla espiritista, hasta que descubrieron la gran verdad detrás de todo eso. Cuando yo tenía seis años, me enseñaron a comunicarme con los espíritus mediante la tabla espiritista, lo hacía todos los días. Después de varios años, me di cuenta de que los espíritus que me enviaban los mensajes de verdad me conocían, se preocupaban por mí y me amaban. Me habían escogido para que fuera una médium, una comunicadora, una mensajera al mundo mortal de los escépticos y los cautelosos.

—¿Crees que, de la misma manera, yo también soy una escogida?

—¡No, no de la misma manera! ¡A ti te escogieron para dar a luz a un bebé! ¿Por qué crees que les importaría a ellos si tienes o no un hijo? ¿No te das cuenta de que ese niño tendrá un destino glorioso? Claro está que te aman y se preocupan por ti, quieren que estés contenta, pero el asunto no es así de sencillo. Te podrían ayudar para que tengas un hijo, pero su amor por ti es mucho más profundo que eso. Me parece que todavía no has captado la idea.

—Bueno, y si capto la idea como dices, ¿qué significado tendrá para mí? —preguntó Marilena a la vez que se sentaba en una banca del parque y miraba fijamente a Viviana.

—Esa pregunta es la que esperaba —dijo la señorita Ivinisova—. En primer lugar, serías la madre de un niño muy especial, quien en todo aspecto será amigo íntimo de los espíritus. En segundo lugar y esto representa mi más profundo anhelo para ti, te inspirarías para amar a los espíritus tanto como ellos te aman.

—¿Amar a los espíritus?

—Te parece algo muy raro, ¿verdad?

—Así es —respondió Marilena—. Hasta ahora no me han dado la impresión de que sean seres personales.

—Ya lo sé, es obvio y eso es precisamente lo que estoy tratando de explicarte.

—Pero no son seres humanos, ¿verdad? ¿Acaso son fantasmas de los muertos?

—No, no son fantasmas. Son ángeles —contestó Viviana quien se sentó tan cerca de Marilena que esta podía ver su aliento.

—¡¿Ángeles?!

—Sí, ángeles. Y te aman.

—Pero si voy a creer en los ángeles, también tengo que creer en Dios.

—Sí, en eso sí tienes razón.

—Pero aún no puedo decir con certeza que creo eso.

—Bueno, tal vez no es el Dios en el que estás pensando —dijo Viviana.

—¿Entonces quién es?

—Bueno, este no es el Dios de los cristianos, ni de los judíos; tampoco es Alá. Más bien es un dios que te ama y te ha escogido. Además, es un dios quien también anhela que lo ames.

—Quienquiera que sea, es demasiado remoto e impersonal. Quiero verlo, tocarlo, comunicarme con él —insistió Marilena y sacudió la cabeza.

—Si lo vieras, entonces ya no tendrías que tener fe. ¡Ay!, Marilena, solo necesitas un poco de fe, ya que él se ha comunicado tan directamente contigo a través de mí. ¿Tan pronto se te ha olvidado que él me ha dado poder para saber tu historia personal, leer tus pensamientos y hasta para adivinar tu futuro?

—Ya lo sé, ya lo sé. Pero aún me parece demasiado impersonal como para que yo lo ame.

—Él me está diciendo que quiere que lo ames.

—Me parece razonable, pero tengo que ser franca; tampoco voy a profesarle un amor falso.

—Marilena, él exige lealtad.

—Supongo que también es algo razonable. Entonces el asunto es, quizá, que soy indigna de este honor.

—¡Desde luego que lo eres, querida, con mayor razón deberías amarlo aún más!

—Pero ¿qué tal si de verdad no me nace el amarlo?

Viviana se puso de pie, dio un paso y por un momento le volvió la espalda a Marilena. Cuando se dio la vuelta para mirarla otra vez de frente, la luz proveniente de una distante lámpara de alumbrado eléctrico dejaba ver que ahora la señorita Ivinisova tenía una mirada fría y que su aspecto se había tornado severo.

—Bueno, no puedo hablar en su nombre a menos que me diga algo específico.

—¿Y ya no te está diciendo algo más?

—No, por el momento, está guardando silencio. Tal vez se ha ofendido.

—Espero que entienda que todo esto es muy extraño para mí.

—Por supuesto, pero imagínate cuántas personas, cuántas mujeres estériles darían cualquier cosa por tener esta oportunidad que tú tienes. Me da temor cuando preguntas cuáles serían las consecuencias al no hallar dentro de tu ser amor y respeto para quien te ofrece hacer realidad el anhelo de tu corazón. ¿Qué tal si su respuesta es, que debido a tu actitud, tampoco hallarás un hijo dentro de ti?

Marilena se puso de pie. Quería escapar, huir, pero ¿a dónde? Tenía que pensar bien sobre este asunto. Si había alguien a quien ella había llegado a amar, era a Viviana. Pero en este momento quería estar sola.

—No sé que decir —dijo—. Definitivamente tengo que ser sincera conmigo misma y no expresar amor y devoción a alguien solo por interés o temor.

—Bien dicho. Debes tomar tiempo para analizar tus motivos. Mientras tanto, prepara a tu esposo y obtén su permiso para que yo les visite. Me atrevo a decir que durante mi visita recibirás algún mensaje que dará descanso a tu corazón, a tu mente y a tu alma.

—¿Descanso? —dijo Marilena—. Siento que no voy a poder descansar jamás hasta que tome una decisión definitiva en cuanto a este dios de quien tú hablas.

—Mira el asunto desde otro punto de vista —respondió Viviana—. Ámale porque él primero te amó a ti.

—¿Cómo voy a conseguir entender a mi propio corazón? Si le llego a tener semejante amor, ¿cómo voy a saber que es verdadero y no producto del miedo ni por interés propio en lo que me ofrece?

—Él lo sabrá.

—¿Tú se lo dirás?

—No, Marilena, tú misma se lo vas a decir.

—¿Cómo?

—Es un dios. Con los dioses se puede comunicar a través de la oración.

—Pero yo nunca antes he orado.

—Bueno, espero que pronto comiences a hacerlo.

—¿Cómo me dirijo a él? —inquirió Marilena mientras temblaba al haber hecho la pregunta que la había atormentado.

—Debes llamarlo ángel de luz, estrella de la mañana, príncipe de la potestad del aire —contestó Viviana con una sonrisa benigna.

—Me lo temía —dijo Marilena—. Como tú sabes, he leído mucho y conozco su nombre.

Viviana la tomó por el hombro y la llevó hacia la parada del autobús.

—Por supuesto que lo conoces. Eres una estudiante y una profesora de literatura clásica. Pero todo lo que has leído acerca de él ha sido solo desde la perspectiva de alguien quien es extremadamente celoso de su hermosura, de su poder y desde luego, de su ambición, así que ni siquiera vale la pena tomarlo en cuenta. Te recomiendo que leas lo que otras fuentes dicen acerca de él y luego lee también la Biblia desde un punto de vista diferente. Si la aseveración del Dios de la Biblia es legítima en cuanto a que Él está por encima de todos los otros dioses y sentado más allá de los cielos, y si Lucifer de verdad es tan maligno, entonces, ¿por qué Dios no lo ha exterminado todavía? No, Marilena, mi dios —el dios vivo y verdadero, quien me ama, me cuida y me provee de todo— ha ascendido al trono como dios del universo. Él te ha escogido para darte un hijo y por semejante honor te pide solamente que le prometas tu amor y lealtad.

—Como te puedes imaginar, esto sigue siendo para mí algo casi imposible de comprender —respondió Marilena con una sonrisa que no hubiera querido tener—. Pero una cosa sí sé: No le hablarás de este tema si Sorin está dispuesto a escucharte.

Mientras iba en el autobús de regreso a su apartamento, Marilena estaba absorta en sus propios pensamientos, tenía los brazos cruzados, la cabeza baja y llevaba su bolso sobre las rodillas. ¿Cómo era posible que en tan solo cuatro meses se hubiera alejado tanto de sus creencias en el humanismo y en el existencialismo, al punto de llegar a aceptar por completo la existencia del mundo espiritual? Aunque aún se resistía ante la idea de orarle a Lucifer y más aún de prometerle su amor, ya no le quedaba duda alguna acerca de su realidad, su existencia, y —como Viviana le había comunicado— hasta del interés personal de este en ella. La pregunta era si debiera o no relacionarse íntimamente con él. ¿No sería posible hacerse espiritista —una creyente sincera— pero no una discípula?

Otra vez llegó a un apartamento vacío. Imaginó a Sorin en brazos de su amante, contándole de la locura en que su esposa estaba metida. Se preguntaba si —sabiendo que un divorcio era inminente, probablemente dentro de un año, si Marilena quedaba embarazada en un futuro cercano— Baduna también iniciaría el proceso de su propio divorcio.

Sorin había dicho que Baduna estaba felizmente casado, pero ¿cómo era eso posible si mantenía semejante relación con su jefe? Seguramente la esposa de Baduna aún no sabía de las inclinaciones homosexuales de este y mucho menos que tenía un amante. Era imposible que ese matrimonio fuera feliz y menos aún, que fuera a durar.

Marilena se puso la pijama y las zapatillas. Encendió el televisor pero no había algo que le interesara. Lo apagó y trató de leer un poco, pero no podía concentrarse. Tenía la sensación de que algo le oprimía la base de su espina dorsal y también que la parte trasera de su cabeza vibraba.

Sin lograr enfocar sus pensamientos en nada más, Marilena sintió un fuerte impulso de orar. ¿Acaso era ella quién deseaba comunicarse con este dios del mundo espiritual o estaba él buscando comunicarse con ella? Estaba segura de que la segunda posibilidad era cierta y tuvo miedo.

Marilena no pudo resistir más, ¿pero cómo debía orar? Había leído acerca de religiosos devotos quienes inclinaban la cabeza, cerraban los ojos y juntaban las manos. Algunos se arrodillaban, otros alzaban las manos o se postraban. Viviana estaba siempre sentada frente a una vela. Marilena decidió que si su nueva creencia era cierta, no sería necesario seguir alguna tradición. Sencillamente se abriría para recibir mensajes y si este capitán del mundo espiritual era tan real —como Viviana aseveraba— él de algún modo se comunicaría con ella.

—Aquí estoy —dijo sentada frente su escritorio mientras miraba hacia la pared cubierta de notas y papeles

Inmediatamente sintió que una fuerza espiritual invadió su mente, su alma y todo su ser. No oyó una voz audible, pero sin duda algo —o alguien— estaba hablando directamente a su corazón. Las palabras eran muchas y confusas, pero las que estaban dirigidas a ella supo distinguirlas y la afectaron profundamente.

—Te quiero con un amor eterno. Te he escogido como mi instrumento. Concebirás en el momento propicio. Tu embarazo será fácil, pero te causará preocupación pues el niño no se moverá. Darás a luz a un niño y lo llamarás «Victoria del Pueblo». Será el hombre más grandioso, hermoso e imponente que jamás haya vivido sobre la faz de la tierra. Llevará mi mensaje, por lo cual será considerado un extraño.

Marilena no quiso hablar ni contestar; pero si esta comunicación era real —y le parecía más real que cualquier conversación que jamás hubiera tenido con un ser mortal— había muchas cosas que aún quería saber.

«¿Cómo podré mantenerme económicamente? ¿Cómo subsistiré?», susurró ella.

«Te proveeré una compañera, a quien ya he escogido».

«¿Dónde viviré?».

«Te proveeré un lugar adecuado».

«Tengo miedo de ti».

«No temas».

«Mi temor me cohíbe de responder a tus sentimientos hacia mí. Si acaso no puedo . . .»

«Podrás».

«Pero si no puedo . . .»

«Ya he hablado».

«Si de verdad me amas, me dirás cuáles serían las consecuencias si no te . . .»

«Entonces morirás».

«¿Y mi hijo?».

«Jamás morirá».

Marilena se conmovió muchísimo, hasta quería ser capaz de sentir un amor que pudiera ser expresado. Pero en ese preciso instante oyó la llave de Sorin abriendo la puerta y rápidamente rompió la comunicación.

Sorin se veía —ella no encontró otro modo de describirlo— enamoradísimo. Debía ser que él y Baduna estaban gozosos, planeando su futuro juntos. Marilena abordó el tema de la visita de Viviana planeada para el próximo martes y quedó sorprendida al ver que Sorin estaba dispuesto a recibirla en su apartamento.

—Con tal de que no se quede mucho tiempo. Para entonces, por supuesto, habré ya pasado un buen rato con Baduna. Además tengo que madrugar al día siguiente.

Marilena se emocionó sobremanera. Le aseguró que ella y Viviana no tomarían mucho de su tiempo.

—Ella piensa que tiene la solución en cuanto a los aspectos de carácter logístico del asunto que me interesa.

—¡Qué emoción! —respondió él con sarcasmo.

A Marilena muy rara vez le era difícil quedarse dormida,

pero esa noche, a las dos y quince de la madrugada, sus ojos se abrieron. De inmediato se sintió bastante alerta, pero no quiso despertar a Sorin quien con su respiración ruidosa mostraba que estaba profundamente dormido.

Con mucho cuidado removió las cobijas y se sentó en el borde de la cama con sus pies tocando el piso. ¿Qué estaba pasando? ¿Tenía que volver a orar? No, esto parecía ser algo muy diferente a la experiencia que había tenido temprano esa misma noche. Algo o alguien trataba de comunicarse con ella. Percibió —con absoluta seguridad— que esta vez no se trataba del mismo ser con el que había hablado anteriormente.

Marilena colocó los codos sobre las rodillas y la cabeza entre las manos. Pero cuando el ser misterioso comenzó a comunicarse con su espíritu, ella tuvo que ponerse de pie.

«He aquí, yo vengo pronto, y mi recompensa está conmigo para recompensar a cada uno según sea su obra. Yo soy el Alfa y la Omega, el primero y el último, el principio y el fin. Bienaventurados los que lavan sus vestiduras para tener derecho al árbol de la vida y para entrar por las puertas a la ciudad. Afuera están los perros, los hechiceros, los inmorales, los asesinos, los idólatras y todo el que ama y practica la mentira. Yo, Jesús, he enviado a mi ángel a fin de daros testimonio de estas cosas. Yo soy la raíz y la descendencia de David, el lucero resplandeciente de la mañana. Y el que tiene sed, venga; y el que desea, que tome gratuitamente del agua de la vida. Resiste al diablo y él huirá de ti».

«Estoy loca», Marilena concluyó. «Me he enloquecido por completo. Tiene que ser delirio de grandeza. Solo una desequilibrada mental podría creer que Dios y Lucifer están compitiendo por su alma».

El martes siguiente, Viviana Ivinisova fue en el autobús con Marilena a su apartamento.

—Es un gusto volverla a ver, señorita Ivinisova. Disculpe que no haya aceptado sus creencias con el mismo entusiasmo de mi esposa —dijo Sorin cuyo comportamiento era cordial pero reservado.

Viviana, a propósito, ignoró el comentario y Marilena quedó impresionada al ver que la mujer ni siquiera intentó persuadir a Sorin de lo contrario. No hubo, por parte de la señorita Ivinisova, algún tipo de argumento con el fin de ganar conversos.

—Reconozco que usted no tiene mucho tiempo disponible —dijo Viviana mientras se sentaba en el sofá desgastado y Marilena preparaba el té—, así que iré directo al grano. Ambos conocemos su situación matrimonial y su falta de interés en tener un hijo.

—De hecho —dijo Sorin—, he acordado no divorciarme de Marilena hasta que su hijo nazca, para que así el niño lleve mi apellido.

—Además —dijo Viviana—, no me imagino que usted desearía lidiar con una mujer embarazada y con sus estragos, aquí mismo en su apartamento, todos los días por nueve meses.

Marilena resistió el impulso de mencionar que había recibido la promesa de un embarazo sin dificultad. (Algunas cosas ella no las decía ni siquiera a la señorita Ivinisova.)

—Yo no había pensado en eso —dijo Sorin—, pero tiene toda la razón. Por otro lado, tampoco quiero echarla a la calle sin que ella tenga donde ir.

—La verdad —dijo Viviana—, es que ya lo tiene. Una vez que ella se haya puesto de acuerdo, estaría libre para salir de aquí cuando lo desee.

Marilena quedó atónita. Ni estaba embarazada todavía. Además pensaba que iba a necesitar unos meses, hasta un año, para prepararse mentalmente para un cambio de vida tan drástico.

—También tenemos que hablar acerca de si ella va a terminar el semestre en la universidad o no —dijo Sorin—. De otro modo, ¿qué haremos con sus alumnos?

—Todavía no he renunciado —dijo Marilena.

—Ni debes hacerlo —dijo Sorin—, por lo menos hasta que podamos . . .

—No se preocupe —dijo la señorita Ivinisova mientras tomaba su té—. Reconozco que las cosas van marchando rápidamente incluso para su esposa, dado que aún no hemos hablado a este respecto ni con ella misma. ¿Han oído alguna vez el nombre Ricardo Planchet?

Aunque tal nombre le pareció familiar, Marilena no estaba segura de conocerlo. Sorin sacudió la cabeza.

—Ha publicado una gran cantidad de libros en mi área de interés. También es el director regional de nuestra organización y mi supervisor. Además, me he tomado la libertad de informarle de todo lo que ha sucedido con Marilena y todo esto lo ha entusiasmado mucho. Él acordó destinar los fondos necesarios y también dejarme en libertad de tomar un nuevo rumbo en mi carrera profesional, siempre y cuando Marilena esté también de acuerdo.

—Te estoy escuchando con toda mi atención —dijo Marilena.

—Hay una casa de campo en un terreno de varias hectáreas cerca de Cluj. Ciertamente nada sé de la vida en el campo, pero si Marilena está dispuesta, yo viviría con ella, la ayudaría durante su embarazo y también la apoyaría, por todo el tiempo que ella quiera, en la crianza del niño.

Marilena sabía que debía estar agradecida por semejante ofrecimiento, pero las cosas iban marchando a una velocidad inquietante.

—No, no —dijo—. Yo ni podría ayudar en el jardín. Yo no sirvo para vivir en el campo, además . . .

—Sería ideal para criar a un hijo —dijo Viviana.

—Tal vez para otra persona, pero ¿en qué voy a trabajar?

—Voy a insistir en que tengamos acceso inalámbrico de alta velocidad a la Internet y además tendremos los mejores equipos para ti. Pudieras seguir ejerciendo tu profesión de una manera menos convencional: a larga distancia, utilizando la tecnología a tu disposición.

—¡Pero de ningún modo voy a poder igualar mi salario actual! ¿De dónde sacaríamos para comprar comida, ropa y para pagar la renta?

—Parece que no me hago entender —dijo Viviana—. La casa de campo no es de lujo, pero el espacio es adecuado para tres personas y ofrece la suficiente privacidad. Además, podremos ocuparla sin tener que pagar nada.

—¿Sin tener que pagar?

—Ya te dije, el director Planchet está entusiasmado.

—No sé —dijo Marilena—. Simplemente no sé. Quiero tener un hijo, pero tengo preocupaciones acerca del embarazo. Quisiera estar cerca de un doctor y de un hospital.

—Lo estarás —dijo Viviana.

—¿Acaso hay necesidad de votar? Francamente, todo esto me parece perfecto —interrumpió Sorin, quien se había levantado y ahora estaba sentado sobre el brazo de la silla ocupada por Marilena.

—Para ti, claro —contestó Marilena—. Así se resuelven todos tus problemas.

—Los tuyos también —respondió él—. ¡Imagínate! Señorita Ivinisova, ¿cuán lejos está la casa del centro de Cluj-Napoca?

—No llega a diez kilómetros.

El asunto parecía un poco mejor. Sin embargo Marilena no tenía prisa por aceptar el plan. ¿Se echaría a perder su amistad con Viviana por el hecho de vivir las dos en la misma casa? Admiraba, respetaba y hasta se preocupaba por la señorita Ivinisova y no quería arriesgar su amistad. No obstante, ¿dónde más podría encontrar semejante situación tan favorable, al contar con el apoyo de una mujer tan espiritual para la crianza de su hijo?

Por otro lado, aún no le había revelado a Viviana el hecho de que la otra noche había sentido algo que le pareció un ataque del enemigo de Lucifer en contra de su conciencia. Había sucedido una sola vez, pero para ella la experiencia había sido tan genuina como la que había tenido cuando formuló su oración al mismísimo Lucifer. (Tampoco le había mencionado este último suceso, ya que no quería confesarle que aún no había tomado una decisión final en cuanto a rendir su lealtad al dios que decía amarla.)

Viviana concluyó la conversación dando por sentado que Marilena consideraría seria y cuidadosamente la opción que le había acabado de presentar. Sorin, por su parte, se puso de acuerdo para no presionarla a hacerlo, aunque Marilena de ninguna forma se había convencido de su sinceridad.

—Déjeme acompañarla hasta la parada del autobús, señorita Ivinisova —dijo Sorin—. Ya es tarde.

Dado que Sorin se había quejado tanto acerca de tener que madrugar al día siguiente, a Marilena le pareció muy rara esta repentina demostración de caballerosidad. Hacía años desde la última vez que él le había prodigado semejante consideración. Pero quizá sería provechoso que Sorin pasara un rato hablando a solas con Viviana. Eran casi de la misma edad y tal vez, a pesar de tener puntos de vista muy diferentes, hasta pudieran llegar a entenderse mejor.

Marilena fue a la ventana y vio que, mientras cruzaban la calle, él la tomó del brazo. Entonces, un hombre alto salió de entre los edificios y los saludó cariñosamente. Los tres siguieron caminando juntos. Debido a las sombras que les rodeaban, Marilena no pudo reconocer al tercer acompañante. Por el parecido, se preguntó si acaso habría sido Baduna. Por alguna razón, este incidente la hizo sentirse tan sola como nunca antes lo había sentido. Una cosa sabía con certeza: No le preguntaría ni a Sorin ni a Viviana acerca de la identidad del hombre que les había salido al encuentro. No quería que la consideraran una impertinente o una paranoica. Sería decisión de ellos si le decían o no quién había sido tal individuo.

Más tarde, Marilena se daba vueltas en la cama, hasta que los suspiros impacientes de Sorin la hicieron levantarse e irse a su escritorio. No sintió algo del mundo espiritual, ningún impulso para orar. ¿Acaso, al darse cuenta del estado de su corazón, Lucifer la había ya abandonado? Y ¿qué de su adversario? Viviana y sus compañeros podían negar cuanto quisieran que Lucifer era el enemigo del Dios de la Biblia, pero Marilena, creyendo haber estado en contacto también con Dios, no estaba segura.

—¿Aún me ofreces un hijo? —oró.

Al no obtener respuesta alguna, se sintió como una tonta.

—Dios —dijo ella otra vez—, ¿sería posible negociar contigo? Si eligiera seguirte a ti, ¿me darías un hijo?

Otra vez, solo hubo un silencio total.

Tal parecía que Marilena Carpatia no podía comunicarse ni con el cielo ni con el infierno.

OCHO

DE PRONTO, Marilena sintió como si tan solo fuera una espectadora de su propia vida. Demasiadas cosas habían sucedido con tanta rapidez y ni siquiera había tenido la oportunidad de prepararse mental ni emocionalmente. Si algo siempre había podido controlar, a pesar de la condición tan particular de su matrimonio, era su propio horario, su propio ritmo de vida.

El profundo y devastador anhelo por tener un hijo no había cedido en lo más mínimo. Aún así había días en los que Marilena se arrepentía de haber permitido que este instinto maternal la consumiera de tal modo. Cuánto extrañaba los días en que solía disfrutar su vida. A diario acostumbraba a levantarse de madrugada, a menudo se turnaba con Sorin para cocinar una ligera y picante *gustare de dimineata* con huevos y salchichas. Aunque por lo general durante esas tempranas horas él solía permanecer callado, no era en absoluto grosero ni desagradable siempre y cuando ella no intentara iniciar alguna clase de conversación significativa.

Él era el primero en irse en su bicicleta; luego ella salía a tomar el autobús. A menudo llegaban a la universidad al mismo tiempo, pero —salvo por las reuniones de las facultades— no se veían durante el día. Para Marilena un día promedio incluía unas pocas clases, unas cuantas reuniones individuales con sus estudiantes y varias horas de estudio, lectura e investigación. Eran estas últimas las actividades que más disfrutaba, a tal grado que si hubiera podido prescindir de cualquier tipo de interacción con otras personas lo hubiera hecho sin pensar dos veces ya que consideraba que tales reuniones —y demás formas en las que tenía que interactuar con sus colegas y estudiantes—, constituían el precio que tenía que pagar por sus valiosas horas de estudio y lectura.

Si llegaba a ser madre y podía compartir con Viviana Ivinisova sus quehaceres domésticos y todo lo demás que involucraba el criar a un hijo, entonces el resto de su tiempo lo podría invertir solo en sus actividades de estudio e investigación. Lo crítico era saber si el fruto de dichas aplicaciones sería requerido, necesario —o aun apreciado— por alguien o quizá por alguna empresa o institución. Lo que le causaba mayor preocupación era pensar en lo que semejante cambio en su vida le iba a costar en realidad.

Muchas veces ella regresaba al apartamento antes que Sorin. Cuando era su turno para cocinar y hacer las demás tareas domésticas, ella las cumplía rápidamente con el objetivo de poder disfrutar el resto de la noche de sus preciadas horas de lectura. En cambio, cuando era el turno de él, ella se alegraba de poder irse directamente a su escritorio, sin tener que levantarse salvo para cenar.

Sin saberlo había llegado a apreciar esa vida, pero el caso era que ahora su llamado «reloj biológico» había cambiado las cosas. Las reuniones de los martes por la noche —las cuales en un comienzo eran tan solo su pasatiempo—, ahora más bien acentuaban su deseo de tener un hijo. De pronto se había convertido en una persona diferente, con un horario diferente, con nuevas amistades y hasta con nuevas metas. Lo que más le sorprendía era que se había convertido en lo que anteriormente ella misma había tildado de ridículo, en lo que Sorin aún despreciaba: Una devota de lo desconocido, de las cosas que no se veían.

El imaginarse criando y abrazando a su hijo era algo tan emocionante y novedoso que le causaba una ansiedad sin igual. Pero ¿estaba dispuesta a pagar por ello con su atesorada forma de vivir? Para una persona ajena —fuera de su mundo académico y hasta quizá con una mejor apariencia física y posesiones materiales—, su clase de vida sedentaria sería como una sentencia de muerte, pero para Marilena tener que abandonarla era lo más difícil que había tenido que hacer en toda su vida.

Lo peor de todo era que Marilena sentía, no solo que su ritmo de vida se iba acelerando y que muchos sucesos parecían converger, sino también que varias de las cosas que ocurrían estaban fuera de su control. A pesar de que en realidad aún no había tomado una decisión definitiva, se dio cuenta de que un detallado plan de acción —sobre el cual ella no tenía dominio alguno— había sido puesto en marcha. Así, Viviana Ivinisova estaba sumamente ocupada en planear, organizar, hablar, interceder y hacer toda clase de arreglos necesarios. Además, sabía cuál era el perfecto banco de esperma al que Marilena debía acudir para comprar lo que necesitaba para concebir.

—Tienen lo último en tecnología y experimentos —dijo Viviana —. Hasta han perfeccionado la ingeniería genética, de tal modo que el esperma puede ser compuesto del mejor ADN proveniente de más de un donante.

—¡Eso me parece algo espantoso y fuera de lo normal! —dijo Marilena —. ¿Quieres decirme que mi hijo podría tener más de un padre?

—No serían más de dos. No desprecies los avances de la ciencia. Imagínate poder tener las mejores características físicas de un donante y las mejores cualidades intelectuales de otro.

Marilena sintió que la energía de Viviana la arrastraba como una poderosa corriente de marea. ¿Cómo reaccionaría la mujer si Marilena le dijera que había cambiado de opinión? Por supuesto que no lo haría; no en lo que se refería a tener un hijo. Sin embargo, todavía existía la posibilidad de divorciarse de Sorin y encontrar otro esposo quien quisiera procrear una familia.

En medio de todo esto, Viviana al parecer se había entusiasmado bastante con todas las posibilidades, tanto así que hasta había ido personalmente a examinar la casa de campo ubicada cerca de Cluj. Regresó con un informe tremendo.

—La vamos a pasar muy bien, Marilena, ya verás. Claro que hay un poco de trabajo por hacer, pero será divertido. ¡Ah! ¿Te dije que además cambié mi nombre?

—¿Para qué?

—Bueno, como te habrás dado cuenta, he podido disimular bien mi acento.

Marilena asintió.

—Es mejor no dar a notar, a primera vista, que soy de descendencia rusa. Bueno, además no se trata de que una persona tenga o no una «apariencia rusa», ¿verdad?

—Ciertamente, tú no la tienes —dijo Marilena.

—Qué bueno, porque con eso del retorno de Rusia al sistema dictatorial y con su afán por volver a conformar una unión de estados soviéticos (lo cual conduciría a la usurpación de otras fronteras), he decidido que sería mejor no estar vinculada con mi tierra natal.

—¿Así que cuál es tu nuevo nombre?

—Viv. Viv Ivins. ¿Te gusta?

Unas semanas atrás, Marilena hubiera estado tan intimidada por su mentora espiritual, que habría fingido que su nuevo nombre sí le gustaba, en cambio ahora sencillamente se encogió de hombros.

—Parece un nombre norteamericano.

—¡Muy bien! Sabía que te iba a gustar. Fue idea de Ricardo Planchet. Lo conocerás el martes por la noche.

—¿En serio?

Viviana asintió.

—Será un gran honor para nuestro grupo tenerlo como invitado para dar la clase, ya que es el director regional. Aunque es bastante directo en su manera de tratar los asuntos, en realidad no hemos tenido serios desacuerdos, excepto en lo que se refiere a mi propensión a revelar poco a poco nuestra verdadera alianza. Ricardo no tiene reservas en cuanto a quien él le debe su lealtad y cree que mientras más rápido esta sea dada a conocer, más rápido se puede deshacer de los aprensivos. Según dice, esto lo ayuda a ahorrar tiempo.

—Me parece algo razonable —dijo Marilena y con un movimiento de la cabeza indicó que entendía lo que había acabado de escuchar.

—Te va a caer muy bien.

Marilena no estaba tan segura.

Desde la noche de la visita de Viviana, el comportamiento de Sorin también parecía diferente. Estaba notoriamente más *zvapaiat*, aun en la mañana. Se había vuelto más hablador, sonreía más y estaba más animado. Hacía los quehaceres domésticos con más gusto y hasta se ofrecía a hacerlos cuando era el turno de Marilena.

En la oficina, Baduna también parecía haberse convertido en otra persona. Ya no era reservado ni se veía incómodo ante la presencia de Marilena. Ahora mantenía el contacto visual con ella, hacía bromas y la incluía en sus conversaciones. Incluso una vez, cuando ella reciprocó con una respuesta igual de burlona, él se rió a carcajadas y la abrazó amigablemente.

¿Qué estaba pasando con Sorin y Baduna? Debía ser que no cabían de gozo debido a lo que los planes de Viviana, el bebé de Marilena y su divorcio significaban para ellos.

Una noche en el apartamento, Sorin parecía no poder contenerse más con las buenas nuevas.

—Baduna ya le dijo a su esposa.

—¿En serio?

—Sí. Todo salió como lo esperábamos, puesto que ella ya había tenido sus sospechas.

—No me digas.

—Marilena, esto no parece alegrarte tanto como a mí.

—Tal vez ahora puedas entender como me siento yo.

Si bien era cierto que Sorin y Baduna todavía no habían dado a conocer su relación a sus colegas en la oficina, todos los demás obstáculos para sus actividades habían sido removidos. El martes siguiente Marilena llegó al apartamento a eso de la media tarde, para entonces Sorin ya se había ido a

pasar el resto del día —y de la noche según decía su nota—
con Baduna.

Marilena estaba casi segura de que Ricardo Planchet daría
por sentado que ella estaba tan decidida como lo estaba
Viviana, así que quiso prepararse emocional y mentalmente
antes de la reunión. Tenía la sensación de que los dos poderes
espirituales antagónicos se estaban manteniendo en silencio;
no sentía algún movimiento, vibración ni inquietud en su
alma. Parte de Marilena se preguntaba si tal vez los espíritus
habían entendido —como lo habían hecho los demás—, que
ya se había decidido por completo. ¿Sería posible que este
barco hubiera zarpado antes de que ella hubiera tenido la
oportunidad de desembarcar?

«Espíritu», comenzó a orar en voz alta, sintiéndose como
una tonta; el solo pronunciar esta palabra le pareció algo
insensato y siniestro. «Más allá de mi necesidad de tener un
hijo, no tengo algún otro sentimiento. No soy capaz de prometerte mi lealtad ni mi alianza y peor aún mi amor. Te lo
digo porque sé que quisieras que sea sincera. Si estás ahí y
a pesar de todo aún me darás el hijo que me has prometido,
me mantendré abierta a la posibilidad de cambiar mi manera
de pensar y de sentir, pero no fingiré».

Quiso decir algo más, pero no lo hizo porque sintió que se
estaba hablando a sí misma. Tal vez todo esto era *aiurit* y la
tonta, de verdad, era ella misma. Marilena no podía explicar
las profecías, ni los mensajes, ni los sentimientos y ni siquiera
la dinámica del mundo de los espíritus, quienes una vez se
habían comunicado claramente con ella. Pero mientras el
tiempo transcurría, su confianza iba menguando cada vez
más. Comenzó a refugiarse de nuevo en su capacidad intelectual. ¿Acaso todo había sido un truco? ¿Sería acaso la persona más ingenua de todo el mundo?

«Dios, si estás ahí, ¿podrías revelarte?», oró.

Su propia voz la estremeció. Su oración había sido tan sincera, tan conmovedora, tan suplicante y tan inocente, que le
hizo recordar los días de su infancia. Si el reino maligno de

los espíritus era real, entonces Dios era real. Pero entonces, si Él era real, ¿cómo podía ignorar semejante ruego?

No sintió ni escuchó nada. Y comenzó a llorar a la vez que se preparaba un poco de *supa*, casi tan poco como lo que había comido durante su almuerzo.

Durante un año, Raimundo Steele había ahorrado el dinero que sus padres le daban periódicamente y ahora, parado frente al espejo de cuerpo entero del baño de sus padres, admiraba con satisfacción su nueva chaqueta de piloto, con sus hombreras y sellos multicolores. Se imaginaba que ya era un piloto verdadero.

Cuando llevaba puesta su chaqueta, no había cabida para andar desgarbado. Sentía que las caderas se le adelantaban un poco, los hombros se le tiraban hacia atrás, el estómago se le iba hacia adentro, el pecho se le erguía y el mentón se le levantaba. Tan orgulloso se sentía, que no le habría sorprendido si al pasar la gente le hubiera saludado como si de veras fuera ya un piloto.

Se llevó una gran sorpresa cuando hasta sus propios amigos se echaron a reír cuando vieron su chaqueta. Se convenció a sí mismo de que lo hacían por envidia. Aunque Raimundo siempre tenía cuidado de seguir la moda de sus compañeros de escuela —y también de cambiar rápidamente cuando estos lo hacían— en esta ocasión, sin importar las burlas que su chaqueta provocó, nada lo disuadió de seguir usándola. Cuando se la ponía se sentía como una persona diferente. Se sentía más alto, más seguro de sí mismo y hasta sentía que ya era un hombre adulto.

—Hijo, luces muy bien con esa chaqueta —le dijo su papá cuya aprobación normalmente le hubiera hecho dejar de usar cualquier traje o prenda de vestir—. Estoy orgulloso de que hayas sido tan disciplinado con tus ahorros.

—¿Qué tan orgulloso estás?

—¿Qué quieres decir?

—Ahora estoy ahorrando para algo más, pero nunca tendré lo suficiente. Voy a necesitar tu ayuda. Tal vez con más de la mitad.

—¿Para qué estás ahorrando ahora?

—Para lecciones de vuelo.

—¿Lecciones de vuelo?

—Sí. Fíjate, ya que para tomar lecciones de vuelo no hay restricción de edad, hasta podría aprender a volar antes de aprender a manejar.

—Bueno, para eso tienes muchos años por delante —contestó, pero Raimundo pudo notar en los ojos de su papá una mirada llena de admiración.

—Si aprendo a volar, entonces manejar será fácil —dijo Raimundo.

—En eso sí tienes la razón. ¿Entonces si te ayudo con estas lecciones, ser piloto se convertirá en tu profesión?

—Sí, eso es lo que me gustaría hacer.

—¡Qué bueno! Ahora hay que pensarlo muy bien.

———————

Marilena decidió salir de su apartamento una hora antes de que comenzara la reunión ya que quería leer un poco en la biblioteca, pero cuando estaba saliendo se encontró con un grupo de dos jóvenes y una señorita. Hablaban con acento británico, parecían universitarios y aunque hablaban rumano más o menos bien, el líder —quien se presentó como Ian— le preguntó si ella hablaba inglés.

—*Putin* —contestó ella—. Un poco, lo entiendo mejor de lo que lo hablo.

—¿Tiene unos minutos disponibles?

Marilena dudó un poco. Nunca le había sido fácil deshacerse de los vendedores. Pensó decirles que no y que por favor regresaran más tarde, pero la verdad era que al momento sí disponía de unos cuantos minutos libres.

—¿Qué están vendiendo? —les preguntó.

—¡Jesús! —dijo el otro joven con una amplia sonrisa—. Se

lo explicaremos rápidamente si solo nos concede unos pocos minutos.

Ella los invitó a pasar.

—Tenemos unos tratados para usted —dijo Ian y le entregó dos de ellos—. Solo quisiéramos explicarle lo que hemos encontrado en Jesucristo, lo que Él significa para nosotros y lo que Él puede hacer por usted. ¿Le gustaría que se lo expliquemos?

Marilena asintió, pero sintió que no estaba siendo sincera. Sabía lo que le iban a decir y sintió que estaba perdiendo su tiempo; pero tal vez esta era la respuesta a su oración. ¿Sería que Dios se le iba a revelar de esta manera? No lo creía posible, pero estaba dispuesta a escucharlos. Estos jóvenes parecían muy entusiasmados y sinceros, pero sobre todo eran bastante arriesgados. ¿Sería ella capaz de hacer lo que ellos estaban haciendo en caso se convirtiera en una devota? Parecía ser una actividad que requería mucho valor y podía hasta ser humillante. Sorin jamás hubiera accedido a sentarse a hablar con estos jóvenes, tampoco lo hubiera hecho alguno de sus colegas.

Ian dio una rápida y bien pulida presentación memorizada de lo que él llamaba «el camino de Romanos hacia la salvación». La había titulado así por la carta a los romanos del Nuevo Testamento, el cual Marilena había leído hacía muchos años. Entonces había admirado el elevado nivel de erudición del autor, pero no había considerado siquiera la posibilidad de que Dios existiera. Solo pensó que si así fuera, entonces Él pertenecía exclusivamente a los cristianos.

Ahora no sabía ni que pensar. «Qué interesante que haya escogido un texto escrito para los romanos».

Ian le leyó Romanos 3:23: «Pues todos han pecado y están lejos de la presencia salvadora de Dios».

—¿Ustedes creen eso? —preguntó Marilena. (La naturaleza pecaminosa de la humanidad le parecía una de las nociones más ridículas de la teología del cristianismo.)

Los tres jóvenes asintieron con tanta seguridad que hasta parecían alegrarse de ello.

—Todos hemos pecado —dijo Ian—. Nadie sobre la faz de la tierra es inocente.

—Yo podría serlo —respondió Marilena sin jactancia. Si el egoísmo y el mal genio eran pecados, entonces ella era pecadora. Pero ¿acaso la naturaleza humana hacía pecador al individuo? Esto le pareció ofensivo ya que en la mayoría de sus conocidos —incluso Sorin— las buenas cualidades sobrepasaban a las malas.

—Si eso fuera verdad —dijo el joven—, usted sería la primera persona sin pecado, aparte de Jesús.

—Entonces, ¿me he ganado algún premio? —preguntó con una sonrisa, pero se dio cuenta de que ellos no encontraban gracioso lo que había dicho.

Ian le preguntó si le podía leer un pasaje que muestra como el pecado afecta nuestra vida.

—Está bien —contestó Marilena, y le dio un vistazo a su reloj, a la vez que se preguntaba ¿qué era lo que la hacía ser tan paciente y hasta amable con estos jóvenes? ¿Por qué no podía insultarlos y deshacerse de ellos?

El joven leyó Romanos 3:10-12:

> «¡No hay quien haga lo bueno!
> ¡No hay ni siquiera uno!
> No hay quien tenga entendimiento;
> no hay quien busque a Dios.
> Todos se han ido por mal camino;
> todos por igual se han pervertido.
> ¡No hay quien haga lo bueno!
> ¡No hay ni siquiera uno!»

¿Había ella realmente buscado a Dios? Las ansias de Marilena por obtener nuevos conocimientos la habían hecho sentirse intelectualmente superior a quienes profesaban la fe. Tal vez eso era pecado o quizás ella era de verdad intelectualmente superior.

—Solamente necesito un minuto más —dijo Ian—. Romanos

6:23 dice que «el pago que da el pecado es la muerte». Esto no está hablando solo de la muerte física, señora, sino también de la muerte espiritual y de la eterna separación de Dios.

Marilena se cohibió de responder e indicar que eso no era algo nuevo para ella.

Ian continuó con todo aplomo.

—Pero en ese mismo pasaje hay buenas nuevas. Dice: «pero el don de Dios es vida eterna en unión con Cristo Jesús, nuestro Señor». Romanos 5:8 tiene aún mejores noticias: «Pero Dios prueba que nos ama, en que cuando todavía éramos pecadores, Cristo murió por nosotros». ¿Sabía usted esto?

—Sí, estoy familiarizada con las creencias básicas de la secta del cristianismo.

—Jesús murió por usted y pagó por la culpa de sus pecados. ¿Puedo dar por sentado que ya sabe acerca de la resurrección?

Ella asintió deseando poder decir a Ian que su minuto se había terminado.

—Romanos 10:9 dice: «Si con tu boca reconoces a Jesús como Señor, y con tu corazón crees que Dios lo resucitó, alcanzarás la salvación». Romanos 8:1 dice que si hacemos esto: «no hay ninguna condenación para los que están unidos a Cristo Jesús». Nunca seremos condenados por nuestros pecados. Finalmente, y con esto termino, el escritor de esta epístola a los cristianos en Roma hace la siguiente promesa en el capítulo 8, versículos 38 y 39: «Estoy convencido de que nada podrá separarnos del amor de Dios: ni la muerte, ni la vida, ni los ángeles, ni los poderes y fuerzas espirituales, ni lo presente, ni lo futuro, ni lo alto, ni lo profundo, ni ninguna otra de las cosas creadas por Dios».

—¿Qué le parece esto, señora?

—Bueno . . . yo . . . es muy interesante. Un tratado convincente y hermosamente escrito. Usted lo ha presentado bastante bien; no estoy segura de que lo creo, pero . . .

—Ya que estamos en Rumanía —dijo el joven—, ¿no le

gustaría seguir el camino de Romanos hacia la salvación? Simplemente el repetir la siguiente oración no le dará salvación, solo la fe en Cristo Jesús se la dará. Sin embargo, esta es una de las maneras en que puede decirle a Dios que usted se ha dado cuenta de su condición de pecadora y que necesita su provisión para la salvación: «Dios, sé que soy pecadora y que merezco el castigo por ello. Pero creo que Jesucristo sufrió ese castigo y que mediante mi fe en Él, puedo ser perdonada. Creo en ti para mi salvación. Gracias. Amén».

Los tres la miraron con expectativa. Marilena se preguntó que pensarían si les contara que Dios mismo había tratado de explicarle quién era Él y que también había tratado de persuadirla a huir del diablo. Además, ¿qué pensarían si les dijera que había orado al mayor enemigo de Dios?

—¿Le gustaría recibir a Cristo, señora? —preguntó Ian.

—No, no esta noche.

—¿Quisiera pensarlo?

—Creo que sí.

—Eso es razonable, pero tenga cuidado. No quiero presionarla ni asustarla, pero ninguno de nosotros sabe en realidad cuánto nos queda de vida. Parece ser una persona saludable, pero usted tampoco puede saber con certeza cuando pudiera ser atropellada, por ejemplo, ¿verdad?

—Bueno, espero que no sea esta noche.

—Esperamos que no —dijo el joven—. Oraremos por usted para que tome la decisión correcta.

Aunque los jóvenes no habían presionado a Marilena, cuando estos se fueron, ella sintió una mezcla de alivio y de agitación. Desde hacía mucho tiempo se venía preguntando si esta creencia —de que todos nacían pecadores y que solo por la muerte de Jesús se hallaba la salvación— era en realidad tan simple como parecía. Ciertamente estos tres jóvenes lo creían así.

El asunto no era si Dios existía o no. Ahora más que nunca, Marilena realmente creía en su existencia. ¿Había ella también nacido en pecado? Si era así, ¿era acaso su culpa?

¿Era ella pecadora? Le parecía que Dios era celoso y vengativo; le había dicho a ella quién Él era y le había pedido que huyera del diablo. No obstante, aquel a quien Dios consideraba su máximo enemigo le estaba ofreciendo darle un hijo.

Marilena decidió no precipitarse en tomar su decisión, cualquiera que esta fuera. Durante la reunión, pondría atención a lo que el primer dios al que ella había orado tenía que decirle.

Si Marilena hubiera sido un perro, habría gruñido al conocer a Ricardo Planchet. Viviana lo presentó al grupo con tal emoción que Marilena hubiera querido poder —aunque sea fingidamente— demostrar también algo de entusiasmo. Pero tuvo que admitir que definitivamente había algo empalagoso acerca de ese hombre. No solo que hacía contacto visual con sus oyentes, sino que también usaba el contacto visual como arma de combate. Finalmente, ella se vio forzada a mirar hacia otro lado.

El señor Planchet no era lo que ella había esperado, pero cualquiera fuera la expectativa que antes tuvo, frente a su mera presencia ya ni la recordaba. ¿Había esperado que el hombre tuviera cuernos, patas con garras y que llevara consigo una horca? ¿Pensó acaso que vendría vestido todo de negro y con el cabello liso y negro brillante?

En realidad era un individuo de apariencia aceptable. Tenía cabello fino de color café claro y una nariz prominente. Sonreía con frecuencia y no lucía siniestro en absoluto. Algunos miembros del grupo lo saludaron como si se tratara de un viejo amigo de confianza. Esperaron con entusiasmo que tomara la palabra y una vez que lo hizo, hasta Marilena quedó cautivada.

Era tan directo, tal y como Viviana lo había descrito. Se refería a Lucifer como su líder y señor, como el objeto de su amor y adoración. Lo hacía de una manera tan natural, tal como lo hacían los ministros cristianos en la televisión cuando se referían a Cristo y a Dios. Marilena pensaba que estos últimos estaban delirantes al tomar las clásicas Escrituras de un modo literal, pero catorce semanas atrás había pensado aún peor de los primeros.

Parecía que la meta de Planchet era la de disuadir a cualquiera de tener ideas erróneas acerca de, según decía, «el dios adverso».

Mientras se dirigía al grupo, caminaba alrededor de la sala, sonreía y hablaba en tono conversacional.

«Quizás ustedes han tratado de orar al Dios de la Biblia. ¿Qué han obtenido? ¿Una que otra respuesta? ¿Un simple sentimiento? ¿No es verdad que, en la mayoría de los casos, se han sentido humillados, juzgados y vigilados? ¿No han sentido un ataque en sus conciencias? Mi señor les ofrece acción y poder, resultados tangibles y prácticos», declaró con firmeza.

A lo mejor Planchet era un experto en manipular la memoria. Tal vez había conspirado con la señorita Ivinisova. Cualquiera que hubiera sido el caso, su actuación al final de la reunión fue casi milagroso. Cuando cerró los ojos y oró, mencionó —por el nombre de pila— a todos y cada uno de los allí presentes y les dio una profecía personal.

«Tito, tu matrimonio mejorará».

«Atanasia, tu cojera será sanada».

«Dora, tu depresión se desvanecerá».

La gente gemía, lloraba, se lamentaba y suspiraba. Marilena no pudo negar que se hallaba también presa de semejante desborde de emociones y expectativa. El pulso se le aceleró increíblemente mientras esperaba su turno de ser nombrada. En medio de todo eso, ella estaba también orando al Dios de la Biblia. Le retaba, le exigía: «Aquí está tu oportunidad», dijo quedamente. «Demuestra quién eres. Haz algo. Compite».

Lo único que sintió en su espíritu fue el eco del mensaje original que Dios ya le había dado: «Resiste al diablo y huirá de ti».

«¡Pero no quiero huir! ¡Quiero que se me dé lo que me fue prometido!»

«Resiste al diablo y huirá de ti».

«¡Prométeme que me darás un hijo! Dame lo que quiero y necesito».

«Resiste al diablo y huirá de ti».

Marilena no deseaba resistir. ¿Cómo podía ser maligno un espíritu que le prometía darle un hijo? Tal vez más tarde se arrepentiría, se dijo a sí misma, pero aquí Dios había tenido la oportunidad de revelarse y competir frente a frente en contra de quien parecía estar tan celoso. Además, era Dios quien la consideraba una pecadora con necesidad de salvación.

El lado de las tinieblas, en cambio, le ofrecía hacer realidad su sueño, que su más grande anhelo fuera satisfecho, al parecer sin ningún mayor requisito. Ahora bien, aún quedaba el asunto de su lealtad. ¿Cómo podría ser que esta no naciera de la pura gratitud de llevar a su propio hijo en su vientre, de traerle al mundo y abrazarlo?

«Marilena», dijo Ricardo Planchet, «recibirás el deseo de tu corazón».

No necesitaba más para convencerse.

Viviana llevó a Marilena y al señor Planchet al pequeño restaurante al que ella y Marilena fueron para hablar la primera vez. Planchet insistió en que Marilena le llamara Ricardo, lo cual fue muy difícil para ella. Además, el hombre continuaba dándole esas miradas tan penetrantes, de tal manera que —si no hubiera sido porque su manera de ser no se lo permitía— se lo hubiera recriminado.

Sin embargo, Marilena no pudo aguantar más cuando Planchet trató de persuadirla con un argumento académico. (Área en la cual él no era tan conocedor como ella.) El hombre había intentado responder a su pregunta acerca de la naturaleza moral de Lucifer.

—El nombre —dijo él con tono académico— viene del latín «lux» y «ferre», razón por la que con frecuencia se le conoce como Estrella de la Mañana. «Lux» significa «luz del día» y «ferre» significa «estrella».

—Con su perdón, señor —respondió Marilena— pero ¡no va a pretender enseñarme lingüística a mí! De hecho «lux» significa «luz», pero lo más cercano a «estrella» que usted puede inferir de «ferre» es algo entre las palabras «exhibición» o «espectáculo». En realidad, el principal significado de «ferre» se asemeja más a «hierro duro», y al referirse a una persona o criatura, significa algo similar a «alguien sin sentimientos», «inflexible» y hasta «cruel».

Semejante respuesta hizo que Planchet se quedara algo perplejo.

—Excelente —dijo él—. Tal vez usted se está refiriendo al lado de nuestro dios que se manifiesta cuando alguien, a quien se le ha prometido algo a cambio de un poco de gratitud, responde con desdén.

—Estoy segura de que no está sugiriendo que en mi compromiso he de dar una falsa impresión . . .

—Creo que él conoce su corazón, señora.

—Lo dudo, pero si así fuera, entonces él debe saber que yo solo he estado tratando de ser sincera conmigo misma. ¿Acaso si fingiera una expresión de lealtad, entonces también . . . ?

—Él sabe cuando alguien ha estado yendo y viniendo entre los dos lados.

Eso la hizo callar. ¿Era que su vida ya no le pertenecía? ¿Desde hoy podría hacer algo de lo cual esta gente no tuviera que enterarse?

Planchet sonrió levemente.

—No soy omnisciente —dijo—. Solamente me guío por lo que me es dado a conocer.

—Soy una persona con un elevado nivel de educación —respondió Marilena sin querer parecer defensiva—. Así que estudio, comparo, analizo e investigo.

—Usted está jugando con dos fuerzas adversarias y puede ser que se arrepienta de hacerlo.

—¿Entonces su dios es también tan celoso como dice que su oponente lo es?

Planchet apretó los labios y dejó de mirarla de manera tan penetrante para mirar hacia el techo.

—Lucifer es simplemente justo. El hecho es que él está dispuesto a darle lo mismo que él desea y requiere de usted. Está dispuesto a pasar por alto su indecisión personal en cuanto a su devoción, siempre y cuando él no tenga que cederle su hijo.

—Hable claramente.

La volvió a mirar de la misma manera que lo había estado haciendo hace unos momentos.

—Señora Carpatia, usted es un medio, un instrumento. Su promesa para ser leal a quien el deseo de su corazón le dictare es insignificante, comparada con su promesa y con su acuerdo de dejar que su hijo sea criado para servirle a él. Esto nada tiene que ver con lo que suceda con usted como resultado de su ir y venir entre los dos reinos. Usted acordará que Nicolás, ya sabe por qué el niño debe llamarse así . . .

—Porque significa Victoria del Pueblo y porque fue profetizado —contestó Marilena—. La verdad es que me gusta, tiene cierto tono majestuoso: Nicolás Carpatia.

—Decida su alianza y lealtad bajo su propio riesgo, si así lo desea, pero debe acordar que Nicolás será criado para servir a nuestro señor.

N U E V E

EL PADRE de Raimundo Steele tenía una pequeña habitación predilecta en la que le gustaba descansar al final de cada día. Mientras Raimundo hacía sus tareas y su mamá leía o miraba sus programas favoritos de televisión, el señor Steele se refugiaba en su acogedor escondite. Este lugar tenía las paredes prácticamente cubiertas con recuerdos de sus pasatiempos preferidos: Ir de pesca y jugar golf.

La manera de Raimundo de ver este «santuario» de su padre se encontraba distorsionada debido a las razones por las que había tenido que ir allí. Cuando su papá no estaba en casa, no se le permitía entrar a esa habitación y cuando era «invitado» a pasar parecía que era solo para darle malas noticias. Raimundo nunca había sido castigado en ese lugar de la casa, pero sí había recibido una serie de reprimendas en él, algunas bastantes severas. Cada vez que lo habían regañado o amonestado con la pérdida de sus mayores privilegios, se había encontrado sentado del otro lado del escritorio frente a su imponente padre.

Así que cuando —durante la cena— su papá le pidió que, luego de terminar sus tareas, viniera a verlo a su habitación privada, Raimundo sintió que el estómago le dio vueltas.

—¿Qué pasó? ¿Ahora que hice de malo?

—Si hubiera querido discutirlo en la mesa, no te hubiera invitado a venir a mi habitación privada, ¿verdad? —respondió su papá mientras lo miraba cara a cara.

—No tienen que ser necesariamente malas noticias, Raimundo —dijo su mamá.

Ella ni siquiera se imaginaba todos los regaños que él había recibido allí.

Raimundo no podía concentrarse en sus tareas, pues le era muy difícil dejar de pensar en lo que pasaría cuando fuera a ver a su papá. Cualquier cosa que fuera, solo quería que pasara de una vez por todas para poder quedarse tranquilo. Se preocupaba tratando de recordar qué ofensa había cometido. A menudo se había sorprendido de lo que un maestro o entrenador consideraba ofensivo. La verdad era que él era un niño bastante inteligente y hábil. Nunca era su intención el hacer alarde de sus cualidades ni tampoco trataba de despreciar a los demás, pero a veces sabía más que sus maestros y cuando los corregía no lo hacía con el propósito de insultarlos.

¿Acaso había hecho algo semejante últimamente? No podía recordarlo. ¿Tal vez dijo algo a sus amigos, quienes a su vez se quejaron a los padres de ellos y estos quizá notificaron a su papá? Sacudió la cabeza y estuvo a punto de marcharse de una vez a la habitación privada de su papá, para enterarse de lo que se trataba, pero quería mantener sus buenas calificaciones en la escuela, así que tenía que hacer sus tareas de la mejor manera posible, especialmente las de matemáticas y ciencias.

Una hora más tarde, luego de poner los toques finales a sus cálculos de matemáticas, Raimundo fue al estudio privado de su papá y lo encontró sentado en su escritorio, leyendo una revista. Tuvo que esperar para entrar ya que su padre así se lo indicó con un ademán de su mano. Cuando terminó de leer, lo invitó a pasar.

—Toma asiento, Raimundo.

¡Ay! Esto va a ser algo formal, pensó.

—Raimundo, tengo que decirte que en los últimos meses he visto que has progresado mucho —dijo su papá mientras se inclinaba hacia delante y juntaba las manos.

—¿De verdad?

—Definitivamente. Estoy orgulloso de ti y te voy a decir lo que voy a hacer. Haré un trato contigo. Continúa esforzándote en tus estudios y sigue obteniendo buenas calificaciones . . .

—¿«Buenas calificaciones»? Son excelentes, papá.

—Bien, eso está muy bien. Así que cuando cumplas trece años . . .

—Papá, pero todavía faltan muchos años para eso.

—Ya lo sé, pero primero escúchame. Cuando cumplas trece años te daré un trabajo a tiempo parcial en el taller.

—Pero ¿qué va a pasar con los deportes y . . . ?

—Organizaremos todo eso. Solo comenzarás haciendo algo de limpieza, barriendo y recogiendo la basura, esa clase de cosa. No interferirá con tus deportes y te pagaré más dinero.

—¿Ese dinero será en lugar del que me das periódicamente?

—No. Ese dinero será en adición al que te doy periódicamente.

—¿En serio?

—Claro que sí. Te he estado observando, Raimundo. Tú no malgastas tu dinero. Te fijas metas y las logras. Me gustaría mucho emplear más gente como tú.

—¿Eso era todo lo que querías decirme?

—Casi todo. Además, cuando al sumar el dinero que ganes en el taller y el que te doy periódicamente tengas la mitad del costo de las lecciones de vuelo, yo pagaré la otra mitad.

—Papá, ¿estás hablando en serio?

—Por supuesto, pero recuerda que tú tienes que cumplir con tu parte del trato.

—No te preocupes. ¡Haré cualquiera cosa!

—Entonces, trato hecho.

Raimundo se puso de pie y estaba a punto de salir disparado, ansioso de darle la noticia a su mamá, quien probablemente ya sabía del asunto. Pero estaba tan contento que tenía que decírselo a alguien.

—Una cosa más —dijo su papá. Raimundo se sentó otra vez—. Una vez que hayas demostrado que puedes hacer bien las tareas de limpieza del taller, quisiera comenzar a enseñarte como operar la maquinaria.

—¡Qué chévere!

—Así ganarás más dinero y también aprenderás como marcha el negocio.

—¿Por qué tengo que aprender como marcha el negocio?

—Porque mi sueño es que algún día tú te hagas cargo del taller. Me sentiría muy orgulloso si llegáramos a ser socios, te imaginas: Steele e hijo. Te podría ir muy bien.

—Papá, ¿qué pasaría si yo no quisiera hacerme cargo del negocio? Ya te he dicho que quiero ser piloto —respondió Raimundo y se dejó resbalar en su silla. (No podía creer que en pocos instantes sus emociones se habían transformado de una alegría tan grande en una tristeza tan profunda.)

—¡Ah sí! Yo mismo desearía poder ser piloto para poder ir en mi propio avión hasta donde se encuentran mis clientes y proveedores. Pero tú podrías hacerlo en mi lugar, creo que te gustaría mucho.

—¿Vas a obligarme a hacerlo?

—¿Qué quieres decir, Raimundo?

—¿Tendré que hacerlo como parte de nuestro trato, para que yo pueda obtener mi trabajo y las lecciones de vuelo?

—No, hijo. No te forzaré a hacerlo, pero sí me gustaría mucho que lo hicieras —contestó su padre mientras suspiraba y sacudía la cabeza.

—¿Pero qué pasaría si yo no quisiera hacerlo?

—¿Cómo sabes lo que realmente quieres? ¡Ni siquiera has cumplido diez años! ¿Por qué no te mantienes abierto a esa posibilidad? Aprende como marcha el negocio, entonces piensa y decide. ¿Qué te parece?

—Pero si, de todas formas, decido que aún quiero ser piloto o si llego a ser bastante alto de estatura y trato de ser un jugador profesional de baloncesto, entonces tú te sentirás insultado o decepcionado.

—Puede que sí, pero solo trato de darte otra opción. No la pases por alto tan súbitamente —replicó su padre y frunció el ceño.

—Me mantendré abierto a esa posibilidad, si tú también lo haces. ¿Qué te parece?

—¿Qué quieres decir?

—Que si me gusta el negocio y decido que quiero hacerme cargo del taller, te lo diré. Pero si aún quiero ir a la universidad y al servicio militar, para luego ser piloto profesional, tú estarás de acuerdo con eso también.

—¿Entonces qué sugieres que haga con el taller? ¿Acaso estás diciendo que lo venda a alguien, quien probablemente lo volverá a vender solo para obtener alguna ganancia, pero que nunca lo va a apreciar como yo lo hago? No te das cuenta que he pasado toda mi vida adulta levantando y estableciendo este negocio que provee para nosotros techo, comida y . . .

—Ya lo sé, papá. Tal vez llegue a ser lo bastante rico como para ser también el dueño del taller y contratar a alguien de confianza que lo maneje bien, sin que necesariamente tenga que hacerlo yo mismo.

—Sinceramente pensé que ibas estar contento de tener tu futuro asegurado.

—Pero, papá, claro que estoy contento acerca del trabajo y de las lecciones de vuelo.

—No lo pareces.

—Discúlpame, pero pensé que querías que fuera sincero contigo.

—Quiero que estés agradecido.

—¡Por supuesto que estoy agradecido! Es lo mejor que me has dado.

—Ahora bien, recuerda que todo esto depende de que continúes esforzándote y dando lo mejor de ti, cumpliendo tu parte del trato. ¡Ah! Por último, no vayas a decir nada de esto a nadie.

—¿Por qué?

—Simplemente no lo hagas.

—Pero por qué no . . .

—Porque no es asunto de nadie más. Sé que querrás jactarte delante de tus amigos, pero te pido que no lo hagas. Parte de la madurez es saber cuando decir algo y cuando callarlo. Esto es algo que no se tiene que decir. Ya se enterarán a su debido tiempo, cuando comiences a trabajar.

—Sí, especialmente cuando comience a tomar mis lecciones de vuelo —dijo Raimundo, aunque le parecía que tendrían que pasar siglos antes de que llegara el momento tan esperado.

—Me parece que has entendido muy bien.

Raimundo apenas pudo dormir. Parecía que tendría que esperar toda una vida hasta que cumpliera los trece años.

———————

«¿Tienes los documentos?», preguntó Ricardo Planchet a Viviana.

Ella sacó un sobre de su maletín y de este sacó una carpeta la cual se la dio a él. Mientras él sacaba los documentos, Viviana le guiñó el ojo a Marilena.

«*Înşelăciune Industrie* es la mejor, la generadora más discreta de ingeniería genética para seres humanos. Aquí nos han enviado la información que solicitamos acerca de su último y más revolucionario producto genoma», explicó Planchet mientras organizaba los documentos delante de él y les daba la vuelta para que Marilena pudiera verlos.

Marilena no podía evitar que sus manos temblaran mientras levantaba los documentos para poder leerlos. Aunque no estaba al tanto de todos los adelantos científicos, entendía bien lo que estaba escuchando. El «objetivo» (el cual sería ella misma) concebiría durante el momento más óptimo de su ciclo reproductivo. Esta concepción sería producida por un esperma combinado, el cual contendría los genes de dos donantes. Uno con un coeficiente de inteligencia mucho más elevado que las marcas establecidas. El otro, también con un coeficiente de inteligencia elevado y además, con una disposición innata para actividades deportivas. También, este segundo donante poseía lo que *Înşelăciune* —sin mucha reserva— consideraba como «características físicas atractivas y culturalmente aceptables».

—Mire aquí —dijo Planchet mientras le mostraba una imagen de un joven extremadamente atractivo producida en computadora.

—¡Ah! ¡Qué cosa! —respondió Marilena y observó minuciosamente la imagen. Aunque no se dejaba impresionar fácilmente por las apariencias físicas, no pudo evitar quedarse impresionada al ver semejante representación gráfica de este imponente joven rubio, con penetrantes ojos azules, con el mentón bien formado y la dentadura perfecta. Además, él parecía poseer mucha seguridad en sí mismo y sus ojos parecían irradiar sabiduría.

—¿Quién es este joven? —atinó ella a preguntar.

—Se podría decir que es una predicción electrónica —contestó Planchet —. Basada en la mejor información que *Înşelăciune* tuvo a su disposición, ha sido capaz de producir esta imagen de cómo podría lucir su hijo a los veintiún años de edad. Nicolás Carpatia será un ser humano muy inteligente y atractivo.

—Si es que decido seguir adelante con el plan —dijo Marilena sin poder dejar de observar la cautivante imagen producida por la computadora.

—¿Por qué no proseguiría? —preguntó Planchet y se acomodó en su silla.

¿Por qué no habría de hacerlo?, se preguntó Marilena por un instante y sintió como si hubiera acabado de dar casualmente la vuelta de la perilla de una puerta, la cual se había abierto súbitamente, golpeándola y tirándola al piso.

—¿Por qué no lo haces tú, Viviana? —preguntó Marilena—. Tú eres una discípula. ¿No te entusiasmaría semejante honor?

Viviana se rió de buena gana.

—Soy demasiado vieja para algo así y de todas maneras, soy una cobarde. No puedo ni imaginarme tener que sufrir los dolores de dar a luz. Este don es tuyo, Marilena. Tú eres la persona indicada, ya que anhelas tener un hijo y estás ansiosa por ser madre. Quizá pensaste que asistías a mis clases solo para obtener un poco de diversión, pero tu energía psíquica era tan fuerte, tu aura tan poderosa hacia el reino espiritual, que solo la intensidad de tu deseo fue suficiente para transmitir tu disposición a quienes podían hacer de tu sueño una realidad.

—¿Cuánto costará este procedimiento? —dijo Marilena.

Planchet sacó el último documento de la carpeta. Marilena echó un vistazo a la lista de precios de las varias etapas del procedimiento y fijó su mirada en el último renglón.

—¿Trescientos cincuenta «billones» de leu? ¡No puede estar hablando en serio! —exclamó ella.

—Aproximadamente diez millones de dólares —dijo Planchet—. Claro que nada de esta cantidad saldrá de su bolsillo.

—¿De verdad? —respondió Marilena—. Ya debe saber que esta suma es doscientas veces mayor que mi salario anual, el cual tendré que dejar si me mudo a Cluj.

Planchet se inclinó hacia delante y asumiendo un aire serio añadió:

—Señora Carpatia, debe ponerme atención. Sé que últimamente ha estado atravesando por un estado de considerable tensión, pero el hecho es que usted ha sido escogida. Usted no me conoce bien y demás está decir que yo no la conozco lo suficiente como para decir que la admiro ni algo por el estilo. Hasta pudiera ser que no tuvimos una buena primera impresión el uno del otro, pero le ruego que acepte nuestro ofrecimiento. Los espíritus han dejado bien claro, tanto para la señorita Ivinisova como para mí y me imagino que para usted también, que usted es la persona indicada; por esto, francamente la envidio. Mientras cumpla con su acuerdo de criar al niño bajo los postulados de nuestra fe, nosotros nos aseguraremos que a usted y a su hijo no les falte nada.

—¿Entonces será en realidad mi hijo o les pertenecerá a ustedes y a sus espíritus?

—Mientras usted cumpla con su parte de nuestro acuerdo, lo que en realidad no es mucho pedir, él será su hijo hasta que cumpla los veintiún años de edad.

—¿Qué pasaría en caso que decida que el mundo de los espíritus realmente existe, que . . . ?

—Si a estas alturas usted no sabe eso con certeza todavía, entonces no es la persona correcta para ser la escogida.

—Entiendo eso, pero lo que quiero decir es que para creer que Lucifer existe y que tiene el derecho de competir por el trono de Dios, tengo también que creer que Dios existe.

—O creer que existe alguien que piensa que es Dios. Es obvio que nosotros creemos que aquel es el impostor, el que no es digno de alabanza, el que está condenado a la derrota.

—Permítame que especule un poco, señor Planchet. ¿Qué sucedería si durante el curso de mis estudios e investigaciones llego a concluir que lo contrario de lo que usted me acaba de decir es verdad?

—En otras palabras, ¿si decide desertar? Perdería a su hijo, todos sus privilegios y no la seguiríamos sustentando.

—Le notificaré de mi decisión.

— *Înşelăciune* estará lista en cualquier instante. Recuerde que la deberán evaluar y examinar a fin de prepararla para el momento propicio.

—Como le dije, le notificaré de mi decisión.

—Confío en que no estará considerando la posibilidad de dejar pasar esta gran oportunidad.

—Aún no he tomado una decisión definitiva, señor. No voy a proceder hasta que lo haya hecho.

—Tiene razón, pero no vaya a creer que usted es la única candidata.

—¿Qué quiere decir?

—Solo que debe haber un sinnúmero de mujeres interesadas y francamente, quién sabe qué podrán ellas ofrecernos.

—¿Entonces, si no soy digna por qué fui escogida?

—No tengo idea —replicó Planchet—. Solo sé que al momento, la decisión es suya. Si yo fuera usted, no me arriesgaría a que los espíritus se impacientaran por hacerlos esperar.

—Una cosa más —dijo Marilena—. La asociación debe ser

mucho más grande de lo que jamás me pude imaginar, pero ciertamente no a tal extremo de poder sufragar todos los gastos de este procedimiento. ¿De dónde proviene todo ese dinero?

Durante un breve silencio incómodo, Planchet y la señorita Ivisinova se miraron el uno al otro.

—Un benefactor—contestó Viv.

—Benefactores —añadió Planchet rápidamente y en voz alta—. Amigos, de cuya existencia los de las bases ni siquiera tienen conocimiento.

Esa noche, Marilena no pudo aguantar su oscuro y vacío apartamento. Tiró su bolso al suelo y revisó los mensajes en el contestador automático. (¡Cuán considerado su esposo al avisarle que esa noche no regresaría!) Se abrigó, tomó solo el sobre con la imagen de computadora y salió a tomar una larga, lenta y solitaria caminata.

Al pasar por la parada del autobús, Marilena pudo ver a una joven madre llevando en brazos a su bebé dormida. Escuchó que, a la vez que acomodaba una gruesa cobija rosada, la mujer arrullaba a su hijita y le decía: «Pronto llegaremos a casa. Papi está esperándonos».

Marilena sintió que sus brazos vacíos, sin acurrucar a un bebé, le dolían. ¿Cómo era posible que tuviera que hacer una decisión como esta? ¿Cuáles eran los pros y los contras? Los pros: no más noches de soledad, no más caminatas como esta, no más preocupaciones —ni siquiera curiosidad— por saber el paradero de su esposo, ni lo que este pudiera estar haciendo. Los contras: tendría que renunciar a su estilo actual de vida. ¿Podría Viviana Ivinisova o Viv Ivins, o como quiera que la mujer quisiera llamarse ahora, proveerle de suficiente estímulo intelectual? ¿Podría proveerle a Marilena la suficiente ayuda como para permitirle continuar con sus lecturas, con su tiempo de estudio, aprendizaje y crecimiento intelectual? ¿Qué pasaría con la amistad entre ellas? ¿Podría terminarse cuando apenas había comenzado?

Considerando solamente los pros y los contras era fácil tomar la decisión. Marilena resistió las ganas de sacar la imagen hecha por la computadora para contemplarla otra vez, pues sintió que si lo hacía la misma la empujaría a una conclusión precipitada. Con determinación, resolvió dejarla dentro del sobre hasta que estuviera segura de lo que iba a hacer.

Marilena en realidad no estaba en condición física para poder resistir una caminata tan larga, pero su inquietud era suficiente para mantenerla caminando, así que continuó su marcha. Tampoco contaba con alguien en quien pudiera confiar, con quien pudiera hablar y discutir acerca de semejante decisión que afectaría el curso de su vida. No le sorprendía que Viviana y Ricardo Planchet trataran de empujarla hacia el lado de los espíritus. Marilena podía buscar a los jóvenes evangelistas ambulantes, pero estos claramente eran intelectualmente inferiores a ella y por lo tanto, carecían de objetividad.

Si Marilena decidía orar, ¿a quién debería orar? Hasta cierto punto se enorgullecía de no dar su alianza ni lealtad a quien le prometía darle un hijo; pero estaba influenciada por las manifestaciones de su poder mediante los clarividentes, profetas, médiums, por los conjuros, por el tarot y la tabla espiritista. Ya no negaba la existencia de un mundo más allá del suyo propio.

Sabía que —a pesar de las protestas de Viviana Ivinisova y de Ricardo Planchet—, existía un gran conflicto en el reino espiritual. Los líderes de cada lado estaban mutuamente celosos, competían en completa oposición el uno contra el otro. ¿Cómo podía Marilena determinar los méritos de los grupos contrarios en el mundo de los espíritus, cuando ella apenas estaba comenzando a aceptar la realidad de una dimensión inmaterial?

La verdad era que no quería hacerse ni de un lado ni del otro. La batalla no era suya, excepto que al aceptar el ofrecimiento de un hijo, estaría definitivamente estableciendo su lealtad por aquel grupo en particular. A ella en realidad no le importaba quién ganara. Un poder tangible y sustancial era la característica primordial de aquel a quien había estudiado con mayor detalle.

En cambio, los milagros de los cuales el bando contrario se jactaba parecían inverosímiles y limitados a los confines de los textos antiguos. Marilena a lo largo de toda su vida jamás había visto evidencia de milagro alguno. De hecho, las incontables muertes causadas por las peores catástrofes en la historia del mundo —o actos de Dios como las compañías de seguros las llamaban— comprobaban, según ella, que a Dios no le importaba la humanidad o que Él estaba completamente desvinculado del diario vivir. La vieja pregunta: «Si Dios existe, ¿por qué permite tanto sufrimiento?», era muy válida y ante la cual Marilena no encontraba una respuesta.

Los sinceros jóvenes evangelistas con sus sonrisas y noticias de que ella, al igual que todos los seres humanos —con la excepción, claro está, de Jesús— también fue concebida en pecado, poco o nada hicieron para persuadirla de unirse al lado de ellos. Marilena no creía ser orgullosa, a pesar de estar convencida —al igual que casi todos sus conocidos— de que básicamente en el fondo de su corazón era una buena persona.

Así que al fin y al cabo, personalmente no estaba lista para aliarse a Lucifer, al menos no teniendo todavía pleno conocimiento de los planes y los motivos de este. Pero ¿estaría dispuesta a ponerse de acuerdo para que su hijo fuera criado como su discípulo, con la sola esperanza, de todo su corazón, que algún día el joven sería lo bastante inteligente como para decidir por sí mismo cuál sería su posición en los asuntos espirituales?

En cuanto al otro lado, sus argumentos sencillamente no parecían ser reales. ¿Por qué un Dios amoroso permitiría que la gente naciera en pecado? ¿Cómo era posible que cada persona fuera individualmente culpable? ¿Qué posibilidad de redención tenían?

Marilena se sentó bajo una lámpara de alumbrado público,

sobre un muro bajo de concreto que bordeaba el parque público. Entonces sacó del sobre la ilustración del hermoso joven producida por la computadora, la puso bajo la luz y se quedó enamorada de la imagen del que pronto sería su hijo.

Resueltamente se dirigió de regreso a su apartamento para llamar a Viviana Ivinisova a pesar de que era ya una avanzada hora de la noche. Seguramente la iba a despertar, pero Viviana se alegraría muchísimo al recibir la noticia.

«Resiste al diablo y huirá de ti», le decía una calmada y persistente voz que parecía bombardearla mentalmente a cada paso que daba.

«¿Cómo sé que él es el diablo? Tal vez *tú* eres el diablo», respondió Marilena en voz alta.

«Pon a prueba a los espíritus».

«Pondré a prueba al espíritu de Lucifer a ver si me concede mi deseo, tal como me lo ha prometido». contestó ella.

«Resiste al diablo y huirá de ti».

«¿Si te resisto a ti, huirás tú de mí?».

«No te atrevas a rechazarme».

«¿Pero tú llamas al otro espíritu, el cual evidentemente es más poderoso que tú, el diablo?».

«Resístelo y huirá de ti».

«Me niego a obedecer eso, en cambio, te resisto a ti».

Marilena obtuvo su deseo: Silencio. Bendito y anhelado silencio.

DIEZ

LOS EXPERTOS de la *Înşelăciune Industrie* le informaron a Marilena que el primer intento por hacerla concebir había sido un éxito. Ella había esperado experimentar el sentimiento maternal invadiéndola por todo su ser, pero al parecer esto sucedería más adelante.

Tan pronto como se comenzó a notar el embarazo, anunció su renuncia. El fin del semestre coincidió con el cuarto mes de gestación. Su separación de Sorin fue cordial y hasta amistosa. De hecho, su actitud muy comedida le causó sorpresa. Parecía estar bastante atareado organizando y pagando a algunos estudiantes para que la ayudaran con la mudanza a Cluj. Hasta accedió —aunque de labios para afuera— a mantenerse en comunicación por correo después que ella se mudara. Claro está que Marilena sospechaba que toda esta ayuda y preocupación por parte de Sorin era más bien a causa del entusiasmo que sentía por lo que esto significaba para él y Baduna, pero de todas maneras apreciaba el apoyo que estaba recibiendo.

Tal como lo habían pronosticado, el embarazo de Marilena transcurrió sin problema. No obstante, su ginecólogo encontró motivos para preocuparse. Él no sabía los pormenores de la concepción de este bebé, pero pronto se dio cuenta de que Marilena no contaba con el apoyo de su esposo. Viv la acompañaba a todas sus visitas al doctor y se hacía pasar por su hermana.

—Pero no nos parecemos —dijo Marilena.

—No te preocupes, nadie sospechará —respondió Viv.

Tenía razón, era común encontrar hermanas que no se parecían en absoluto la una a la otra. Pronto Marilena se dio cuenta de que ella misma tomaba la iniciativa de presentar a Viv como su hermana mayor, ya que aunque la existencia de las lesbianas no le molestaba, por alguna razón tampoco deseaba que la confundieran con una de ellas.

A los cuatro meses y medio de embarazo —a pesar de que sabía lo que se había pronosticado en cuanto a este— no pudo evitar preocuparse cuando vio que su doctor se mostró intranquilo en cuanto al bienestar del bebé. En una prueba de ultrasonido, ella había podido ver a la criatura que llevaba dentro de su vientre. Era del tamaño de un aguacate. El médico había dicho que en este punto de la gestación debería sentir los primeros movimientos del bebé, pero cuando Marilena le dijo que no había sentido nada —y él tampoco pudo detectar movimiento alguno— su rostro denotó consternación.

—Probablemente está durmiendo —dijo el doctor—, pero manténgame al tanto.

—¿Está bien mi bebé?

—Los latidos de su corazón son fuertes, rápidos, normales. Pronto le estará causando muchas molestias.

Pero no fue así y a pesar de no querer hacerlo, Marilena comenzó a expresar sus preocupaciones en voz alta.

—Nos han dicho que no se iba a mover —dijo Viv—. Deberías preocuparte si sucediera lo contrario.

—¿Pero acaso un feto no necesita moverse para poder desarrollarse?

—Al parecer no. Además sabemos que va a ser perfectamente saludable.

—Así lo espero.

—Mujer de poca fe.

Marilena estaba muy agradecida de que Viv no le permitiera hacer las tareas pesadas de la casa en Cluj y de que —no obstante— la incluyera en las decisiones para las decoraciones.

Muy pronto el lugar quedó lleno pero acogedor. Era sencillo y con muchos acabados de madera. Las paredes, por dentro y por fuera, eran de troncos de madera. Había una chimenea y se percibía un agradable aroma humeante sin el residuo aceitoso ya que quienquiera que hubiera construido el lugar —hacía probablemente cuarenta o cincuenta años—, sabía mucho de ventilación.

Dos de los asuntos que más confusión le causaban a Marilena eran la insistencia, por parte de Viv, de tener absoluta privacidad y la manera en que se negaba a fumar solamente fuera de la casa.

—El niño estará protegido en contra de cualquier posible daño —insistía Viv—. En cuanto a ti, tú te hiciste inmune gracias al hecho de haber vivido todos estos años con un fumador.

Marilena se sintió tentada a insistir con bastante firmeza, pero decidió hacerlo en otros asuntos de mayor importancia. Igualmente desconcertante le resultó el ver que Viv había traído a un cerrajero para asegurar —no solo la puerta—, sino su habitación entera. El hombre se pasó trabajando todo un medio día nada más en ese dormitorio, pero ya que Viv no la invitaba a pasar, a Marilena solo le quedaba preguntarse qué podía ser lo que necesitaba estar bajo tanta seguridad.

Su mentora también se ocupaba de hacerla caminar y de darle una dieta saludable. Marilena se sentía mejor de lo que se había sentido en mucho tiempo. También —con cada día que pasaba— su emoción y angustia iban en aumento. Tenía muchas ansias de ser madre lo más pronto posible, pero a la vez sentía temor al imaginarse la posibilidad de tener que soportar toda serie de complicaciones. Aunque el bebé no se movía, ella podía sentir, aquí y allá, minúsculas protuberancias, las cuales solo ocasionalmente le parecían normales. De vez en cuando creía que podía palpar y determinar la posición y la forma de la criatura; pero muchas de las veces le parecía que detectaba demasiados huesos, demasiadas extremidades. ¡Santo cielo!, a veces hasta le parecía sentir dos cabezas. ¡Qué tal si lo que llevaba en su vientre era un monstruo!

Por otro lado, el acceso inalámbrico de alta velocidad de la Internet funcionaba perfectamente y pronto Marilena consiguió varios trabajos a medio tiempo, haciendo estudios e investigaciones para sus antiguos colegas y nuevos clientes. Podía dedicarse a leer y a estudiar a fin de organizar el material de tal manera que estaba segura sería de mucha ayuda para los estudiantes o para los trabajos de literatura del profesor que lo usaría. Le encantaba su nuevo estilo de vida. (¡Todo esto le parecía demasiado ideal como para ser verdad!)

Una mañana, al revisar sus mensajes del correo electrónico, se quedó atónita al recibir un mensaje de uno de sus antiguos colegas —quien pensaba que ella ya sabía todo—, acerca del suicidio de la esposa de Baduna. Marilena se había encontrado con la señora Marius más de una vez en reuniones sociales de la facultad de literatura. Los rumores decían que ella había aceptado calmadamente el hecho de que su esposo fuera homosexual, así como también la decisión de este de divorciarse para poder luego casarse con Sorin. Aunque Sorin había acordado no divorciarse de Marilena hasta después de que el bebé naciera, tan pronto como ella se mudó a Cluj, Baduna había abandonado a su esposa para irse a vivir con Sorin. Esto al parecer fue demasiado para la señora Marius, a quien habían encontrado en su pequeño garaje, recostada a lo largo del asiento trasero de su auto, mientras este había sido dejado con el motor encendido.

Marilena se disgustó sobremanera debido a que semejante noticia no le llegó primero por medio de Sorin. Pero qué más podía esperar, si él ni siquiera se había molestado en informarle su rápido reemplazo como su compañera de apartamento. Esto se lo había notificado una vieja amiga. Marilena le había escrito cada dos semanas y aún no había recibido respuesta alguna. Casi no podía creer que él no le hubiera informado de tal tragedia.

—Tengo que ir al funeral —le dijo Marilena a Viv.

—Desde luego. Te llevaré en el auto, pero ciertamente yo no tengo nada que hacer allí.

—Estoy segura de que serás bienvenida.

—Te esperaré afuera. Seguramente querrás darle tus condolencias al esposo. ¿Sabes si tenían hijos?

—Ya son adultos.

—Por lo menos eso es bueno.

Marilena envió un correo electrónico a Sorin para decirle que la buscara en el funeral; le pareció terriblemente desconcertante el no recibir respuesta alguna. Le envió varios correos electrónicos de prueba para ver si los estaba recibiendo. Finalmente recibió como respuesta un mensaje cortante: «Sí, entiendo claramente que vas a venir al funeral».

Como si esto fuera poco, mayor desconcierto le causó cuando al llegar al sitio donde se estaba llevando a cabo el funeral, se dio cuenta de que Sorin no estaba allí. Mientras más lo pensaba le parecía que tal vez, dadas las circunstancias, eso era lo mejor que él podía haber hecho. No obstante, lo peor fue enterarse de que Baduna tampoco estaba presente. Cuando ella preguntó por él, sus hijos y los familiares de su esposa se tornaron ásperos y en sus ojos mostraron un odio ardiente.

Por lo menos la ausencia de Sorin era justificable en cierto modo. Después de todo, él era el intruso, el causante de la separación y por lo tanto, indirectamente el causante de la muerte de la señora. Pero era el colmo que Baduna no asistiera al funeral de su propia esposa. ¡Aún estaban casados!

Como si semejante comportamiento no fuera suficientemente ofensivo, Marilena se enteró de que una semana después del funeral, Baduna hasta se había atrevido a bromear acerca de la muerte de su esposa. Un estudiante había tenido el atrevimiento de preguntarle si era cierto que su esposa se había suicidado debido a que él le había confesado que era homosexual.

«Sí», había contestado Baduna con sarcasmo. «Sabía que a

veces ella se cansaba terriblemente, pero nunca me había dado cuenta de que llegara al extremo de "asfixiarse" del cansancio».

Según los rumores que corrían, aun los estudiantes sentían que con semejante sarcasmo, Baduna se había pasado de la raya. Este comentario les había parecido de tan mal gusto que nadie había sonreído. Además la universidad estaba en el proceso de determinar una sanción adecuada por tan ofensivas palabras. Normalmente el director de la facultad hubiera participado en dicho proceso, pero desde luego que en este caso . . .

Este desastre dejó a Marilena sin palabras. Tenía curiosidad por saber qué pensaba Sorin de todo esto, pero era obvio que a él ya no le importaba en lo más mínimo el mantenerse en contacto con ella. Había tenido la esperanza de que al informarle que venía, él por lo menos quisiera saludarla, si no en el sitio del funeral, por lo menos en algún otro lugar en Bucarest, pero no fue así.

Durante la siguiente visita de Marilena al médico, él le preguntó tres veces si estaba segura de no haber sentido en su vientre algún movimiento.

«El bebé duerme bastante, pero no creo que lo haga las veinticuatro horas del día», comentó él.

Marilena gritó al tratar el médico de manipular al bebé para ponerlo en una posición donde tuviera más libertad de movimiento. Pero aún así nada se detectó.

«Tal vez sería bueno si hacemos pasar a su hermana por un momento».

Luego de que los tres tomaron asiento en la sala de exámenes, el médico comenzó a explicar las posibles razones por las cuales el bebé no se movía.

—Parálisis, retardo, daño cerebral.

Marilena casi no podía ni respirar, pero Viv sonrió calmadamente.

—Estoy segura de que él bebé está y estará bien.

—Solo quiero que estén preparadas —añadió el médico.

—Lo estamos —contestó Viv.

—Qué bueno que tú lo estés —replicó Marilena y le dio una mirada de desdén.

Hasta el momento, Viv mostraba que era una muy buena compañera de vivienda. Aparte de su obsesión por asegurar su privacidad y de su hábito de fumar, parecía que su preocupación por el bienestar de Marilena y del bebé era genuina y sin egoísmos. Por cierto, Viv era una mujer inteligente, aunque no de la capacidad intelectual de Sorin —la cual Marilena aún echaba mucho de menos—, pero parecía disfrutar de aprender y adquirir nuevos conocimientos. Se veía que le gustaba que Marilena le hablara de lo que había leído y estudiado. Por lo demás, Viv pasaba sus momentos libres con las cartas de tarot, con la tabla espiritista, en oración a los espíritus, haciendo las veces de médium y hasta con la escritura automática.

Lo último y que a Marilena le parecía sumamente extraño, Viv se ponía en trance sosteniendo un lápiz en la mano y con hojas de papel listas. Al asentir, sus ojos se viraban hacia atrás y luego —en un estilo de diálogo interior o de «flujo de la conciencia»— comenzaba a escribir frenéticamente. Ya que era un hecho que nadie podía pensar tan rápido, ella misma aseveraba que —luego de salir de su trance— tenía que leer lo que había escrito para enterarse de lo que le habían comunicado.

Un ejemplo del resultado de una de tales sesiones:

El niño que lleva en el vientre me servirá hasta el final y estará protegido por un poder sobrenatural, aunque un día será herido de muerte, pero lo levantaré otra vez para que continúe alabándome y para que él mismo sea alabado. Tendrá un profeta de su confianza, quien instruirá a las naciones y a los líderes y a toda la gente para que doblen sus rodillas e inclinen sus cabezas ante mí; pero la mujer que lo lleva en su vientre sufrirá si no me alaba con devoción como él lo hará y por lo tanto, terminado el mensaje.

—¿Qué piensas de esto Marilena? —le preguntó Viv mientras parecía volver a su estado consciente.

—No me gusta eso de «herido de muerte».

—¿No piensas que ya es hora de que te decidas?

—No puedo «decidirme» así porque sí —respondió Marilena—. Esto tiene que ser algo real para mí. Tengo que sentirlo realmente.

—¿Quieres sufrir?

—Desde luego que no, pero tampoco quiero que mi hijo sufra. Además, seguramente el fingir algo no me absolverá.

Durante el noveno mes de su embarazo, Marilena experimentó molestias que jamás se hubiera imaginado. Su médico tenía serias reservas.

«Si el bebé no da muestras de algún tipo de movimiento antes de nacer, es muy posible que nunca podrá moverse, aun cuando su pulso y su respiración sean normales», le advirtió él.

Viv hizo caso omiso de estas advertencias. Marilena, en cambio, no podía dejar de preocuparse.

Aproximadamente una semana antes de que el bebé naciera, Viv —a través de las cartas de tarot— recibió un mensaje al parecer urgente y alarmante. Inmediatamente consultó la tabla espiritista que, tal como ella le explicó de forma detallada a Marilena, con claridad ordenaba: «Preparen el sacrificio».

A la mañana siguiente, Viv regresó de sus mandados con una trampa «humanitaria» para ratones y con una pequeña jaula.

—No he visto ratones ni indicio alguno de que merodeen por aquí —dijo Marilena.

—Sin embargo, un ratón es el sacrificio adecuado.

—¿Para qué?

—Confía en mí.

Dos días más tarde, el ruido de un ratón en la trampa las despertó. Con mucha emoción, Viv lo transfirió a la jaula donde el pequeño roedor echó a correr dando vueltas y dando chillidos tan fuertes que Marilena tuvo que encender un ventilador para no tener que escucharlos y así poder dormir.

El siguiente domingo por la noche, Marilena se sentía tan incómoda que no podía imaginarse cómo iba a dormirse. Se recostó de la mejor manera que pudo. Después de varias horas de darse vueltas, detectó el comienzo de las contracciones. ¿Cómo podía estar segura de que había llegado el momento? No quería despertar a Viv a menos que fuera absolutamente necesario. Una hora más tarde estaba segura.

Marilena estaba agitada por el dolor y la emoción. Sabía que el dar a luz por primera vez podía tomar horas enteras y ya eran las dos de la mañana del lunes. Cuando despertó a Viv, esta parecía ser la más nerviosa de las dos. Los dedos le temblaban al tomar el bolso que había empacado de antemano y al darle la mano a Marilena para ayudarla a subir al auto. Una vez que la ayudó a sentarse, la mujer regresó corriendo a la casa.

—¿A dónde vas? —gritó Marilena— ¡Tenemos que irnos!

Viv se apresuró y pronto volvió con el ratón enjaulado en una mano y con varios marcadores de colores vistosos en la otra.

Marilena pensó que la mujer se había vuelto loca.

—Esta noche voy a ver al escogido —dijo Viv.

—Pero pensé que yo era la escogida —contestó Marilena y trató de forzar una sonrisa.

—Tú eres el instrumento y a ti te veo todos los días.

Durante el trayecto al hospital casi no vieron otro auto. Marilena se sorprendió por la intensa oscuridad de la noche. No vio nubes ni la luna y por extraño que fuera, tampoco había estrellas.

—¿Has visto alguna vez semejante oscuridad? —preguntó.

—Es una noche oscura, negra, azabache —comentó Viv.

Marilena estuvo a punto de decirle que lo que acababa de decir era redundante, pero una contracción la dejó sin aliento.

En el Hospital General de Cluj-Napoca, la enfermera a cargo de admitir a los pacientes le informó a Viv Ivins que de ninguna manera se le permitiría entrar con su «mascota».

—Señora —contestó Viv en una forma tan directa como Marilena nunca antes la había oído hablar—, este ratón no es una mascota. Es una criatura irremplazable en la religión de la señora Carpatia.

—Lo siento mucho pero . . .

—Pero nada. No trate de hacer que sus reglamentos provincianos interfieran con la libertad de religión de una paciente. Sabe que no tenemos tiempo de acudir a nuestro abogado ni a las autoridades, pero si no me deja otra alternativa tendré que hacerlo.

—El médico nunca . . .

—Le diré al médico lo mismo que le acabo de decir a usted. Yo asumo cualquier responsabilidad. Ahora, deje de poner en peligro el bienestar de este bebé por causarnos tanto retraso.

En la sala de partos las contracciones de Marilena iban empeorándose, Sin embargo, se negaba a aceptar cualquier tipo de anestesia. Los latidos del bebé se mantenían fuertes, pero el médico aún se veía consternado debido a la falta de movimiento.

«Prepárese para tener un hijo con severas limitaciones físicas y mentales», dijo.

Viv comenzó a recriminarlo por estar «poniendo nerviosa a la madre en este preciso momento», pero cambió rápidamente de tema cuando vio al ratón. Viv le advirtió que no debía interferir con la libertad de religión de Marilena.

—Es la primera vez que veo algo así —respondió él—. ¿Qué religión requiere que haya un ratón en la sala de partos?

—La nuestra —respondió Viv—. Y también estará con

nosotras cuando el bebé nazca, así que vaya acostumbrándose. Ella reiteró que lo indemnizaría a él y al hospital en caso de ser necesario. Un documento estipulando tal acuerdo fue rápidamente traído a la sala y Viv lo firmó. Cuando el doctor trató de pedir a Marilena que también lo firmara, Viv le advirtió que esta podría crear tal conmoción al respecto, que se arrepentiría de habérselo pedido. Él accedió.

—Bueno, de todas maneras, en este momento, necesitamos prepararnos para el nacimiento del bebé —dijo él.

Marilena se encontraba en medio de una dolorosa actividad de contraer y empujar, que hubiera deseado que Viv se calmara y le tomara la mano, la animara y la ayudara a respirar. Pero en lugar de hacerlo, la mujer estaba andando de un lado a otro de la sala, colocando incongruentemente la jaula con el ratón sobre una mesa de acero inoxidable, luego dibujando en el piso un círculo alrededor de la cama, asegurándose de que dentro del círculo quedaran incluidos también el médico y las dos enfermeras.

—¿Qué rayos está haciendo? —preguntó el médico y Marilena casi se echó a reír.

—No se preocupe —replicó Viv—. Esto también es parte de nuestra religión.

—¿Qué está dibujando? —preguntó una de las enfermeras.

—No se meta en lo que no le importa —contestó Viv—, ocúpese de lo suyo, no de lo mío.

—Eso es un pentagrama, ¿verdad? Un pentagrama de Pitágoras. ¿Pero qué es ese círculo?

—Este círculo —dijo Viv—, es «*El Verum Grimorium*».

—¿Qué es eso?

—El «*Verdadero Grimoire*» del año 1.500.

—¿Qué es un «grimoire»?

—Un manual para invocar . . .

—¡Viv, en serio! —gritó Marilena—. ¡Se te va a pasar el momento del nacimiento del bebé!

—Ni lo pienses —contestó Viv mientras se detenía por fin junto al ratón.

Cerca de las tres y media de la madrugada, Marilena supo que el momento esperado había llegado. Justo en el instante en que creyó que no le quedaban fuerzas para seguir empujando, logró hacer un último esfuerzo.

«¡Aquí está la cabeza!», exclamó el doctor.

De reojo, Marilena pudo ver que Viv había comenzado a conjurar. Con la mano puesta dentro de la jaula, trataba de atrapar al ratón. Marilena no pudo ponerle mucha atención, pero sí escuchó nombres tales como: «Camerón», «Dánocar», «Peatam» y «Lucifer». Finalmente la escuchó decir un «Amén».

«Empuje una vez más», le ordenó el médico.

Marilena comenzó a gritar con fuerza a la vez que sentía que ya salía el bebé. El dolor la hacía agitar los brazos y sacudir con violencia la cabeza de un lado a otro. En medio de todo esto pudo divisar a Viv quien —aunque parecía estar a punto de desmayarse— sostenía firmemente en una mano al escurridizo ratón. También entre sus propios gritos y quejidos, Marilena pudo escuchar los chillidos del diminuto animal.

En la otra mano, Viv tenía un pequeño y brillante cuchillo. En el instante en el que el bebé salió del vientre de Marilena y descansó en las manos del médico, Viv alzó el ratón sobre su propia cabeza y con destreza le cortó la garganta.

Marilena sintió asco al oír el sonido de la sangre del animal al caer al suelo, pero rápidamente se concentró en los chillidos del bebé.

«¡Ciertamente sus pulmones están en buen estado!», dijo a gritos el médico. «Y apuesto a que está moviendo normalmente sus cuatro extremidades».

Viv tomó el papel con el que había forrado el interior de la jaula, envolvió al ratón muerto y lo volvió a poner dentro. Como si fuera la dueña del lugar, salió de la sala llevando consigo la jaula con el pequeño animal. Luego Marilena la vio, a través del espejo, lavándose las manos en el lavamanos del médico. Cuando Viv regresó, ya no traía la jaula.

—¿Qué nombre le van a poner a este pequeño gritón? —preguntó una de las enfermeras, mientras otras lo limpiaban.

—Nicolás Carpatia —contestó Marilena mientras respiraba con dificultad.

—¿Cuál será su segundo nombre?

—Teníamos una lista —dijo Marilena—.Viv, ¿por cuál nos decidimos? ¿Fue Sorin?

—No, nunca me gustó esa idea. Pero te negaste a considerar cualquier otro nombre espiritual. Cualquiera de los nombres que Ricardo Planchet sugirió quedaría bien. ¡Imagínate!

—No —respondió Marilena—. Ese hombre ni siquiera me cae bien y tampoco le tengo confianza.

—Tienes la impresión equivocada acerca de él, pero ahora no es el momento para discutir eso.

—¿Qué te parece «Noche», ya que nació en la noche?

—¿Qué tal «Mañana»? Técnicamente ya es de mañana —propuso Viv.

—La mañana más oscura que jamás he visto.

—Negra, azabache.

—«Azabache» significa «negro» —replicó Marilena.

—¿Entonces cómo describirías esta noche?

—Negra como el ébano.

—Me gusta la idea, pero «ébano» no queda muy bien—dijo Viv.

—Tienes razón. ¿Qué tal si usamos el equivalente de «azabache» en inglés?

—Entonces, ¿cómo se diría? —preguntó Viv.

—«Jet», pero podríamos usar «Jetty»

—¡Sí! Ese nombre me gusta mucho: Nicolás Jetty Carpatia. Nicolás J. Carpatia.

—A mí también me gusta mucho —acordó Marilena.

—Ciertamente es único.

—Nunca antes he escuchado ese nombre —dijo el médico mientras colocaba al bebé en el pecho de Marilena—. Tiene un tono dramático, suena interesante.

Pero Marilena ya no los estaba oyendo, ya no estaba preocupada por lo que Viv hacía. El niño se había puesto rojo de tanto gritar. Ella lo abrazó y lo apretó más cerca de sí, lo meció y lo arrulló, pero continuó gritando aún más fuerte.

—Tiene mal genio —dijo el médico—. Pero estoy aliviado o mejor dicho, sorprendido, de ver que el bebé es perfectamente normal.

—No, no es normal —aseveró Viv—. Pero ciertamente es perfecto.

Niki Carpatia era físicamente sano en todo sentido y además, creció rápidamente. Cuando empezó a dar sus primeros pasos —al cumplir su primer año de edad—, ya podía decir unas cuantas palabras, incluso: Mamá, tía Viv y libro. Tres meses más tarde se había convertido en un típico niño pequeño, curioseando todo a su alrededor. Viviana Ivinisova —quien ahora usaba exclusivamente el nombre de Viv Ivins— le comentó a Marilena que jamás había visto un niño tan despierto y alerta. Se notaba claramente que le gustaba que le cantaran y que le leyeran sus libros.

Desde luego que Marilena no tenía alguien más con quien compararle, pero le parecía que su hijo era fascinante y sentía que su vida había comenzado en el momento en que él nació.

Dos cosas intrigaban sobremanera a Marilena. Una era el hecho de que ella había asumido el papel de madre con tanta naturalidad y la otra, el misterioso contraste de la personalidad analítica de Nicolás, la cual podía cambiar súbitamente de su aparente naturaleza calmada a sus repentinos estallidos en griteríos insoportables.

La curiosidad de Niki se manifestaba en la manera en que jugaba. Marilena y Viv le daban un sinnúmero de juguetes, pero no les ponía atención por mucho tiempo. Se aburría rápidamente de las cosas con las que había jugado el día anterior, entonces se dedicaba a explorar sus alrededores; ollas, sartenes y cucharas cautivaban su interés. Marilena había perdido la cuenta de las muchas veces que lo había encontrado recostado sobre su espalda, sosteniendo un objeto frente a sus ojos y estudiándolo a la vez que lo daba vueltas con mucho cuidado; nunca se cansaba de eso. Parecía que estaba tratando de grabar en su pequeño cerebro todas las formas, texturas y todo tipo de cálculos. Ella podía sentarse y observarlo en esta clase de actividad por largos períodos de tiempo.

Marilena no se había preocupado mucho por los gritos que su hijo dio cuando nació. Había leído —y también le habían dicho— que eso era precisamente lo que se podía esperar de un recién nacido, pero también era cierto que se sorprendió cuando al poco rato de haber nacido se puso rojo por tanto gritar. Además, la enfermera lo había llamado «gritón». (También el médico había mencionado algo acerca de sus pulmones y de su mal genio.) Marilena había esperado que esto fuera pasando, pero no fue así.

Niki era relativamente un niño dócil —mientras todo iba como él quería—, pero cuando tenía un pañal sucio o mojado, o cuando sentía hambre o cansancio, su comportamiento era insoportable. Los suyos no eran los típicos gritos de un niño insatisfecho. Tan pronto como algo le molestaba, el tremendo griterío comenzaba, sin advertencia alguna o aviso previo. Si algo —cualquier cosa— no le agradaba, Nicolás cerraba los ojos, abría la boca, respiraba profundamente y gritaba tan fuerte como sus pulmones se lo permitían. Lanzaba hacia el aire sus puños y los sacudía bruscamente hasta que se le arreglara cualquier cosa que fuera necesaria; luego —casi de inmediato— volvía a ser el mismo niño dulce y tranquilo de antes.

Tal vez pudiera haber sido solo su imaginación, pero Marilena estaba convencida de que Niki poseía una sabiduría que iba mucho más allá de su propia edad. Aunque parecía que su desarrollo en cuanto a aprender a caminar y a la adquisición de nuevo vocabulario estaba dentro de lo normal, ella y Viv estaban casi seguras de que el niño ya entendía sus conversaciones.

Era capaz de captar lo que cualquier persona estuviera diciendo —lo cual Marilena supuso era algo normal—, pero en el azul profundo de sus ojos que contrastaba con el color olivo de su piel y el rubio de su cabello, ella podía detectar un dejo de tristeza, un mundo de hastío y cansancio, lo cual le hizo reconsiderar los prejuicios que había tenido durante toda su vida en contra de la reencarnación. ¿Acaso este pequeño había tenido una vida anterior de profunda agitación o sufrimiento? A veces, él simplemente la observaba por largos intervalos de tiempo, como si estuviera tratando de determinar lo que ella estaba pensando. También en los momentos en que Marilena trataba de jugar o de hacerle cosquillas, él se alejaba y se le quedaba mirando a la distancia, como si supiera algo que ella ignoraba.

Viv pasaba bastante tiempo con el niño y aunque parecía ser una persona de mente un poco cerrada, Marilena estaba contenta de que podían llevarse tan bien. Otra prioridad de las dos mujeres era también la de tener, cada una, su tiempo a solas, sin requerir constante interacción directa entre ellas.

Era cierto que Marilena hubiera deseado que Viv usara esa flexible —aunque no tan brillante— mente suya, para algo más aparte de su obsesión con el mundo de los espíritus. Pero, después de todo, esa había sido la razón por la cual se conocieron. Ahora, Viv ya se había reunido con Ricardo Planchet y comenzaron a anunciar y a enseñar sus clases en el área de Cluj. Eso era lo que más le encantaba hacer: Iniciar a personas nuevas —naturalmente escépticas, tal como Marilena lo había sido—, en las maravillas del más allá.

Marilena se había acostumbrado a su rutina de cuidar a Niki cada mañana hasta la hora del almuerzo. Luego, por las siguientes tres horas, Viv se hacía cargo de él, mientras Marilena se dedicaba a sus lecturas e investigaciones para proveerles información a varios profesores. Si bien no le pagaban por esto tanto como cuando ella misma era profesora de tiempo completo, lo que ganaba era más que suficiente ya que no tenía que pagar renta.

En las noches, cuando Viv estaba ocupada haciendo sus contactos con el mundo espiritual o cuando se iba a enseñar sus clases, Niki estaba otra vez bajo el cuidado de Marilena. Cuando Viv regresaba y el niño estaba dormido, las dos mujeres se dedicaban a conversar. Marilena consideraba que Viv era una persona algo extraña, pero generalmente agradable. Aunque Viv parecía interesarse por todas las personas que llegaba a conocer, también solía hablar a espaldas de ellas. A pesar de que se sintió contenta al darse cuenta de que esta mujer no era perfecta, Marilena se preguntaba qué decía Viv de ella a sus espaldas.

ONCE

MIENTRAS SE APROXIMABA el duodécimo cumpleaños de Raimundo Steele, su mente y su cuerpo comenzaron a madurar. Sus músculos se desarrollaron y aparecieron vellos en su cuerpo. Su cara ya no era suave como antes pues ahora sufría de acné, el cual a pesar de ser leve en un principio, tomó luego un carácter pernicioso. Aunque siguió siendo un gran deportista, un estudiante sobresaliente y un joven muy popular, sentía que quienes lo rodeaban lo veían y lo trataban de una manera diferente.

También creció aún más en estatura. Se hizo un tanto torpe, no en cuanto a los deportes sino más bien en la vida cotidiana. Las compras que su mamá hacía no alcanzaban a mantenerse al día con su crecimiento, por lo que a menudo llevaba pantalones que le quedaban muy cortos. Raimundo se volvió inseguro, poco hábil y tímido. Evitaba situaciones sociales en las que antes se distinguía por su popularidad. Se aisló, rodeándose solo de un pequeño grupo de amigos, lo cual le hizo más fácil el mantenerse alejado de las niñas. Aunque parecía que él y sus amigos pasaban todo su tiempo hablando de ellas de una manera que nunca antes les había pasado por la mente.

Raimundo experimentó una brusca transición que lo llevó de gozar de admiración y popularidad, a convertirse en un joven torpe con acné, cuya estatura solo servía para acentuar la imagen de torpeza que ahora proyectaba, en lugar de la figura atlética que antes había tenido. Casi nadie le caía bien, ni siquiera él mismo.

Antes de su primer día de trabajo, Raimundo no tenía ni idea de todo lo que implicaba el laborar en Herramientas y Maquinaria Steele, en Belvidere, Illinois.

Veinticuatro horas después de haber cumplido sus trece años de edad, comenzó a barrer los pisos del taller y a sacar la basura. Al principio la única máquina que reconoció era un taladro industrial, semejante a uno que había visto en una clase de la escuela. Le fascinaba ver las medidas de seguridad que formaban parte del diseño de la máquina. Mientras que el operador podía colocar manualmente un pedazo de acero debajo de la inmensa cortadora, esta nunca se pondría a funcionar a menos que se utilizara ambas manos para presionar dos botones separados, de modo que las manos jamás corrían peligro.

Raimundo se comprometió a ejecutar su trabajo de la misma manera en que lo hacía con sus estudios y sus actividades deportivas: Con una dedicación total. Quería desempeñarse de la mejor manera posible a fin de conservar su trabajo, ganar dinero, hacer que su padre se sintiera orgulloso de él y sobre todo, poder ahorrar para pagar por las lecciones de vuelo que comenzaría a tomar cuando cumpliera los catorce años. Si en el proceso de lograr todo eso también lograba aprender de negocios, del manejo de las máquinas y a llevarse bien con gente trabajadora, todo esto le serviría de beneficio adicional.

A los obreros —cuatro hombres y dos mujeres— les cayó bien desde un principio. Parecían ser lo bastante mayores y maduros como para no importarles su acné descontrolado ni su torpeza. Al principio, dos de ellos lo vieron con cierta sospecha, haciéndole saber —sin decirlo— que no le iban a rendir pleitesía solo por ser el hijo del dueño. En cambio, otro de los trabajadores fue demasiado amistoso, tanto así que parecía que más bien estaba tratando de ganarse su favor. Pero al fin y al cabo, Raimundo creía que, gracias a su deferencia y a su disposición por trabajar, les había caído bien.

Además, ellos resultaron ser generosos con sus enseñanzas y consejos.

Su padre no toleraba ni en lo más mínimo la idea del favoritismo.

«Nada de trato especial para el hijo del jefe. Soy responsable de seis empleados de tiempo completo. Ellos estarán observándonos todos los días para ver si te favorezco», le había advertido.

También sintió un gran alivio cuando su papá aclaró que aunque los trabajadores debían enseñarle a Raimundo el funcionamiento de la maquinaria, no estaban arriesgando sus empleos. «De todas formas, la ley no permite que alguien tan joven opere solo estas máquinas. Además, cuando Raimundo ya tenga la edad suficiente, tiene planeado dedicarse a otras cosas», había aseverado su papá.

Raimundo no sabía si era cierto que su padre había aceptado esa realidad, pero por lo menos le dio gusto que la mencionara.

Niki Carpatia debía comenzar la escuela al cumplir los seis años y aunque aún faltaba un año para que esto sucediera, su madre esperaba con emoción que llegara ese día. A pesar de su doctorado y de su carrera académica tan destacada, ella no se sentía capaz de mantenerse a la par de su hijo, a quien se negaba a describir como *precoz*, aunque sabía bien que sí era precoz. Tan pronto como pudo caminar y hablar, Niki aprendió rápidamente tantas cosas que ella casi no lo podía creer. Aunque Viv y Marilena trataron de mantenerlo siempre ocupado, ninguna cantidad de enseñanza, lectura o estudio le satisfacía.

Le leyeron historias todas las noches, desde que tuvo la edad suficiente como para entenderlas. Pero al cumplir los cuatro años, Niki comenzó a insistir en tratar de leer solo. Interrumpía a Marilena y a la vez que señalaba con el dedo las palabras, también las pronunciaba. Marilena y Viv comenzaron a hablar ruso o inglés cuando no querían que el niño las entendiera, pero después de poco tiempo esto de nada les servía. Marilena le compró libros para niños en varios idiomas, inclusive en chino. Después de poco tiempo, él podía entender y hablar —por lo menos en un nivel básico— cada idioma que ella y Viv conocían.

Ahora, a la edad de cinco años, a Niki le fascinaba la naturaleza. Excavaba en el terreno de la propiedad, traía raíces e insectos y otras criaturas a la casa, exigía saber que eran. Marilena compró un nuevo juego de enciclopedias y le enseñó como hacer investigaciones en la Internet. Después de seis meses, él era tan conocedor y hábil como ella con la computadora.

Niki, por lo general, era de temperamento equilibrado, pero también podía ser algo retraído y hasta frío en su trato. A menudo asustaba a Marilena al dar muestras de una madurez excesiva e incongruente para su edad. Ella jamás le pegaba ni le disciplinaba, a pesar de que a veces no le faltaban ganas de hacerlo. Cuando por las noches, él se negaba a dormir, ella insistía y le metía en la cama, apagaba la luz y cerraba la puerta. Más tarde, cuando ella iba a su cuarto para echarle un vistazo, le encontraba de pie sobre la cama; al encender la luz podía verle con su cara de enojo, los brazos cruzados y los ojos ardiéndole de rabia.

Él determinaba cuándo quería comer y qué quería. Rechazaba cualquier sugerencia contraria a sus deseos. Insistía en mantener su propio horario; no había manera de razonar con él. En poco tiempo Marilena se dio cuenta de que él controlaba por completo la forma en que se hacían las cosas en la casa. Ella había perdido toda clase de control, pero —se consolaba— por fortuna Niki se comportaba razonablemente bien cuando le dejaban solo. Leía, pasaba tiempo en la computadora y exploraba la naturaleza.

Entonces llegó el día en que leyó un libro de historias cortas acerca de una niña que tenía su propio caballo. Acosó sin tregua a las dos mujeres hasta que acordaron comprarle un caballo, una montura y una brida. Marilena le dijo que iba a tener que esperar hasta que un experto pudiera venir a la casa para enseñarle a montar al caballo, pero Niki no se conformó con eso. Ella miró atónita como su hijo entró al corral que habían improvisado y el animal retrocedió espantado.

—Tu nombre será Diamante de Estrella y yo te voy a montar —dijo Niki y se paró frente al gran animal.

De algún modo alcanzó a ponerle la montura y las riendas. Pocos minutos después ya estaba guiando al caballo en círculos. (Para la siguiente semana, Niki ya cabalgaba por toda la propiedad.)

Leyó todo lo que estaba a su alcance acerca de la equitación; pronto se convirtió en todo un experto en andar a caballo. Aunque Niki tenía una estatura promedio para su edad, controlaba a Diamante de Estrella —un animal ocho veces más pesado que él— con un dominio sorprendente.

Marilena había leído que los adolescentes a menudo presentaban problemas de rebeldía ya que estaban convencidos de que sus padres y cualquier persona en una posición de autoridad estaban equivocados en todo y acostumbraban a contradecir a los adultos a su alrededor. Así pues, le parecía que Niki era un adolescente de cinco años de edad, ya que este discutía, debatía y a cada momento hallaba la manera de contrariarla. Se negaba a hacer cualquier cosa que no quería hacer y trataba a su tía Viv y a ella misma con una total falta de respeto.

Su única interacción con otros niños se daba en los paseos con las familias de las clases espiritistas de Viv. A veces estos paseos eran a la casa de campo de Cluj. Marilena se sorprendió al ver que, de algún modo, Niki se llevaba bien con los otros niños. No lo entendía. Era mucho más inteligente que todos, aun que los mayores. Además, era hijo único y estaba acostumbrado a salirse con la suya y a no tener que compartir ni sus juguetes ni la atención de los adultos. Pero demostraba cualidades de un diplomático: Halagaba, elogiaba, fingía interés y manipulaba a otros a fin de conseguir lo que

quería. Marilena estaba segura de que alguno de los otros
padres iba a quejarse de la manera tan insoportable de ser de
Niki, pero sucedió lo contrario: La bombardearon con invita-
ciones para que él fuera a visitar a los otros niños en sus
casas.

«Que ellos vengan aquí», exigía él y se negaba rotundamente a ir. (Es obvio que se hacía lo que él decía.)

Marilena no tenía conocimiento de todo lo que él hacía o
decía cuando estaba con sus amiguitos, pero los otros niños
debían quedar intimidados o impresionados, porque parecían
disfrutar de la compañía de Niki y estaban conformes con
hacer cualquier cosa que él quería.

Cuando él descubrió los partidos de fútbol televisados,
quedó completamente fascinado con ellos. Rogó y rogó hasta
que le compraron una pelota de fútbol y aprendió solo a
manejarla con los pies y a llevarla pateándola por toda la
propiedad. Instaló un arco y a Marilena le pareció que había
logrado ser asombrosamente veloz. En los momentos en que
ella era sincera por completo consigo misma, tenía que reconocer que su hijo le infundía miedo. ¿En qué lío se había
metido? Estaba ansiosa de que comenzara la escuela para que
otra persona se encargara de él durante la mayor parte del
día.

La energía que Niki tenía dejaba exhaustas a Marilena y a
Viv. Lo llevaban a las montañas a caminar y a escalar (la primera vez que vio las pistas de esquí, exigió que le enseñaran a
esquiar). En el verano iban a la costa del Mar Negro, donde
las dos mujeres tomaban el sol y leían y Niki pasaba todo el
día nadando.

Un día, Viv aceptó quedarse en la casa cuidando a Niki
mientras Marilena —quien sencillamente necesitaba un descanso— asistía a algunas ferias artesanales de los campesinos.
Pero cuando Niki se enteró del plan, suplicó hasta que su
mamá se sintió obligada a llevarlo y por fin terminaron
yendo los tres. En el mercado, el niño impresionó a los adultos con sus preguntas y observaciones acerca de las artesa-

nías. Deseaba saber todo en cuanto a la confección de cobijas, tallados y demás. En seguida comenzó a pedir a Marilena que le comprara las herramientas y todos los materiales necesarios para crear sus propias manualidades.

—No sé, Viv, aún es muy joven —comentó Marilena con cierto temor al darse cuenta de que la entrada inminente de Niki a la escuela, en el otoño, estaba ya muy cerca.

—Su alma es tan antigua como el universo, Marilena. Seguramente tú reconoces eso.

—Lo único que sé es que mi hijo me inspira terror.

—En eso no estamos de acuerdo —contestó Viv—. Yo ya le tengo admiración. Estoy fascinada con él. También Ricardo está ansioso por verlo iniciar su educación y toda la demás capacitación.

—Pero Niki no es hijo del señor Planchet.

—Cuidado, Marilena. Desde cierto punto de vista, sí lo es.

Marilena no iba a discutir sobre el asunto, pero jamás le entregaría su hijo a Planchet, aun cuando ella hubiera dado su palabra en lo concerniente a su capacitación espiritual.

—¿Qué propones para comenzar? —quiso saber Marilena.

—Solo hablar con Niki —respondió Viv—. Con esa mente tan curiosa, se va a quedar absorto con las historias sobre el origen del universo.

En su primer año de la secundaria, lo único que Raimundo Steele tenía a su favor era que por fin se acostumbró a su nueva estatura. Medía más de un metro y ochenta y tres centímetros y la habilidad que le había caracterizado en la escuela primaria comenzó a reaparecer —por lo menos en sus actividades deportivas—, aunque en el aspecto social aún seguía siendo algo torpe. Para colmo de sus males, debido a su estatura, casi no cabía en las sillas de los salones de clase y sus compañeros se reían de él porque a menudo tropezaba o se caía.

Viendo el lado positivo, Raimundo casi siempre sacaba las

calificaciones más altas y nunca se metía en problemas. Además de sus clases y de sus entrenamientos deportivos, se dedicó a trabajar cada vez más horas en el taller de su padre, puesto que mientras más dinero ganara, más lecciones de vuelo podría tomar. Sus padres le obligaban a asistir a la iglesia, a la escuela dominical y al grupo de jóvenes, pero aunque Raimundo iba, en realidad no prestaba atención a alguna de las enseñanzas que allí se impartían.

Le gustaban algunas de las niñas que asistían a su iglesia, pero con su acné —que parecía estar empeorándose— y sin haber recuperado todavía su imagen pública de deportista atractivo, Raimundo no se animaba ni siquiera a hablar con alguna de ellas.

También en su escuela secundaria le fascinaban las niñas. Soñaba con poder jactarse ante una de ellas acerca de sus planes de aprender a volar, pero la sola idea de conversar con una de ellas y peor aún, de invitarla a salir con él, le parecía una misión imposible.

DOCE

—FEDERICA, por favor transmita esto mediante el correo electrónico a R.P. Luego destrúyalo.

—Con mucho gusto, señor «S».

El hombre deslizó sobre la superficie de su escritorio de caoba su nota escrita a mano y se dio la vuelta en su silla para admirar la ciudad de Manhattan.

> *R.P.:*
> *Ten a toda prisa la discusión. Reporta lo más pronto posible. Decide tú si quieres revelar mi identidad.*
> *Recuerdos, J.*

Marilena debió darse cuenta de que algo no andaba bien. Ricardo Planchet había tratado desde el comienzo de influenciarla en cuanto a la crianza de Nicolás, pero había venido a verla a la casa solo una vez desde que el niño nació. Toda la influencia de Planchet —la cual Marilena había hecho todo lo posible por ignorar— había sido dirigida mediante Viv Ivins.

Sin embargo, Planchet le había solicitado una reunión hacía poco. Aunque accedió a verse con él, Marilena ya se estaba arrepintiendo de haber tomado esa decisión.

—Estoy segura de que desea hablar de algo relacionado con la educación de Niki —le aseguró Viv—. No tienes por qué ponerte a la defensiva hasta que sepas con certeza de qué se trata.

—¿Acaso ese hombre cree que no sé cuántos años tiene Niki? ¿Piensa que se me ha olvidado inscribirlo en la escuela? ¿Es que a lo mejor quiere recordarme que le mande al niño su almuerzo cuando vaya a la escuela?

—Esperemos lo mejor de Ricardo, ya que él y la asociación nos han ayudado tanto hasta aquí —dijo Viv con una sonrisa.

Impertinente sería una descripción más correcta, pensó Marilena. No obstante, por más que ella protestara por tanta intromisión en su vida, había en su alma un lado escondido, oscuro y muy íntimo que también sentía alivio —lo cual no se lo iba a decir a alguien y mucho menos a Viv—, ya que aunque amaba con todo su corazón a su hijo, tristemente ella nunca se había sentido amada por él. El don de la maternidad solo había satisfecho la mitad de su profundo anhelo y necesidad. Recordaba con claridad su gran deseo de tener a alguien a quien amar y quien recíprocamente también la amara, pero las cosas no habían resultado de esa manera.

Desde muy temprana edad, Niki la había tratado como si ella fuera un mal necesario. Él la había necesitado y la había usado solo para ser amamantado durante los primeros meses. No le gustaban los abrazos de ella. Cuando lo hacía, él se erguía y se alejaba. Marilena había leído suficientes libros como para saber que ella —sin importar cuál fuera la respuesta de Niki—, nunca debía darse por vencida, nunca debía dejar de darle muestras físicas de cariño y de amor. Ella estaba convencida de que algún día su hijo cambiaría y desearía estar cerca de ella, pediría que ella lo abrazara y hasta sería capaz de reciprocar todo su afecto.

Lo peor era que Marilena estaba celosa de Viv. Parecía que el niño no sabía diferenciar entre una tía y una mamá. Además, Viv en realidad no era tía de su hijo. Marilena trató de explicarle a Niki que ella había sido quien lo llevó en su vientre y quien lo trajo al mundo, pero él escuchaba sus explicaciones, hacía preguntas, insistía en consultar asuntos relacionados con el nacimiento de bebés en la enciclopedia y en la Internet. No obstante, su aparente actitud hacia Marilena no cambiaba.

Trataba de igual manera a las dos mujeres y hasta las manipulaba. Cuando quería algo de comer o necesitaba ayuda con su lectura o con la Internet, consultaba a cualquiera de las dos que estuviera más cerca. Marilena quería tener prioridad, creía merecerla. Al fin y al cabo, si Niki era tan inteligente como ella creía, ¿no debería darse cuenta de que ella era la más intelectual, la más preparada académicamente y la más educada de las dos? Tal vez algún día.

Si Viv —quien Marilena admitía que se preocupaba al máximo por el bienestar de Niki— se salía con la suya, la mujer misma comenzaría a educar al niño en asuntos relacionados al espiritismo. Si él se interesaba por este tema tanto como lo hacía por la mayoría de los demás temas nuevos, entonces Viv estaría de nuevo en ventaja sobre ella. (Esto era algo que atormentaba aún más a Marilena.)

No tenía otra alternativa. Marilena había acordado que Niki sería criado bajo los preceptos del espiritismo y dadas las circunstancias, Viv era la persona indicada para hacerse cargo de este aspecto, ya que ella tenía muchos años de experiencia en tal disciplina. Además, Viv era una verdadera discípula, una devota creyente y amaba al espíritu principal.

Marilena se consolaba con seguir siendo sincera consigo misma: No le quedaba duda de que Lucifer existía en realidad y que las creencias luciferinas eran válidas. Pero ya que no había sentido la atracción emocional hacia tales espíritus —específicamente hacia Lucifer—, ella no se había convertido en una estudiante seria ni en una devota de tal secta.

Ella asistía regularmente a las clases de Viv y se consideraba una creyente, pero ya estaba cansándose de las advertencias semanales provenientes del mundo de los espíritus acerca de la existencia de una escogida, quien aún no les había dado su completa lealtad. Era obvio que hablaban de ella. Pero si Lucifer era una deidad verdadera, ¿no debería apreciar, por sobre todas las cosas, la sinceridad y la franqueza? ¿O tal vez habría algo de verdad en las acusaciones de los espíritus del lado contrario, en cuanto a que Lucifer era en realidad Satanás, el príncipe de la oscuridad, el padre de la mentira? Marilena no lo creía. No quería creerlo. ¿A qué se debía entonces toda esta insistencia para que ella se uniera a su grupo, aunque fuera en contra de su propia voluntad? En realidad no era una oponente o una antagonista. Había invertido tantos años reverenciando la mente humana y el mundo material, que le era casi imposible rendir sus emociones con tanta facilidad a un pretendiente del gran más allá.

Sin embargo, Marilena consideraba plantearse el asunto de una manera nueva y diferente. Si Niki iba a ser educado bajo los preceptos del espiritismo, ella debía tomarle la delantera, puesto que así afirmaría su papel de madre y como su verdadera tutora. Claro que contaba con Viv para guiarla y aconsejarla, pero de ninguna manera renunciaría a todos sus derechos y responsabilidades en la educación espiritual de su propio hijo.

En eso pensaba cuando Ricardo Planchet llegó a visitarlas esa noche durante la cena. Desde el momento en que llegó, ella tuvo que esforzarse por mantener una buena actitud. En el pasado, Marilena nunca se había preocupado por disimular su desdén por el estilo y la manera de proceder de este hombre. Cuando él era el invitado especial en las reuniones de Viv, Marilena no era cordial con él ni tampoco le mostraba —a pesar de todo lo que había sucedido entre ellos—, algún tipo de relación emocional.

Aunque Marilena rara vez cruzaba palabra con Planchet, cuando lo hacía ella no dudaba en expresar sus verdaderos pensamientos, en cuestionar sus aseveraciones y en dejar bien claro cuando no estaba de acuerdo. De todas formas, pensó que él merecía algo de respeto. Además, esta noche ella quería que la viera de una manera diferente. No se trataba de que Marilena estuviera lista para dar su último paso hacia su total devoción, sino más bien de que quería ser considerada como una persona más flexible, a fin de que la viera como la mejor candidata para ser la tutora espiritual de Niki.

—¿Cómo le gustaría que le prepare su *friptură* señor Planchet? —preguntó ella.

—Término medio, gracias. ¡Me encanta el bistec!

—Eso había oído, pero pensaba que le gustaría bien cocido.

(Marilena sentía que estaba fingiendo mucho. Toda esta conversación trivial le parecía inconsecuente, pero pensaba que estaba dando resultado.) Él parecía estar devorando toda la atención.

—¿En serio? ¿Por qué?

Marilena no supo que responderle: «Porque . . . se veía tan masculino, porque . . . parecía ser un verdadero hombre . . . ». No, ella no podía decirle eso. Se limitó a sonreír y a encogerse de hombros. Él mostraba sentirse muy a gusto.

Ella se quedó atónita al enterarse de que la educación espiritual de Niki no era el tema de la noche. Después de tanto preocuparse y de dar vueltas a tantas cosas en su mente, resultó —tal como Viv lo había pronosticado— que el hombre había venido para hablar de la educación académica del niño.

—Ya me he ocupado de eso —respondió Marilena en un tono seco y con temor de haber dado, otra vez, la impresión equivocada. Echó una mirada a su hijo, quien parecía estar —de manera poco común— absorto con los trozos de carne que ella le había cortado y parecía ignorar la conversación.

—Ya está inscrito y listo para ir a la escuela al final del verano.

—¿A cuál escuela? —preguntó Planchet.

—«¿A cuál escuela?» Bueno, ¿a cuál cree? A la escuela pública que está a seis kilómetros de aquí.

—¿La escuela pública?

—Por supuesto.

—Eso no es aceptable.

—¿Qué quiere decir? ¿Quién cree usted que es para . . . ?

—Es inaceptable, «mamá», —dijo Planchet, lo que enfureció a Marilena. La manera en que la palabra «mamá» salió de sus labios dio a entender que —ella mejor que nadie— debería saber que la escuela pública no era la mejor opción para Niki.

—Todos los comentarios que he oído de ustedes dos, me han dado a entender que este niño es brillante —continuó Planchet—. Todo parece indicar que lo es: Su desarrollo lingüístico, su lectura, su trabajo en la computadora, su curiosidad. Claro que esto no debería ser una sorpresa, no lo es para los donantes del esperma.

—Espere un momento —dijo Marilena—. No querrá decir que los donantes saben quién es el niño. Tanto hablamos de la confidencialidad del asunto, hasta firmé un documento cediendo por completo mis derechos a saber quiénes son ellos . . .

—Perdón, me equivoqué.

—No, usted no se equivocó.

—Debí decir que el elevado nivel de inteligencia de Niki no es una sorpresa para los agentes del banco de esperma. *Înşelăciune Industrie* predijo que así sería.

—Pero eso no es lo que usted acaba de decir, señor Planchet. Usted siempre tiene mucho cuidado al hablar.

—No es para tanto.

—No me hable como si yo fuera una imbécil, señor. No soy yo la que habló más de la cuenta. Ahora bien, quiero saber si los «donantes» del esperma saben quién es su hijo.

—Bueno, no deberían saberlo, ¿verdad?

—¿Está tratando de negarlo o de cambiar el tema?

—En realidad, señora Carpatia, usted está siendo insolente.

—¿¡Ah, sí!? Le hice una pregunta, señor, y quiero una respuesta.

—Sabe bien, señora, que de ninguna manera yo debería saber eso. Pero déjeme que le diga . . .

—De ninguna manera debería saberlo, pero sí lo sabe, ¿verdad? Usted sabe si es que . . .

—De verdad, Marilena —interrumpió Viv—, debes dejar de analizar cada sílaba.

—Te agradezco que no te metas en este asunto, Viv.

—Tú no deberías hablarle así a tía Viv —interrumpió Niki. Marilena se cohibió de pegarle en la boca. Nunca lo había hecho y no iba a comenzar a hacerlo en este momento.

—Te agradezco que tampoco te metas en esto, jovencito.

Marilena sintió que enrojecía. Estaba en desventaja, era la minoría y no estaba acostumbrada a eso. Hizo todo lo humanamente posible para evitar arremeter en contra de todos. Lo más alarmante fue que Niki parecía darse cuenta de que la había provocado y se veía muy complacido. (En lugar de continuar haciéndola enojar, sencillamente dio una sonrisa de satisfacción tal como el señor Planchet solía hacerlo.)

—¿Qué tal si mejor todos respiramos profundamente, mmm? —dijo Planchet. Marilena le dio una mirada cargada de furia. Niki aspiró profundamente y suspiró. Hasta ella misma se sonrió luego de que Viv y Ricardo se rieron.

—Bien hecho —añadió Planchet —Marilena, usted haga lo mismo.

Ella apretó los labios y sacudió la cabeza. Lo que el hombre le acababa de decir no le causó gracia alguna. Él podía tratar de cambiar el tema cuantas veces quisiera, pero ella volvería a insistir. Nada sería más complicado que los donantes del esperma se hubieran enterado de quién era su hijo. ¿Cómo iba a ser posible para ella evitar que trataran de acercársele en caso que llegara a ser algún personaje famoso? En realidad, ella misma no deseaba saber quiénes eran los donantes, menos aún iba a querer que su hijo se enterara de quiénes eran ellos. Se imaginaba que nada bueno podría resultar si ellos sabían la identidad del niño. Por otro lado, si Planchet sabía quiénes eran, eso quería decir que Viv también lo sabía y eso sería una ventaja más que la mujer no debía tener. Si de hecho, Viv sabía, entonces Marilena también tenía que saberlo, le gustara o no.

—Delicioso, gracias —dijo el señor Planchet mientras se

limpiaba la boca delicadamente con una servilleta y se reclinaba en su silla—. Ahora bien, déjeme que le diga qué es lo que tenemos en mente en cuanto a la escuela a la que Niki deberá asistir. Le sorprenderá y también le agradará saber que el niño tiene un poco común y bastante generoso benefactor, lo cual nos permite considerar opciones que ni siquiera nos habíamos imaginado.

Marilena había perdido el apetito al comienzo de la conversación y ahora estaba sentada con su bistec entero frente a ella. Niki había terminado su pequeña porción y se veía que quería la de ella.

«¿Vas a comer tu bistec?», preguntó sorprendiéndola tremendamente al haber hablado en inglés.

Ella sacudió la cabeza. Él prendió su tenedor en la carne y la llevó hasta su plato. Marilena pensó reprenderlo por sus modales, pero le pareció que ella misma le había dado el consentimiento para hacer lo que hizo.

Cuando ella se inclinó para cortarle el bistec, él tomó el cuchillo para carne que ella había usado. Marilena dudó un poco, pero sintió que su hijo la estaba regañando con su mirada y se limitó a mirarlo mientras cortaba el bistec por sí solo. Ella quiso evitar que tomara un pedazo muy grande, pero Niki sonrió y se lo metió en la boca. Marilena sabía que la estaba manipulando, pero había esperado con tantas ansias verlo sonreír que solo le miró mientras devoraba la carne.

TRECE

PARECÍA que Planchet hacía todo con un ademán. Sacó una de sus tarjetas de negocios y una antigua pluma. Hizo toda una faena al tachar su información en un lado para darla la vuelta y escribir en el reverso. Mientras escribía, trató de cubrir la tarjeta con una mano, pero Marilena pudo ver que estaba escribiendo en —la mejor manera que se le ocurrió para describirla— letra femenina. Con su característica sonrisilla maliciosa, le pasó la tarjeta deslizándola por sobre la mesa, volteándola dramáticamente al derecho en el instante preciso.

Marilena se dio cuenta de que esto no era algo nuevo para Viv. La mujer por lo general tenía curiosidad por saber todo, pero esta vez se quedó cómodamente sentada como si supiera lo que Ricardo había venido a decir. «Jonatán Stonagal», leyó Marilena en voz alta.

—«Jonatán Stonagal» —repitió Planchet—. ¿Puede creerlo?

—¿Se supone que debo reconocer este nombre?

—*Gunoi*, señora Carpatia. ¡Usted no puede engañarme! Usted es una persona muy bien educada y ha leído mucho. Usted sabe quién es Stonagal.

Era verdad. Ella leía los periódicos y demás revistas de noticias y también veía los noticieros internacionales. Stonagal, un banquero y financiero norteamericano, era uno de los hombres más ricos del planeta. Según se rumoraba, él era quien financiaba varias comisiones y coaliciones corruptas y clandestinas cuyo objetivo primordial era el de obtener el control de las finanzas internacionales y el dominio total del mundo.

—¿Qué tiene que ver este señor con nosotros? A menos que usted esté a punto de decirme que «él» es uno de los donantes del esperma, no veo que . . .

—No, no, ¿cómo puede imaginarse algo semejante? —dijo Planchet—. Además, su intelecto no es necesariamente en el campo académico, sino más bien *stradă intelept*.

—¡*Stradă intelept*! —interrumpió Niki—. ¡Eso quiere decir que es muy sagaz y astuto en asuntos de la vida cotidiana!

—¡Muy bien! — exclamó Planchet—. El señor Stonagal se ha interesado en ayudar a Niki. ¿Puede creer que el niño tiene un benefactor cuyos recursos son ilimitados?

Marilena no supo que decir. ¿Por qué estaría Jonatán Stonagal interesado en un niño prodigio que vivía a miles de kilómetros de distancia, en un lugar que por poco no constaba ni en el mapa? Además, ¿cómo se había enterado de la existencia de Niki?

—¡Qué maravilloso! —exclamó Viv.

—De hecho ya le debo a Lucifer el alma del niño —dijo Marilena mientras le daba a la mujer una mirada de desaprobación—. ¿Qué quedaría de él para Stonagal? ¿O acaso me va a decir que este acto es completamente altruista, que este hombre quiere ayudarnos solo por ser amable?

Este comentario por parte de ella al parecer le causó gracia a Planchet. Hasta Viv pensó que lo que Marilena acababa de decir era un tanto divertido.

—Estoy hablando en serio. ¿Qué quiere Stonagal a cambio?

—¿Podríamos ir a la otra habitación? —preguntó Planchet—. Por favor, ¿podría pedirle al niño que se retire?

Esta sugerencia debió parecerle buena a Niki ya que, metiéndose en la boca un último pedazo de bistec, se fue contento a usar la computadora.

—Limpia tu lugar en la mesa, jovencito —dijo Marilena, pero su hijo nada más le dio una mirada.

—Yo lo haré —respondió Viv.

A Marilena le pareció un tanto extraño que Viv se quedara limpiando la cocina, mientras Planchet explicaba los detalles de la relación con el señor Stonagal. Eso no le dejaba duda de que Viv ya debía saber todo lo relacionado con este asunto; situación que también servía para recordarle que, en este trato, ella había sido solo el instrumento que llevó y dio a luz al niño escogido.

—El señor Stonagal dona muchas becas alrededor del mundo —comenzó Planchet a explicar una vez que se sentó en el sofá—. Según tengo entendido, quienes reciben las becas del señor Stonagal no están en la obligación de trabajar en una de sus compañías, aunque quizá sería lo mejor que podrían hacer. Me imagino que después de haber recibido semejante apoyo, los estudiantes desearán aprovechar cualquier oportunidad que se les pudiera presentar para poder trabajar para él; pero le reitero que no sé nada en cuanto a algún requisito de este tipo.

—En realidad, ¿cuánto sabe acerca de todo esto, señor Planchet?

—¿Perdón, cómo dijo?

—Aún tengo muchas preguntas más.

—Estoy a sus órdenes.

—En primer lugar, me gustaría que me explicara cuántas becas u ofertas de financiamiento total de su educación han sido hechas a niños de apenas seis años de edad y que van a comenzar a ir a la escuela.

—Excelente. Entiendo lo que quiere decir —atinó a contestar Planchet, quien por un momento se había quedado perplejo—. Hasta donde conozco, esta situación es única. Creo que las otras becas dadas por parte del señor Stonagal se ofrecen exclusivamente a estudiantes universitarios.

—¿Ni siquiera son ofrecidas a estudiantes de escuela secundaria?

—Según entiendo, no.

—¿Cuántas becas han sido concedidas? ¿Decenas tal vez?

—Probablemente más —respondió él y se encogió de hombros.

—¿Centenares?

—¿Alrededor del mundo entero? Sí, me imagino que centenares de becas habrán sido dadas.

—Centenares de becas alrededor del mundo para estudiantes universitarios, pero una sola para un niño de seis años de edad —continuó ella.

—Maravilloso, ¿verdad?

—No, más bien sospechoso diría yo. Aún no logro entender . . .

—¡Siéntase halagada, señora Carpatia! ¡Alégrese! Imagínese todas las ventajas que Niki y usted tendrán.

—Dígame, ¿cómo se enteró el señor Stonagal acerca de mi hijo?

—No tengo autorización para . . .

—No, no. No comience con sus excusas. No venga aquí con todas estas novedades, para luego decirme que no puede explicarme lo más importante del asunto. ¿Es el señor Stonagal un espiritista o luciferianista?

—No puedo hablar en nombre del señor Stonagal. Yo . . .

—¡Pero «ya» ha estado hablando en nombre del señor Stonagal! ¡Me ha estado ofreciendo la ayuda y el patrocinio que vienen de parte de él!

—Bueno, creo que él sí comparte nuestras creencias.

—¿Comparte sus creencias o es miembro de su grupo?

—Creo que las dos cosas.

—¡Ah! —exclamó ella—. ¿Así que por medio de su grupo él se enteró de la existencia de Niki? ¿Fue por medio de usted o de Viv?

—De ninguno de los dos.

—Por favor, dígame la verdad. De todas maneras, eso no sería tan malo como lo que pudiera imaginarme. Espero que no me vaya a decir que la noticia de la existencia de Niki ya ha dado la vuelta al mundo. No vaya a ser que todo espiritista del mundo ya sabe de mi hijo.

—No creo que sea así —contestó Planchet mientras cambiaba de posición en el sofá—. Solo sé que hay rumores acerca de un niño especial, quien es un regalo del más allá; pero ni el nombre del niño, ni el lugar donde nació son de conocimiento público. La gente tampoco lo ve como si fuera alguna clase de . . .

—Todo lo que al momento me preocupa es saber qué piensa Jonatán Stonagal acerca de Niki. Además, si él no se enteró de mi hijo a través de usted o de Viv, ¿entonces a través de quién?

Planchet trató de fijar su mirada en sus uñas.

—Por favor, Ricardo —insistió Marilena—. Por lo menos tengo el derecho de saber eso.

—Stonagal . . . es dueño de . . . De hecho, usted podría descubrir esto con un poco de investigación en la Internet, así que si alguien le preguntara, entonces podría decir que se enteró por ese medio.

—Está bien. No le diré a alguien que usted me dio esta información.

—Bueno, él es el dueño de *Înşelăciune Industrie*.

—¿Señor Planchet, se da cuenta de que todo esto es completamente ilegal?

—Como se lo dije, él es el «dueño».

—¡Pero eso no le permite violar los reglamentos de confidencialidad de su propia compañía!

—¿Qué está tratando de decir, señora Carpatia? ¿Acaso por un pequeño error va a despreciar esta grandiosa y única oportunidad de su vida?

—¿«Un pequeño error»? Yo más bien la llamaría una atroz invasión de la privacidad de mi hijo.

—Marilena, tiene que entender que usted es la madre de un niño único y muy especial —replicó Planchet con un suspiro y se reclinó en su asiento.

—¿Acaso cree que yo no lo sé? Pero eso no quiere decir que Niki sea la propiedad de . . .

—Por favor, escúcheme. Déjeme que le explique lo que el

señor Stonagal tiene planeado para Nicolás y si usted no está de acuerdo, entonces decide si acepta o no.

—Yo tenía la idea de que la decisión ya no era mía. Creí que usted no vino a preguntarme cuál era mi parecer, sino más bien a informarme de algo que ya estaba decidido.

A Marilena le molestó que Planchet no desmintiera tal aseveración, ya que entonces era evidente que ella estaba en lo cierto. Nadie había considerado que una madre era capaz de mucho más que solo recibir con gratitud un ofrecimiento semejante. Pero también en su caso se estaba sintiendo cada vez más ignorada, por lo tanto temía que al final se produciría un distanciamiento total entre ella y su propio hijo, sangre de su sangre y carne de su carne.

—La escuela pública que usted ha escogido, lo cual francamente me sorprende, dadas sus credenciales académicas . . .

—Con su perdón, señor, pero yo estudié en escuelas públicas.

—Entonces, con mayor razón, debe saber mejor que yo que solo el cinco por ciento de dichos estudiantes están preparados para ir a la universidad. La escuela privada que nosotros . . . , que el señor Stonagal ha seleccionado o que le gustaría recomendarle . . .

—¿Cuánto tiempo ha pasado el señor Stonagal en Rumanía?

—No tengo idea. Pero yo . . .

—¡Ah! Entonces él no tiene idea de las escuelas con las que contamos aquí. Qué interesante que sepa cuál es exactamente la escuela adecuada para mi hijo.

—Por supuesto que él, como todo buen administrador, tiene sus consejeros.

—Pero él no me administra a mí.

—No, no lo hace, pero le está haciendo un ofrecimiento generoso. En mi opinión, si me lo permite, sería algo tonto de su parte rechazarlo.

—Está bien, estoy escuchando. ¿A cuál escuela es que usted y el administrador más grande del mundo han decidido enviar a Niki?

—«Intelectualitate Academie» en Blaj —dijo Planchet con una sonrisa, como si creyera que tan pronto como Marilena supiera la noticia, todas sus dudas y temores desaparecerían.

—¡En Blaj! ¡Eso está a más de cincuenta kilómetros de aquí!

—Se le proporcionará el transporte.

—¿De qué está hablando? ¿De un autobús o de una limosina? ¿Tener que viajar cincuenta kilómetros de ida y cincuenta de vuelta para ir todos los días a la escuela?

—Agradezca que no se le enviará a un internado —respondió Planchet con una expresión amarga.

—Para eso tendrían primero que matárme.

En ese instante, por lo que pudo ver en la expresión de los ojos de Planchet, Marilena se dio cuenta de que lo que acababa de decir no estaba tan lejos de la terrible realidad. Aniquilarla no sería del todo imposible. Después de todo, ella no tenía todos los derechos sobre este niño. Recordó los tiempos en que el instinto maternal había agobiado todo su ser. El sentimiento que tenía ahora, el instinto maternal de proteger a su crío —alimentado por el temor por su propia vida—, hacía que ese trauma inicial de su reloj biológico pareciera como un juego de niños.

Ella quería protestar con toda la furia que era capaz de expresar, quería cuestionar, amenazar, decir a este impostor zalamero que ni él ni ningún multimillonario norteamericano le iban a decir a ella qué hacer con su propio hijo. Pero no tenía en que respaldarse. Ellos iban a hacer lo que habían decidido y punto. (Para empeorar las cosas, también Viv era parte de todo este plan conspirativo.) Además, el acuerdo de Marilena para criar a Niki bajo los preceptos del espiritismo implicaba todas estas otras obligaciones. Su única salida era la de secuestrar a su propio hijo y hacerlo desaparecer en la noche.

Pero ¿a dónde podía ir? ¿Qué podía hacer? No tenía dinero y tan solo contaba con un ingreso económico que apenas alcanzaba para cubrir sus necesidades básicas, aun

teniendo casi todos sus gastos ya sufragados por este grupo.
Debido a la situación en la que actualmente se encontraba,
sus escasos fondos dependían de sus contactos con las universidades más importantes. Tampoco le sería posible hacer su
trabajo de manera clandestina. Al estar sentada frente a
Ricardo Planchet, se dio cuenta de la terrible realidad: Había
perdido la libertad que creía haber tenido.

Marilena rápidamente se adaptó a sus circunstancias. Si no
podía idearse una manera para escapar con su hijo, entonces
tendría que jugar el juego o por lo menos parecer que lo
estaba haciendo. Tendría que aceptar esta «sugerencia»
acerca de la escuela a la que Niki debería asistir. Tendría que
estar de acuerdo con enseñarle a su hijo la «religión» de ellos,
tal como se había comprometido a hacerlo y ahora más que
nunca, era esencial que ella tomara la iniciativa en este
aspecto. Hasta era posible que tuviera que aparentar jurar su
devoción a Lucifer, aunque claro que este sabría la verdad
pues no iba a poder engañarlo. Además, existía el riesgo de
que —si esta gente estaba tan cósmicamente relacionada con
él como decían estarlo y como ciertamente lo habían demostrado— él la delataría. Podría hacerlo indirectamente,
mediante las reuniones, de la tabla espiritista, de las cartas
del tarot o de la escritura automática. Después de todo, en
una ocasión, ya había puesto sobre aviso a Viv.

¿Tendría Marilena que aliarse de verdad? ¿Tendría que
considerar seriamente convertirse en seguidora de Lucifer?
¿Podría convencerse a sí misma de que el príncipe del poder
del aire era realmente digno de ser alabado? Si esto iba a
beneficiar su relación con su único hijo, su único pariente de
sangre, entonces tendría que hacerlo y punto.

—No quiero que mi hijo vaya en el autobús, ni que otra
persona lo lleve todos los días —dijo ella tratando de no mos-
trarse débil.

—¿Ni siquiera la señorita Ivinisova?

—No. Lo haré yo misma.

—Pero Viviana al menos tendría que ayudarla con eso, a

fin de que pueda comenzar a instruir a Nicolás en los caminos de nuestra fe.

—Ella podrá ayudarme ocasionalmente, en casos de emergencia o de enfermedad. Además, yo misma me encargaré de la instrucción religiosa de mi hijo.

—¿Usted?

—Desde luego, yo. ¿Por qué no?

—Pero yo pensé que . . .

—Señor, he estado estudiando fielmente el espiritismo desde antes que Nicolás naciera.

—Ya lo sé, pero . . .

—Me comprometí a criarlo dentro de esta disciplina y ahora reclamo el privilegio de . . .

—Bueno, eso es ciertamente digno de admiración. Podrá fácilmente hacerlo durante los viajes de ida y vuelta a Blaj.

—Eso es lo que estoy planeando. ¿Dijo usted que nos darán un auto?

—Sí, esa oferta es la mejor parte.

Seguro, ¿por qué no? Después de todo, esta situación ya no podría ponerse peor . . ., pensó Marilena.

—Usted usará un nuevo vehículo todo terreno. Además todo gasto relacionado con este será sufragado: Combustible, mantenimiento y cualquier otra cosa.

—Por supuesto, todo esto proviene del corazón bondadoso de Jonatán Stonagal —añadió Marilena con sarcasmo.

—Exactamente —dijo Planchet mientras sonreía.

———————————

Durante su segundo año en la escuela secundaria, Raimundo Steele comenzó a sacudirse de su timidez. Además del esfuerzo conjunto de su mamá y de su médico —a fin de lograr encontrarle la medicina correcta para el acné de su cara—, el acelerado crecimiento de Raimundo había comenzado a disminuir, a tal punto que volvió a sentirse tan ágil en los corredores de la escuela como se sentía cuando jugaba sus deportes. También se dio cuenta de que las jóvenes notaban más su presencia, lo saludaban y hasta mantenían el contacto visual con él. Él, por su parte, tenía que esforzarse para mantener su concentración en sus clases y en sus tareas. Las personas del sexo opuesto parecían monopolizar constantemente sus pensamientos.

CATORCE

«UN FAX PARA USTED, señor», anunció el chofer de Jonatán Stonagal.

Stonagal miró a Federica a los ojos y asintió en dirección de la máquina de fax, la cual hacía su ruido de transmisión característico en el asiento posterior del Bentley extendido que se encontraba parado en un semáforo cerca del centro de la ciudad. Él se dio cuenta de que ella dobló la hoja verticalmente por la mitad, casi sin mirarla, y se la pasó.

J.S.:
Portadora, en el peor de los casos, no quedó convencida.
Indiferente, en el mejor de los casos.
R.P.

«Pregunte a Planchet cuán importante es tener a la madre», susurró Stonagal mientras rompía lenta y meticulosamente la hoja y se la entregaba a Federica.

Cuando Marilena descubrió que Viv aparecía como la dueña del nuevo auto todo terreno que la asociación espiritista les había proporcionado —obviamente, gracias a la generosidad de Jonatán Stonagal— la relación entre las dos mujeres, aunque ya habían colaborado durante varios años en la crianza de Niki, finalmente comenzó a resquebrajarse.

—¿Por qué el auto tiene que pertenecer a una de las dos? —preguntó Marilena.

—Es algo sin importancia —respondió Viv—. Es una simple formalidad en caso que necesite alguna reparación o algo por el estilo. Es conveniente que una de las dos aparezca como la dueña.

—Entonces, ¿por qué no yo?

—Ya te dije que es algo sin importancia. ¿Cuál es la diferencia?

—Por lo menos debían aparecer ambos nombres— replicó Marilena.

—Pensé que tú eras quien quería asegurarse que no creyeran que somos lesbianas —dijo Viv.

—¿Por qué no hicieron que apareciera el señor Planchet, la asociación o una de las compañías de Stonagal como propietaria del auto?

—Marilena, no puedo creer que hagas semejante problema de algo tan insignificante. Esto es ridículo aun para ti.

¿«Ridículo aun para ti»? ¿Qué quería decir con eso? ¿Acaso Viv creía que Marilena era, por lo general, ridícula o insignificante?

—Siento que me están tratando como si fuera una intrusa y no como alguien quien también es parte de la asociación. Asisto a las reuniones y estoy criando a Niki de la manera que me comprometí a hacerlo. ¿Por qué me tratan como si fuera alguien insignificante?

Viv solo sacudió la cabeza. Peor aún, ella no había reaccionado bien a la idea de que Marilena fuera la única persona que en llevar y traer a Niki de la escuela cada día.

—¿Por qué no nos turnamos? —preguntó Viv—. Yo podría llevarlo un día sí y otro no. Quizá podrías llevarlo y yo traerlo cada día.

—Me vas a disculpar, ¡pero me gustaría tener unas horas diarias sin interrupciones con mi hijo! —contestó Marilena—. Ya tienes demasiada influencia sobre él y aunque en realidad lo aprecio, yo también puedo enseñarle lo que tú quieres que aprenda. Además, francamente, él y yo necesitamos establecer una relación más íntima entre los dos. También me parece que el niño está confundido en cuanto a quién es quién en esta casa.

Viv dijo algo entre dientes.

—¿Qué dijiste? —preguntó Marilena.

—No me preguntes más.

—Sí, sí te pregunto algo más: ¿De qué te quejas?

—Solo estaba diciendo —respondió Viv— que siempre puedo recurrir a Ricardo para que intervenga en este asunto.

—No te atrevas a tocar ese tema —replicó Marilena—. ¿Acaso soy una empleada de Nicolás y compañía? ¡Soy su madre!

—Eso es lo que tú insistes en creer.

—¿Qué quieres decir con eso?

—Que tú nada más diste a luz al niño, tú solo fuiste un medio, un instrumento. No tenías mucha importancia ni después de que nació ni la tienes ahora, ya que no has sido en realidad su madre ni por un instante.

—Y ¿de quién es la culpa? —dijo Marilena mientras sentía que la verdad que acababa de escuchar era como un duro golpe para ella—. Viv, tú eres la extraña. Es cierto que no hubiera podido criarlo y hacer todo lo demás sin ti, pero ¿no te parece que debes esforzarte en mantener ciertos límites? Después de todo, tú no eres su madre.

—Espiritualmente sí lo soy.

—Bueno, voy a cambiar eso y comenzaré a hacerlo cuando sea yo quien personalmente lo lleve y lo traiga de la escuela.

Durante los próximos años, Marilena y Niki se levantaron muy temprano cada día para estar en camino a la escuela antes de que saliera el sol. Cuando ella regresaba a casa se dedicaba a su trabajo de investigación y a transmitir sus resultados a sus varios clientes. El resto del día se lo pasaba estudiando lo que iba a enseñar a Niki. Muy a pesar suyo, con frecuencia tenía que consultar a la experta en la materia: Viv.

Algo que le fastidiaba a Marilena sobremanera era la actitud de Viv. Ella expertamente fingía un aire de total cooperación. Es probable que si la mujer hubiera estado menos dispuesta a ayudarla, Marilena estaría aún más molesta. Había algo en su manera de actuar que la hacía sentirse muy incómoda. No obstante, Viv se esmeraba al máximo en enseñar a Marilena, no solo lo que ella a su vez necesitaba enseñar a Niki, sino también la forma cómo debía decirlo, qué tenía que ser recalcado y qué debía tener presente en cuanto al modo en que un niño de su edad aprendía algo nuevo.

—Niki aprende las cosas como si fuera un adulto —dijo Marilena.

—Pero no debes olvidar que aún es un niño. Permítele crecer a su propio ritmo. Sé sensible a su limitada capacidad emocional y espiritual.

—Él ha dado muestras de tener una ilimitada capacidad espiritual, tanto así que diariamente me deja atónita —contestó Marilena mientras se ponía tensa ya que sentía que no necesitaba que le enseñaran a tratar a su propio hijo.

—Los niños pueden captar las cosas de una manera sorprendente —respondió Viv—. Pero debes tener mucho cuidado.

Marilena tenía deseos de abofetearla. ¿Acaso no había manera de salir de todo esto? ¿Sería posible echar a Viv de su casa? Pero esta casa tampoco pertenecía a Marilena, le había sido provista por la asociación.

Parecía que Marilena tenía la razón. Niki siempre hacía un sinfín de preguntas y aunque también tenía interés por aprender muchísimas otras cosas, el mundo espiritual lo cautivaba de manera sin igual. Aun en su escuela privada de la «alta sociedad», había comprobado estar muy por encima del nivel de los otros estudiantes de su edad y hasta de los mayores que él. No solo era el único estudiante de primer grado que ya sabía leer, sino que además era el único que podía hablar con fluidez en tres idiomas. Sus maestros —quienes debido a sus advertencias en cuanto al niño le recordaban con frecuencia a Viv— le advertían a Marilena que no debía forzarlo demasiado. Le decían que «los niños se desarrollan a su propio ritmo. Los demás lo alcanzarán muy pronto».

Por supuesto que eso no iba a ser posible. Este niño era un líder innato y nadie podría siquiera igualarlo.

———————

El día de su primer vuelo sin instructor, a los dieciséis años de edad, Raimundo Steele se repetía a sí mismo que sí iba a poder hacerlo. Sabía que era capaz de realizarlo. Durante años había soñado con este momento y se había preparado por varios meses. Había volado innumerables veces con un instructor a su lado, pero esta vez era diferente: volaría solo, sin instructor, sin ninguna medida extra de seguridad. Las últimas doce veces que había volado, el instructor no había dicho ni había hecho nada; solo había estado presente en caso que su ayuda fuera necesaria si Raimundo cometía algún error.

No podía negar que estaba muy nervioso. ¿Acaso lo que sentía ahora eran solamente nervios? ¿Podrían los nervios hacerlo vomitar? Raimundo sentía un gran malestar en su estómago y no podía quedarse quieto. Además, no podía borrar de su rostro esa amplia sonrisa. Se preguntaba, si de verdad se sentía tan mal, ¿por qué entonces no podía dejar de sonreír de tal manera?

—¿Tienes alguna pregunta antes de que me baje? —le dijo su instructor mientras se quitaba el cinturón de seguridad.

—No, creo que no. Estoy listo, más bien ansioso. Quiero comenzar de una vez.

—No dejes que tu emoción te cause alguna confusión.

—No se preocupe, no lo haré.

—No me refiero solo al momento en que estés volando, sino también a los momentos antes de que despegues.

—¿Qué quiere decir, señor?

—Por lo general, el primer error se comete en la pista, antes de despegar. Usa tu lista de control. Después de todo, recuerda que estás poniendo tu vida «en manos» de esta aeronave.

Raimundo revisó su lista de control una y otra vez. El tanque de combustible estaba lleno, los sistemas eléctricos estaban listos. Todo parecía estar en orden.

—Raimundo, ¿qué tal si te digo que aflojé algo a propósito, para ver si te das cuenta?

—¿De verdad lo hizo?

—Yo fui quien te hizo primero la pregunta.

—Bueno, ¿estaría seguro de que ya he revisado todo?

—¿Estás haciéndome una pregunta o estás afirmando algo?

—Si lo desea, revisaré mi lista de control una vez más.

—¿«Si lo desea»? Piensa, Raimundo. Desde luego que no te dejaría volar si yo supiera que hay algo que no has revisado; pero esto tiene que ser mucho más importante para ti que para mí. De ninguna manera quisiera tener que dar malas noticias a tus padres. Además, no creo que tú hayas pensado ya en tu último deseo, ni tampoco me imagino que quisieras que este sea tu último vuelo, ¿verdad?

—No, claro que no. Quiero que este vuelo sea para mí el primero de muchos más.

—Bueno, entonces, ¿ya estás listo para ponerte el cinturón de seguridad o quieres revisar tu lista de control una vez más?

Raimundo estudió su lista de control y mentalmente hizo un chequeo rápido. Estaba seguro de que había revisado todo y sabía que su instructor no lo dejaría despegar si había algo que no estaba bien con la aeronave. Dio la señal de visto bueno y se acomodó frente a los controles. El instructor señaló hacia la pista de despegue y Raimundo avanzó hasta el punto en el que debería esperar por la señal para despegar, dando así inicio a su vuelo de treinta minutos.

Raimundo pensó que no hubiera sido acertado decir que estaba nervioso ni que tenía miedo. Estaba más bien incómodo, ansioso por aterrizar y terminar, de una vez por todas, este vuelo inaugural. No obstante, no dudaba de su capacidad y conocimiento. Sabía que —a menos que algo terriblemente malo sucediera con el clima o con la avioneta— sería capaz de aterrizar sin ningún inconveniente. Además, Raimundo quería realizar un aterrizaje perfecto para impresionar a su instructor y para tener, de ahora en adelante, la autorización para volar solo.

Cuando la pequeña avioneta de entrenamiento avanzaba hacia la pista de despegue, Raimundo alcanzó a divisar algo en su camino. ¿Se trataba de un pequeño animal? ¿Talvez era algo metálico, quizás un perno? ¿Debería dar un giro brusco? ¿Debería suspender el despegue? No tuvo tiempo de hacer nada. En el momento en que la resistencia del aire sobre las alas lo elevó suavemente sobre el suelo, el neumático derecho golpeó con fuerza el objeto. Raimundo tuvo que hacer grandes esfuerzos por mantener la aeronave enderezada y se preguntó si su instructor habría visto lo que acababa de suceder.

—Ese despegue fue algo irregular —dijo en ese momento su instructor por la radio.

—Creo que atropellé a un pájaro.

—¿Está todo bien?

—Perfectamente.

—Sigue adelante.

Raimundo sabía que acababa de decir una pequeña mentira, pues conocía bien que ese objeto en la pista de despegue no era un pájaro. Cualquier cosa que hubiera sido, había pegado con gran estruendo en el fuselaje para luego rodar por la pista. Sin embargo, Raimundo no quería decir algo que pudiera forzarlo a interrumpir su primer vuelo solo. Además, parecía que el objeto desconocido no había causado daño alguno a la avioneta. Todo estaba yendo bien.

Media hora más tarde, mientras sobrevolaba la pista de aterrizaje y se preparaba para aterrizar, Raimundo se arrepintió de no haber dicho a sus padres cuán importante era este día para él. Pero pensó que tal vez era mejor no haberlo hecho. Durante la cena podría contarles lo sucedido y la respuesta de ellos —cualquiera que esta fuera— no arruinaría su gran entusiasmo por lo que había logrado.

Raimundo estaba a solo unos tres metros de altura sobre la pista, cuando se dio cuenta de que el indicador del nivel de combustible mostraba que el tanque estaba vacío. Aún tenía empuje, así que todavía debía quedarle un poco. Quiso que las llantas hicieran contacto simultáneamente, pero la izquierda golpeó y chirrió primero. Cuando la otra hizo contacto, la avioneta tomó pista y comenzó a dar vueltas sin control. El neumático derecho estaba completamente desinflado, por lo que hacía las veces de freno.

Raimundo se esforzó tremendamente para no perder el control, orando que la aeronave no se volcara. De pronto se sintió agradecido que no hubiera suficiente combustible como para que el indicador lo detectara, ya que si la hélice se estrellaba en contra de la pista y la avioneta se viraba, las chispas podrían causar un incendio.

En el momento en que la avioneta por fin se deslizó ruidosamente antes de llegar a detenerse por completo, Raimundo pudo ver que su instructor venía corriendo a toda velocidad por la pista, seguido por unos hombres de la torre y por un vehículo con luces intermitentes.

Su instructor estaba pálido, mientras ayudaba a Raimundo a salir de la aeronave y le preguntaba, una y otra vez, si se encontraba bien.

—Estoy bien —repetía Raimundo.

—Aterrizó con una llanta desinflada y con el conducto de combustible cortado —dijo un hombre que inspeccionaba bajo la avioneta—. Eres un joven con mucha suerte. Si fueras un gato, te quedarían solo seis vidas.

Raimundo se esforzó por controlar su pulso y su respiración. ¿Por qué no había reportado el incidente del despegue? ¿Por cuánto tiempo había volado prácticamente sin combustible? ¿Acaso el volar a solas era algo que merecía arriesgar su propia vida?

«¡Ay, jovencito!», exclamó su instructor mientras se pasaba las manos por la cabeza, cuando finalmente se sentaron los dos, frente a frente, en el pequeño comedor de la terminal. «¿Te das cuenta de cuánta suerte has tenido? »

Raimundo solo sacudió la cabeza, pues no sabía qué decir.

Conforme Niki avanzaba a través de los grados de la escuela primaria, parecía estar más impresionado por la naturaleza tan secreta del luciferianismo.

—Los otros no deben saberlo —le dijo Marilena—, porque la mayor parte de la gente inclinada a las cosas espirituales cree que Lucifer es Satanás, el enemigo de Dios. Pero nosotros sabemos que no es así, ya que él solo cometió el error de querer ser sabio, de sobresalir, de saber la verdad.

—¿Qué hay de malo con eso? —preguntó Niki.

—Exactamente. Nada hay de malo con eso. Además, ¿quién puso a Dios a cargo de todo? ¿Por qué uno de sus ángeles principales tendría que hacer su voluntad y obedecer sus órdenes? La ambición de Lucifer fue considerada orgullo y pecado. Pero él, al igual que nosotros, también es divino. ¿Por qué tendríamos que obedecer a ciegas a un dios aparte de nosotros mismos?

—¿Por qué es esto un secreto? —preguntó Niki.

—La gente religiosa tiene la idea errónea de que Dios es bueno y Lucifer es malo; pero nosotros sabemos que eso no es así. La verdad es todo lo contrario. Si Dios está a cargo y es Señor de todo, ¿por qué permite que sucedan cosas tan terribles en el mundo? ¿Por qué Dios se siente amenazado por un ser espiritual que solo quiere ser algo más? Dios es celoso, egoísta, piensa solo en sí mismo. Pero si tú dices todo esto en público, la gente te denigrará. ¿Sabes lo que esa palabra significa?

—Desde luego, mamá: «Ridiculizar. Menospreciar».

¡Cuánto le gustaba a Marilena escuchar que Niki la llamaba «mamá»!

—El llamado «pecado» de Lucifer era el conocimiento de sí mismo —continuó ella—. ¿Por qué debería eso ser semejante amenaza si Dios es Todopoderoso? Si en realidad Dios es el creador de todas las cosas, ¿debería preocuparle si sus criaturas le aman o le obedecen? Desde luego que no, a menos que su verdadero objetivo al crearlas haya sido el de hacer para sí una legión de esclavos. ¿Quién es Él para determinar lo que es bueno y lo que es malo? Somos individuos independientes, capitanes de nuestros propios destinos. Somos únicos y la vida nos dicta todo lo que necesitamos saber.

Marilena echó un vistazo disimulado a su hijo, cuyos ojos le brillaban.

—Así que este es nuestro secreto —dijo él.

—Correcto.

—También hay otros que lo saben, pero nosotros, por nuestra parte, no se lo decimos a alguien más.

—Así es.

—¿Cómo ganamos más adeptos? —preguntó Niki.

—Tenemos que ser muy cautelosos. Si alguien está firmemente opuesto a nuestras creencias, hay poca esperanza de hacerle ver la verdad. Los mejores candidatos son quienes están indecisos o no han llegado todavía a una conclusión definitiva.

Marilena le contó a Niki cómo ella misma había rendido culto al conocimiento académico.

—Aún en ese medio no se conoce con certeza alguna de los dos lados de la vida espiritual —añadió ella.

—Pero tú te diste cuenta de cuál era la verdad —comentó Niki.

—Sí. Especialmente cuando anhelaba tener un bebé y tú fuiste mi hijo prometido.

¡Cuánto le gustaba a Niki escuchar esa historia! Pedía que se la contara una y otra vez. Marilena —aunque sabía que podía estar errada— creía que la verdad de tal historia le hacía verla de una manera diferente. Le contaba de cómo ella había ansiado tanto tener un hijo, cómo había esperado y orado por él, cómo había prometido criarlo como devoto de aquel que había prometido dárselo. Aunque Niki nunca le expresaba su amor ni su cariño, Marilena estaba convencida de que él tenía guardados en su corazón estos sentimientos hacia ella.

De pronto se dio cuenta de que su relación con Lucifer era igual a la relación que existía entre ella y su hijo: Ella lo trataba de la misma manera que Niki la trataba a ella. Marilena pertenecía a Lucifer, era su hija, a quien él había ganado dándole el deseo más grande de su corazón. Si bien ella no se rebelaba completamente en contra de él, tampoco le entregaba su devoción total, manteniendo así cierta manipulación emocional. Súbitamente, Marilena se sintió inmadura, indigna, sobrecogida por el poder de manipular los sentimientos de un ser tan poderoso. Tal vez, ahora que ella misma veía sus propios errores, Niki también pudiera ver los suyos.

—Entonces, nosotros sí sabemos la verdad —continuó Niki—, pero la mayoría de la gente no la sabe, ¿cierto, mamá?

—No solo que no saben la verdad, sino que además creen una mentira.

—Pero nosotros estamos en lo correcto.

—Sí —respondió ella con toda sinceridad. Además pudo ver que Niki también lo creía o al menos parecía querer creerlo. Parecía que este sentimiento de ser diferente a los demás y la naturaleza clandestina de sus creencias espirituales le gustaba muchísimo.

—Algunos niños van a la iglesia a alabar a Dios —añadió él—. ¿Nosotros qué hacemos?

—Nosotros vamos a nuestra propia iglesia a alabar a Lucifer. Son más bien clases, pero él y sus espíritus se comunican con nosotros.

—Tal como lo hizo contigo acerca de mí.

—Exactamente.

—¡Ah!

Después de impartir a Niki tanto conocimiento como le era posible durante sus viajes diarios, Marilena se dio cuenta de que él aún tenía muchas preguntas más.

—Entonces, ¿qué fue lo que Dios consideró tan erróneo acerca del hecho de que Lucifer haya querido ser como Él?

—Exactamente, ahí está el problema, Niki. Solo un Dios simple y débil pensaría que tal cosa podría ser un problema. ¿Entiendes ahora lo que te quiero decir?

—Sí, ahora lo entiendo. Tal vez Dios no quiso perder sus seguidores. Es probable que la mayor parte de ellos le tenía miedo, pero Lucifer fue más avezado y curioso.

—Sí. Por eso su belleza se refiere a su mente y a su aura —contestó Marilena quien nunca dejaba de sorprenderse ante semejantes muestras de madurez mental por parte de su hijo.

—Pero tú dijiste que Dios ofreció perdonarlo.

—Eso es lo que enseña nuestra tradición: Dios quiso que Lucifer regresara, junto con los ángeles que estaban de acuerdo con él, así que ofreció perdonarlos, pero solo unos pocos aceptaron tal perdón.

—Pero Lucifer no lo aceptó.

—Desde luego que no, él era noble e idealista. Nunca se hubiera apartado de sus creencias sin importar las consecuencias.

—Lo cual lo hace un héroe, ¿verdad?

—Por supuesto.

—Entonces, ¿por qué tanta gente cree que él es malo?

—Hijo, esa pregunta ha sido hecha a través de todos los tiempos. Él es hermoso, es una luz brillante, es conocido como la estrella de la mañana; pero aún así ¡muchos todavía creen que él es el demonio! Eso no tiene sentido. Por lo general la gente no trata de obtener entendimiento; por el contrario, se deleita en la ignorancia.

—Pero nosotros somos diferentes.

—Sí, nosotros somos diferentes.

—Nosotros conocemos la verdad, la verdad real.

—Sí, Niki, nosotros conocemos la verdad. Además, hay poder en la verdad. La verdad puede hacerte libre.

—¿Libre de qué?

—Libre de prejuicios, de ignorancia, de seguir a ciegas a un Dios celoso solo porque todos los demás lo hacen.

—Yo nunca haría semejante cosa.

—Sé que nunca lo harías.

—Pero no se lo voy a decir a nadie, mamá. Ellos no lo entenderían.

Su tercer año en la escuela secundaria fue otro año difícil para Raimundo Steele. Había crecido cinco centímetros más y había empeorado en su juego de fútbol americano, baloncesto y béisbol. Todo el revuelo y todas las promesas acerca de que podría ser un jugador titular, habían sido en vano ya que tuvo una mala temporada en los tres deportes. Comenzó como el jugador que dirigía el ataque en el equipo de fútbol americano, pero después de ganar los dos primeros partidos en contra de equipos más bien débiles, perdió los siguientes ocho partidos, marcando más intercepciones que anotaciones. La única razón por la cual no perdió su lugar fue que nadie tenía su talla ni su potencialidad. Su entrenador, Fuzzy Bellman, quien también era el director atlético de la escuela secundaria, no dejaba de animarlo.

—Tienes toda la potencialidad, Raimundo. El próximo año tendremos una mejor temporada —le decía.

—Sí, pero una buena temporada solo en mi último año no será suficiente para obtener la beca que necesito.

—Pudiera ser que sí, nunca se sabe.

En baloncesto, Raimundo tenía la esperanza de ser uno de los titulares, pero terminó pasando la mayor parte de la temporada en la banca de suplentes, como reserva para un buen delantero, quien era un año menor que él. Raimundo solo entraba a los partidos cuando estos ya se habían decidido, por lo que constantemente deseaba que su compañero de equipo de segundo año sufriera alguna lesión que le impidiera seguir jugando.

¿Qué me pasa?, se preguntaba durante las altas horas de la noche. Cuando era más joven no había sido tan mezquino ni había sentido tanta envidia. (Recordó que en ese entonces no había tenido motivo alguno para tener tales sentimientos.)

Mientras peor iba la temporada de baloncesto —su equipo terminó con el mismo número de derrotas que de victorias—, más se esforzaba Raimundo en sus estudios. Aunque le daba mucho gusto obtener un promedio bastante elevado de calificaciones, en especial en matemáticas y en ciencias, tenía que admitir que hubiera preferido que lo reverenciaran como un gran deportista antes que ser reconocido como un gran estudiante. Sabía que ahora tenía más posibilidades de obtener una beca debido a sus buenas calificaciones que a sus habilidades como deportista. Eso no le parecía tan divertido.

Por lo menos sus lecciones de vuelo iban bien. Debido a todas sus otras actividades no podía ir con frecuencia a la pista de aterrizaje, pero su instructor le aseguraba que podría obtener su licencia privada antes de que cumpliera los dieciocho años de edad y que llegara a su último año en la escuela secundaria.

Por otro lado, la temporada de béisbol en la primavera del tercer año de Raimundo también fue un desastre. Él tenía que haber sido el mejor lanzador del equipo y el jugador de primera base. Era capaz de lanzar a ciento cuarenta y cuatro kilómetros por hora —lo cual era una garantía de que atraería a los reclutadores de las ligas mayores— hasta que se lesionó el brazo. Entonces, solo pudo jugar como primera base. Tampoco bateó bien durante esa temporada decepcionante, así que se acabó su sueño de obtener una beca deportiva.

Como si todo eso no fuera bastante malo, Raimundo se volvió menos popular, aún entre los muchachos. En la escuela primaria, había sido el líder, el niño que tenía todo a su favor, de quien todos querían ser amigos. Ahora todos habían alcanzado y hasta sobrepasado su nivel de habilidades, por lo que se había vuelto el hazmerreír en lugar de ser él quien hacía las bromas. Tal situación, por lo menos, le sirvió para ver cómo se siente cuando uno no es tan popular ni tan hábil como los demás. En vez de aprender a reírse de sí mismo, como lo hacían los otros en su misma condición, Raimundo se tornó defensivo y desagradable. Se sentía humillado y su ira le hacía tratar de jugar más allá de su verdadera capacidad, pero lo único que lograba era jugar aún peor.

En su casa, Raimundo había aprendido a llevarse mejor con sus padres al no contradecirles. Sin embargo, cada día se distanciaba más de ellos. No lo entendían y cuando trataban de darle consejos, él no les ponía atención. Él sabía que no tenían motivos para preocuparse, al menos era un buen ciudadano. No fumaba, no usaba drogas, ni estaba activo sexualmente aunque lo último no se debía a la falta de deseo. De vez en cuando, a hurtadillas, se bebía una cerveza; algo que le gustaba mucho especialmente porque sabía que a su edad era ilegal.

No obstante, durante su último año, todo mejoró para Raimundo: Su brazo se sanó, alcanzó casi los dos metros de estatura y se volvió más veloz y ágil. Durante los entrenamientos previos a la temporada de fútbol americano le causó tan buena impresión al entrenador Bellman, que este de nuevo lo nombró capitán del equipo y jugador titular de ataque.

Además, la cara le quedó completamente libre del acné y había encontrado el estilo perfecto para su grueso y oscuro cabello. Le ganó a una popular porrista en las elecciones para presidente del Consejo Estudiantil y fue elegido rey de las fiestas patronales de su escuela (ella fue escogida como la reina). Todo esto lo transformó —de la noche a la mañana— en el estudiante más popular y admirado. Todo le iba muy bien en la escuela y además, Raimundo también se las arreglaba para dedicar tantas horas como le era posible a sus prácticas de vuelo, ya que tenía la mira puesta en la codiciada licencia privada.

Los pases y las jugadas de Raimundo mantuvieron a Belvidere dentro de la competencia por el campeonato de su liga, hasta que por poco perdieron en dos ocasiones cerca del final de la temporada. Lamentablemente, él también perdió la oportunidad de llegar a ser oficialmente nombrado como uno de los mejores jugadores de ese año, debido a que su división estaba llena de buenos jugadores de ofensiva.

—Bueno, señor Bellman, ¿cuántas cartas ha recibido acerca de mí? —preguntó Raimundo al terminar la temporada.

—Ni una sola.

—Déjese de bromas, todos sabemos cómo usted presiona a las universidades en nombre de sus jugadores. Además, sabemos que no nos dice los resultados de tales gestiones hasta el fin de la temporada.

—No, Raimundo, ni yo mismo logro entenderlo. Te recomendé ante varios programas de la Primera División, así que cuando no obtuve respuesta alguna, proseguí con la segunda categoría. Todo lo que obtuve fueron tres cartas provenientes de tres escuelas pequeñas a las que no te recomiendo que vayas, a menos que lo único que quieras hacer es jugar fútbol americano.

—¡Debe estar bromeando!

—Ojalá estuviera bromeando, Raimundo, pero se está poniendo cada vez más difícil el captar el interés de los programas de las universidades. Hay ya bastantes jóvenes con muchas habilidades y gran estatura. Afortunadamente, con tus excelentes calificaciones y tus actividades extracurriculares, llegarás a algún lado.

—Pero no como deportista.

—Bueno, no como jugador titular de ofensiva.

QUINCE

«FEDERICA, comuníqueme con Planchet en la línea privada y recuérdele que, a toda costa, sea muy cauteloso en la forma de decir las cosas».

—Solo quiero saber si la entidad en cuestión ha sobrepasado el límite de su utilidad —inquirió Stonagal, pudiendo detectar reverencia, hasta quizás un poco de miedo, en el tono de Planchet. (Tal vez debería estar en contacto con él más a menudo.)

—Ah . . . ah . . . mmm . . . Ya, yo diría que mmm . . .

—¿Con todo esos sonidos, quieres decir que sí, R.P.?

—Ah . . . no. ¡No! Viv, ah, nuestro contacto nos dice que ella, la entidad en cuestión, que . . . mmm . . . ha estado bien por un buen tiempo. No está completamente de acuerdo con todo, pero ha estado enseñando al . . . al objetivo y . . . ha estado cumpliendo lo propuesto.

—¿R.P., has visto lo que ha estado sucediendo en los mercados últimamente?

—¿Perdón, señor?

—¡Los mercados! ¡Los mercados!

—No, no señor. No estoy al tanto de lo que está sucediendo en los mercados.

—¡Ah, no! Escucha. Las cosas están saliendo como estaban previstas. Las cosas que esperábamos ya se están dando, ¿entiendes?

—Mmm . . . creo que sí.

—¿Entiendes o no?

—Señor, por favor, ¿podría explicarme un poco mejor la situación?

—Solo trato de racionalizar esto. Eso es todo. Si hay algún obstáculo que impide que sigamos adelante con lo planeado, deberá ser eliminado. ¿Está claro?

—Creo que sí.

—Entonces, ¿piensas que ya ha llegado el momento, R.P.?

—No estoy seguro, señor, pero usted conoce las señales mejor que yo.

—Entonces, por el momento ya tienes el visto bueno preliminar. En cualquier momento que ya estemos listos —y que esto sea necesario—, no dudes en llevarlo a cabo. Mantenme al tanto de todo lo que suceda.

———————

Marilena observaba a Niki mientras salía con su maleta de libros, de un salto del auto todo terreno y echaba a correr a través del patio en dirección a sus compañeros de clase, los otros niños de nueve años de edad. Ella siempre se aseguraba de llegar temprano a la escuela, para que él tuviera suficiente tiempo de jugar antes de comenzar sus clases. Pero hoy, mientras veía a su hijo alejarse, vio también que su maestra, agitando sus manos, venía hacia ella. En el camino, la señora Szabo —una mujer robusta y baja de estatura— se arrodilló para tratar de decirle algo a Niki antes de que este pasara por su lado a toda velocidad, pero pareció que él ni siquiera le hizo caso.

Marilena bajó la ventana.

—Señora Carpatia —dijo la maestra—, ¿podría reunirse conmigo esta tarde al terminar las clases?

—Me daría mucho gusto —contestó Marilena—, pero Viv, la tía de Niki, vendrá a recogerlo esta tarde. ¿Acaso hay algún problema?

—Solo algunos asuntos acerca de los cuales usted y yo deberíamos hablar. Ya he hablado con la señorita Ivins al respecto.

—En ese caso, haré los arreglos necesarios —respondió Marilena casi sin poder disimular su disgusto por lo que acababa de escuchar—. Además, apreciaría mucho que, de hoy en adelante, no trate los asuntos de Niki con Viv sin mi consentimiento.

—¡Ah! —atinó a decir la señora Szabo, como si tal respuesta le hubiera causado una gran sorpresa—. Pero yo pensé que . . .

—Entonces, nos veremos esta tarde —dijo Marilena y dio así a entender que no quería dar más explicaciones al respecto.

Marilena temía no poder concentrarse en su trabajo debido a su preocupación acerca del posible problema con Niki. Se preguntaba si acaso él habría hablado a sus compañeros acerca del luciferianismo. Sabía que esperar que un niño de su edad no divulgara toda esa información, aunque fuera lo bastante inteligente como para entender el conflicto cósmico entre Dios y los demás seres angelicales, era algo poco realista. A pesar de que él tenía la mente de un adulto, aún tenía las emociones de un niño.

Una vez de regreso en casa, Marilena reclamó con firmeza a Viv por no haber tratado con ella los asuntos relacionados con Niki en la escuela.

—Por favor no discutas con su maestra nada de mi hijo sin antes tener mi consentimiento.

—No fue idea mía —contestó Viv.

—Deberías haberle dicho a su maestra que sería mejor si trataba tales cosas directamente conmigo.

—Pero, Marilena, eso no sería verdad.

—¿Qué quieres decir?

—Que eso «no» sería mejor, ya que no confío en las decisiones que tú tomas en cuanto a Niki.

—¡¿Cómo puedes decir semejante cosa?!

—Pues la ironía es que aunque tú eres su madre, no le conoces bien.

—¡Eso no es verdad! Yo . . .

—No le conoces tan bien como quisieras. Marilena, admítelo de una vez, tú nada más eres una *sătura*.

—¿«Excesivamente sentimental»? ¡Él es mi hijo! No lo voy a perder debido a ti, ni a la asociación, ni siquiera por el luciferianismo.

—Pero ¡¿qué cosa estás diciendo?! ¿Acaso estás rompiendo tu promesa de . . .

—No, Viv, tú lo sabes muy bien. Estoy criándolo bajo los preceptos del espiritismo, tal como lo prometí. Además, yo misma me he hecho más devota. Pero no sé cuántas veces más tengo que decirte que no permitiré que gente ajena interfiera entre mi hijo y yo.

—¿«Interfiera»? ¿ «Gente ajena»? ¿Acaso eso es lo que me consideras? Con todo gusto he dedicado a ti y a este niño los últimos diez años de mi vida. Pensé que ya nos habíamos convertido en una familia. Además, no soy su «tía» solo de palabra, puesto que te considero como mi propia hermana.

Viv se veía claramente herida, lo que no había sido la intención de Marilena.

—Bueno, pero . . . ¿Cómo te sentirías si estuvieras en mi lugar? Supongamos que tú tuvieras un hijo y . . .

—¿Y hubiera prometido cooperar porque él es el cumplimiento de una promesa de los espíritus?

—Bueno, sí, pero . . .

—¿Lo ves, Marilena? —continuó Viv con ojos llenos de lágrimas—. Yo no puedo tener un hijo. Una vez, cuando me preguntaste por qué no había sido yo la escogida, te dije que se debía a que ya era demasiado vieja y tenía miedo de los estragos del embarazo y del dar a luz. La verdad es que me ha sido dada otra misión. Me han sido dados dones de clarividencia, los cuales los espíritus consideran de suma importancia para la asociación. Me siento bendecida, privilegiada y útil, pero . . . —estalló en sollozos—. Yo daría cualquier cosa por estar en tu lugar. Por favor, no me hagas a un lado.

De pronto, Marilena se sintió embargada por una ola de remordimiento y compasión. (De todas maneras, quería ser cautelosa para no ser engañada.) ¿Qué significaba este súbito cambio de actitud? Parecía que, por años, Viv se había deleitado en su superioridad, en su posición de portavoz de quienes ejercían dominio sobre Niki. La mujer siempre había insinuado que, de ser necesario, le podía recordar quién mandaba, que podía pedirle a Ricardo Planchet que arbitrara en sus desacuerdos, que era ella quien estaba en una posición privilegiada, lo que hacía a Marilena sentirse solo como un simple instrumento usado con el fin de alcanzar un objetivo.

¿Qué significaba esto ahora? Parecía que Viv estaba implorando ser tomada en cuenta. Marilena sintió —aunque no intencionalmente— que la actitud de aparente necesidad y debilidad por parte de Viv, le infundió poder y valor. Dio un abrazo a la mujer y se dio cuenta de que, en todos los años que habían pasado juntas, rara vez se habían abrazado.

Viv, al parecer, perdió el dominio propio y comenzó a sollozar ruidosamente.

—¿Podríamos llegar a un acuerdo? —preguntó Marilena.

—Sí, eso me gustaría mucho.

—No quiero hacerte a un lado. Sé bien que tu influencia sobre Niki ha sido positiva y él te quiere mucho. ¡Cuánto te quiere! Creo que eso es lo que me molesta. Niki te quiere más que a mí.

—¡Eso no es verdad!

—Claro que sí lo es. Pero estoy tratando de cambiar esa situación porque no está bien ni es lo correcto. Pero necesito que estés de acuerdo en ayudarme.

—¿Ayudarte para que Niki deje de quererme, para que te quiera solo a ti? —preguntó Viv.

—¡No! No deseo que el niño deje de quererte. Pero sí deseo que te trate como a una tía, no como a una madre. Lo que quiero decir es que, admitámoslo, en realidad no eres su tía.

—¡Soy alguien aún más cercana que una tía!

—Pudiera ser, pero tu lugar es más bien un privilegio, no es una relación sanguínea como la mía.

—Mi lugar es aún más que una relación sanguínea —respondió Viv—. Me lo he ganado al dedicarme de forma sacrificial al cuidado de ustedes dos.

—A ver, a ver . . . Sabes bien que por nada del mundo hubieras hecho lo contrario.

—Bueno, eso también es verdad —admitió Viv y sin querer dio unas risitas entre dientes.

—Ahora sentémonos —dijo Marilena—. Dime ¿de qué quiere hablarme la señora Szabo esta tarde?

—No puedo tomarme la atribución de . . .

—¿Necesito recordarte, una vez más, que se trata de «mi» hijo? ¿Cuántas veces tengo que repetírtelo?

Viv se secó la cara y pareció recuperar el control de sí misma.

—Escucha, ya dejaste bien en claro cuáles son tus intenciones. Así que haré todo lo posible para ayudarte a mantener el lugar que te corresponde en la vida de Niki. Además, insistiré a la señora Szabo para que te consulte primero a ti en todos los asuntos relacionados con el niño. Pero, en este caso, no quiero cometer el error —ni tomarme la atribución— de hablar por su maestra. Ella tiene el derecho de que tú escuches sus preocupaciones, sin que yo influya con mis opiniones.

—¡Santo cielo! Viv, ¿cuán serio es el asunto?

—No es algo tan terrible. Se trata solo de una preocupación.

—Bueno, entonces, ¿estamos de acuerdo en que iré esta tarde a traer a Niki de la escuela, para así poder hablar personalmente con su maestra?

—Sí. Además, yo puedo ir contigo para mantener entretenido a Niki mientras estás en la reunión —contestó Viv.

Tal propuesta era válida, ya que no estaría bien pedir a otra maestra hacerse cargo de él, cuando lo más probable era que los otros estudiantes no se quedaban por mucho tiempo después de haber terminado las clases. Las dos estuvieron de acuerdo.

Tal como Marilena lo había previsto, durante el resto del día no pudo concentrarse en otra cosa.

———————

Durante su último año en la escuela secundaria, Raimundo había vuelto a ser tan bueno como lo era antes en el baloncesto. Había obtenido la posición de delantero titular y había logrado anotar el mayor puntaje para su equipo. Sin embargo, la secundaria Belvidere terminó en tercer lugar en su grupo y Raimundo, de nuevo, fue pasado por alto por los reclutadores.

No obstante, su manera de jugar lo convirtió en el joven más popular de su escuela. De un día para otro, Raimundo no se daba abasto para tantas citas pero, aunque esto le resultaba divertido, también le causaba un tanto de frustración. Las jóvenes que ahora mostraban el mayor interés en él, eran las mismas a quienes —por años— había anhelado llegar a conocer, pero estas siempre lo habían ignorado debido a que en ese entonces sufría de acné. Por supuesto que ahora disfrutaba de todas sus atenciones, pero todo esto le parecía demasiado superficial. Sabía que era la misma persona que había sido antes, solo que ahora su apariencia había cambiado. Tal vez ahora proyectaba una imagen de confianza en sí mismo y había recuperado sus habilidades deportivas, pero si ellas solamente estaban interesadas en su apariencia física, ¿qué clase de jóvenes eran estas?

Raimundo se había vuelto más amigable y cordial, pero había aprendido a ser muy desconfiado. Todos eran muy superficiales. ¿Lo era él también? Esperaba que ese no fuera el caso. El grado de falsedad de sus nuevas amistades llegó a obsesionarlo a tal punto que no podía mantener alguna de ellas. Peor aún, no podía establecer un noviazgo que durara más de unas pocas semanas.

Ser popular era mejor que no serlo, pero la desconfianza de Raimundo de todos los que le rodeaban y sus sospechas acerca de las verdaderas intenciones de sus nuevas «amistades», habían logrado ganar terreno en su mente. Su único consuelo era volar. Volar solo, a cientos de metros de altitud, en un esfuerzo por obtener su licencia privada. Esto le proporcionaba una sensación de libertad que no podía explicar. Nadie entendería la satisfacción que experimentaba cuando volaba. Una cosa era segura: Volar no era algo superficial ni falso. Volar era la actividad perfecta para uno darse cuenta de la relación entre las causas y sus consecuencias. Una vez que cumpliera con su tarea de revisar que cada función de la avioneta fuera satisfactoria, sabía que esta haría lo que él quisiera según las varias maniobras que le habían enseñado. Si encendía los interruptores indicados y si halaba y presionaba el equilibrador con la presión correcta, la aeronave respondía, sin preocuparse por la apariencia física de Raimundo, ni por su habilidad deportiva, ni por sus calificaciones, ni por su grado de popularidad.

Su papá no iba a querer oírlo, pero Raimundo dedicaría toda su vida a volar.

Esa tarde, de camino a la escuela de Niki, Marilena y Viv conversaron como solían hacerlo años atrás. Estaba resultando ser una experiencia más bien agradable, pensaba Marilena, a la vez que se reprendía a sí misma por ser tan posesiva, siempre a la defensiva y celosa. Lo que la atrajo a Viv desde un principio, fue el hecho de que siempre parecía interesarse tanto por los demás. Una característica que esta aún poseía.

Viv no era perfecta, pero ¿quién lo era? Marilena, al vivir bajo el mismo techo con alguien todo este tiempo, debía haber esperado sufrir algunas decepciones. Además, estaba consciente de que ella misma no era la persona más fácil con quien convivir, ¿por qué, entonces, había tenido expectativas tan irreales acerca de Viv? Quizá porque Viv era, por lo general, una persona más sociable, más preocupada por el bienestar de los demás. En resumen, porque ella era más agradable.

A pesar de las risas y del compañerismo fraternal que dis-

frutaron en el trayecto, Marilena estaba muy consciente de que ninguna de las dos había mencionado a Niki. Ella sabía que Viv no quería que la presionara, ni la obligara a decirle cuál era el problema que la señora Szabo quería tratar. Tan pronto como llegaron, era obvio que la maestra le había dicho a Niki que ella y su madre iban a tener una reunión, durante la cual su tía le iba a cuidar, pues el niño salió corriendo de la escuela listo para jugar. En el instante en que Viv abrió la puerta, él saltó a sus brazos. Al ver esto, Marilena no pudo evitar sentir una nueva punzada de celos, ya que su hijo la ignoró por completo.

Para colmo, la señora Szabo había arreglado sus asientos de tal manera que Marilena tuvo que sentarse de frente hacia las ventanas, mirando como Viv jugaba con Niki. Los dos se perseguían, trepaban a las estructuras de hierro, saltaban, jugaban en los columpios. Marilena también podía hacer todo eso. Estaría dispuesta a hacerlo si solo él le diera una oportunidad.

—Nicolás es el estudiante de nueve años de edad más inteligente que he tenido en todos estos años —comenzó a decir la maestra.

—Mmm . . . —respondió Marilena con la certeza que tal comentario era solo una manera amable de iniciar la reunión.

—Estoy segura de que ya habrá oído esto antes.

—Sí, todos sus maestros me lo han dicho y estoy muy orgullosa de él.

—Aunque esta escuela es para niños avanzados, ciertamente, él es único. Hay días en los que me pregunto dónde encontraré algo más para enseñarle; días en los que me siento como su estudiante en lugar de su maestra.

—Así es como me siento yo —respondió Marilena.

—No obstante, estoy preocupada por su comportamiento.

—¿Él no la obedece?

—Por lo general sí lo hace pero, debido a mi posición como su maestra, me es posible observarlo muy de cerca cuando se relaciona con los demás niños. Permítame que

vaya directo al grano: Él es lo que yo llamaría, patológica-
mente manipulador.

Desde luego, esto no era algo nuevo para Marilena. Ella
misma lo había comprobado en su casa; pero había tenido la
esperanza de que tal comportamiento no fuera tan obvio en
la escuela.

—Podría, por favor, darme ejemplos de tal actitud —dijo
Marilena.

—Nicolás es «amigo de todos» —contestó la señora
Szabo—. Sin embargo, es obvio que provoca que sus amiguitos se enfrenten los unos en contra de los otros. Debido a
que, al parecer, él le cae bien a todos, nadie parece darse
cuenta de sus verdaderas intenciones y todos terminan por
hacer lo que él quiere. Así es como gana todos los juegos, su
equipo siempre gana y él es el centro de atención, el eje principal de todo.

—Entonces, ¿Niki es egoísta?

—Calificarlo de ese modo sería minimizar la situación.
Más bien parecería que cree que el mundo le pertenece. Por
ejemplo, se hace elegir como el líder de grupo de todos los
proyectos. Cuando tuvimos un simulacro de elecciones para
presidente de la clase, pensé que ya era hora de que alguien
más fuera el centro de atención, así que a propósito nominé
a otro niño y a una niña para que fueran los candidatos con-
tendientes. Estos tenían que montar sus propias campañas,
dar discursos, elegir equipos que les ayudaran a ganar, dise-
ñar pancartas y todo lo demás relacionado con una elección
verdadera. Nicolás se ofreció de voluntario para ser el director de la campaña de Victoria y ella rápidamente se convirtió
en la candidata favorita. Ahora, escuche bien lo que sucedió:
No solo que la niña ganó, sino que ganó unánimemente.
¡Hasta su oponente votó por ella!

—¿Niki le amenazó?

—¡No! Más bien creo que Niki le prometió algo.

—¿Qué cosa?

—La vicepresidencia.

—Pero, ¿cómo . . . ?

—Cuando Victoria ganó, anunció que como presidenta, ella podía escoger al vicepresidente.

—Entonces, ¿ella escogió al candidato perdedor?

—No, ella escogió a Nicolás. Luego, ella renunció a su cargo de presidenta, aludiendo que acababa de darse cuenta de que serviría mejor como ayudante y no como líder. Así que Nicolás se convirtió en el presidente, y él, a su vez, nombró al candidato perdedor como su vicepresidente. ¡Todo esto con solo nueve años de edad!

—¡No sé qué decir! ¿Qué sacó Victoria de todo esto?

—Ella es ahora su «novia». Están juntos todo el tiempo.

—¡¿Su «novia»?!

La maestra asintió.

—Nicolás también trata de usar las mismas tácticas conmigo —continuó la señora Szabo—. Me dice todo lo que sucede, todo lo malo que se le ocurre acerca de los otros niños. Pero cuando percibe que ya me ha dicho lo suficiente, me asegura que él mismo puede ocuparse de la situación y que no me preocupe en lo absoluto; unos días más tarde me dice que ya ha arreglado cualquiera que haya sido el problema. De hecho, he contemplado la posibilidad de hacerlo mi ayudante para controlar la disciplina de nuestra aula, pero yo misma me he resistido a semejante idea puesto que Niki ya tiene suficiente control de los demás.

—¿Qué puedo hacer para ayudar respecto a esta situación?

—Educarle, señora Carpatia. Niki tiene dones extraordinarios, pero estos deben ser bien encausados. Es un buen diplomático, un político, un genio, un incitador social, es capaz de causar divisiones o uniones. Debe aprender a ser humilde. Debe entender cuáles son las consecuencias de tener poder. Sería capaz de venderle un par de zapatos a alguien sin piernas.

Si el último comentario era un chiste, a Marilena no le pareció gracioso. El problema era peor de lo que se había imaginado.

—Haré todo lo que esté a mi alcance —replicó Marilena—. Gracias por mantenerme al tanto de lo que está sucediendo.

—Hay algo más —dijo la maestra—, tuvimos una competencia entre los niños y las niñas para un proyecto de tarea. Cada bando tenía que asignar a diferentes estudiantes para que memorizaran las varias funciones, posiciones, dignatarios del gobierno nacional y todo lo demás relacionado con el tema. Como bien sabe usted, Rumanía —con las dos casas de parlamento y todo eso— tiene una forma de gobierno muy complicada. Nicolás memorizó todo lo que le fue asignado, así como también todo lo asignado a los demás. De todas maneras, yo no quería que su equipo ganara solo por eso, así que insistí que cada miembro de su grupo recitara una serie diferente de datos. Los niños ganaron abrumadoramente. Más tarde descubrí que Nicolás les había enseñado cómo recordar lo que les había sido asignado, usando el método mnemotécnico: Mediante acrósticos y acrónimos habían creado y memorizado palabras simples, cuyas letras representaban a su vez la primera letra de lo que necesitaban recordar.

—Ciertamente ingenioso. Espero que usted no considere eso como un problema.

—Excepto por el hecho de que eso resultó algo casi agobiante y enloquecedor. Nicolás estaba tan obsesionado por ganar, que no fue algo divertido para su equipo. Él les animaba y les engatusaba, pero también les acosaba y menospreciaba. Los niños, debido a toda la presión y a la personalidad de Niki, no tuvieron otra alternativa más que la de memorizar lo que les había sido asignado para así ganar inevitablemente.

—Personalidad que podría ser usada para bien o para mal —comentó Marilena.

—Ciertamente. Sus puntos fuertes son también sus debilidades, como sucede con muchos de nosotros. Ayúdeme a enseñarle a ser considerado con los otros, a valorar a los demás y a respetar sus sentimientos. Parece que algo en su mente le hace creer que este mundo —y todo lo que en él hay— existe solo para su propio beneficio.

—Haré lo mejor que pueda —respondió Marilena.

—La mantendré al tanto —concluyó la señora Szabo. *Estoy segura de que lo hará.*

———

Raimundo Steele, después de la conversación con su papá durante la cena, estaba recostado en su habitación, sin poder concentrarse en sus tareas escolares. Nada en absoluto llamaba su atención. Ni la televisión, ni su música, ni sus revistas, ni siquiera la Internet.

Raimundo no había tenido ni idea de cuán firmes eran los planes de su padre en cuanto a su futuro. Claro que ya se los debía haber imaginado. Su papá nunca los había guardado en secreto. Raimundo pensó que su papá estaría muy orgulloso de que hubiera logrado obtener su licencia privada a los dieciocho años de edad y de que ya tuviera un plan definido para su vida. Raimundo sabía lo que estaba haciendo, lo que quería y cómo conseguirlo.

—Desde finales del año pasado me he enlistado como un miembro de la *ROTC*. Recibo una beca como recompensa por mi participación en este programa universitario de preparación militar. Además, el entrenador Bellman dice que el haber obtenido mi licencia privada antes de haber terminado la escuela secundaria me es garantía suficiente para que consiga otras becas más para pagarme mi educación universitaria.

—Bueno, eso está bien —había dicho su padre—, pero ¿qué sabe Fuzzy acerca de todo eso?

—Él sabe que no voy a conseguir beca como deportista, a menos que yo quiera ir a alguna universidad bastante pequeña.

—Pero ¿por qué? Tú eras el mejor . . .

—Papá, por favor, date cuenta de que los tiempos han cambiado. Hace diez años atrás, quizás hubiera logrado obtener una beca de ese tipo en algún lado, pero no ahora. Uno tiene que ser absolutamente el mejor en su deporte, en toda la división, para ser tomado en cuenta.

—Aún tienes una oportunidad mediante el béisbol.

—Papá, es mi deporte favorito, pero no va a ser posible.

—¡Cómo puedes decir semejante cosa!

—Ya no puedo lanzar tan rápido como lo hacía antes y me sorprendería si logro batear lo bastante bien como para llamar la atención de los reclutadores. El último jugador de nuestra división que logró obtener una beca completa para una universidad de Primera División bateaba muchísimo mejor que yo.

—Tú también puedes ser un excelente bateador.

—Papá, ¿no crees que estás siendo bastante parcial?

—¿Crees que no sé de lo que estoy hablando? ¿Acaso crees que no conozco bien el juego?

—Desde luego que lo conoces bien. Tú mismo me enseñaste todo lo que sé de él. Pero también me enseñaste a ser realista en cuanto a mis habilidades. Hubiera dado cualquier cosa por mantenerme en forma y así poder lanzar lo bastante bien como para atraer la atención de los reclutadores, pero eso no va a suceder, papá. De todas maneras voy a tener que lanzar ya que muchos de los otros no jugarán este año. Parece que algo relacionado con autos, novias y con el hecho de que muy poca gente viene a los juegos de béisbol, hace que muchos de los jugadores renuncien, a menos que sean superestrellas. Si yo no amara el juego tanto como lo amo, también lo dejaría.

—Entonces, ¿van a tener un equipo malo?

—Así parece. Tendremos muchos jugadores jóvenes y ninguno capaz de atraer la atención de los reclutadores, a menos que logremos establecer alguna marca de victorias consecutivas, lo cual realmente no creo que sea posible.

La conversación se había tornado áspera cuando el señor Steele había tratado de describir en detalle sus planes para el futuro de Raimundo; planes que, desde luego, incluían su propio taller de maquinaria y herramientas. Aunque también había mencionado la universidad, la *ROTC* y el servicio militar, lo había hecho solo para establecer como su hijo debería, por lo menos, tomar cierto número de clases de administración de negocios o fabricación de maquinaria, para luego regresar a hacerse cargo del negocio.

Raimundo había tenido la esperanza de que al exponerle sus propios planes —los cuales no incluían el taller de maquinaria y herramientas—, su papá, por fin, se resignaría a aceptar la realidad. Raimundo se había sentado y había permanecido en silencio.

—¿Ah? ¿Qué piensas Raimundo? Buena educación, más horas volando, un poco de entrenamiento militar y un trabajo esperándote aquí. Tu futuro asegurado, ¿ah?

Raimundo miró a su mamá, quien le había dado una sonrisa forzada. Ella podría ser muchas cosas, pero lenta de entendimiento no era una de ellas. En su rostro se veía que habría preferido evitar este momento, obviamente porque sabía que su esposo no iba a querer escuchar lo que Raimundo tenía que decirle.

—Papá, no voy a regresar a tu taller.

—¿Cómo puedes saber eso con certeza? ¿Acaso me odias tanto a mí y a mi negocio que . . . ?

—¡Papá, ¿qué estás diciendo?! Sabes bien que eso no es cierto. Admiro lo que has hecho con el negocio, pero no puedes forzarme a . . .

—Si yo estuviera pagando por tu educación si podría hacerlo, ¿verdad? Pero te aseguraste que yo no pagara por eso.

—¡Tú mismo me dijiste que no podías pagar por mi educación universitaria! ¡Por eso he hecho todo lo que ha estado a mi alcance para obtener todas las becas que me fueran posibles!

—Así que como no estoy pagando por tu educación, te sientes libre de . . .

—Solo quiero que sepas desde ahora para que puedas hacer otros planes. Prepara a alguien más.

—Mis empleados son demasiado mayores. Además, ninguno tiene la capacidad necesaria.

—Entonces contrata a alguien que pueda ser tu sucesor.

—¡Tú eres mi sucesor, Raimundo! ¡Tú! Esto ha sido el sueño de toda mi vida.

—Pero, papá, no ha sido el sueño de mi vida. No quisieras que esté en el negocio en contra de mi voluntad, ¿verdad? ¿Qué clase de trabajo haría?

—No puedo seguir comiendo —dijo su papá mientras se ponía de pie con la cara completamente enrojecida.

—Cariño, por favor —suplicó su esposa.

—No puedo entender cómo puedes predecir ahora lo que harás en cuatro o seis años más. Raimundo, ese tiempo es bastante largo. Durante esos años puedes pensar mejor las cosas. Por lo menos mantente abierto a las posibilidades y trata de incluir esto en tus planes.

—¡No! Porque si lo hago, entonces tendremos esta discusión otra vez, papá. No desperdicies todo ese tiempo esperando que yo regrese, en lugar de contratar a alguien para que se haga cargo del negocio. Voy a ser piloto y no hay más qué discutir. Yo . . .

—¿Qué tal si tus planes no dan resultado?

—¿Por qué no van a dar resultado? Nací para ser piloto. Ahora mismo ya soy un piloto. Seguiré preparándome hasta llegar a pilotear los aviones más grandes y . . .

—Y regresarás a mi taller solo si tus planes no te dan resultado.

—No, papá, de ninguna manera regresaré. Si por alguna razón no puedo ser piloto, entonces enseñaré aviación. Tal vez seré entrenador o quizás haré las dos cosas.

—Tú realmente me odias —le dijo su papá al salir muy enojado de la habitación y sin siquiera volverse para mirarlo.

DIECISÉIS

MARILENA CARPATIA jamás se había sentido tan impotente frente una situación tan difícil como la que ahora enfrentaba. En los nueve años que llevaba de ser madre, ella siempre se había adaptado, había aprendido o se había dejado llevar por sus instintos. Pero esto era algo nuevo para ella. ¿Cómo iba a tocar un tema tan espinoso con su hijo tan brillante? A pesar de que Marilena estaba consciente de que Niki —aunque exhibiera algunas de las peores, así como también de las mejores características de un adulto— aún era un niño, se veía forzada a tener con él una conversación de adultos.

En el camino de regreso de Blaj, ella animó a su hijo a leer mientras las dos mujeres hablaban quedamente en húngaro.

—¿Qué vamos a hacer? —preguntó Marilena.

—¡Veo que ahora se trata de «nosotras»! ¿Supongo que no es del todo malo que haya otra persona involucrada en esta crisis? —respondió Viv mientras sonreía y le tocaba levemente la mano.

Marilena recibió el comentario con buen humor. De verdad, sus celos ahora parecían fuera de lugar; no quería enfrentarse sola con esta situación.

—Reconozco que es principalmente mi responsabilidad —insistió ella—, pero ten por seguro que estoy abierta a cualquier consejo que tengas. Desde lo más profundo de mi ser yo anhelo que, ah . . . (buscó la palabra en húngaro para describir a su hijo sin tener que mencionar su nombre, para que este no se diera cuenta de que estaban hablando de él), «mi heredero» utilice su mente tan increíblemente dotada para el bien de la humanidad.

—Así lo hará, Marilena. Así lo hará.

De pronto, Niki se acercó al espaldar del asiento delantero, colocó sus brazos entre las dos mujeres y puso su cabeza sobre estos. Marilena percibió su presencia allí, viéndole primero de reojo y luego —a la vez que iba con su atención puesta en la carretera—, también le echaba vistazos por el espejo retrovisor. Parecía estar entretenido.

—Debes estar sentado y con el cinturón de seguridad puesto, hijo —dijo ella en rumano.

—Yo estoy bien —replicó él en húngaro. Marilena quedó espantada—. Mi príncipe no dejará que algo malo me suceda.

A Marilena le dio un escalofrío. Él entendía húngaro, lo que quería decir que también había oído toda su conversación. ¿Existía alguna cosa de la cual él no se enteraba? Su temor se convirtió instantáneamente en furia. Estaba decidida a no perder el control de este niño, pero a la vez también se preguntaba a sí misma si algún día lo tuvo.

—¡Siéntate y ponte el cinturón de seguridad ahora mismo! —le ordenó ella.

Niki guardó silencio. A través del espejo retrovisor, Marilena pudo ver que su hijo no se movía, que no mostraba emoción alguna. Vio que no estaba intimidado y notó que tampoco tenía intenciones de obedecerla.

—Jovencito, no me obligues a detener este auto —dijo ella.

—Haz lo que quieras —replicó él de forma cortante—. No te atrevas a hacerme daño. Además, no vuelvas a hablarme así o te pesará.

Marilena desvió bruscamente el vehículo todo terreno y lo estacionó al lado de la autopista. Se volteó en su asiento para enfrentarse con Niki, su cara estaba casi tocando la de él.

—¡Siéntate y ponte el cinturón! —le gritó ella, pero él ni siquiera movió un dedo. Ella puso su codo en contra de la cara de él y le empujó hacia atrás con todas su fuerzas. Viv sujetó el brazo de Marilena y trató de detenerla.

—¡Viv! ¡No pelees conmigo! ¡Ayúdame!

—¡No vamos a pelear! —respondió ella—. ¡Detente!

—¡Sí! —gritó Niki—. ¡Detente!

—No voy a conducir este auto hasta que él tenga puesto su cinturón de seguridad.

—¡Estoy protegido!

—¿Qué?

—No voy a salir herido.

—¿Qué dices?

—Que tú saldrás lastimada antes que yo.

Exasperada, Marilena miró a Viv.

—Vamos a casa, Marilena, allí hablaremos.

—¿No te importa que él no use su cinturón de seguridad?

—Él tiene razón. Es verdad que está protegido.

—¡No tengo idea acerca de qué están hablando ustedes dos! —contestó Marilena luego de lanzar una grosería.

—El problema es eso precisamente —siguió Viv—. Nosotros estamos en contacto con los espíritus todos los días. Él sí está protegido. Es inmune a cualquier peligro que normalmente pudiera afectar a otra persona.

—No voy a conducir más.

—Entonces conduciré yo —dijo Viv.

—Ella no se va a sentar aquí atrás conmigo —afirmó Niki y señaló a su madre. Marilena hubiera deseado tener un arma para poner a prueba la mentada «protección» de este niño malcriado.

—Bájate del auto y deja que yo conduzca —insistió Viv quedamente.

Temblando, Marilena se bajó del auto y tuvo que admitir para sí que no quería volver a subirse, pero ¿qué otra opción le quedaba? ¿Pedirle a un desconocido que la llevara? Tampoco quería ir a casa, pero carecía de opciones.

—Respira, Marilena, tranquilízate —le sugirió Viv mientras las dos se cruzaron al caminar alrededor de la parte delantera del vehículo.

Viv volvió a subirse al auto y se preparó detrás del volante.

Mientras tanto, Marilena estaba parada afuera con su mano puesta en la puerta del lado del pasajero, tratando de calmarse. Niki ya había vuelto a sentarse en el asiento de atrás y Viv le estaba diciendo algo tan quedamente, que Marilena no alcanzó a oír de lo que se trataba. Por fin, ella también subió, dio un portazo y se puso su cinturón de seguridad. Decidió no mirar a su hijo quien, en ese momento, le pareció más bien un animal.

—*Căţea* —susurró Niki.

—¿Qué me dijiste? —dijo Marilena después de girar sobre su asiento.

—Tú me oíste.

Mientras Viv puso el vehículo en marcha y volvió a la autopista, Marilena se quitó su cinturón de seguridad y otra vez giró sobre su asiento, en esta ocasión estaba tratando descontroladamente de darle puñetazos al niño. Este la esquivaba y se reía a carcajadas. Por fin ella alcanzó a sujetarle por la muñeca y le dio un fuerte tirón. Niki, por su parte, le sujetó con la otra mano, la haló y luego la mordió ferozmente en el brazo hasta dejarla sangrando. Marilena pegó un grito y retrocedió.

—¡Marilena, detente! —gritó Viv.

—¡Me mordió!

—¡Te lo mereces! —respondió Viv.

Marilena volvió a sentarse en su asiento mientras se cubría la herida con la otra mano.

—¡¿Qué?! —preguntó, Marilena escandalizada.

—Sí —dijo Niki—, te lo mereces. ¡*Căţea*!

Marilena dio un gritó a Niki y le profirió un insulto aún peor.

—¡Ya basta! —dijo Viv—. Marilena, te estás comportando como si tuvieras la misma edad de él.

Precisamente, el problema era que él se comportaba como si fuera mucho mayor de lo que en realidad era.

—¡Necesito ir a una sala de urgencias! —exclamó Marilena mientras la sangre le bajaba por entre los dedos—. Lo más probable es que este monstruo tenga rabia.

Mostró su brazo herido a Viv. (De hecho, los dientes superiores e inferiores de Niki habían penetrado profundamente su piel.)

—¡*Dumnezeu*! —exclamó Viv a la vez que comenzó a rebasar a los otros autos a toda velocidad.

Marilena dio a Niki una mirada enfurecida y sostuvo en alto su brazo ensangrentado para que él lo pudiera ver.

—Mira lo que me has hecho, *copil nelegitim*.

Él levantó la mirada de su libro por un momento, sonrió y le hizo una mueca burlona. Ella comenzó a llorar. Asombrada, Marilena se dio cuenta de que su rabia era lo bastante intensa como para, si se le presentaba la oportunidad de hacerlo, matar al niño.

Veinte minutos después llegaron al hospital donde Niki había nacido. Viv le ordenó al niño que se quedara en el auto y entró de prisa a la sala de emergencias con Marilena. Todo parecía casi indicar que el médico sabía de antemano que iban a llegar.

—Hubo un accidente —dijo Viv mientras el doctor examinaba a Marilena.

—¿Un accidente? —dijo el médico—. Esto es un mordisco humano y por el tamaño del mismo, se nota que fue un niño. ¿Un niño la mordió?

—Tuve que frenar el auto bruscamente para evitar atropellar a un animal —explicó Viv antes de que Marilena dijera algo—. Ella trató de proteger a mi hijo, pero por la brusquedad del frenazo él fue lanzado hacia delante, causando esta herida.

¡«Mi hijo»! Acababa de decir Viv pero, por primera vez, a Marilena no le fastidió que Niki no fuera hijo de ella. Escudriñó el rostro del médico, tratando de discernir si este se había convencido con semejante cuento.

—Quizá debería examinarlo también a él—dijo el médico.

—Él está perfectamente bien —contestó Viv—. ¿No es así, Marilena?

—Sí —replicó ella mientras trataba de no temblar—, él está muy bien.

Con ocho puntos cerraron la herida hecha por los dientes superiores y con seis cerraron la de los dientes inferiores. Cuando por fin volvieron al vehículo todo terreno, Marilena se había tranquilizado por el efecto combinado de la vacuna antitetánica, la anestesia y el medicamento analgésico. Se enfureció de nuevo al ver a Niki recostado en el asiento de atrás, durmiendo tranquilamente como un bebé.

—Viv, no dejes que ese niño se me acerque esta noche —dijo Marilena.

—No te hará daño —contestó Viv—, yo me encargaré de eso.

—No estoy preocupada de que él me vaya a hacer daño, sino más bien de lo contrario.

—Estoy pensando llevarlo de vacaciones por una semana —continuó Viv.

—¿En serio? ¿Dónde piensas llevarlo?

—¿De verdad te importa saber?

—No, supongo que no.

Marilena comenzó a sentirse mareada, por lo que tuvo que apoyar la cabeza sobre el espaldar de su asiento, pero esta posición no le resultó cómoda, así que reclinó el espaldar hasta que este quedó topando el asiento de atrás. Además, sintió un gran alivio al ver que Viv ahora conducía más lentamente, pues aunque no sentía nada en su brazo, el resto de su cuerpo le dolía sobremanera. Se sentía susceptible, ya que la posición reclinada de su asiento la colocó cerca de Niki, quien parecía estar leyendo en silencio. Ella lo miró y vio que él la estaba mirando fijamente.

—Sigue leyendo —susurró ella con la esperanza de que su tono fuera el primer paso en el proceso de la reconciliación; no deseaba estar en malos términos con su hijo. Estaba segura de que la situación era culpa de él, pero le inquietaba la posibilidad de que ella misma hubiera reaccionado mal, que hubiera empeorado las cosas, que se hubiera comportado de una manera inmadura. ¿Pero quién podría aguantar tal comportamiento de un niño de nueve años?

Niki le hizo un gesto obsceno, lo que a Marilena le hizo sentarse derecha a pesar de su cansancio y dolor.

—¡Niki! —exclamó ella.

—¡Tía Viv! —gritó él—. ¡Ella me acaba de hacer un gesto obsceno!

—¡Marilena! ¡Qué te pasa!

Ya no le quedaba energía para poder resistir. No iba a defenderse a sí misma en contra de tales mentiras ya que, de todas formas, Viv iba a creer la versión de Niki. Marilena se volteó hacia la ventana de su puerta; se mareó al ver pasar el paisaje, así que por fin cerró los ojos y trató de dormir. Sintió un fuerte deseo de llorar, pero no iba a doblegarse.

¿Qué le había pasado? ¿Acaso había fracasado tan rotundamente en relacionarse emocionalmente con su propio hijo? Estaba tratando de encontrar qué cosa podría ser peor que el amar profundamente y de todo corazón a un hijo, quien respondía con una total indiferencia. Ahora lo sabía: Era aún peor que dicho hijo respondiera con un odio tan maligno como para poner en duda el amor de ella hacia él.

Marilena no quería odiarlo, pero aún sentía que él la estaba mirando con desprecio, haciéndole muecas, totalmente dispuesto a decirle groserías, a hacerle gestos obscenos y a acusarla falsamente. ¿Por qué había querido tener un hijo? El regalo que supuestamente le iba a brindar amor y compañerismo mientras envejecía se había convertido en una cruel pesadilla, la cual hizo que hasta las escasas cosas buenas de su vida carecieran de significado. ¿Qué motivo le quedaba para vivir? ¿Su lectura? ¿Sus estudios? ¿Sus investigaciones? Nada de esto tenía para ella importancia alguna si su propio hijo la odiaba.

Oyó que Viv estaba hablando con alguien por el celular. Era la señora Szabo.

—Sí, la señora Carpatia y yo ya hemos visto una mejoría en Niki y creemos que verá a un niño transformado cuando él regrese a su clase ... Quisiéramos llevarlo de vacaciones por unos días para así poder dialogar más con él. Gracias por su comprensión. Si no logramos comunicarnos con usted, tenga la seguridad de que Niki estará de vuelta en la escuela dentro de una semana.

—Bien hecho, tía Viv —dijo Niki a la vez que Marilena le oyó moviéndose hacia delante. Aún no tenía puesto el cinturón de seguridad. Marilena hubiera deseado que Viv perdiera el control del auto, para ver cuán protegido de verdad estaba este pequeño salvaje.

—Marilena, ¿podrías conducir un rato? —pidió Viv.

—¿Qué? No, yo estoy ...

—Nos quedan menos de diez kilómetros y necesito enviarle un correo electrónico a Ricardo.

—Estoy sumamente agobiada, Viv. ¿No lo puedes enviar luego?

—No, tengo que hacerlo ahora mismo. Bueno, quédate tranquila, voy a detener el auto.

—Viv, yo necesito llegar a casa lo más pronto posible.

—Bueno, decide entonces, llegaremos más rápido si tú misma conduces, ya que tengo que enviar este mensaje de inmediato.

—Entonces, ¿por qué no lo llamas?

—Lo voy a llamar, pero no desde el auto, puesto que este mensaje es de carácter privado.

Maravilloso, pensó ella. *Le va a decir todo lo que ha sucedido.*

Viv detuvo el vehículo, se bajó y dio un portazo. Discretamente, Marilena bajó su ventana un poco, deseando oír todo lo que pudiera de la conversación. Cada vez que Viv le echaba un vistazo, Marilena volvía a cerrar los ojos, pero tan pronto tenía una oportunidad, los abría otra vez a fin de tratar de leer los labios de la mujer. Entonces Viv le dio la espalda y continuó la conversación mientras caminaba en dirección opuesta al auto.

«Te quiero, Niki», dijo Marilena. Al no recibir respuesta alguna, repitió sus palabras. Por fin, dio la vuelta para mirar al niño. Estaba estirado en el asiento de atrás, las manos detrás de la cabeza, durmiendo. Marilena le envidiaba. Ella también quería cerrar sus ojos al mundo, al desastre total en el que se había convertido su vida. Anhelaba estirarse en su propia cama y dormir. No obstante, en este momento, solo se lo podía imaginar.

Marilena volvió a reclinarse en su asiento en la posición más conveniente posible.

Viv ya venía de regreso al auto y se veía que continuaba hablando seriamente.

—Sí, sí, por supuesto. Le puedes decir que ya está hecho . . . No tengo idea de cuánto tiempo . . . por lo menos veinticuatro horas, me imagino . . . Sí, esta noche, para comer. Alrededor de las siete.

Ay, no, pensó Marilena. Aunque los efectos de la anestesia se le quitarían antes de las seis, no iba a estar de ánimo para preparar una comida para un invitado.

—Ricardo quiere hablar con nosotras —dijo Viv mientras subía al auto—. Vendrá esta noche.

—No voy a cocinar —respondió Marilena—. Además, creo que no voy a estar en capacidad de ser sociable.

—Bueno, no te preocupes, no tendrás que ser el centro de atención —contestó Viv con sarcasmo—. Él traerá la comida y no tendrás que ser sociable. Más bien, debes estar preparada para escuchar.

—¿Acaso ahora estoy yo en problemas? Si el señor Planchet tiene que saber lo que sucedió hoy, ¿por qué no puede venir a ayudarnos con nuestro niño?

—Marilena, el niño no es el problema.

DIECISIETE

DESDE HACÍA MUCHO TIEMPO, Marilena le había tomado mucho cariño a la casa de Cluj. Era acogedora y abrigada. Aun cuando estaba lejos de ella, le era fácil percibir el olor de su chimenea. Ahora la atraía como un oasis, pero se le hacía algo detestable tener que compartirla con el niño que le era ya un total desconocido. ¿Acaso algún día le había realmente conocido? Él siempre había sido tan frío con ella, tan distante y constantemente se había resistido a recibir su afecto y cariño.

Mientras Viv manejaba sobre el camino de entrada a la casa y se oía crujir la grava bajo los neumáticos del auto, Marilena, en medio de su estado de aturdimiento y sintiendo sus extremidades pesadas como plomo, enderezó su asiento. Cuánto hubiera deseado que su hijo o su amiga de tanto tiempo fueran lo bastante considerados como para ayudarla a entrar a la casa y recostarse en su cama para que pudiera descansar hasta que Planchet llegara.

Sabía que era demasiado pedir de Niki, quien nunca había sido considerado con ella. Pero ¿qué tal Viv? ¿Qué había sucedido con su característica sensibilidad y preocupación por los demás? ¿Acaso se había vuelto en contra de Marilena? ¿En realidad pensaba que Marilena era la culpable de todo este incidente? Marilena no hubiera atacado a un niño pequeño, pero este no había actuado como un niño. Su cruel-dad era profunda y detestable, digna de un adulto. ¿Quién hubiera podido, o debido, tolerar semejante tipo de abuso, especialmente si este venía de su propio hijo?

Niki salió de un brinco del auto antes de que Marilena pudiera abrir la puerta. Viv le pidió al niño que la ayudara a preparar la mesa, porque «el tío Ricardo» estaba por llegar. ¿Acaso ahora ese hombre era un «tío» de la misma manera que Viv era una «tía»? ¿Acaso no era el derecho de una madre el atribuir tales títulos honorarios a quienes ella quisiera y cuando ella quisiera?

Marilena esperaba que Niki no estuviera dispuesto a ayudar a Viv, después de haberse comportado de manera tan horrible con ella, su propia madre. Entonces, él asumió su actitud usual. En tono muy animado respondió: «¡No gracias!»; tiró su maleta de libros dentro de la casa y fue corriendo a jugar con Diamante de Estrella.

De algún modo sintió alivio al ver la actitud de Niki para con Viv y aunque nadie la estaba ayudando, Marilena al menos podría irse a descansar por un rato en su cama. Al entrar adormecida a la casa se sintió mucho mayor de lo que realmente era.

«Supongo que tendré que hacer sola los preparativos para la visita de Ricardo», dijo Viv.

Marilena no contestó. Aun en la condición en la que se encontraba, tenía ganas de responder de una manera agresiva, pero no iba a darse por vencida. En este momento lo que más deseaba era algo de consideración. Si nadie más se la iba a proporcionar, ella misma lo haría. Tiró a un lado sus zapatos y con mucho cuidado se recostó sobre el edredón que tanto amaba. En cuestión de segundos se quedó dormida.

El dolor la despertó y Marilena se sorprendió al ver que ya estaba oscuro. Pudo percibir el aroma de comida asiática y escuchó voces. ¿Acaso Viv, con tanta consideración, la había dejado dormir durante la cena? ¿Sería más bien que Viv y el señor Planchet, en un acto más de rudeza hacia ella, no la habían despertado? Sin duda los dos habrían ya aprovechado su ausencia para hablar de ella.

Marilena se salpicó agua en la cara, se tomó unas pastillas

para mitigar el dolor y lentamente salió de su habitación. (Niki estaba en el cuarto contiguo con la computadora.)

Planchet se puso de pie —a Marilena le pareció que lo hizo con un exagerado gesto de caballerosidad— y la saludó afectuosamente. Ella se esforzó por devolverle una sonrisa.

—Queda un poco de comida —dijo Viv—. No sabía si ibas a tener hambre, pero yo . . .

—Me muero de hambre —contestó Marilena.

— . . . sabía que querías dormir.

—Gracias —replicó Marilena mientras se dejaba caer pesadamente sobre su silla y comía directamente de una de las cajas. Ella siempre decía que el hambre era el mejor condimento, pero esta vez el penetrante sabor de esta comida le causó una reacción extraña, probablemente debido a los medicamentos que había tomado. (Su brazo le daba punzadas.)

—Cuando esté lista —dijo Planchet—, necesitamos hablar.

—Estoy lista —contestó Marilena cansada de ser tratada como si fuera una inválida.

—El abuso de menores es un asunto muy serio —aseveró Planchet

—¿«Abuso de menores»? Yo . . .

—Una palabra acerca de este incidente a las autoridades y usted fácilmente podría perder a su hijo.

«Perder a su hijo» ya no le parecía algo tan malo, pero «¿abuso de menores?»

—Señor Planchet, el niño . . .

—Por favor, señora Carpatia, no trate de justificar el incidente. Los niños son niños y actúan como tales. Sin importar cuán culpable él sea en este caso, usted es la adulta, la madre y por lo tanto, sus acciones son inexcusables.

—Pero . . .

—¡Inexcusables!

—¡Está bien! Ya le escuché. Supongo que no va a involucrar a las autoridades en todo esto.

—Por supuesto que no a las autoridades civiles, pero los

miembros de la asociación sí están muy preocupados. Francamente, su papel de madre de Nicolás ha sido puesto en peligro.

—¡Nada cambia el hecho de que yo soy su madre! —respondió Marilena.

—Permítame que sea más claro —continuó Planchet—. Usted está en un período de prueba. Cabe anotar que si durante un año no se suscitan más incidentes similares, su período de prueba habrá terminado. Además, tanto mis superiores humanos como espirituales me han recordado que hay una regla de cero *toleranţă*. Un solo ataque físico en contra del escogido, uno solo, y usted perderá sus derechos como su madre.

Marilena casi no podía respirar. Su voz le salió tímida y débil, por lo que se molestó sobremanera consigo misma.

—¿Qué pasa acerca de su ataque en contra de mí? —preguntó ella mientras levantaba su brazo y cerraba los ojos debido a una nueva punzada de dolor.

—¡Defensa propia! —replicaron al unísono Planchet y Viv— ¿Qué más iba él a hacer?

—¡Ah! Ya veo —dijo Marilena quien se sentía como cuando estaba en la escuela primaria y los otros niños se ponían de acuerdo para acusarla falsamente, debido a los celos que tenían de ella por ser la más inteligente de la clase. Sabía que cuando el testimonio —falso o verdadero— de muchos pesaba en contra del suyo solamente, su caso estaba perdido. En ese entonces había tenido que resignarse a sufrir las consecuencias y ahora tendría que hacer lo mismo.

—Entonces, ¿promete que no van a ocurrir más incidentes similares? —preguntó Planchet.

—Si otra vez sucede algo similar, mi castigo ya está preparado. Si sucede, a pesar de haber dado mi promesa, ¿acaso cambia eso algo? No, sencillamente, seré doblemente culpable. Culpable del ataque y culpable de romper mi promesa.

—Así que usted no puede asegurarme que esto no volverá a ocurrir.

—Depende de si me provoca otra vez.

—Respuesta equivocada —replicó Planchet mientras se esforzaba en sonreír.

—Respuesta equivocada —repitió Viv, por lo que Marilena sintió que la odiaba.

—Si esta noche, antes de irme, usted no me asegura que esto no sucederá otra vez, no le prometo que volverá a ver a su hijo.

Aunque, por el momento, Marilena sentía tanta frustración y hasta repugnancia por el «adulto-niño» que tenía por hijo, tal aseveración la hirió profundamente. ¿Acaso serían capaces de separarla de Niki? Primero tendrían que matarla. Si lograban hacerlo sin matarla, entonces ella tendría que suicidarse, ya que nada más valía la pena para seguir viviendo.

¿En realidad serían capaces de hacerlo? ¿Acaso había ella cedido tales derechos a la asociación al prometer criar a Niki bajo los preceptos del espiritismo? Ni siquiera se lo podía imaginar.

—Haré todo lo que esté a mi alcance —atinó ella a responder.

—Eso no es realmente una promesa.

—¡¿Qué quiere que le diga?!

—Que admita que usted se equivocó. Que perdió la cabeza. Que se da cuenta de que trató de causar daño físico al escogido, al enviado del reino espiritual. Que prometa, por su vida, que nunca más permitirá que su ira y sus emociones la dominen.

—Reconozco todo lo que dijo y accedo a todos sus deseos —contestó Marilena, a la vez que se le ponía tensa la mandíbula y le rechinaban los dientes.

—Me gustaría oírlo con sus propias palabras —insistió Planchet.

Apuesto a que eso le daría mucho gusto.

—Estoy enferma y siento mucho dolor. Siento que estoy siendo incoherente. Le rogaría que en este momento me tenga un poco de consideración y que sobre la base de mi comportamiento impecable, acepte que ya he admitido haber escuchado todo lo que me ha dicho y que estoy de acuerdo.

—Muy bien —acordó Planchet después de estudiarla por un momento—. Pero debo aclararle que su comportamiento no ha sido tan impecable como usted piensa. Es cierto que nunca antes ha atacado al niño, pero tampoco ha logrado entablar una relación cercana con él. Según sabemos, él es más bien frío y distante con usted.

—¿Cómo sabe eso?

—¿Para qué cree que la señorita Ivinisova está aquí? ¿Solo para ayudarle? Seguramente usted sabe que ella desde aquí nos informa de todo.

Marilena asintió. Así que cada día había estado bajo cuidadosa supervisión. Viv había enviado constantemente información a sus superiores. ¡Cuán maravilloso! Pensó sarcásticamente para sí.

Entonces, ¿nadie controlaba a Nicolás? ¿Acaso su posición como el escogido espiritual era tal que, sin importar lo que hiciera, era intocable? Si era cierto que era algún tipo de dios, entonces sus acciones eran también divinas. La única esperanza de Marilena era la de convertirse en su devota, en su seguidora. Después de todo, ninguna clase de guía materna se había dado más allá de sus meses de recién nacido. Por lo tanto, no debía esperar que su hijo reconociera que ella merecía algún lugar de honor o importancia en su vida.

Ella le había llevado en su vientre, dado a luz, amamantado, mecido y cambiado, pero ningún niño recordaba tales detalles, ni siquiera los niños mortales. Ella tan solo había sido un instrumento, el medio para llegar al objetivo. Ahora ella estaba a su merced.

¿Qué sucedería si él la acusaba falsamente otra vez? ¿Qué tal si, cuando estuvieran solos, él alegaba que ella lo había atacado otra vez? Peor aún, ¿qué pasaría si Viv estuviera presente pero, de todas maneras, se pusiera del lado de él? Sería el fin de su relación con su hijo. Marilena llegó a la horrible conclusión que ella era la madre de Niki según su capricho lo permitiera. De hecho este era verdaderamente su período de prueba: Si quería seguir viviendo, tenía que convertirse en una *linguşitor*, en un *parazit*, en una aduladora.

—Esto es lo que ahora vamos a hacer —continuó Planchet—. La señorita Ivinisova se llevará a Niki por una semana, dándoles así a ambos la oportunidad de volver a acercarse el uno al otro y de establecer una relación más sólida entre los dos.

—¿«Establecer una relación más sólida entre los dos»? La relación entre ellos estaba muy bien, extraordinariamente bien.

—¿Ella le va a aconsejar en cuanto a su comportamiento en la escuela?

Era Marilena la que necesitaba pasar tiempo a solas con Niki.

Planchet sonrió y echó una mirada a Viv, quien a su vez también sonrió ampliamente.

—Francamente, señora Carpatia, eso no nos preocupa. De hecho, no podríamos estar más satisfechos. Niki está dando muestras de poseer habilidades de liderazgo más allá de las esperadas para un niño de su edad. Es de esperarse que una maestra de escuela primaria no sea capaz de entenderlo. ¿Quién sería capaz de hacerlo? Además, él está mostrando poseer habilidades políticas que ciertamente son un buen augurio para su futuro.

—Ya entiendo —afirmó ella.

Realmente entendía que Niki tenía a todos en la palma de su mano. Aun Planchet mismo parecía estar preparado a hacer todo lo que él quisiera, por el tiempo que él quisiera.

—Bien, me parece que esta noche hemos logrado algo —aseveró Planchet y se puso de pie—. Viviana y el niño saldrán en la mañana. Usted no se comunicará con ellos hasta que regresen. ¿Entendió?

—¿Dónde estarán?

—Eso es confidencial.

—Entonces, ¿cómo iba yo a tratar de comunicarme con ellos?

—¿Ve a lo que me refiero?

Marilena sacudió la cabeza. Seguramente ellos no esperarían que ella aceptara gustosa tal arreglo, pero ¿qué alternativa tenía? Tal parecía que este era un intento por humillarla y por mantenerla así. No tenía opciones, no tenía autoridad alguna. Un movimiento en falso y perdería a su hijo. En su mente le pasaban ideas de raptar a su propio hijo. Entonces, ella y Niki serían fugitivos y sin contar con un salario ni plan alguno —especialmente llevando a un niño tan rebelde—, Marilena sabía que no resistiría ni por veinticuatro horas. Definitivamente, así sí perdería a su hijo.

Marilena nunca había pasado una semana alejada de su hijo. No podía imaginárselo, pero algo en el fondo de su ser anhelaba que él y Viv se fueran de una vez por todas.

En la madrugada, Marilena se despertó súbitamente de un interrumpido y doloroso sueño, debido a los ruidos que Viv y Niki hacían alrededor de la casa. Marilena se puso una bata y salió de prisa de su habitación. Al hacerlo, encontró a Viv sacando a Niki de la casa con su mochila llena.

—Date prisa —le susurró Viv al niño—. ¡Apúrate, sal de una vez!

—¡Esperen! —gritó Marilena—. Necesito despedirme.

—No, no necesitas hacerlo —contestó Viv—. Es mejor si no lo haces.

—¿Es lo mejor para quién? ¿Para qué? ¿Por qué haces esto?

—Marilena, piénsalo bien. Ayer lo traumatizaste. El niño no sabe qué pensar. Un «adiós» con cariño fingido solo lo confundiría más. Deja que se vaya. Te veremos la próxima semana.

—Te odio —respondió Marilena.

—Ya lo sé —contestó Viv con un suspiro—. Pero yo no te odio, te tengo lástima. Necesitas tiempo a solas para que puedas pensar mejor las cosas, Marilena. Haz un esfuerzo esta semana, por favor.

—Viv, ¿qué voy a hacer para transportarme?

—¿Adónde necesitas ir?

—A ver al médico.

—¿Para qué?

—Para que me quite los puntos.

—Eso puede esperar —dijo Viv luego de dudar por un instante.

—No, no puede esperar.

—Entonces llama a un taxi. Piensa en algo, ya eres una mujer adulta.

Con dificultad, Marilena regresó a su habitación. Luego de cerrar la puerta de un golpe se tiró en su cama y comenzó a sollozar. Cuando escuchó que el auto todo terreno estaba en marcha, se acercó a la ventana y vio las luces traseras de este desaparecer en la distancia. ¿Nunca más volvería a ver a Niki? ¿Había sido ella víctima de un ardid monstruoso? ¿Había esta gente decidido que ella era una madre inadecuada y sencillamente decidieron llevarse a su hijo lejos de ella?

Marilena llamó a Planchet y una mujer algo aturdida contestó.

—No señora —le dijo la mujer—, él ya se fue a Bucarest.

—¿Bucarest? Por favor, en cuanto llegue dígale que me llame. Es una emergencia.

—Lo haré, si usted me promete algo —dijo la mujer luego de una pausa.

Marilena se sentó en el borde de su cama, bastante confundida. Ni siquiera conocía a esta mujer. ¿Acaso sería la esposa de Planchet? ¿Su hija? ¿Su amante? Sin embargo, ella le estaba pidiendo un favor.

—¿Qué cosa?

—Prométame que no le dirá a nadie que le dije que él está en Bucarest.

—¿Por qué?

—Porque no debía decírselo.

—¿Está él con la señorita Ivinisova y con mi hijo?

—No sé nada más —respondió la mujer luego de una pausa más larga.

—Por favor, asegúrese que me devuelva la llamada.

—Se lo diré, si usted me promete no decirle nada a nadie —insistió la mujer con una voz aún más desesperada que la de Marilena.

—Espere un momento. Se lo prometo con una condición.

—Yo le he dado la condición, señora Carpatia. Recuerde cuál es su parte del trato.

—Señora, por favor, necesito saber si están planeando regresar con mi hijo.

Silencio era lo único que no quería como respuesta. Prefería oír cualquier cosa, pero no silencio.

—No tengo idea —respondió por fin la mujer pero esta vez había hecho una pausa demasiado larga.

—A *face un jurămînt*; júremelo.

—Por favor —dijo otra vez la mujer—, le repito que no sé nada más.

—¿Tiene usted hijos? —preguntó Marilena—. ¿Es usted madre?

—Sí.

—Le suplico que me lo diga.

—Realmente —insistió la mujer—, no lo sé.

—Dígale que me llame —dijo Marilena—, le prometo que no le diré nada a nadie.

Marilena estaba convencida de que se estaba volviendo loca. ¿Cómo había permitido que todo esto sucediera? Niki era todo lo que le importaba, todo lo que le infundía ganas de vivir. Si pudiera estar unos momentos a solas con él, ella se encargaría de arreglar todos los malos entendidos, de comenzar de nuevo, de convencerle de que lo amaba tanto como a su propia vida.

Con su bata puesta y con los pies descalzos, Marilena se miró sin querer en el espejo de su cómoda. Lucía como una verdadera loca. Su cabello parecía una medusa, estirado como tentáculos en todas direcciones, su rostro estaba pálido, sus ojos extremadamente enrojecidos con círculos oscuros y bolsas a su alrededor que le daban una apariencia de pánico y desesperación. Estaba atrapada y sin poder hacer algo. Podía llamar a un taxi, pero ¿a dónde iría? ¿A quién acudiría? ¿Quién la podría ayudar?

¿Cómo iba a explicarles a las autoridades que su propio hijo había sido raptado por su tía? ¿Qué los haría correr a interceptar el auto todo terreno? Un movimiento en falso y ni siquiera con una plegaria podría volver a ver a Niki.

Una plegaria, una oración.

Era su última esperanza en medio de semejante horror. ¿A quién debería orar? Si Lucifer era el culpable de todo esto, entonces ¿qué clase de dios era? ¿Cuán digno era de su alianza? Sin embargo, si ella pedía ayuda al otro lado, ¿se enojaría tanto Lucifer que la haría, por el resto de su vida, arrepentirse de haberlo hecho?

¡Escúchate a ti misma, estás loca! ¡Loca!

«Dios», comenzó ella a orar, «¿es demasiado tarde? ¿Puedes aún ayudarme? Sé que no soy digna. Sé que soy pecadora. Sé que no merezco venir ante ti. Pero estoy desesperada. Aunque he escogido el camino equivocado, necesito que me ayudes. Ayúdame. Muéstrame qué hacer. Protege a mi hijo».

Parecía que el cielo guardaba silencio.

Marilena fue de habitación en habitación; en cada una encontraba algo que le traía dolorosas memorias de Niki. Comenzó a respirar con gran dificultad, al punto que tuvo que calmarse a sí misma. Mientras veía a través de la cortina los tonos rojizos y anaranjados del sol saliente, comenzó a temblar del dolor que sentía en su brazo. Tomó otra pastilla y por primera vez en su vida, pensó tomarse el resto de pastillas de un solo bocado y despedirse así de este mundo.

Con su brazo sano Marilena abrió las cortinas y dio quejidos de frustración, cayendo de rodillas y dando gritos. Golpeó el piso de madera con sus puños, hasta que las manos le dolieron tanto como su brazo afectado. ¡Había sido una tonta! ¡¿Cómo había permitido que las cosas llegaran tan lejos?!

«¡Dios, ayúdame!», imploró. «¡Sálvame!»

Marilena estaba consciente de que había comenzado a pensar en otra cosa. Esa última súplica desesperada no había sido para que su hijo regresara, sino por la salvación de su propia alma. ¿Podría el Dios verdadero, el Dios de amor, ignorar semejante ruego? Sintió calmarse un poco y comenzó a mecerse, con mucho dolor, sobre sus rodillas. ¡Cuánto anhelaba tener paz en su interior! Pero ¿sería capaz de reconocerla si esta le era concedida? ¿Acaso la angustia por el regreso de su hijo sería mayor que esa anhelada paz?

De pronto, una memoria vaga le vino a la mente, una imagen que se desvanecía. ¿Qué era? *Biserică Cristos*. La Iglesia de Cristo. ¿Dónde la había visto? ¿Quizás había visto su rótulo? Sí, era su rótulo con una flecha señalando hacia un lado de la carretera, en el trayecto de la casa a la escuela de Niki. ¿Cuán lejos estaba? ¿Muy lejos para ir caminando? ¿Estaría en condiciones de intentarlo?

Marilena no era una mística. Nunca lo había sido. Había necesitado de pruebas tangibles para creer en la existencia del reino espiritual. Pero ¿podría aceptar que esta memoria repentina era la respuesta a su frenética oración? Su mente académica se negaba a creerlo, pero no le quedaba otra alternativa. Quería, con todas las fuerzas de su ser, creer que esta respuesta provenía de Dios.

Marilena se apresuró a llegar al teléfono y con manos temblorosas, llamó a la operadora y le pidió el número de la iglesia. Al marcarlo, escuchó el mensaje grabado del contestador automático informándole del horario de los cultos del domingo e indicándole que cualquier otra pregunta podría ser contestada por algún trabajador de la iglesia, de lunes a viernes, después del mediodía.

«Necesito hablar con alguien, acerca de Dios. Realmente no sé qué necesito, pero estaría muy agradecida si alguien me devuelve la llamada» dijo Marilena luego de haber dado su nombre y su número telefónico.

A pesar de que solo había escuchado el mensaje del contestador automático, ya se sentía mejor. Se esforzó sobremanera para darse un baño y vestirse. Con la esperanza de que alguien escuchara el mensaje que había dejado en la iglesia, también oró para que la mujer en la casa de Planchet lograra convencerlo de que le devolviera la llamada. Estaba preparada para decirle cualquier cosa que él quisiera oír, para prometerle lo que él quisiera, para acceder a cualquier petición. Mientras tanto, Marilena estaba decidida a mantener la compostura para lograr algo de provecho.

Antes de que dieran las diez de la mañana había logrado forzarse a sí misma a desayunar y a tomar otra pastilla para el dolor. Sin poder esperar más, llamó otra vez a la casa de Planchet. No obtuvo respuesta, ni siquiera un contestador automático. No obstante, un mensaje pregrabado le informó que ese número telefónico había sido desconectado.

Marilena llamó a la escuela de Niki y pidió hablar con la señora Szabo.

«¡Ah! Señora Carpatia, estábamos a punto de llamarle, pero teníamos entendido que se encontraba de vacaciones. La señora Szabo acaba de sufrir una crisis familiar y ha renunciado súbitamente. Su madre murió repentinamente y su padre necesita de alguien quien lo cuide. Al parecer, ella era la única hija disponible. De cualquier modo, estaremos anunciando quién la reemplazará tan pronto contratemos a alguien».

Casi en estado de pánico, Marilena hizo algo que había prometido que nunca haría: Llamó a la universidad y pidió hablar con Sorin. En los años siguientes después de que ella lo había dejado, él nunca se había comunicado con ella, a no ser que ella tomara la iniciativa. Ella le había enviado notas, fotografías de Niki (aun sus reportes escolares). Cuando él respondía, lo hacía solo con notas cordiales, agradeciéndole y deseándole lo mejor. Cada nota contenía trivialidades

acerca del hijo tan hermoso que ella había tenido y de cómo
Sorin esperaba que fuera feliz y que tuviera una vida produc-
tiva. Inclusive, de vez en cuando, mencionaba que había
oído buenos comentarios acerca de su trabajo de investigación.

Sin embargo, ni siquiera una vez había tomado él la iniciativa de llamarla o escribirle. Al parecer no le importaba el
bienestar de ella ni el de su hijo. Marilena tenía que admitir
que nada más había sido una pequeña distracción en la vida
de Sorin. Además, estaba convencida de que si ella —esporádicamente— no lo mantenía al tanto de lo que sucedía en su
vida, él ya la hubiera olvidado por completo.

—Lo siento mucho, señora —fue la respuesta que
obtuvo—, pero el doctor Carpatia ya no trabaja aquí.

—¿Cómo dijo?

—Que el doctor Carpatia ya no trabaja aquí desde hace
dos años.

—Bien, ¿dónde está ahora?

—Creo que está retirado.

—Entonces, por favor, comuníqueme con Baduna Marius
—pidió Marilena mientras estaba tambaleante.

—¡Ah! Los dos renunciaron al mismo tiempo.

Temblorosa, Marilena pidió hablar con una de sus antiguas compañeras de trabajo, pero le informaron que esta se
encontraba dando su clase.

—Perdone que la siga molestando . . .

Marilena insistió y esta vez pidió hablar con una profesora
que conocía en la facultad de psicología. (Aunque no se
habían hablado en años, sabía que dicha mujer siempre conocía los últimos chismes.) Después de los saludos de rigor, fue
directamente al grano.

—¿Qué pasó con mi ex esposo y su amante?

—Bueno, como sabes, se casaron.

—Sí, pero ¿renunciaron de la universidad?

—Sí, hace ya más de dieciocho meses. Por supuesto, era de
esperárselo tarde o temprano, ya que al parecer se ganaron la

lotería. Si hubiera sido un premio conocido, por lo menos
todos nos habríamos enterado, pero . . .

—¿De qué estás hablando?

—Bueno, después de que tú te fuiste, mejor dicho, inmediatamente después de que se casaron, Sorin y . . . mmm . . .

—Baduna.

—Sí. Bueno, ellos comenzaron a vivir la gran vida. ¡Ah!
Ya recuerdo, fue poco tiempo después del funeral de la señora
Marius. Sabías de eso, ¿verdad?

—Sí, yo estuve allí.

—¡Ah! Claro, por supuesto. De cualquier modo, Sorin y
Baduna, de pronto, comenzaron a vivir con todo el lujo ima-
ginable. Pensamos que a lo mejor la esposa de Baduna le
había dejado bastante dinero o . . .

—No, no creo que ella tuviera dinero —dijo Marilena.

— . . . o que tal vez este sacó mucho dinero del seguro
de vida de la difunta.

—No, no creo que eso haya sido posible ya que las compañías de seguro se niegan a pagar cuando se trata de suicidio.

—Bien, entonces, Sorin y Baduna, de algún modo, obtu-
vieron una suma de dinero bastante considerable, pues
vendieron el apartamento de Sorin y la casa de Baduna, y
se compraron un apartamento lujosísimo y sumamente caro
en uno de los edificios más altos del centro de Bucarest.

—Eso no es posible.

—Es verdad. Todos sabíamos que pronto renunciarían a la
universidad. En realidad me sorprendió que se hayan quedado tanto tiempo como lo hicieron. Era bastante obvio que
no necesitaban más de sus salarios como catedráticos.

—¿Qué hacen ahora?

—Escriben y dan conferencias. Sus libros no se venden bien
y nos les deben pagar mucho por dar conferencias. Por lo
demás, están prácticamente retirados.

Marilena le dio las gracias a su ex colega por toda la información y de una manera enloquecida, se dispuso a descubrir lo
que Viv Ivins había tenido protegido, durante todos estos años,

bajo tanta seguridad. La mujer nunca le había permitido a Marilena entrar en su habitación. Marilena sacó un tenedor del cajón de la cocina y dobló todos los dientes de este, excepto uno, convirtiéndolo en una especie de rudimentario pico. En pocos minutos había abierto el simple seguro y abrió la puerta de un empujón.

DIECIOCHO

LA TEMPORADA de béisbol había sido tan desastrosa como Raimundo Steele lo había previsto. Los estudiantes del último año con los que él había jugado los tres años anteriores, en su mayoría habían hallado alguna excusa para no volver a jugar, o se retiraron del equipo tan pronto como se iniciaron los juegos. Semejante situación ocasionó que Raimundo quedara como el estudiante de último año, capitán, lanzador y jugador de primera base.

Aunque estaba muy saludable, ya no podía lanzar la pelota con tanta velocidad como lo hacía antes. Esto lo había convertido en un lanzador más astuto —tenía que serlo— y pudo conseguir victorias para su equipo. Lamentablemente, tales resultados no fueron suficientes para dar a Belvidere, su escuela, una temporada victoriosa. Aunque fue elegido como el jugador más valioso, esta temporada fue la experiencia menos grata en cuatro años. Así fue como desistió de continuar jugando durante el verano, para dedicarse por completo a realizar sus vuelos y a terminar su trabajo en el taller de su papá.

Aunque su papá haría todo lo posible por seguir importunándole, Raimundo decidió hacer caso omiso de ese problema. En la ceremonia de graduación recibió más reconocimientos que cualquier otro estudiante: Excelente estudiante y deportista, mejor deportista del año, joven más atractivo y también, el más popular.

Era verdad que se sentía halagado con tantas felicitaciones por parte de muchos de sus amigos, compañeros y otros

padres, pero tales cosas solo le daban una sensación de vacío.
Cada vez que alguien felicitaba a sus padres, Raimundo
podía escuchar a su papá que decía entre dientes: «Claro
que estoy orgulloso de él, ¿pero qué bien me hace a mí todo
esto?»

En el otoño, Raimundo tenía planeado asistir a la Universidad Purdue usando sus becas académicas y la obtenida
mediante la *ROTC*. Además, seguiría tratando de ingresar
a la Academia de la Fuerza Aérea en la ciudad de Colorado
Springs. No tenía intenciones de engañar a la Fuerza Aérea
haciéndoles pensar que deseaba seguir una carrera militar.
Esto solo era un medio para lograr su objetivo: Llegar a ser
piloto comercial y ganar suficiente dinero para poder tener
la clase de casa, autos y esposa que tanto anhelaba.

Marilena no se sorprendió cuando observó que la habitación
de Viv estaba muy bien arreglada y organizada. No obstante,
los candados individuales y demás cerraduras con llave en
su armario y en varios cajones de su cómoda, la intrigaron
sobremanera. ¿Qué era tan importante como para que Viv
sintiera la necesidad de protegerlo tanto?

Trató de abrir los candados con el tenedor, pero estos no
eran tan sencillos como lo había sido el de la puerta. Además,
no quería que luego fuera obvio lo que había estado haciendo.

Mientras su angustia iba en aumento, se arrepintió muy
pronto de haber comenzado semejante tarea. ¿Por qué no
había recibido aún una llamada de Ricardo Planchet o de la
Iglesia de Cristo? Su corazón latió con rapidez al darse cuenta
que estaba sola y sin alguien a quien recurrir.

Salió al cobertizo de herramientas cerca del pequeño corral.
Cuando llegó al corral, el caballo dio resoplidos. Marilena
encontró un martillo y un destornillador. ¿Acaso ahora estaba
a cargo del cuidado del caballo? No había pensado en esto.
Nunca había limpiado un corral, aunque pensó que sería
demasiado cruel dejar que Diamante de Estrella se revolcara

en su propio excremento por toda una semana. ¿Pero por qué
tendría el animal que estar más cómodo que ella? ¿Estaba
segura de que solo sería por una semana? Si su hijo había sido
raptado, podría quedarse sola el resto de su vida. ¿Acaso sería
posible que la asociación, Planchet, y sus subordinados le per-
mitieran quedarse en esta casa?

Nada de esto era culpa del inocente animal. Pensó que más
tarde regresaría a buscar una pala para hacer la limpieza del
corral, pero Diamante de Estrella tendría que hacerse a un lado.
Marilena no tenía ni idea de cómo controlar a un caballo.

De nuevo dentro de la casa, trató con mucho cuidado de
forzar el candado del armario de Viv. Pero mientras más
seguía intentándolo, más daño le causaba al candado y a la
madera alrededor. Por último decidió que no le quedaba otra
alternativa que hacer lo que no habría querido: Pasó el destornillador a través del asa del candado y lo presionó contra el
marco de la puerta del armario. Empujó con todo su peso y el
destornillador se hundió en la suave madera hasta romperla y
dejar expuesta la pared bajo la misma.

El candado no cedía, pero el marco de la puerta y su porción de la pared sí lo hacían poco a poco. (A estas alturas, ya
no le importaba cuántos daños causaba.) Pronto el marco se
rompió junto con el trozo de la pared. El candado —todavía
cerrado— colgaba de la puerta rota.

A menos que Marilena pudiera contratar a un carpintero o
cerrajero bastante hábil y veloz, no habría manera de disimular semejante invasión de la privacidad de Viv. A Marilena ya
no le importaba. Estaba segura de que cualquier cosa que
fuera tan secreta tendría que ver con ella y con su hijo. Por lo
tanto, se sentía en pleno derecho de hacer lo que estaba
haciendo.

Una vez que abrió la puerta del armario, se encontró con
una caja fuerte. Para su dicha, esta no era complicada ni tampoco muy segura. Tenía un candado de combinación, pero
estaba segura de que podía romperlo con las herramientas que
tenía. En pocos minutos, había doblado y abierto la puerta de

la caja. Tendría que enfrentar las consecuencias de sus acciones, ya era demasiado tarde para dar marcha atrás.

En el interior de la caja fuerte había un organizador de
archivos de tipo acordeón. Estos archivos estaban organiza-
dos en orden cronológico, comenzando desde varios años
antes de que Marilena conociera a Viv. Luego se saltaban
hasta más o menos un año antes del encuentro de las dos
mujeres. De ahí en adelante cada espacio contenía varias
páginas por año.

Sabía que había encontrado algo. Sacó los papeles y los
puso sobre la cama de Viv. Por poco le da un ataque al corazón al darse cuenta de que lo que tenía ante ella era la correspondencia entre Viviana Ivinisova y el entonces futuro esposo
de Marilena: Sorin Carpatia.

¿Acaso Sorin había conocido a Viv? Él nunca le había
dicho nada. Ni siquiera cuando años después de la fecha en
esta correspondencia, Marilena lo había obligado a ir con ella
a las reuniones de Viv.

Una de las primeras cartas de Viv decía:

La que conciba al niño escogido deberá ser muy inteligente, con
elevada educación académica y por lo menos, agnóstica, si es
que no es ya una de nosotros. De acuerdo con los espíritus, las
características físicas del niño vendrán de tu amante, pero su
intelecto deberá venir de ti y de la mujer que elijas para que lo
conciba.

El señor Stonagal te envía sus saludos y mejores deseos. Él
me ha pedido que te agradezca de nuevo por tus muchas atenciones a su hijo, que en paz descanse, quien en más de una ocasión le había asegurado que su estadía en Zurich había sido
una de las mejores épocas de su corta vida.

En los vínculos del espíritu,

Viviana Ivinisova.

¿Acaso estos documentos eran falsos? ¿Los había dejado
Viviana en ese lugar para que ella los pudiera encontrar?

¿Era el propósito de tales documentos solo el torturarla? ¿Sería posible que Sorin hubiera sido cómplice en todo esto desde el comienzo y aún antes? ¿Estaba también Baduna involucrado? ¿Eran ellos los dos donantes del esperma? Marilena no podía procesar correctamente toda esta información. Ahora recordaba que Sorin había estudiado en una escuela privada en Zurich y gracias a su prodigiosa mente, había podido estudiar en las mismas privilegiadas condiciones de muchos de los hijos de la gente acaudalada de todo el mundo.

Siguió buscando con rapidez entre los documentos y encontró una nota de Sorin en la que se refería a su primera esposa:

Señorita Ivinisova:

Desde luego, mi esposa ha comprobado no ser apta, al igual que dos de mis mejores estudiantes. Pero aún estoy buscando cuidadosamente. Cuán fácil sería esta tarea si se me permitiera buscar entre el grupo de nuestras propias asociadas. Estoy consciente de la importancia de que el instrumento sea una mujer que no pertenezca todavía a nuestro grupo, siempre y cuando no sea una enemiga de nuestra causa.

Continuando en la búsqueda y a la vez sintiéndome privilegiado por ser útil,

Sorin C.

Marilena apenas podía respirar. Las cartas posteriores relataban cómo Sorin había encontrado a Marilena y cómo, lenta y cuidadosamente, estaba tratando de determinar su aptitud para ser la escogida. Le hirió profundamente el encontrar referencias en cuanto a que Sorin estaba «agradecido que ella no contribuiría para determinar la apariencia física del niño». A continuación, él se refería de manera muy positiva a sus capacidades académicas e intelectuales.

Viv lo incitaba a ser muy cuidadoso y diligente a la vez: «Tenemos instrucciones que nos urgen a hacer de esto una prioridad. Así que no te apresures demasiado, pero tampoco desperdicies el tiempo».

Más adelante, Sorin pedía instrucciones acerca de cómo abordar el tema con Marilena, su conviviente, quien pronto se había convertido solo en su colega y compañera de apartamento y quien era: «bastante agradable, pero —de ninguna manera— un interés romántico».

La respuesta de Viviana había sido:

Sorin, podemos orar para que el deseo de tener un hijo le sea implantado en ella; si entiendes a lo que me refiero. Es muy importante que ella piense que esta idea es suya.

Sorin se refería con desprecio a Marilena como el objetivo:

De acuerdo con lo que ustedes sugirieron y teniendo en mente la futura y generosa compensación económica, me casé con ella. Así que por favor, asegúrenme que no estoy desperdiciando los mejores años de mi vida.

Viv le había dado tal certeza.

A continuación estaba el relato de la estrategia a seguir para implantar en Marilena el profundo anhelo de tener un hijo y de cómo atraerla a las reuniones semanales, mediante las cuales se le iniciaría en el mundo espiritista. Durante años, Sorin había asistido en compañía de Baduna. Marilena sacudió la cabeza al darse cuenta de su terrible ingenuidad. No solo había dado por sentado que Sorin estaba involucrado con otra mujer, sino que nunca había sospechado que durante sus noches de soledad, pudiera estar en algún otro lado más que en la cama de otra.

¿Había sido su instinto maternal solo algo sistemáticamente planeado? Marilena nunca había sentido algo tan profundo, ni había deseado algo con tanta intensidad. A pesar de toda esta evidencia, le era imposible creer que no fuera real. ¿Era esto algo planeado por Lucifer? ¿Podía esto explicar lo del auto negro sin conductor que había visto? No podía ser. Sus dedos temblaban mientras hojeaba todos los documentos: Su vida desperdiciada y documentada, paso a paso, en hojas impresas de computadora.

Un asunto muy serio había sido su indecisión por convertirse al luciferianismo con el entusiasmo con el que ellos habían esperado. Al respecto, Viv había escrito a Ricardo Planchet:

Eso hubiera resuelto todo, pero ella no es fácil de convencer. Ni siquiera el hecho de que ahora yo viva con ella —el cual no parece haber levantado alguna sospecha—, no ha ayudado para hacerla cambiar de parecer. Ella es una simpatizante, pero me temo que nunca será una verdadera discípula.

«Según J. S., ella no nos hace falta», había respondido Planchet.

Los ojos de Marilena no podían enfocarse. Su vida había sido una farsa; todo había sido planeado por esta gente. Con gran rapidez revisó el resto de los documentos, alcanzando a divisar —aquí y allá— detalles de sucesos que había considerado como las viscisitudes de su existencia. Ella solo había sido un títere. Su vida había sido dirigida por otros para alcanzar sus objetivos y su provecho. ¡Su propio esposo la había usado para ganarse una fortuna y para implantar en ella una causa en la que él alegaba ni siquiera creer!

¿Acaso el hecho de que su propio hijo nunca se había relacionado bien con ella, ni había respondido a su afecto, sería debido a que no era en realidad su hijo? ¿Sería Niki solo un producto del mundo espiritista —una falsa imitación de la encarnación de los cristianos—, pero no carne de su carne? No, ella no podía aceptar semejante cosa. No podía soportar semejante horrible realidad. Ella estaba unida a Niki como si este fuera parte de su propio cuerpo; uno de sus propios órganos, una de sus propias extremidades.

El antebrazo de Marilena le daba punzadas de dolor. Se

horrorizó al darse cuenta de que la hinchazón y la irritación se habían extendido más allá de su vendaje. ¡Esto significaba que tenía una infección que aumentaba con rapidez! Podía consultar fuentes médicas en la Internet, pero sabía que su problema era muy serio. La mano del brazo que había sufrido la mordida le temblaba como si tuviera la enfermedad de Parkinson; su visión comenzó a nublársele. Se esforzaba por no dejar que su angustia empeorara su herida física.

El teléfono sonó y ella corrió hacia él. Debido al mareo tuvo que apoyarse en la pared y dejarse caer en el suelo luego de contestar.

—Sí, ¿es usted Marilena? —le preguntó un hombre cuya voz denotaba que era de más o menos unos cuarenta años de edad.

—Sí, soy yo.

—¿Está bien? Suena como si estuviera nerviosa.

—¿Con quién hablo?

—Soy el *protopop* de la *Biserică Cristos*.

—Sí, señor párroco, gracias por llamarme. Necesito hablar con usted, pero primero necesito atención médica.

—¿Cuál es el problema? ¿En qué puedo ayudarla?

Marilena le contó lo sucedido, pero dijo que la había mordido un perro.

—Me temo que tengo que insistirle que tome un taxi y vaya a ver a su doctor —contestó el hombre—. Esta tarde tengo unos compromisos e iba a sugerirle que viniera a verme a eso de las cinco de la tarde.

—Sí, está bien, así lo haré —atinó a decir ella.

—¿Está segura? ¿Debo llamar a alguien para que vaya a ayudarla?

—No. Gracias. Yo puedo ver al doctor y luego iré a su oficina en la iglesia a eso de las cinco.

Marilena tuvo que llamar a tres compañías de taxis antes de encontrar una en Cluj-Napoca que estuviera dispuesta a enviar un taxi tan lejos, aunque le cobrara una elevada tarifa. La vendrían a llevar dentro de una hora.

Tal vez era su imaginación, pero Marilena estaba segura de que la inflamación alrededor de su vendaje había empeorado en los últimos minutos. Se esforzó por no caer presa del pánico. Una presión dentro del vendaje le dio la sensación de que la herida estaba supurando. Tambaleándose entró otra vez a la habitación de Viv y con rapidez sacó las últimas páginas del archivo, las leyó tan pronto como pudo, tratando de no perder detalle.

Se quedó paralizada cuando vio el nombre de la señora Szabo. ¿Acaso la conocían también a ella? ¿La habían conocido desde mucho antes? ¿Era ella también parte del plan? ¿Había sido todo el supuesto problema en la escuela otra artimaña para provocar a Marilena en contra de Niki? ¡También el doctor! Inclusive el «doctor Luzie» y el hospital constaban en el archivo. No encontró más información, pero sabía que faltaba algo. ¡Tenía que haber más acerca de todo esto!

Marilena fue a la computadora de Viv, pero era accesible solo con una contraseña de seguridad. Usó todas las combinaciones de palabras y de números que podía imaginarse: La fecha de nacimiento de Viv, direcciones, nombres de amigos y asociados y hasta términos espiritistas. Más de media hora después, Marilena comenzó a usar números en orden inverso. Viv había nacido el 12 de junio, Marilena no tuvo éxito con el número 612, por lo que trató nuevamente con el 216.

En el preciso instante en el que oyó el claxon y las llantas del taxi en la grava del camino de entrada, la computadora dio acceso a «Viviana» a su página de la Internet. Rápidamente, Marilena revisó las listas de archivos hasta que encontró uno llamado «S.C.» Si estas iniciales correspondían a Sorin Carpatia, entonces este archivo podría contener la información más reciente.

Marilena se puso de pie para ir a pedir al conductor del taxi que la esperara, pero un mareo la embargó y tuvo que sentarse por un momento en la cama. Por fin logró levantarse lentamente y se dirigió hacia afuera. Trató de hacerle una señal al conductor que saldría dentro de unos minutos, pero el hombre señaló su reloj muy enojado.

—Me daré prisa —dijo ella.

—¡Dos minutos! —contestó él a gritos.

DIECINUEVE

¿ACASO MARILENA no había comido lo suficiente? Algo parecía estar perforándole el estómago. Al contrario, quizá por el pánico que la acosaba, había comido demasiado. Entonces, ¿por qué se sentía tan mareada y tenía nauseas? Caminó cerca de la pared, extendiendo su brazo sano para mantener el equilibrio hasta llegar de nuevo a la computadora.

El archivo «S.C.» también requería de una contraseña de seguridad, y el número 216 funcionó otra vez. Al parecer, Viv no era muy versada en el uso de la computadora, por lo cual Marilena estaba muy agradecida. El archivo contenía una lista de otros archivos menores, ordenados cronológicamente. De inmediato dedujo que estos coincidían con los documentos que había encontrado en la caja fuerte. Hubiera podido ahorrarse tanto tiempo y trabajo y no hubiera causado tanto daño a su alrededor, si hubiera comenzado con la computadora, pero ¿cómo lo iba a saber?

Con su visión nublándose rápidamente, Marilena se esforzó sobremanera por concentrarse. Al final de la detallada lista encontró documentos más recientes que los que acababa de leer en la habitación de Viv. ¿Por qué había seleccionado Viv solo ciertos documentos para colocarlos en su archivo de la caja fuerte? No lograba entenderlo. Si quería que Marilena los encontrara, ¿por qué sencillamente no se los había mostrado? Pestañeando con sus ojos hinchados y secos, se inclinó hacia delante para poder leer una nota de solo tres días atrás. Estaba dirigida a Planchet:

*Niki se ha ideado una manera muy ingeniosa para provocar a
Marilena. (Él me sorprende con algo nuevo cada día.)*

Aunque Marilena no era doctora en medicina, había leído
lo suficiente en este campo como para saber los síntomas del
estado de postración nerviosa. Creía que esto era lo que le
estaba sucediendo. Trabajando a toda prisa, forzó los ojos
para leer una oración que le pareció que su propia mente distorsionada la había inventado:

*Si podemos llevar esto a cabo antes de llegar a Cluj-Napoca, el
hombre indicado estará esperándoles en el lugar mencionado.*

¿«El hombre indicado»? ¿El doctor? Marilena hizo un
esfuerzo sobrehumano para tratar de recordar la visita al
hospital el día anterior. No habían tenido que esperar para
que un médico viniera a atenderles (lo que le pareció bastante raro). ¿Habían tenido que hacer todo el papeleo de
rigor: inscribirse como nueva paciente, verificar su seguro
médico y todo lo demás? No. Ella no lo podía recordar. No
obstante, el doctor había parecido muy comprensivo, había
mencionado que la mordida era humana y hasta había querido examinar al niño quien la había hecho. ¿Cómo iba a ser
todo eso algo fingido? ¿Acaso era todo parte del plan?
Marilena estaba paranoica y se recordó que no debía imaginarse cosas irracionales. Otra vez escuchó el claxon del taxi
y alcanzó a levantar la cortina tras la computadora. Hizo
señales y gestos, pidiendo al conductor que la esperara un
poco más, pero no podía ver si este la estaba mirando o no.
Cuando se volvió para sentarse, vio que accidentalmente
había presionado el teclado, causando que la información en
la pantalla desapareciera. Tuvo que regresar a la lista de los
archivos, pero ahora escuchó que el taxi se había puesto en
marcha. ¡No, el conductor no podía irse! Tal vez se estaba
estacionando mejor. Pero otros dos sonidos cortos del claxon
le hicieron saber que el hombre había perdido la paciencia.

Marilena se puso de pie de un salto y se tambaleó hasta llegar a la puerta del frente. Cuando la abrió solo pudo ver la nube de polvo que levantaba el taxi mientras se alejaba. «¡No!»,clamó ella entre sollozos. «Discúlpeme. ¡Ya estoy lista! ¡Regrese!»

Pero el conductor del taxi ya se había ido. Marilena cerró la puerta. Sus rodillas cedieron y se desplomó en el suelo. Cayó sobre su cadera derecha y experimentó un dolor punzante en la pelvis. Trató de levantarse, pero el mareo la hizo caerse otra vez. Permaneció allí, respirando de forma agitada. El cuarto le daba vueltas y trató de orar.

«Dios, me he entregado a ti, admitiendo que soy una pecadora y suplicándote que me perdones, rogándote que me des tu salvación. ¿Acaso no te importo? ¿Acaso no puedes ayudarme? Me estoy muriendo».

Marilena se esforzó por enderezarse hasta quedar apoyada —con mucho dolor— sobre las palmas de las manos y las rodillas. Fue a gatas hasta el teléfono y se dio cuenta de que un sinnúmero de marcas moradas se extendían por todos lados de su antebrazo vendado. En su mente veía pasar un sinfín de imágenes multicolores sin sentido. Se imaginó que estaba hablando por teléfono con alguien del hospital. Pensó que le decían que necesitaban el nombre de su médico. Aunque acababa de verlo en el archivo de la computadora, no podía recordarlo. En su mente repasaba el tratamiento. Les decía que había sucedido el día anterior, les decía la hora, el tipo de herida; pero no podían encontrar alguna clase de documentación acerca de su visita al hospital.

«Pero necesito ayuda. Necesito una ambulancia».

«No tenemos ambulancias. Llame a la policía».

«No sé el número y no puedo alcanzar la guía telefónica. ¿Podrían llamarlos de mi parte?».

«Señora, eso es responsabilidad suya».

«Pero estoy a punto de entrar en un estado de postración nerviosa».

«Llame al señor Planchet. Llame a Viv. Llame a Niki».

«¿Conocen a mi hijo?».

«Él no es su hijo. Es el hijo de Lucifer».

«¿Ustedes saben eso? ¿Acaso todos lo saben?».

«Señora, usted está soñando. Llame al párroco».

«¿Conocen al párroco? ¿Pudieran llamarlo de mi parte?».

«El párroco es Lucifer».

«¡No! Él es un hombre amable, pero está ocupado. Me reuniré con él a las cinco».

El teléfono estaba sonando. Marilena sacudió la cabeza, tratando de volver a la realidad. ¿Estaba en realidad timbrando el teléfono? ¿Acaso era esto también parte de su alucinación? Quería contestar antes de que el contestador automático lo hiciera.

Trató de alcanzar el teléfono, pero parecía que mientras más se acercaba, este se alejaba cada vez más. Dio un gemido al oír que el cuarto timbrazo terminó y el contestador automático se activó: «Ha llamado a la casa de Viv, Marilena y Niki. Por favor, deje su mensaje después del tono y le devolveremos su llamada tan pronto como nos sea posible».

—Sí, ¿qué tal? Soy el doctor Luzie, quisiera saber cómo sigue nuestra paciente. Si por favor, ella o alguien pudiera llamarme . . .

¡El teléfono había estado timbrando! ¿Se atrevería a hablar con el médico? Tenía que arriesgarse. «Luzie», ¿qué clase de nombre era? Mientras el hombre seguía preguntando si había indicios de infección o si tenía alguna pregunta, Marilena pensó que el nombre era similar a *iluzie*, «ilusión». ¿Acaso su mente seguía con alucinaciones?

En un acto de desesperación, Marilena llegó al teléfono.

—¡Doctor! ¡Soy yo, estoy aquí!

—¿Señora Ivins?

—¡No! Soy Marilena.

—Señora, solo quería saber cómo se encontraba —dijo él luego de una pausa.

—Gracias, gracias. Tengo un gran problema, parece que

estoy a punto de entrar en un estado de choque o postración nerviosa. Estoy delirando.

—Pídale a la señora Ivins que la traiga de inmediato al hospital. La estaré esperando en . . .

—¡Ella no está aquí! Estoy sola. No tengo un auto.

—¿Puede llamar a un taxi?

—Se tardaría muchísimo.

Marilena estaba furiosa y a punto de desmayarse. ¿Por qué no podía él entender que necesitaba una ambulancia? Sentía que su lengua estaba hinchadísima y su mente comenzó a darle vueltas otra vez. ¿Era real todo esto? ¿Era real el médico? ¿Podía confiar en él? ¡Claro que no! Él también era parte de toda esta artimaña. Él era parte de *Înşelăciune Industrie.*

—Señor, si tiene un poco de profesionalismo . . .

Marilena alcanzó a oír el ruido que el teléfono hizo cuando cayó al suelo, pocos segundos antes de que ella misma lo hiciera. Estaba perdiendo el sentido, pero a la vez que se esforzaba por mantenerse consciente, también se sintió embargada por un sentimiento de estar alcanzando una dulce paz. Al quedarse dormida, por lo menos, la estrepitosa actividad de su mente cesaría. De todas maneras, no había algo que ella sola pudiera hacer. Si hubiera tenido a su alcance los calmantes para el dolor se los hubiera tomado todos de una sola vez.

«Dios, dame paz. Si estoy muriendo, te suplico que me recibas».

Marilena no tenía ni idea de cuánto tiempo había permanecido tendida allí. Si sus ojos y su mente no la engañaban, en su reloj podía ver que ya eran las cuatro y media. Ya casi habían pasado veinticuatro horas desde que su propio hijo la había mordido. Tenía hambre y frío. Estaba temblando. ¿Se atrevería a comer algo? Todavía sentía nauseas. Con mucho cuidado se dio la vuelta hasta poder apoyarse sobre las palmas de las manos y sobre las rodillas. Luego se arrodilló y por fin, se puso de pie. Estaba aturdida.

Se sentó en el sofá. El teléfono aún estaba en el suelo a unos tres metros de ella. Podía escuchar sus insoportables timbrazos y el intermitente mensaje pregrabado que preguntaba si deseaba hacer una llamada. Sabía que debía levantar el auricular, colgar y tratar de llamar otra vez a Planchet, al hospital o dejarle otro mensaje al párroco. Sabía que tenía que hacer algo. Cualquier cosa. Pero estos tres metros le parecían más bien tres kilómetros, así que permaneció sentada.

¿Acaso su vida iba a terminar de este modo? ¿Acaso sus necias y egoístas decisiones la habían llevado a perderlo todo, inclusive a su propio hijo y a su propia vida? ¡Qué desperdicio! Sin embargo, Marilena no iba a darse por vencida con tanta facilidad. No iba solo a quedarse sentada, aceptándolo todo. Se esforzó sobremanera hasta que logró ponerse de pie. Tambaleándose se apoyó sobre la pared hasta que su mente se le aclaró un poco. Colgó el auricular y lo levantó otra vez para volver a llamar.

Primero llamaría de nuevo a la casa de Planchet. Pensaba exigir que la mujer —quienquiera que esta fuera— le dijera si se había comunicado ya con él y si le había dado el mensaje que había dejado antes. Marilena pensaba gritar, llorar, amenazar, hacer cualquier cosa que fuera necesaria hasta obtener una respuesta. Tal vez le diría que ya sabía todo y que estaba dispuesta a acudir a la policía para delatar a la asociación.

Pero ¿qué iba hacer si el número estaba ahora desconectado? ¿Había sido otra alucinación o un sueño? Marilena marcó el número de nuevo y obtuvo el mismo resultado. Colgó furiosa y levantó el auricular otra vez. Llamó a la iglesia, pero solo obtuvo el contestador automático. Estaba a punto de llamar al hospital para pedir una ambulancia, pero en ese instante oyó que llegaba un automóvil.

Marilena avanzó hasta la ventana del frente y espió por la ventana. Por ella vio un sedán negro, último modelo. Cuando el conductor salió, dejando el motor en marcha, ¡se dio cuenta de que se trataba del médico! ¿Sería su salvación o su fin? No podía explicarse por qué él había venido personalmente. ¿Por qué no había enviado una ambulancia? Este hombre también tenía que ser parte de este malévolo plan.

¡Ah! Hubiera deseado poder convencerse de que él tenía un poco de sentido humanitario. No, ¡no podía arriesgarse! Marilena cruzó por la cocina hacia la puerta trasera. Mientras salía, pudo oír al hombre que tocaba rápidamente y luego abría la puerta del frente. ¿Cuánto le tomaría darse cuenta de que ella no estaba dentro de la casa? Seguramente iba a ver todo el desorden que ella había hecho con los archivos y con la computadora.

Su instinto de supervivencia fue más fuerte que el sinfín de dolores que la aquejaba. Tenía que escapar. ¿Pero dónde podía ir? Sabía que no podía esconderse por mucho tiempo en el bosque. Quizás en el granero, pero él la buscaría allí también. Tenía que llegar hasta el auto del hombre. Le pareció una buena idea poder huir en su propio vehículo, dejándolo en medio de una nube de polvo. Pero si lo lograba, ¿hacia dónde iría en el auto? Si no iba directamente a una sala de emergencias podía morir. Sin embargo, él la encontraría fácilmente allí.

No tenía otra salida. Comenzó a caminar alrededor de la casa, manteniéndose lo más lejos que podía de las ventanas. Mientras avanzaba, escondiéndose de árbol en árbol, pudo oír que en el interior de la casa el hombre daba portazos y tiraba cosas. Luego escuchó sus pasos cuando fue a abrir la puerta trasera. Le oyó maldecir en voz alta y lo vio entrar otra vez a la casa.

Marilena se agachó detrás de un árbol, a unos seis o siete metros de distancia del auto con el motor aún en marcha. Aunque solo por un instante, el auto le dio la sensación de estar cerca de su preciada libertad. Pero pensó que él reportaría que su auto había sido robado y ella pronto sería arrestada. Así por lo menos estaría en manos de la policía, quienes —si no le creían loca— quizás le protegerían.

Estuvo a punto de echar a correr hacia el auto, pero en ese

preciso instante la puerta del frente de la casa se abrió y vio
salir al doctor Luzie. Enfurecido, él se puso las manos en la
cintura y con el mentón firme de rabia, comenzó a buscar con
la mirada a su alrededor. Entonces, como si se hubiera dado
cuenta de su descuido y visiblemente sorprendido, fue al
auto, apagó el motor y quitó la llave del encendido.

Así terminó la última esperanza de Marilena de poder
escapar.

¿Acaso había llegado su fin? No. Ella no iba a quedarse
aquí sentada, esperando a que ese hombre la encontrara.
Sabía que no podía correr más rápido que él, pero de alguna
manera tenía que huir. El hombre volvió a pararse cerca de
la puerta del frente, otra vez miró a su alrededor y sacó su
teléfono celular.

Marilena se apresuró a regresar por el mismo camino que
había recorrido, asegurándose que él no la seguía. Escondida
detrás de un arbusto pudo verlo buscándola cerca del sitio
que acababa de dejar, cerca del auto. Ella aprovechó el
momento para regresar al granero.

Diamante de Estrella estaba en el corral. El mal olor del
lugar la embargó, pero no iba a dejarse desmayar en este
preciso instante. Alejada de los mortales cascos del animal,
se le acercó a su cabeza y le habló en tono calmado.

«Cálmate Diamante de Estrella, soy yo», dijo ella.

El caballo estaba calmado pero parecía verla con cierta
preocupación. Marilena no estaba segura cuán inteligente era
el animal, pero tenía la esperanza de que la reconociera. Bajó
la brida del gancho en el que se encontraba y con gran alivio
de que el caballo no ofreció ninguna resistencia, torpemente
se la colocó alrededor del hocico y de la nariz. La silla de
montar no solo sería mucho más difícil de colocar, sino que
con un brazo herido ni siquiera iba a poder bajarla de donde
la habían puesto. ¿Sería capaz de montar a pelo a este gran
animal?

Sin ninguna seguridad de poder lograr lo que se proponía,
Marilena tiró suavemente de las riendas, tratando de hacer

que el caballo se moviera. Con gran alivio vio que este le obedecía. «¡Buen caballito!», exclamó ella, a la vez que trataba de encontrar la manera de montarlo. ¿Qué iba a hacer si lo lograba? Si el caballo se espantaba, no habría manera de que ella lograra sostenerse. Si este iba un poco rápido, seguramente, le tiraría. Pensó que valía la pena morir en el intento.

Aunque no sabía nada acerca de caballos, le pareció que Diamante de Estrella estaba curioso, en espera de que sucediera algo que ni él mismo sabía que era. Sujetando las riendas en la mano, se subió a una verja que estaba junto al animal. Estaba tan cerca que —de no ser por su brazo herido— hubiera podido montarlo con facilidad. Ahora, sabiendo que no le quedaba otra opción y con todo el valor que le restaba, tiró otra vez de las riendas hasta que el caballo quedó tan cerca de ella que por poco la aplasta contra de la pared.

Estiró su brazo tanto como pudo. Sujetó a Diamante de Estrella por la crin, entonces pasó la pierna sobre el lomo del caballo. Al lograr montarlo, sintió asco del pelo maloliente del animal. El caballo comenzó a resoplar y a encabritarse y Marilena exclamó: «¡Cálmate caballito! ¡Cálmate!»

Ella trató de sujetar las riendas con ambas manos, pero no tenía ni idea de cómo entretejerlas entre sus dedos como Niki solía hacerlo. Lo único que recordaba era que su hijo siempre controlaba con firmeza al animal, pero sin asustarlo.

Sentada en el corral, Marilena podía ver la casa. Vio venir al médico, si es que en realidad lo era. Él tendría que entrar hasta el fondo del oscuro granero para poder verla. Oró para que no lo hiciera, pero estaba preparada si lo hacía. Pensó que tan pronto el hombre se acercara, golpearía con sus talones al caballo, se inclinaría hacia delante y gritaría para hacer que el gran corcel se moviera. Si de verdad Dios estaba en el cielo, Diamante de Estrella atropellaría a Luzie. De algún modo, ella haría que el caballo se detuviera, le quitaría a Luzie las llaves de su auto y huiría tan lejos como le fuera posible.

Alcanzó a ver al médico que seguía sus pisadas en el polvo. Ya no tenía esperanza de que este tardara en venir al granero. Se inclinó hacia adelante y habló quedamente: «Listo, caballito. Preparémonos para salir». Si no hubiera sido porque su vida misma estaba en peligro, Marilena se habría reído de sí misma: Montando a pelo, sin tener ni la más mínima idea de cómo controlar a este caballo.

En el momento en que el médico entró en el oscuro granero, el caballo paró las orejas y se puso tenso. Marilena tiró de las riendas y presionó las rodillas contra el cuerpo del animal. Trató de hacer un ruido, pero solo logró atraer la atención de Luzie. Marilena se movió violentamente de adelante hacia atrás mientras gritaba: «¡Anda! ¡Anda ahora mismo!»

El caballo pateó y se movió hacia delante, pero el hombre se puso justo frente a él y exclamó: «¡Ajá! *Stea Diamant*!» El caballo se detuvo. ¿Cómo sabía el nombre del animal? ¿Qué tan vinculado a Viv estaba este hombre?

«Bájese, señora Carpatia», dijo Luzie.

No obstante, ella tiró de nuevo fuertemente de las riendas, tratando de hacer que el caballo se moviera, que hiciera algo. Prefería morir al ser lanzada contra la pared, que caer en manos de su perseguidor. El animal estaba visiblemente asustado, pero seguía mirando al hombre en espera de más instrucciones.

«¡Bájese de una vez!», ordenó Luzie mientras le arrebataba las riendas a Marilena.

Ella se esforzó por saltar por el lado opuesto al hombre para luego tratar de correr. Al tambalearse y tratar de correr cojeando, se sintió como una tonta. Se estremeció de dolor al apresurarse hacia la otra salida del establo y al oír los pasos determinados del hombre que venía detrás de ella. Él ni siquiera estaba corriendo, solo caminaba a zancadas, como si estuviera seguro de que ella no tenía escapatoria y que pronto sucumbiría.

A ella le pareció que él cometía un error al no seguirla de cerca. Si no podía hacer algo más, al menos se encerraría dentro de su propio auto. Aunque esto no la ayudaría a escapar, sí frustraría mucho al hombre. Si de todas maneras la iba a matar, ella no se rendiría con tanta facilidad. Marilena trató de engañarlo dejándose caer accidentalmente. Miró hacia atrás y tal como lo había pensado, él sonrió y caminó más lentamente.

Con mucho dolor, ella se puso de pie y echó a correr alocadamente hacia el auto. Se tiró dentro de este por el lado del pasajero y cerró con seguro las puertas. Él sacó las llaves de su bolsillo y las sacudió. Ella volvió a presionar el seguro para las puertas y se cruzó de brazos, mirándolo fijamente, pero Luzie sacudió la cabeza y abrió los seguros usando el control remoto.

¡¿Cómo pudo ser tan tonta y olvidarse que él también tendría un control remoto?! Durante unos segundos, mientras él se acercaba, los dos continuaron con el jueguito de abrir y cerrar los seguros.

«¡Salga de una vez!», gritó él. «¡Parece una tonta!»

Ella le hizo el mismo gesto obsceno que Niki le había hecho el día anterior, pero solo consiguió hacerlo reír. Ahora él estaba mirándola mientras le mostraba el control remoto. Él abrió los seguros, pero ella los volvió a presionar. La próxima vez, ella estuvo lista con su mano puesta en la manilla de la puerta. En el instante en que él abrió los seguros con el control remoto, ella tiró de la manilla y abrió súbitamente la puerta, empujándola con los pies contra él.

Marilena dio un chillido de gusto cuando lo vio caer al suelo. Con rapidez cerró la puerta y presionó los botones de seguridad otra vez.

Con la cara enrojecida de rabia y con los ojos echándole chispas, Luzie se puso de pie tan rápido como pudo. De una patada rompió la ventana y cubrió a Marilena con los trozos de vidrio.

Ella se asió del volante y se impulsó hasta que logró salir del auto por la puerta del lado del conductor. A saltos subió las gradas del frente de la casa, entró a la carrera y estrepitosamente cerró con seguro la puerta. Mientras se apresuraba para ir también a cerrar con seguro la puerta trasera, vio a Luzie que corría en la misma dirección. Los dos llegaron a la puerta de atrás al mismo tiempo. Él entró a la casa de un salto, empujó a Marilena y la tiró al suelo.

Ella pensó que había perdido la batalla, que su fin había llegado. De pie junto a ella, la miraba con desdén.

«Tonta *căţea*», dijo Luzie.

Eso era todo lo que necesitaba oír para recuperar un poco de sus fuerzas. Sintió unas ganas agobiantes de vengarse de su agresor. No se iba a rendir sin luchar hasta el fin. Relajando los hombros, ella simuló que se había rendido. Pero en el momento en que él se le acercó, le dio una patada en la pierna y lo empujo hacia atrás. Luego, ella se levantó y corrió hacia el teléfono.

Antes de que tuviera tiempo de marcar, él le arrebató el auricular de la mano y con un movimiento brusco del antebrazo, la lanzó sobre el sofá. Marilena se pegó contra el respaldar de este y se tambaleó, cayéndose otra vez al suelo. No sabía cuánto tiempo más podría resistir, pero estaba segura de que todo esto estaba haciendo que sus heridas se agravaran.

—Escuche —dijo Luzie—, realmente soy un médico. Si me lo permite, puedo aliviarla de cualquier dolencia.

—¡Ah! Claro que sí, doctor —respondió ella con sarcasmo mientras respiraba agitadamente—. No tengo razón alguna para desconfiar de usted, ¿verdad?

Luzie sacó una jeringuilla de su bolsillo.

—No —afirmó Marilena—. ¡No se atreva a acercase con eso o se arrepentirá!

Él sacudió la cabeza y dio un suspiro. Luego se sentó frente a ella.

—Va a desear haber aceptado esto de una manera más fácil.

—No, no lo creo. Si lo hiciera, ¿qué clase de mujer y de madre sería?

—Usted no es una madre —contestó Luzie—. Ya hemos dejado eso en claro.

Semejante respuesta le hizo tener ganas de atacarlo, pero sintió que estaba a punto de desmayarse. Mientras más tiempo permanecía sentada, más tiesa se ponía. Su mano herida se había hinchado tanto, hasta el punto de no poder doblar los dedos.

—¿Sabe que usted está llena de veneno? —dijo él—. El tratamiento que le di en la sala de emergencias era mortal. Solo me sorprende que aún no se haya muerto, pero en cualquier instante lo hará.

—Eso fue lo que sospeché.

—Esto le ahorrará tanto dolor. Morirá tranquilamente —aseveró Luzie mientras agitaba la jeringuilla.

—Eso le daría mucho gusto, ¿verdad? —replicó ella.

—Sí, de hecho me agradaría muchísimo. Esto ya ha sido demasiado problemático. Tengo que arreglar todo el desorden en la habitación de la señorita Ivinisova y en el resto de la casa. No me obligue a matarla a tiros —dijo él y le mostró el revólver corto que llevaba en su cintura—. Es muy trabajoso limpiar y quitar las manchas de sangre.

Por extraño que pareciera, esto le acababa de dar a Marilena un rayo de esperanza. Sabía que no iba a salir con vida de todo esto. Si de alguna forma lograba evadir la inyección, él se vería forzado a matarla a tiros y causaría un gran desorden. Aunque el dificultarle las cosas a este hombre le proporcionaba poca satisfacción, era muestra de que ella aún no había perdido su deseo de vivir. Todavía ese instinto estaba intacto en el interior de su ser, por lo que se preguntaba cómo podía cambiar esta situación tan terrible.

—Me rindo —dijo Marilena—, dispáreme.

—No, no quiero hacerlo —contestó él—. Aunque no lo crea, pero admiro su *hotarâre*.

¿«Determinación»? Ella sí la tenía.

—Señora, solo resígnese a lo inevitable y acepte la inyección. Así esto será mucho más fácil para los dos.

—No quiero morir de una manera horrible —afirmó Marilena.

—Muy bien. ¡Así se habla! —respondió Luzie mientras sacaba de su bolsillo una pequeña ampolla para llenar la jeringuilla.

—¿Podría hacerme un favor? —preguntó ella—. ¿Podría inyectarme en el brazo herido? Está tan adormecido que no sentiré la inyección. ¡Detesto las inyecciones!

—Sí, sí puedo hacerlo —dijo él.

Ahora Luzie se veía tan tranquilo como ella lo había esperado. Marilena agachó la cabeza y extendió su brazo herido. Él se bajó de su silla y se arrodilló delante de ella.

—Espero que sepa que esto no es una venganza personal —comentó él mientras le tomaba por la muñeca.

—¡Pero esto sí lo es! —replicó ella mientras tomaba rápida y ágilmente el revólver de la cintura del hombre, a la vez que le disparaba a quemarropa en el rostro. Le perforó la mejilla y un chorro de sangre manchó la pared detrás de él. La cara del hombre se tornó gris y los ojos se le agrandaron. Al desplomarse en su asiento, él dejó caer la jeringuilla.

Marilena seguía apuntándole con el revólver y se preguntaba por qué no le había podido disparar en la cabeza. Él aún estaba vivo, luchando por respirar y tratando torpemente de alcanzar los fragmentos de sus dientes regados por el suelo. Estaba dando quejidos, pero de pronto se abalanzó contra Marilena con la jeringuilla en la mano.

Mientras ella le disparaba una y otra vez en el cuello y en el hombro, Luzie —con las fuerzas que le quedaban— le clavó la jeringuilla en el pecho. Esta se quedó allí colgada, en tanto ella se ponía de pie y él se desvanecía bajo los disparos continuos de Marilena.

Ella tiró el revólver, tocó la jeringuilla vacía y la sacó lentamente de su cuerpo. ¡Sabía que era demasiado tarde! ¡Demasiado tarde!

En el instante en que se dejó caer otra vez en el sofá, el teléfono sonó. ¿Le quedaba aún alguna esperanza? ¿Alcanzaría a contestar y podría convencer a quienquiera que estuviera llamando para que la ayudara a tiempo para contrarrestar la dosis mortal? Marilena trató de balancearse hacia adelante, pero no pudo moverse. Sus dos brazos estaban paralizados y estaba perdiendo la visión.

A la vez que sentía que su cuerpo se le ponía rígido, la garganta comenzó a cerrársele y tenía que esforzarse muchísimo para respirar. Sus pies se estiraron súbitamente hacia adelante, como si la fueran a sostener. No obstante, su cerebro le decía que estaba cayéndose. Pero no se había movido. No podía aunque deseaba hacerlo con todo su corazón.

Por fin, el contestador automático se activó. Marilena luchó por no perder el conocimiento. Pudo escuchar a alguien que dejaba un mensaje.

«Sí, soy el párroco. Tengo muchas ganas de hablar con usted. Como le dije, estaré esperándola en la iglesia».

«¡Auxilio!», dijo ella ahogándose, como si algún milagro pudiera permitir que el párroco la oyera sin levantar el auricular. «¡Auxilio, ayúdeme!»

«Muy bien, entonces, espero verla pronto».

El párroco terminó su mensaje y colgó.

«Dios», dijo Marilena quedamente mientras sentía que el alma se le iba. «Dios. Dios. Por favor, recíbeme, Dios».

VEINTE

NIKI CARPATIA se despertó en una habitación privada, la cual formaba parte de una lujosa suite en el último piso del Hotel Intercontinental de Bucarest. Los rayos del sol entraban por la ventana. Alguien tocó suavemente a la puerta.

—¿Tía Viv? —dijo él.

—Sí. ¿Estás despierto?

—¿Podemos pedir el desayuno como me lo prometiste? —preguntó Niki, una vez que había llegado de prisa a la puerta.

—Primero necesito hablar contigo.

—Tengo hambre.

—Hay algo que tienes que saber, Niki.

—¿Qué cosa?

—Se trata de tu madre. Debes sentarte.

—En primer lugar —dijo luego exhalar un suspiro—, no necesito sentarme. En segundo lugar, de aquí en adelante quiero que me llames Nic. No soy un bebé.

—Por supuesto que no lo eres. Yo . . .

—En tercer lugar, tú dijiste que no iba a volver a ver a mi madre, ¿verdad?

—Sí, es verdad.

—¡Qué bien! Entonces no me importa otra cosa. Vamos a comer.

—No, esto lo tienes que saber.

—¡Está bien entonces! ¿Qué es?

—Ella murió ayer.

—¿Murió? ¿Cómo? Dijiste que ese doctor la iba a llevar a

alguna parte y que no iba a tener que preocuparme de ella nunca más. ¿El doctor la mató?

—Sí.

—Ya veo. En tal caso, supongo que ya no tendremos que preocuparnos ni escondernos más de ella, ¿cierto?

—¿Cómo te hace sentir lo que te acabo de decir? —preguntó Viv luego de asentir.

—Con hambre, ya te dije.

—Pero ella fue tu madre.

—Ahora está muerta. ¿Qué importa si de todas formas no iba a volverla a ver?

—El hecho de que ella nos haya dado problemas no quiere decir que no la vamos a extrañar.

—¿Tú la vas a extrañar? —preguntó él mientras se vestía.

—Desde luego.

—Muy bien, por lo menos alguien la va a extrañar.

—¿Tú no le vas a extrañar, Niki? ¡Nic!

—¿Por qué la extrañaría? —replicó él mientras apretaba los labios y sacudía la cabeza.

—Ella te quería mucho.

—Todos me quieren —respondió él y se encogió de hombros.

Viv le dijo a Niki que desde ese momento, ella sería su apoderada y también su tutora legal. Se mudarían a Bucarest. Aunque todo lo demás le pareció bien, no le entusiasmó lo de la mudanza.

—¿Qué va a pasar con Diamante de Estrella?

—Algún día podrás tener otro caballo.

—¡No! ¡Yo quiero tener a Diamante de Estrella!

—No hay lugar para él aquí en la ciudad.

—Entonces volveremos a Cluj.

—La asociación no quiere que volvamos a la casa de campo. Tu madre murió allí.

—¡Eso es lo que yo quiero, tía Viv! —contestó él con una mirada enfurecida.

Ella suspiró y salió para hacer una llamada. Cuando

regresó, Viv le dijo que su maestra tampoco iba a estar en la escuela.

—Más vale que comiences tu vida nueva aquí —insistió ella.

Sin embargo, él sabía que siempre conseguía lo que quería. Aunque aún no entendía todo claramente, algunas cosas sí las tenía muy claras. Sabía que era especial, que era alguien muy importante. Por alguna razón, la gente hacía lo que él quería. Cuando miró directamente a Viv y le habló en tono severo, ella no discutió más.

—Quiero vivir en la casa del campo y quiero ir a mi escuela. No me importa quién sea la maestra.

—¿Estás seguro? —preguntó ella.

Él asintió y ella hizo otra llamada. Nic caminó de puntillas detrás de ella y esperó cerca de la puerta. Viv estaba discutiendo con alguien: «Entonces díselo tú mismo, Ricardo. . . . No, por supuesto, que no dije eso. No lo entendería. Él no va a comprender qué es una "escena de un crimen" . . . No es necesario destruir el sitio. ¿Por qué no lo pueden limpiar? . . . Sí, estaré aquí, cerca del teléfono».

—Vamos a ver lo que se puede hacer al respecto —comentó Viv cuando regresó. (Nic se había alejado de la puerta.)

Él sonrió de buena gana, pues sabía lo que iba a suceder. Lo que siempre sucedía. Iban a cumplir sus deseos. No querían que él se molestara.

—He estado leyendo acerca del humanismo —dijo él.

—¿De veras?

—Sería perfecto para encubrir . . . —respondió él.

—¿Qué cosa? —preguntó ella.

—No queremos que la gente sepa quiénes realmente somos, ¿verdad?

—Correcto, Nic. No lo entenderían.

—Además, no estarían de acuerdo y podrían desconfiar de nosotros.

—Exactamente.

—Pero sí entienden el humanismo, aunque tal vez la mayoría de gente tampoco está de acuerdo con él. Hay un grupo de jóvenes humanistas en Luxemburgo. Quiero unirme a ellos.

—Eso se puede arreglar. ¿Tú sabes lo que creen ellos?

—Tía Viv, ya te dije que he estado leyendo acerca de eso.

—Claro que sí, pero no estaba segura de cuánto hayas podido captar.

—Cuando digo que he leído algo, quiero decir que ya lo entiendo. Ya deberías saber eso. Lo leí en dos idiomas.

—Eso no me sorprende.

—Entonces deja de hacer preguntas tontas.

—Discúlpame —dijo ella.

A él le gustaba cuando ella se disculpaba. Nic sabía que cuando la gente se disculpaba o pedía perdón, era norma decir algo como: «Tranquilo, está bien». Pero él jamás respondía de ese modo. Sabía que había poder en no dar a la gente todo lo que quería.

Cuando el señor Planchet volvió a llamar Nic ya no trató de escuchar la conversación, pues ya conocía lo que iba a suceder y tenía razón.

—Tal vez necesitarán unas semanas, pero creen que la casa de campo estará lista para que regresemos. También podrás volver a tu escuela —le informó Viv cuando terminó de hablar por teléfono.

Nic permaneció mirando por la ventana y asintió.

Dos semanas después, cuando Viv abrió la casa, Nic entró e inmediatamente alzó la mano. El lugar era diferente: Olía a cloro, a desinfectante y a madera nueva.

—Mi madre no fue la única persona que murió aquí —afirmó Nic.

Viv pareció congelarse.

—También murió el doctor, ¿cierto? —preguntó Nic.

—Así es.

—¿Se mataron entre sí?

—Sí.

—¡Excelente! —exclamó él.

———————

Raimundo Steele se sentía tan lejos de su estado natal de Illinois, que a veces sentía como si se encontrara en uno los estados costeros del país. La verdad era que solo estaba en uno de los estados vecinos de Illinois. Ser estudiante en la Universidad Purdue, en el estado de Indiana, le había dado una perspectiva completamente diferente en cuanto a sus posibilidades y potencialidad personal. Lo mejor de todo era que cuando se veía en el espejo, veía a un hombre maduro. Ya había superado los retos y las dificultades de la adolescencia. Ya no era un jovencito descoordinado tratando de madurar. Ahora medía casi dos metros de estatura y pesaba más de cien kilos. Estaba en excelente condición física y ciertamente, tenía una apariencia envidiable.

Cuando era niño y se imaginaba cómo se vería algún día, solía meter el estómago y sacar el mentón hacia adelante con el propósito de lograr una apariencia de adulto. Ahora no le costaba esfuerzo alguno hacerlo. Ahora que su cuerpo y su rostro habían madurado, se sorprendió al darse cuenta de que no solo a los hombres les gustaba admirar la belleza de alguien del sexo opuesto, sino que las mujeres también disfrutaban de esto. Por doquiera que iba, siempre llamaba la atención de las mujeres. Se esforzaba por aparentar una actitud reservada y de confianza en sí mismo. Estaba consciente del esfuerzo que esto le costaba, por lo que no estaba seguro si siempre lograba dar la impresión que quería. A la vez era, sin lugar a dudas, el hombre más atractivo y popular, aparte de los deportistas becados y de los miembros de las asociaciones estudiantiles.

Aunque no necesariamente por falta de ganas, él no era la clase de persona que se afiliaba a dichas asociaciones. Los estudiantes que se afiliaban, por lo general, provenían de familias adineradas y por ende, ellos por ningún motivo querrían saber algo de la *ROTC*. Raimundo se había quedado asombrado al darse cuenta de que este componente militar de su educación —por bien organizado que estuviera y a pesar de la gran importancia que tenía para forjarse su futuro—, fuera visto con tanto desprecio por los estudiantes de la «clase social más elevada».

Después de solo un mes de haber llegado a la universidad, ya había aprendido a cumplir con sus deberes en la *ROTC* —la verdad sea dicha, era sobresaliente en ellos—, pero también había aprendido a no hablar de estos. Le costó un poco acostumbrarse a esta realidad. Se esforzó por ser amigable en todas sus actividades, llegando a conocer a los otros estudiantes de su residencia estudiantil y a sus compañeros y compañeras de clase. Entre ellos, los estudiantes conversaban de sus historias familiares, sus contextos culturales, de sus lugares de procedencia, sus estudios, sus objetivos y de sus actividades extracurriculares.

Para Raimundo, las respuestas a tales preguntas eran: Que procedía de Belvidere, Illinois; que era el hijo único de padres muy trabajadores, quienes habían salido adelante por sus propios esfuerzos; que había sido un deportista sobresaliente en la escuela secundaria, pero que ahora jugaba solo como pasatiempo; que tomaba clases en la facultad de letras, así como también algunas pocas materias técnicas; que planeaba ser piloto comercial; y que participaba activamente en la *ROTC*.

La gente respondía de una forma poco común cuando mencionaba lo de la *ROTC*. Aunque expresaran interés o curiosidad, Raimundo era lo bastante inteligente como para darse cuenta de que sus reacciones no eran por admiración, sino por incredulidad. Los universitarios modernos, por lo general, veían con sospecha cualquier cosa relacionada con las fuerzas militares, la disciplina, la uniformidad y el orden establecido. Algunos ni siquiera trataban de ser discretos acerca de sus opiniones y demostraban su desdén en sus rostros, en el tono de sus voces o hasta en sus comentarios agresivos.

«¿Por qué rayos quieres estar en la *ROTC*? Pensaba que eso era para los sabelotodos, los maniáticos de la tecnología audiovisual y para los Niños Exploradores», solían decir algunos.

Al principio, Raimundo defendía su decisión. Hablaba de las ventajas del programa y trataba de persuadir a los que dudaban. Les aseguraba que se trataba de la beca, de la disciplina, del futuro. Pero nadie se sentía persuadido. Nadie, con excepción de otras personas que ya pertenecían a la *ROTC*. Pronto, la *ROTC* se convirtió en el secreto que Raimundo Steele no quería divulgar. En lo personal, él no se sentía avergonzado. Estaba sorprendido de que no hubiera más gente que aprovechara esta oportunidad. Se trataba del medio perfecto para ayudar a garantizar su futuro. No obstante, también aprendió rápidamente que debía dejar de hablar de ello.

Además, Raimundo había inventado una excusa para explicar el motivo por el cual no pertenecía a una asociación estudiantil, solía decir: «Todas las asociaciones insistían que me afiliara. No podía decidirme. Soy el tipo de persona que da todo de sí después de comprometerse. No tengo tiempo para participar en una asociación estudiantil como quisiera». Aunque no era un joven rico, quería serlo. De hecho, aparte de la libertad y la sensación de poder que sentía al volar, el dinero era la razón principal por la que quería ser piloto comercial. La manera en que Raimundo criticaba a sus compañeros en la asociación estudiantil por ser materialistas solo destacaba sus propias faltas en el aspecto socioeconómico y como consecuencia de ello, adquirió una actitud desdeñosa.

—Vaya, también eres modesto —había respondido Catalina Wyley (quien prefería que la llamaran «Cati») con una sonrisa, a la vez que había dado risitas casi infantiles al oír su nombre—. Me vas a perdonar si solo te llamo Ray.

Él se encogió de hombros. Había pensado que Raimundo, su nombre completo, del que se había sentido avergonzado hasta que llegó a la universidad, le hacía parecer de más edad y más maduro. Sin embargo, en esta ocasión no le importó que le alteraran su nombre.

Cati, quien cursaba su primer año de administración de empresas en la universidad, había sido porrista —rubia y alegre— en su escuela secundaria en el norte de Indiana. Cuando se conocieron en una reunión social, Raimundo estaba en la tercera semana de su tercer año. En un comienzo, no se había sentido atraído hacia ella. Tenía la apariencia típica de una superficial modelo de revista. Su forma de vestir era impecable en todo —los zapatos, las medias, los pantalones, sus blusas, su cabello, su maquillaje—, así que daba la impresión de que invertía bastante tiempo en el mantenimiento de su impresionante belleza. Ella le recordaba demasiado a las jóvenes de la escuela secundaria, quienes le habían ignorado antes de que su cuerpo madurara, pero luego lo habían acosado cuando obtuvo su buena apariencia física y habilidades deportivas. ¿Cuánto tiempo necesitaba una persona para lucir tan perfecta como Cati? *Bueno*, pensó Raimundo, *Cati era mucho más atractiva que las jóvenes que trataban de aparentar ser de Nueva York. Estas se vestían todo de negro, con zapatos austeros y llevaban el cabello corto (casi al estilo masculino) y estaban siempre sin maquillaje. Cati, por lo menos, era mucho más agradable a la vista que ellas.*

Raimundo se encogió los hombros al oír el comentario de ella.

—No es que me crea tan impresionante —dijo él—. Es más bien por consideración a las asociaciones mismas. No quisiera afiliarme a alguna de ellas a menos que pueda comprometerme por completo.

—Pues —replicó ella mientras le daba una cerveza, a pesar de que a ella aún le faltaban tres años por alcanzar la edad mínima legal para poder tomar bebidas alcohólicas, y a él todavía le faltaba un año—, si es que tú no te consideras impresionante, yo sí te considero así.

Raimundo no podía negar que disfrutaba de la atención de ella y también del estar con la mujer más linda de la fiesta. No obstante, para sus adentros temía que algo no andaba bien. No confiaba en nadie y mucho menos en alguien que le elogiara tanto. Si Cati pudiera ver una foto de él cuando aún sufría de acné, antes de que sus facciones se hubieran definido y antes de que recuperara su coordinación física, ¿qué opinaría de él? Raimundo estaba seguro de que lo despreciaría y se fijaría en otro.

—¿No te fastidia que yo sí estoy afiliada a una de las asociaciones? —le preguntó Cati.

—Al contrario, pienso que es algo admirable. Supongo que tú estás muy involucrada en eso.

—Sí y además, por tradición solo salimos con hombres quienes también pertenecen a las asociaciones.

¡Si Raimundo solo hubiera tenido la valentía de pronunciar lo que estaba pensando en ese momento! ¿Qué tenía todo eso que ver con él? ¡Apenas se habían conocido! ¿Acaso Cati estaba insinuando que a él le tocaría afiliarse a una asociación, para poder «ser digno» de las atenciones de ella? ¿Por qué suponía que él tenía el más mínimo interés en ella?

—Bueno, ahí tienes tu respuesta —contestó él mientras se preguntaba a sí mismo si hubiera podido responder de alguna mejor manera. A pesar de la suposición de ella, no era necesario ser descortés. *Debe ser agradable suponer que cada hombre que te conoce se muere por salir contigo*, pensó para sí. Cati de verdad lucía bella al extremo, pero también daba la impresión de ser una mujer sumamente superficial.

A Raimundo le tomó casi un mes darse cuenta de que había descubierto —accidentalmente y debido a su profunda desconfianza en todos los que le rodeaban—, una fórmula irresistible de conquistar: La de ser indiferente. Esta actitud había surgido como consecuencia del trato que recibiera en la escuela secundaria. A pesar de ser interiormente la misma persona, sin embargo, como atractivo deportista y líder había recibido un trato completamente diferente al que recibió cuando había sufrido de acné y de una torpeza crónica.

De algún modo, su desdén por la forma manipuladora de ser de Cati Wyley daba la impresión de que él era alguien misterioso, maduro y distante. No obstante, a pesar de su apariencia física y la impresionante imagen que proyectaba, Raimundo tenía apenas veinte años. Le tomó un tiempo darse cuenta de que el motivo por el cual Cati lo acosaba tanto era precisamente la aparente indiferencia de él. No iba a afiliarse a una asociación estudiantil solo para conseguir la atención de ella. Para sus adentros, él detestaba el carácter superficial de ella, pero dicho desprecio solo provocó que Cati le viera como un tesoro inalcanzable.

Cati le había manifestado esto cuando se encontraron otra vez, tres semanas más tarde. Ella se había separado por un momento del grupo de amigos con quienes acostumbraba estar; hombres y mujeres de su mismo rango social. Raimundo percibió el desprecio de ellos por las miradas frías que le dieron mientras Cati se le acercaba.

—¡Ray Steele! —dijo ella. Cati puso sus libros en el suelo y extendió sus brazos hacia él. Al principio, Raimundo no sabía cómo responder. Él también puso en el suelo el maletín que llevaba y ella le tomó de las manos.

—Nuestra asociación está organizando un asado para este viernes en la noche. Me gustaría que vinieras.

—¿Estás segura de que yo voy a poder entrar sin estar afiliado a una de las asociaciones?

—¡Por supuesto! Si es que yo te invito no tendrás inconveniente.

—Llegaré un poco tarde, pues esa misma noche hay un baile de la *ROTC*.

—¿Y tienes que asistir?

—Tengo el compromiso de asistir con alguien.

—¡Ay! —gimió Cati—. Preferirías estar conmigo, ¿no, Ray?

La verdad había sido que no. En realidad hubiera preferido

estar con Irene, quien también pertenecía a la ROTC y estaba en su primer año en la universidad. Quizás ella tenía un nombre algo pasado de moda y no tenía la apariencia física como para llamar la atención como Cati lo hacía, pero a la vez tenía una forma de ser sencilla. Se había criado en una familia militar y había vivido en bases militares por todo el mundo hasta que su padre murió en combate. Además, no había ingresado a la ROTC en busca de una carrera militar. Sencillamente, Irene estaba más a gusto con los que pertenecían a dicha organización ya que había crecido rodeada de ellos.

—Veré si puedo ir al asado. Si es que puedo, llegaré tarde —dijo Raimundo.

—Prométeme —insistió Cati.

—Bueno, cuenta conmigo.

—Y la mujer con la que tienes el compromiso para ir al baile, no está invitada.

Eso era obvio.

—Aunque todos van a saber que no estás en una de las asociaciones —agregó Cati—, no vayas a mencionar algo de la ROTC, ¿está bien?

Aunque no había querido hacerlo, Raimundo asintió. Lo que realmente hubiera deseado hacer era reclamarle a Cati por su arrogancia y así terminar la relación —si es que se pudiera llamar así— aún antes que esta comenzara. Él jamás había sido superficial ni ingenuo. Cati —quien ni siquiera lo llamaba por su nombre—, le estaba invitando a pesar de que todos allí sabrían que él no era miembro de alguna de las asociaciones estudiantiles. Además, también estaba en la ROTC —lo cual ninguno de los dos iba a mencionar, según habían acabado de acordar—; y para colmo, debía deshacerse de su previo compromiso lo más pronto que le fuera posible.

Raimundo sabía que abundaban motivos para que huyera de esta mujer, pero como un tonto había asentido a todas sus demandas. ¿Acaso era ella así de especial? No, por supuesto que no. Por el contrario, era completamente superficial. Aunque disfrutaba de su atención, sabía muy bien que no estaba siendo sincero consigo mismo o por lo menos con el hombre que él deseaba ser.

En los días siguientes, Raimundo trató de convencerse a sí mismo de no ir al asado; hasta habló con Irene acerca de esto. Ella tenía el cabello de color café, era más bien bajita de estatura, de mirada agradable y sobre todo, era muy divertida. Su contexto personal la había preparado para poder hablar con facilidad con cualquiera en la *ROTC*, sin importar si eran hombres o mujeres. La atracción que Raimundo sentía hacia ella carecía por completo de cualquier aspecto romántico. Sencillamente habían hablado por casualidad del baile y mencionaron que en la *ROTC* había una cantidad mucho mayor de hombres que de mujeres, así que iba a ser necesario que algunos invitaran a mujeres que no fueran de la organización.

—Sinceramente, no conozco a alguien a quien quisiera invitar —dijo él.

—Yo tampoco.

—Podríamos ir tú y yo juntos. Esto arreglaría el asunto —respondió él.

—Bueno, está bien.

Eso había sido todo. Raimundo no había sentido que fuera un gran compromiso. Podía hablar con Irene en cuanto a la posibilidad de salir temprano del baile. Él abordó el tema cuando los dos estaban en la sala de descanso de la *ROTC* el jueves por la tarde, sentados cómodamente en el sofá, con sus pies puestos sobre la mesita de café.

—¿Un asado organizado por una de las asociaciones? No parece caber con tu personalidad.

—Ciertamente no, pero bueno, he estado ignorando a esa mujer casi al punto de ser grosero y como ella me pidió . . .

—¡Qué considerado de tu parte el no querer darle la impresión equivocada!

Raimundo se rió.

—Eso no le va a preocupar. Hay un montón de hombres

interesados en ella. Mira, no te fastidia que yo quiera salir temprano del baile, ¿verdad?

—Por supuesto que no —dijo ella luego de sonreír—. Jamás me quedo hasta el final de un baile. Además, no somos novios, solamente iremos juntos al baile y nada más. Yo ni siquiera tenía planeado bailar solamente contigo.

Raimundo escudriñó la cara de ella y quedó convencido de que había sido sincera. (Si estaba equivocado, era porque ella era muy buena actriz.) Él siempre había pensado que Irene era una mujer interesante, agradable y simpática.

Raimundo no pasó por la residencia estudiantil de Irene para llevarla al baile. Él no sabía en cuál edificio vivía ella ni le había preguntado. Ella tampoco le había ofrecido tales datos. Sencillamente se encontraron en el lugar de la reunión. Ella lo había esperado y cuando él llegó se saludaron con cierta incomodidad. Aunque no eran novios, se habían sentido como si lo fueran. Él había atribuido tal incomodidad al hecho de que no se conocían lo suficiente como para saber cómo comportarse en una situación semejante.

Pasaron unos noventa minutos. Aunque Irene había dicho que no se limitaría bailar solo con él, esto es lo que exactamente había hecho. Es probable que, debido a la imponente apariencia física de Raimundo y a que era obvio que los dos estaban juntos, nadie se había atrevido a pedirle a ella que le permitiera bailar una pieza.

Raimundo no sabía bailar muy bien, especialmente las melodías suaves. Cuando se abrazaron para bailar no hubo una relación emocional con Irene. Quizás era culpa de los dos por haber ido juntos solo por el arreglo de conveniencia que hicieron, así que él no buscó iniciar un nuevo romance. Además, era posible que ella se sintiera incómoda o por lo menos inquieta, al preocuparse por las intenciones de él. Cuando tuvieron algún contacto físico, él lo había hecho de la manera que lo hubiera hecho al abrazar a su tía mayor y poco agraciada. Después de cada baile suave la conversación de ellos era cada vez más torpe e incómoda. Por otro lado, Raimundo se había demorado tanto como le fue posible en salir del baile. No obstante, sintió un gran alivio cuando ella por fin tocó el tema.

—Deberías irte, ¿cierto? —dijo ella y miró su reloj.

—Sí. ¿Quieres que te acompañe a tu residencia estudiantil o te vas a quedar aquí?

—Yo estoy bien —respondió ella—, puedes irte.

—Bueno, gracias.

—No, gracias a ti.

Raimundo se había apresurado, pero cuando estaba a punto de salir del edificio, casi se arrepiente y hasta contempló la posibilidad de no ir al asado y dejar plantada a Cati. Él tenía curiosidad de saber por qué Irene aún seguía en la fiesta y por torpe que hubiera sido su tiempo juntos, de algún modo a él le inquietaba que ella pudiera estar bailando con otros hombres.

Se dio la vuelta para regresar y vio que Irene estaba saliendo sola del baile. Raimundo dio un suspiro de alivio al darse cuenta de que ella había estado en el baile solo con él y por él. Entonces, dio la vuelta y salió en dirección de la sede de la asociación estudiantil de Cati.

El asado era completamente distinto a los que Raimundo había asistido antes. Para él, un asado había sido un evento familiar en el que alguien, como su padre o su tío o hasta él mismo, echaba la carne a una parilla que tenía siempre, de un modo u otro, la temperatura equivocada, por lo que siempre habían tratado de adivinar cuando la carne había quedado bien cocinada. Entonces, la gente bebía más de la cuenta, todos jugaban en la piscina y a nadie le importaba si las hamburguesas y los perros calientes habían salido perfectos. El objetivo era siempre el de estar juntos, pasar un buen rato y comer más de lo debido. El asado de la asociación de Cati no era algo semejante.

A Raimundo le fastidiaban las situaciones como esta. Además de haber ido al asado en contra de su propia conciencia, había tenido que entrar a una reunión social en la que él conocía solo a una persona y si no encontraba a Cati de inmediato, iba a tener que preguntar a alguien por ella . . . a una persona que, probablemente, iba a dudar que él de verdad había sido invitado. (Todos en la fiesta se conocían mutuamente, a excepción de él.)

Escuchó la música que venía desde el patio de atrás del edificio, pero para llegar hasta allí tuvo que cruzar a través de todo el edificio. Nadie contestó cuando él tocó a la puerta ni cuando tocó el timbre, así que entró con cuidado. Pasó por habitaciones ocupadas por parejas amorosas, quienes se demostraban su afecto entre sí. Cualquiera de ellos debió escucharlo cuando tocó a la puerta, pero al parecer, tales edificios estaban siempre abiertos, para que la gente pudiera ir y venir a su gusto.

Pasó por la cocina donde se encontró con unas jóvenes que estaban buscando algo en el refrigerador. Ambas lo saludaron como si estuvieran sorprendidas y también contentas al verlo. Le habían dado la mano y cada una se había presentado.

«Me llamo Ray», dijo él.

Ellas trataron de adivinar a cuál asociación estudiantil pertenecía, pero él respondió sacudiendo la cabeza.

«Solo busco a Cati», insistió él.

Las dos se miraron entre sí y sonrieron. ¿Y quién no?

La mayor parte del tiempo, nadie le había prestado atención a Raimundo cuando llegó al jardín. (Él jamás se había sentido tan acomplejado como en esta ocasión.) Era obvio que esto no era un asado común y corriente. Habían contratado a una compañía profesional para preparar la comida. Por todos lados veía a cocineros de alta categoría, vestidos enteramente de blanco y usando sus típicos sombreros de copa. No obstante, no se veía ni una sola hamburguesa ni un perro caliente y tampoco platos desechables.

Había un sinnúmero de luces colocadas por todo el patio que iluminaban las elegantes mesas cubiertas con manteles blancos y cargadas de cubiertos de plata y de finas vajillas de porcelana. Aunque el modo de vestir de los estudiantes era casual, los que no bailaban al ritmo tan movido de la música —provista por un *disc-jockey* contratado—, disfrutaban los pinchos morunos de res, camarón, cerdo y frutas. Había también bistec y chuletas de cerdo y por supuesto, meseros por todos lados.

Por fin, Cati vio a Raimundo y se le acercó dando chillidos de gusto. Lo abrazó y le dio un beso en la mejilla, agradeciéndole por haber venido.

«No hubiera faltado por nada del mundo», respondió él.

Ella le presentó a una decena de personas, siempre mencionando que era de Illinois, que estudiaba para ser piloto y que no estaba afiliado a ninguna de las asociaciones. Este último punto casi siempre marcaba el fin de cualquier conversación. Cati tenía razón, por lo que decidió mejor no mencionar la *ROTC*. Hasta pensó que podía ser motivo para que lo echaran de la fiesta.

Cuando por fin pusieron una canción lenta y romántica, Cati se dirigió a la improvisada pista de baile y lo abrazó tiernamente. El abrazo de ella era muy diferente al de Irene. Él la tomó suavemente entre sus brazos y le dio muchísimo gusto sentir el cuerpo delicado y perfumado de ella junto al de él. Ella puso la cabeza sobre el hombro de él y mientras bailaban, Cati comenzó a tararear quedamente la romántica melodía.

Cuando Raimundo se acercó más a Cati, ella puso sus brazos alrededor del cuello de él. Eran la pareja perfecta. Muy a pesar de todo, a pesar de los otros sentimientos negativos y de todas las advertencias que sintió en su conciencia, Raimundo se quedó absorto con Cati y enamorado de ella.

VEINTIUNO

EL AÑO DURANTE el cual Raimundo Steele estuvo enamorado de Catalina Wyley fue el peor de toda su vida. Fue aún peor que los primeros años de la escuela secundaria, cuando había perdido su buena apariencia física y sus habilidades deportivas: Aprendió lo que era una adicción.

Todo lo relacionado con esta mujer lo tenía adicto y le causaba aturdimiento. El problema era que él permanecía en ese estado todo el tiempo. Le gustaba mucho la idea de estar enamorado. Disfrutaba tremendamente el ser visto alrededor de los predios universitarios en compañía de una de las mujeres más hermosas de la universidad. Aun cuando no estaban juntos, ella dejaba bien en claro que él era y sería el único hombre de toda su vida.

Eso le hubiera dado gusto, de no haber sido por el hecho de que —cuando estaban juntos— él no podía quitarse de la cabeza la idea de que ella ni siquiera le caía bien. ¿Cómo era posible sentir tal cosa? Entonces, ¿por qué se sentía atraído hacia ella? Sus calificaciones bajaron. Su amistad con los demás jóvenes de la residencia estudiantil y con los miembros de la *ROTC* quedó en nada. La única persona con quien todavía se llevaba era Irene. Irene «la simple» como Cati la llamaba. «Es agradable, pero no tiene idea de cómo vestir bien. Apuesto a que termina casándose con uno de los estudiantes de agronomía. Por lo menos será buena como esposa de un granjero», solía decir Cati.

Raimundo pensaba que era cruel decir tal cosa. Él conocía

a varios estudiantes de agronomía y muchos de ellos tenían novias bellísimas.

Cada día que pasaba con Cati, Raimundo sentía que estaba dejando de ser él mismo. ¿Acaso ella tenía una personalidad tan fuerte? Él aborrecía lo que ella valoraba, las cosas que ella decía. Constantemente se preguntaba qué le hacía seguir junto a ella. ¿Por qué no era capaz de decirle cuáles eran sus verdaderos sentimientos y acababa de una vez por todas con esta relación? Con este propósito, escribía largas cartas y practicaba dando sus largas excusas frente al espejo.

¿Acaso toda la relación estaba basada en la atracción física solamente? Rápidamente habían caído en esa rutina y no cabía duda de que ella era una gran diversión en la cama. ¿Se habría vuelto él tan superficial como ella? ¿Había aceptado valores y actitudes que iban en contra de todo lo que le habían enseñado desde niño, solo porque le gustaba tener relaciones sexuales con ella?

Raimundo la llevó de visita a Belvidere y la presentó a sus padres. En la casa de ellos, Raimundo y Cati durmieron en habitaciones separadas, aparentando que tenían una relación casta. La mamá de Raimundo se esmeró por colmar de atenciones a Cati, al parecer encantada con todo lo relacionado con ella. En cambio, su papá fue formal y algo frío. Posiblemente debido al hecho de que Cati ni siquiera disimuló su aburrimiento durante el recorrido que hicieron por el taller de maquinaria y herramientas. También, quizá debido a que su papá no pudo contestar bien cuando Cati le preguntó a cuáles clubes pertenecía y qué hacía durante su tiempo libre.

«No estoy seguro de que sé qué significa "tiempo libre", pero parece que no es más que tiempo desperdiciado», fue la respuesta del señor Steele. Durante todo el camino de regreso a Indiana, Cati se burló de los padres de Raimundo. Él también se rió y aunque se detestó a sí mismo por hacer esto, añadió más historias para empeorar la situación.

Un tiempo después fueron a visitar a los padres de ella en el norte de Indiana. Su papá y su mamá estaban divorciados y cada uno se había casado con diferentes personas pero permanecían aún dentro de los mismos círculos sociales de cuando todavía estaban casados entre sí. Así que asistieron a dos cenas formales; visitaron dos veces el club campestre, jugaron cada vez un partido de golf: Una vez con el papá de ella y luego con su padrastro. (A pesar de su condición física y de su habilidad deportiva, Raimundo era excepcionalmente malo en este juego.)

Todo lo relacionado con ese medio le causaba repulsión. Él no era —ni sería— de los que acostumbraban a pertenecer a clubes. La ropa casual, que costaba más que un esmoquin; los chistes privados y la conversación trivial. La camaradería dentro de la que —aunque parecía casual y amigable— siempre terminaban hablando de asuntos relacionados con la marcha de los negocios de los otros, del funcionamiento de los autos de lujo que poseían o de cómo se las iban a arreglar para mejorar su juego en la próxima competencia.

Raimundo y Cati pasaron dos noches en las casas de cada uno de los padres de ella. En ambos casos, sin siquiera hacerles ni una sugerencia ni pregunta alguna al respecto, les dieron una sola habitación para los dos. Sin quererlo, Raimundo se sintió avergonzado, pero trató de convencerse a sí mismo que era la manera correcta y madura de actuar. ¿Por qué iban a aparentar que él y Cati llevaban una relación casta, cuando no era verdad? Toda esta sofisticada gente de mundo no consideraría —ni por un instante— que una pareja moderna de jóvenes estudiantes, que había estado junta por algún tiempo, iba a esperar hasta llegar al matrimonio para tener relaciones sexuales. ¿Por qué iba eso a sorprenderlo? Al fin y al cabo, estaban en lo cierto.

El regreso a la universidad fue distinto del regreso desde la casa de los padres de Raimundo. No hicieron críticas ni burlas de los padres de Cati. Ella estaba orgullosa de que, a pesar de estar divorciados, tanto su papá como su mamá aún influían en gran manera su propia vida. «Desde luego que, en un principio, decían cosas desagradables el uno del otro, pero después de un tiempo hicieron las paces, con el propósito de que mis hermanas y yo no sufriéramos», dijo ella con una risilla casi infantil. «Claro que nosotras aprendimos a manipularlos, haciéndolos sentir culpables por lo que nos habían hecho pasar, así que siempre conseguíamos lo que queríamos aunque no lo necesitáramos. Además, es fabuloso que los dos se volvieran a casar con personas de buena posición social ya que obtenemos el doble de todo. Ray, ¡imagínate lo que nos darán cuando nos casemos!»

Por supuesto que Raimundo podía imaginárselo. Aunque aún no le había pedido que se casara con él, después de seis meses de haber comenzado su relación ya estaban hablando como si dieran por hecho que algún día iban a ser marido y mujer. Hablaban de cómo Raimundo podía llegar a ser piloto comercial lo más pronto posible, de dónde irían a vivir, si iba a ser necesario que ella trabajara; a Cati no le interesaba en absoluto el tener que hacerlo. «El arreglo personal puede ser un trabajo a tiempo completo. Quiero estar siempre bella para ti, Ray. Eso requiere de mucho tiempo y dinero».

Se suponía que lo que acaba de oír era un elogio; él simuló aceptarlo como tal; no obstante, Raimundo tenía la sensación de ir sentado, resbalando velozmente por una terrible cuesta empinada, sin nada que pudiera detenerlo, excepto unas rocas puntiagudas. ¿Qué era lo que tanto le cautivaba de la personalidad de Cati? Parte de ello Raimundo lo sabía, era que él mismo quería tener muchas de las posesiones materiales que se requerían para mantener feliz a una mujer como ella. Él anhelaba ser dueño de una casa y de unos autos dignos de envidia. Además, aunque por el momento no era de los que pertenecía a clubes, quizás algún día lo sería. ¿Acaso semejantes casas y autos no venían también con una esposa bella, digna de ser envidiada? (Por otro lado, tenía que admitir que temía que si terminaba su relación con Cati, no lograría encontrar otra mujer tan bella como ella.)

Casi nunca discutían, pero no porque él no quisiera hacerlo. Había días en los que todo lo relacionado con ella, su estilo de vida, sus opiniones y prioridades, lo ofendían hasta lo más profundo de su ser. Siempre hacía lo que ella decía, iba donde ella quería y satisfacía sus prioridades. Ella rogaba, gemía y manipulaba, simulando que él era el hombre más dulce que ella había conocido por lo bien que la trataba. Además, estaba encantada de saberse en compañía de uno de los hombres más atractivos de la universidad. Por su parte, Raimundo sentía como si él hubiera desaparecido. A menudo hablaban del hecho de que ella tenía mucho dinero y él no, pero de cómo esto iba a cambiar pronto, lo cual la hacía aún más feliz.

Una tarde en el centro de la *ROTC* Raimundo e Irene se sentaron en su esquina de costumbre con los pies hacia arriba en un sofá excesivamente relleno. Las actividades de ese día fueron bastante arduas y terminaron con un documental de entrenamiento. Por fin, muchos estudiantes conversaban y pasaban el tiempo, iban de regreso a sus residencias estudiantiles o jugaban diversos juegos y se servían unos refrigerios en la sala de descanso.

Al parecer, Irene se había convertido en la única amiga de Raimundo aparte de Cati; si es que a esta última se la podía llamar así, dada la relación que los dos mantenían. De varias maneras, Irene, con su aspecto casi provinciano, le recordaba a Raimundo a su propia madre. Por un lado, debido a que durante las actividades de la *ROTC* siempre le llamaban por su primer nombre, Irene también lo hacía, aunque últimamente lo llamaba Raim. Por otro lado, Irene le caía bien ya que era inteligente y nada superficial. El haber vivido en muchos lugares distintos le había permitido aprender a valorar a la gente y a relacionarse bien con todos. Además, la pérdida de su padre parecía haberla dotado de una sobria sabiduría y de valores reales y prácticos.

—La mujer a quien dices amar ni siquiera te cae bien, Raim —dijo ella.

Él tuvo que sonreír ya que tal aseveración era la absoluta verdad.

—Hay que admitir que no voy a poder encontrar a alguien más bella que Cati Wyley. Ni siquiera sé qué es lo que la atrae de mí.

—Tal vez ella es más lista de lo que piensas. Tiene a todos esos hombres de las asociaciones estudiantiles muriéndose por ella, pero tú eres más apuesto que todos ellos y tienes muchas posibilidades para un buen futuro. Tú eres un hombre más responsable y trabajador.

—«Posibilidades para un buen futuro», pero aún no lo he logrado —contestó Raimundo.

—Admítelo, Raim. Volaste solo por primera vez a los dieciséis años de edad y obtuviste tu licencia privada antes de terminar la escuela secundaria. Tuviste que trabajar y fuiste un excelente estudiante y líder. No te menosprecies a ti mismo.

—Parece que también debo alardear mucho.

—Bueno, de alguna manera tenía que enterarme de todo lo que habías logrado hacer. Quién mejor que tú mismo para contármelo.

—¿Quieres que te diga algo irónico, Irene? Hasta he orado por Cati.

—¿Has orado por ella o acerca de ella? —preguntó Irene con interés.

—Oro solo por mí. De verdad no creo en eso de orar por otras personas.

—Entonces, ¿cómo oras?

—Si debo o no casarme con ella.

—¿Realmente estás preguntándole eso a Dios? ¿Qué te ha dicho al respecto?

—¡No me ha dicho nada! —exclamó Raimundo mientras reía—. No debería sorprenderme. La última vez que asistí a la iglesia fue cuando Cati y yo estuvimos visitando a mis padres. Ellos sencillamente dieron por sentado que iríamos. Esa fue para mí la primera vez en dos años. Cati me dijo que para ella era la primera vez desde que estaba en séptimo grado, cuando una amiga fanática de la religión la convenció para que la acompañara. Su comentario fue: «¡Nunca más volveré a asistir, lo juro!» —dijo Raimundo imitando la voz chillona de Cati.

—Yo no he vuelto a orar —respondió Irene luego de permanecer en silencio por un momento—. De verdad me hace falta.

—¿Solías asistir a la iglesia?

—Me crié asistiendo a la iglesia—dijo Irene—. Sin embargo, la oración nunca pareció darme resultado. Oraba y oraba por cosas que nunca sucedían. No estoy segura, pero tal vez era debido a que las mías eran oraciones egoístas. Por ejemplo, cuando mi hermano menor nació con espina bífida cística de la peor clase: Myelomeningocele, pensé que era algo muy injusto. ¿Qué había hecho mi hermanito para merecer semejante cosa? Entonces oré fervientemente para que se sanara. Algunas personas que sufren de esta enfermedad sobreviven hasta pasada la adolescencia, pero él murió cuando apenas tenía diez años.

—Lo siento mucho, Irene.

—Creo que debí orar con más fervor por mi papá —replicó ella y se encogió de hombros—. Cuando él se fue a la guerra, parecía que estábamos orando todo el tiempo. En la capilla de la base militar la gente oraba por todos los que habían sido enviados a la zona de combate. Sin embargo, nadie parecía mencionar que dichas oraciones daban resultado para unos pero no para otros. Cuando padres, madres, hijos e hijas regresaban vivos, la gente decía que sus oraciones habían sido contestadas, pero cuando los soldados regresaban en ataúdes nadie decía que sus oraciones «no habían sido contestadas». De todas maneras, eso era lo que yo sentía. Después del funeral de mi papá, mi mamá no pudo obligarme a regresar a la iglesia. Tampoco he orado desde entonces.

—Pero ¿sientes que te hace falta?

—No sé para qué —contestó Irene—. Nunca obtuve respuesta alguna, pero tengo que admitir que cuando oraba sentía que estaba en comunicación con Dios. Aunque nunca le oí y nada parecía salir de la manera que yo le pedía, a veces sentía que Él estaba allí escuchándome.

—¡Así es como yo me siento! —exclamó Raimundo—. Como te dije, no digo que tenga que recibir una respuesta audible, pero cuando le pregunto si debo o no casarme con Cati, me parece que por lo menos debería recibir una indicación de una manera u otra.

—¿No la has recibido?

—Solo tengo un gran pesar al respecto. Siento que no es lo que debo hacer ya que sé que no es lo correcto.

—Así que Dios está diciéndote lo mismo que yo y también tu conciencia hemos estado tratando de decirte. Tal vez eso es Dios: Nuestra conciencia.

—Es probable que tengas razón —dijo Raimundo—. Sé bien lo que tengo que hacer respecto a Cati. Ya no debería hacerme más preguntas acerca de mi relación con ella.

Irene preguntó a Raimundo si quería una galleta. (A él le pareció que fue la mejor oferta que había tenido en mucho tiempo, por lo que se preguntó a sí mismo qué le estaba pasando.) Irene fue a la mesa de los refrigerios y regresó no solo con la galleta que más le gustaba a él —una con trozos derretidos de chocolate—, sino que además le trajo una taza de café preparado tal como él lo hacía.

—¿Tú no vas a comer nada? —le preguntó Raimundo luego de darle las gracias.

—No, yo no tengo hambre —contestó ella mientras sacudía la cabeza—, pero pensé que a lo mejor tú sí.

Raimundo no solo quedó impresionado por la amabilidad y generosidad de Irene, sino que también se dio cuenta de que Cati nunca había hecho y —él estaba casi seguro— nunca haría algo semejante. Aunque ella le hablaba dulcemente y siempre lo manipulaba para conseguir lo que quería y luego le premiaba con chillidos de gusto, él sabía que Cati no era capaz de preocuparse por lo que él prefería o sentía.

—¿En qué estás pensando, Raim? —preguntó Irene.

—Entonces, ¿tú ya no crees en Dios? —dijo él.

—Me parece que todavía creo en Él —respondió ella luego de haberse quedado pensativa por un rato—. Desde luego que creo en Dios. No estoy segura de que me gusta lo que hace, pero sí estoy segura de que no confío en Él.

Eso era todo en lo que Raimundo podía pensar esa noche, cuando él y Cati salieron para comer pizza. Ninguno de los dos tenía edad para beber bebidas alcohólicas, pero a él nunca le pedían su identificación y ella tenía un carné falsificado. Mientras comían y bebían las jarras de cerveza, Raimundo se inclinó hacia delante y debido al alboroto que había en el lugar, trató de hablar a gritos con Cati.

—Cati, ¿crees en Dios?

—¿Qué?... Claro que sí. Creo que es un Ser supremo que creó el universo y que además, de vez en cuando me saca de apuros.

—¿Hablas con Él?

—¿«Él»? No estoy segura que Dios es «Él», pero sí le hablo esporádicamente.

—¿Por ejemplo?

—Mmm . . . por ejemplo cuando de verdad quiero algo o cuando hago algo que no debo . . . como cuando no estudio para un examen —contestó Cati mientras lo miraba extrañada, como si hubiera perdido interés en el tema y no sabía qué estaba pensando él.

—¿Él te responde?

—¿Quieres decir «ella»? —replicó ella con una sonrisa—¿O «ello»? No. Solo hace que me sienta mejor. Hace que estudie un poco más, aunque sea de manera rápida y superficial. Dios ayuda a quienes se ayudan a sí mismos.

(Esa era una de las frases predilectas del papá de Raimundo.)

—¿Has orado por mí alguna vez? —preguntó él.

—¿Cómo sabías eso? —contestó ella mientras se sonrojaba.

—Solo tenía curiosidad.

—Sí. En realidad lo hice. Desde la primera vez que te vi me

atrajiste mucho y quise ser tu novia. Le prometí a Dios muchas cosas si me concedía mi deseo.

—¿En serio?

—Y ella me lo concedió —dijo ella.

Cati se rió de lo que acababa de decir. Raimundo atribuyó esto a que quizás había tomado demasiada cerveza.

—¿Qué le prometiste?

—Que me mantendría en buena condición física. Que nunca engordaría. Que nunca te avergonzaría al no tener buen gusto para vestirme.

Raimundo no pudo siquiera dar una sonrisa fingida. Se sentó hacia atrás y quedó mirando al vacío, sin hacer caso de todo el alboroto a su alrededor. No podía creer lo que acababa de oír. Cati no había prometido ir a la iglesia, ser una mejor clase de persona o hacer algo para ayudar a los pobres y a los necesitados. No había prometido algo por el estilo. Si Dios le concedía a Cati lo que deseaba —ser novia de Raimundo— ella solo había prometido ser peor de lo que ya era: Una persona vacía, llena de sí misma.

Ella extendió su brazo por encima de la mesa y le tomó de su antebrazo.

—Entonces, ¿te parece que estoy cumpliendo mis promesas?

—¿Mmm . . . ?

—¿Te parece que estoy cumpliendo mis promesas?

Él asintió.

—¿Qué quieres decirme?

Tal vez era la cerveza, aunque él por lo general se tomaba dos jarras sin que le afectara, pero después de tanto orar y preocuparse durante el año pasado, Raimundo sabía que había llegado el momento decisivo. Estaba a punto de decirle la verdad, pero no sabía cómo hacerlo. Lo que más le preocupaba era la reacción de Cati. Sabía que ella se pondría histérica. (Se preguntó si este era el lugar para hacerlo.)

—¿Qué está pasando en esa bella cabeza tuya? —preguntó Cati— ¿Estás orgulloso de mí? ¿Estás orgulloso de ser mi novio? ¿Estás orgulloso de que te vean en mi compañía? ¿Te parece que estoy cumpliendo las promesas que le hice a Dios?

Raimundo se imaginaba respondiéndole: «Francamente, eso pudiera ser lo más tonto que he escuchado en toda mi vida». Pero sabía que al día siguiente se arrepentiría de haberlo dicho. Entonces él le pediría disculpas, alegando que debido a la cerveza que había tomado había dicho cosas sin sentido. La convencería para que le perdonara y le pediría que se casara con él. (¡El solo pensar en eso le daba malestar estomacal!)

—Dime algo Ray —suplicó ella—. Me asustas.

—¿Qué?

—Necesito que me digas si estoy cumpliendo mis promesas a Dios.

—¿Si estás cumpliendo tus promesas? —contestó él mientras se reprochaba a sí mismo— ¿Quién más podría cumplirlas de mejor manera que tú?

No era una respuesta, más bien una escapatoria. No obstante, ella había escuchado lo que quería oír.

—Me amas, ¿verdad? —dijo ella en tono afirmativo en lugar de hacer una pregunta.

—Con todo mi corazón —replicó él mientras la abrazaba, la acercaba hacia él y se sentía a la vez como el mentiroso más grande del mundo.

Una tarde en la que Irene se apareció usando maquillaje a los entrenamientos de la *ROTC*, Raimundo se quedó atónito. Lucía bonita dentro de su propio estilo. Ella venía preparada para el regaño del comandante. Por supuesto que este la regañó, pero no seriamente. Más bien le hizo bromas acerca de que tal vez ella tenía una cita o un novio. Con una sonrisa de satisfacción, Irene ignoró todos esos comentarios. Raimundo pensó que tal actitud demostraba cuán valiente era.

Ese día, él invirtió los papeles. Mientras conversaban en la sala de descanso, sin preguntar, Raimundo le trajo una taza de su café favorito: Bien cargado y con azúcar.

—Así que . . . ¿Para qué es esto? —preguntó él mientras hacía un círculo con su dedo alrededor de su propia cara.

—¿Te gusta?

—Deja de hacer preguntas como las que hace Cati. Luces muy bien.

—¡Qué bueno! Estoy tratando de impresionar a alguien.

Raimundo, sin querer, contuvo la respiración. ¿Acaso Irene se refería a él mismo? ¿Por qué se iba a preocupar? Él no tenía un interés romántico en ella. Además, él estaba muy comprometido con Cati —por lo menos debía estarlo— e Irene lo sabía muy bien.

—¿Puedo adivinar quién es el afortunado? —dijo él sin sonar como hubiera querido.

—Tú lo conoces —contestó ella.

—¿En serio?

Irene asintió.

—Entonces, ¿todavía tengo que adivinar?

—Solo puedes hacerme veinte preguntas.

—¿Está él aquí en esta universidad?

—Sí.

—¿Es parte de la *ROTC*?

—Sí.

—¿Cuán bien le conozco?

—Esa pregunta no se puede contestar con un «sí» ni con un «no» —dijo ella.

—¿Le conozco bien?

—Lo suficiente. Reconocerás su nombre de inmediato —contestó Irene y se encogió de hombros.

—Me doy por vencido.

—No, no puedes darte por vencido. Esta *ROTC* no es tan grande y tú conoces a todos los miembros.

—¿Jenny? —preguntó él.

—¡Ah, seguro! Ahora soy lesbiana —dijo ella y se echó a reír.

—No, no puedes engañarme.

—¿Ah, sí? ¿Cómo sabes que estoy tratando de hacerte una broma?

—Una vez bailé contigo, ¿recuerdas?

—Bueno, eso no me convenció de que tú fueras heterosexual. ¿Qué hice yo para convencerte de que yo no era lesbiana? —respondió Irene con los ojos entreabiertos.

Raimundo pensó que ella fue un tanto torpe y parecía que no pudieron acoplarse bien . . . «No, no era verdad. Irene debía estar bromeando».

—Entonces, ¿estoy en lo correcto? ¿Se trata de Jenny? Ciertamente, ella tiene un aspecto algo masculino . . .

—Siempre me dicen que todas las mujeres de la *ROTC* lo tienen . . . No, no se trata de Jenny. No soy lesbiana y tú lo sabes, así que no desperdicies una pregunta.

—¡Se trata del comandante Olsson! —exclamó él a manera de broma—. El sueco te atrae. ¿Estoy en lo cierto? ¿Verdad? Esta noche tienes una cita con Bodil Olsson.

—¿Cómo lo sabías?

Era un buen chiste. Olsson tenía por lo menos el doble de su edad. Además, aunque era bien conocido el hecho de que era soltero, también se sabía que se había casado más de una vez. No obstante, con gran sorpresa, Raimundo vio que Irene se sonrojó. Eso le indicó que al menos estaba cerca de adivinar.

—Pero el comandante te hizo bromas por llevar puesto maquillaje.

—Ingeniosa manera de disimular, ¿no te parece?

—¿Realmente se trata de Olsson?

—Me preguntó si quería salir en una cita con él y yo acepté —respondió Irene.

—¿Adónde van? ¿Qué van a hacer?

—¿Acaso eres mi mamá? Iremos al cine y luego a cenar.

Raimundo sacudió la cabeza. Ese bribón de Olsson. ¿Quién se lo hubiera imaginado? Debería haber algún reglamento que prohibiera esto.

—¿De verdad él te atrae? —preguntó Raimundo.

—¿Cómo lo voy a saber? Al parecer él tiene algún tipo de interés en mí.

VEINTIDÓS

RAIMUNDO TRATÓ DE convencerse a sí mismo de que su obsesión acerca de la cita que Irene tenía con el comandante de la *ROTC*, Bodil Olsson, se debía nada más a que se sentía con la responsabilidad de protegerla por tratarse de una buena amiga. Raimundo creía considerar a Irene como a una hermana, por lo que no quería que fuera a sufrir algún desengaño. Aunque Olsson era un buen tipo, también tenía un historial de fracasos matrimoniales —por lo menos dos—, según Raimundo sabía. Además, el hombre casi tenía el doble de la edad de ella. Él no debería permitirse estar atraído hacia ella y viceversa.

Comparada a Cati Wyley y su estilo, Irene era simple. Raimundo tenía que admitir que Irene lucía muy bien con un poco de maquillaje. Además era esbelta, atlética, inteligente, chistosa y agradable. Según él sabía, ella no acostumbraba a salir en citas con ninguno de los hombres. Nunca mencionó si había tenido un novio, ni siquiera en la escuela secundaria, y tampoco la había visto salir formalmente con algún hombre. (¡Qué cosa! Quizás hasta era virgen.) Entonces, no era para sorprenderse que la pobre Irene fuera susceptible a las atenciones de un hombre mayor.

¿Por qué estaba Raimundo tan preocupado? ¿Acaso no debía alegrarse por ella? Además, era demasiado inteligente como para entablar una relación seria con un hombre con edad suficiente como para ser su padre. ¿Qué le importaba eso a Raimundo? Irene era una mujer adulta, ella podía hacer lo que quisiera.

Por un lado, tal vez era el hecho de que ella no parecía propensa a cometer un error semejante. En todas las conversaciones que habían tenido y a través de todos los consejos que ella le había dado, él había tenido la impresión de que ella era una persona distinta.

Por otro lado, ¿por qué estaba Raimundo dando por sentado que salir con Bodil era un error? Quizá las esposas anteriores de Olsson fueron unas mujeres terribles y él era el desafortunado. Quizás Olsson merecía una buena mujer como Irene.

¿Qué estaba pensando Raimundo? ¿Acaso creía que solo una cita iba a terminar en matrimonio? Estaba obsesionado con todo esto y no sabía por qué. Aún le quedaba una hora antes de tener que ir a ver a Cati, así que se dedicó a buscar en la Internet, hasta que encontró el reglamento para relaciones románticas entre los comandantes de la *ROTC* y sus subordinados. Se dio cuenta de que, debido a un solo detalle, dicho reglamento no se aplicaba al caso de Irene. Ella no era oficialmente una estudiante becada, ni estaba comprometida para ir a una escuela militar; Irene era una persona civil. Al parecer las reglas militares no podían dictar lo que Olsson y especialmente Irene hicieran durante su tiempo libre.

Este asunto traía a Raimundo muy preocupado, tanto que Cati lo notó distante con ella. Le preguntó varias veces qué era lo que le preocupaba tanto, hasta que por fin él le contó cuál era el problema.

—¿Irene «la simple»? —replicó Cati— ¡Me alegro por ella!

—No, no me parece bien. ¿Cómo podemos estar seguros de que es bueno que ella se relacione con un hombre tan mayor como ese?

—¿Con quién más va ella a poder entablar una relación romántica, Ray? Tan solo su nombre es suficiente para ahuyentar a la mayoría de los hombres.

—Ella no escogió su nombre. Tiene que ver con algo de la historia de su familia. Además, ella no se preocupa por eso.

—¡Ah! ¡Cómo que no! —dijo Cati— Si yo hubiera tenido

un apodo como ese, me lo habría cambiado antes de venir a la universidad.

—Parece que sí, Catalina.

—Bueno, yo cambié mi nombre hace mucho tiempo. Es cierto que el nombre «Catalina» estaba pasado de moda en el momento en que nací, pero «Irene» es todavía peor porque viene del tiempo de nuestros abuelos. Además, una mujer puede escoger el nombre que le guste.

—Ella no tiene problema alguno con su nombre —contestó Raimundo.

—Pues, como lo dije, me alegro por ella.

El hecho de que a Cati le pareciera bien que Irene hubiera aceptado una cita con el comandante, era una de las razones por las que este asunto le causaba a Raimundo aún más preocupación. Cualquier cosa que a Cati le parecía bien era un problema seguro.

Mientras iban caminando Cati se le adelantó y se volvió hasta mirarlo de frente para continuar caminando de espaldas.

—¿Sabes lo que quiero hacer esta noche, Ray?

—Dímelo, por favor.

—Que vayamos a escoger mi anillo de compromiso.

—¿En serio?

—¿Podemos ir, por favor?

—¡Por qué no! —dijo él y se encogió de hombros.

En realidad, Raimundo tenía un sinnúmero de razones para no ir con Cati a escoger su anillo de compromiso. Ni siquiera le había propuesto matrimonio y cada día que pasaba le daba menos ganas de hacerlo. Ella estaba acostumbrada a salirse con la suya. Este no era más que otro caso de lo mismo, pero esta vez iba a acarrear consecuencias desastrosas.

—¡Gracias! —exclamó ella mientras lo tomaba del brazo para volver a caminar junto a él—. Ya he visto varios anillos que me gustan de entre los cuales puedes escoger. Además, todos van muy bien con mi vestido de novia.

—¿Tu «vestido de novia»? ¿Acaso ya lo tienes?

—No, todavía no, pero ya lo mandé a pedir.

—¿Ya mandaste a pedir tu vestido de novia?

—No quería perder la oportunidad de comprarlo. Lo vi en una revista y me gustó tanto que no pude resistir las ganas de tenerlo. Todas mis damas de honor piensan que es perfecto.

—¿Tus «damas de honor»?

—Bueno ya sé quiénes van a ser mis damas de honor. Aún no se lo he dicho a todas, pero . . .

—¿Acaso ya has escogido la fecha de la boda también?

—Estábamos pensando en el próximo verano, ¿verdad?

—Al parecer tú lo has estado pensando.

—¡Ah! ¡Ray, no te comportes así! Disfrutemos de todo esto. Es la época más especial de nuestras vidas.

Tal vez de la tuya.

Llegaron a una pequeña y selecta joyería en West Lafayette. El asistente de gerencia del lugar —quien insistía que Raimundo le llamara Billy—, por la forma en la que saludó a Cati parecía conocerla bien. (Raimundo pensó que esto no era una buena señal.)

—Estás en lo cierto, los diamantes de talla marquise se están poniendo de moda otra vez —dijo Billy a Cati y sacó una caja con varios tipos de anillos con dicha piedra preciosa—. Mira cuán bien quedan estos anillos con el vestido de la foto que me mostraste.

Raimundo le echó a Cati una mirada de enojo. ¿Acaso este desconocido había visto la foto de su vestido de novia? Rápidamente, ella sacó de su cartera una foto doblada y la extendió sobre el mostrador para que Raimundo la viera. Él tuvo que admitir que era bellísimo y le quedaría muy bien a ella, pero se quedó atónito al ver el precio. Cati debió darse cuenta.

«Mi papá y mi padrastro costearán los gastos», dijo ella.

Los marquises que había seleccionado eran grandísimos y sus precios eran igualmente descomunales. El más pequeño de ellos costaba el triple de lo que Raimundo planeaba pagar si se decidía proponerle matrimonio. Él trató de disimular su incomodidad, pero Cati pareció entender lo que estaba pensando

—Nada me haría más feliz que tener este anillo —afirmó ella mientras se ponía un anillo con una piedra preciosa de dos y medio quilates.

—Ese anillo cuesta la mitad de mi sueldo, si es que mañana mismo encuentro un trabajo como piloto comercial de los aviones turborreactores más grandes —dijo Raimundo—. Ambos sabemos que aún faltan varios años para que eso suceda.

—¡Ah, Ray! Podemos hacer un esfuerzo. Esto es muy importante para mí. ¿Por favor, cariñito mío?

¿«Cariñito mío»? ¡No, ni en sueños podría él pagar por algo semejante!

—¿Tiene algo más o menos de este precio? —preguntó Raimundo mientras escribía a escondidas en un papel cierta cantidad y se lo daba a Billy.

Cati se inclinó para tratar de verlo, pero Raimundo no se lo permitió.

—Tú no debes saber cuánto cuesta —dijo él.

—Tal vez tengo algo en la bodega, pero quizá no con un marquise —replicó el asistente de gerencia y arqueó las cejas luego de echarle un rápido vistazo a las vitrinas de exhibición.

—Asegúrese que sea un marquise —insistió Raimundo—, aunque tenga que hacer un pedido especial.

—No voy a estar feliz a menos que me compres el anillo que te acabo de mostrar —afirmó Cati, quien parecía estar molesta o avergonzada. Se soltó del brazo de Raimundo y se dirigió a la vitrina de los relojes con los que, al parecer, se quedó entretenida.

—Entonces, ¿no quieres un anillo menos costoso?

—No. Tú no quisieras que yo pasara vergüenza, ¿verdad?

A Raimundo le pareció que avergonzarla no sería tan mala idea.

Billy se demoró tanto en regresar de la bodega que Raimundo pensó que este estaba dándole indirectamente un mensaje de desprecio. Le parecía increíble que encontrar un anillo cuyo costo fuera más razonable, fuera tan difícil.

Finalmente, Billy regresó trayendo consigo un anillo que a Raimundo le pareció lo bastante grande, aunque era de menos de un quilate. Aunque Billy parecía estar tratando de ser lo más optimista posible, se notaba a las claras que este anillo le causaba aversión.

—Bueno, esta piedra preciosa es de alta calidad . . . para su tamaño —dijo Billy.

—Es hermosa —contestó Raimundo—, Cati, mira . . .

—Espera un momento —respondió ella.

Billy se dedicó a sacar brillo al anillo, hasta que ella se decidió a acercarse lentamente y sin lugar a dudas, con una actitud de desconfianza. Él sostuvo el anillo bajo la luz, pero ella aún no mostró interés.

—La banda no es del color apropiado —afirmó ella.

—Se la podemos cambiar fácilmente —respondió Billy.

—Sin duda es bonito, pero no es lo que yo quiero —insistió Cati.

Raimundo ya no pudo contenerse más y esta vez sí dijo algunas maledicencias. Cati se dio la vuelta y simuló observar otras vitrinas.

—Muy bien, entonces, ¿por qué ustedes dos no se ponen de acuerdo y luego me dicen lo que quieren? —dijo Billy—. Puedo hacer un pedido especial para ustedes, diseñarles algo exclusivo, hacerles algo que vean en un catálogo, cualquier cosa.

—Tú ya tienes el anillo que quiero y Ray sabe cuál es.

—Sí, ciertamente lo tengo.

—Tenemos varios planes de pago —continuó Billy—, podemos encontrar la manera de adaptarnos a casi cualquier presupuesto. Permítanme que se los muestre, sin compromiso.

—No, no creo que . . .

—¡Sin compromiso, Ray! —exclamó Cati—. ¿Cuál es el

problema? Óyelo por lo menos. Tal vez pueda ayudarte a hacerme feliz.

¡Qué gran día será ese! Raimundo tuvo que acceder ya que no quería parecer un hombre poco razonable.

—Esto solo tomará un momento —aseguró Billy mientras le señalaba a Raimundo una silla. Cuando los dos se sentaron, Cati se puso de pie detrás de Raimundo y comenzó a darle masaje en los hombros (no hacía falta pensar si lo estaba manipulando o no). Billy sacó un gráfico plastificado y fue señalando con el dedo una columna hasta encontrar el precio del mentado anillo.

—Señor, si puede dar el diez por ciento como pago inicial, el cual lo puede pagar con su tarjeta de crédito (pero sí lo hace así tendremos que cobrarle un sobrecargo, por lo que tal vez quisiera pagar con cheque), este sería su pago mensual por seis años.

Raimundo sacudió la cabeza y oyó a Cati dar un suspiro.

—Con un pago inicial del veinte por ciento, tendría que pagar esta mensualidad.

—Aún es demasiado para mí —afirmó Raimundo.

—¡Eso no es cierto! —interrumpió Cati—. Podrías arreglártelas para reunir esa cantidad. Tu padre podría hacerte un préstamo. Mi papá te lo haría, aun mi padrastro, si fuera necesario. Entonces, con un pequeño esfuerzo, dejando de comprar ciertas cosas cada mes . . .

—Sí, tal vez dejando de comprar un auto.

— . . . esto solo será un poco difícil hasta que consigas el trabajo que quieres.

—Aun dando el cinco por ciento de pago inicial, podrían llevarse el anillo esta misma noche —aseveró Billy.

—No, yo . . .

—¿En serio? ¡Ah, Ray! Podría mostrarle el anillo a mis amigas esta misma noche. ¡Sería el momento más feliz de toda mi vida!

—Deme un cheque por el cinco por ciento —dijo Billy con una sonrisa—. Haremos los arreglos necesarios para que luego de sesenta días podamos cargarle en su tarjeta el otro quince por ciento (recuerde que no tendrá que hacer ningún pago hasta después de treinta días después de esa fecha) y luego comenzará a hacer los pagos mensuales. ¡Así de fácil!

—¡Ah, Ray! ¡No puedo decirte cuánto de verdad esto significa para mí! —exclamó ella mientras se inclinaba para susurrarle al oído—. Pero te lo mostraré esta noche . . .

Sé exactamente cuánto significará para mí, pensó Raimundo. Sabía que era demasiado.

Eran las nueve de la noche y aunque no tenía nada que ver con la situación en la que se encontraba, Raimundo se dio cuenta de que estaba pensando en Irene y su cita.

—No estoy preparado para hacer esta compra esta noche —afirmó Raimundo y en seguida sintió que las manos de Cati sobre sus hombros se volvieron lánguidas a la vez que esta se alejaba de él.

¡Ah, grandioso!

—Seguro, solo quiero que sepa que aquí estamos para servirle en cualquier momento en que esté listo.

—¿Hasta qué hora está abierta esta tienda? —preguntó Cati.

—Estaré aquí hasta las diez. Si el reducir el pago inicial al cuatro por ciento les ayuda, yo estaría dispuesto a hacerlo. Entonces, dentro de dos meses, haremos el cargo del dieciséis por ciento restante a su tarjeta de crédito.

—No, el problema no es solo eso —comenzó Raimundo a explicar—. Yo . . .

—Ray, cuatro por ciento. Es casi nada.

—No esta noche.

Súbitamente, Cati salió enfurecida del local.

—Mil disculpas —dijo Raimundo.

—No hay problema —respondió Billy—. Por lo menos ya sabe cuánto le costará hacerla feliz.

Esa era una afirmación muy verdadera.

—Tengo la corazonada de que ustedes regresarán.

No se haga ilusiones.

Cuando Raimundo salió, Cati ya estaba a media cuadra de distancia. Estuvo a punto de llamarla o de correr hasta alcanzarla, pero ¿por qué? Ella siempre reaccionaba de una manera tan dramática. Sin querer, él comenzó a sentirse como un malvado. No era su intención herirla ni decepcionarla. Ella se dejó caer en una banca en la esquina y escondió el rostro entre sus manos. Raimundo se dijo a sí mismo que esta vez no iba a complacerla.

Cuando él llegó, ella estaba llorando quedamente. Cuando se sentó junto a ella, Cati aguantó la respiración como si quisiera escuchar a Raimundo pedirle disculpas, pero él no lo hizo. Él le puso una mano sobre el hombro hasta que, de un tirón, ella se hizo a un lado.

—Así que lo único que te va a hacer feliz es ese anillo, ¿verdad? —dijo él, queriendo añadir: «¿Acaso yo no te hago feliz? ¿No te hace feliz que yo te haya escogido como mi esposa?». El problema era que él aún no le había propuesto matrimonio. Sabía que el comprarle ese anillo lo daría por sentado.

—Sí —contestó ella.

Él sacudió la cabeza. *¡Increíble!*.

—¿Acaso es mucho pedir, Ray? ¿Es que no trajiste tu chequera?

—Por supuesto que no la traje conmigo. No la llevo conmigo a todas partes.

—Pero yo sí tengo la mía.

—¿Quieres comprar tu propio anillo?

—¡Luego puedes devolverme mi dinero! Es solo el cuatro por ciento.

—Ese cuatro por ciento es bastante dinero.

—Al parecer yo ni siquiera merezco eso.

Él comenzó a pensar que de verdad ella no lo merecía.

—Ray, déjame escribir el cheque. Luego puedes devolverme mi dinero y así no tendrás que comenzar los pagos mensuales hasta después de tres meses. Además, si necesitas que yo le pida a mi papá o a mi padrastro . . .

—¡No! Si vamos a hacer esto, yo asumiré la responsabilidad.

—¡Ah, Ray! ¡Te amo! ¡Te amo!

Ajá . . . Así parece . . .

—¡Será lo más grandioso que me haya sucedido en toda mi vida!

Raimundo no podía creer que estaba pensando en acceder a hacer semejante cosa. ¿Por qué Cati era capaz de ejercer tal dominio sobre él? Ella le había puesto en semejante posición, como si él era lo máximo en el mundo para ella. Ella le había dado la opción de hacerla feliz con una —muy costosa— palabra.

—¡Por favor, Ray! Nunca más te pediré algo. Por el resto de nuestras vidas, pediré tu consentimiento para cualquier compra. Además, me privaré de cualquier cosa hasta que estemos establecidos con una buena situación económica. ¿Por favor, cariñito?

—Así que, por casualidad, trajiste tu chequera.

—Siempre la llevo conmigo, Ray.

—¿Estás segura de que esto es lo que realmente quieres?

De un brinco ella se puso de pie, dando saltos y chillidos de alegría. Él deseaba que ella le hubiera dicho: «No quiero obligarte. Quiero que lo hagas solo cuando estés listo y entusiasmado por todo esto». Pero por lo que él podía ver, ella no tenía ni la más mínima intención de decir algo semejante. Cati le había obligado a acceder. A ella no le importaba lo que él pensaba acerca de la situación. Este ya era un trato hecho. Ella lo tomó de la mano y de un tirón le hizo ponerse de pie. Corrió de regreso a la joyería, llevando a Raimundo a rastras detrás de ella.

Raimundo sabía que lucía avergonzado cuando entraron otra vez al lugar, pero Billy —quien al parecer ya estaba acostumbrado a esta clase de situación— se encontraba ocupado sacando brillo al anillo de Cati.

—Tenía el presentimiento —dijo él—. ¿Lo quieren en una caja, en una bolsa o . . . ?

—Lo llevaré puesto —contestó Cati a la vez que lo tomaba. No solo no le pidió a Raimundo que se lo pusiera, ni siquiera esperó que él le propusiera matrimonio, menos aún le iba a pedir que pidiera a uno de sus padres su mano.

Raimundo sintió como si estuviera en la orilla de un abismo. Estuvo a punto de poner punto final, no solo a la transacción, sino a la relación con Cati. Sabía que, a pesar de sus promesas, esta iba a ser la clase de vida que tendría si se quedaba con esta mujer. «Cambié de opinión», se imaginaba diciendo. «No quiero hacer esto ni esta noche, ni nunca. Lo nuestro se acabó».

No obstante, Cati estaba allí de pie, admirando su anillo, dándole vueltas bajo la luz para que el diamante brillara mejor.

—Señor, ¿desea pagar con un cheque para así no tener que pagar el cargo adicional o . . . ?

Raimundo sacó su tarjeta de crédito y miró a Cati. Esperaba que esta explicara que ella iba a escribir el cheque para el pago inicial. Pero ella no dijo nada en absoluto y él no le iba a pedir que lo hiciera.

—Cárguelo todo aquí —dijo él.

—Está consciente de que añadimos un . . .

—Sí, está bien —respondió Raimundo—. No hay problema.

(Acababa de decir la mentira más grande de su vida.)

En el camino de regreso a la residencia estudiantil de Cati, Raimundo no dijo ni una sola palabra; no hacía falta. Ella estaba completamente absorta, no podía contener su emoción, ni podía dejar de abrazarlo. En cada esquina, ella le hacía detenerse para darle un gran beso, recordándole continuamente que estaba preparada para cumplir su promesa de premiarlo esa noche. Lo único en lo que Raimundo podía pensar era en que estaba orgulloso de que nunca había tenido que pagar para tener una relación sexual, pero parecía que ahora estaba comprometido con una muy costosa mujer de. . . . Lo menos que quería hacer esa noche era ir a la cama con ella.

En la esquina de la residencia estudiantil de Cati, él se detuvo.

—Te veo mañana.

—¿Estás seguro? Pero . . .

—Estoy seguro, Cati. Disfruta de las reacciones de tus amigas y diles buenas cosas acerca de mí.

Tal vez será la última vez que lo hagas.

—¡Lo haré! —dijo ella—. Puedes estar seguro de que serás el hombre más codiciado del lugar. Mañana también se lo mostraré a todos.

¿Qué me pasa?, se preguntó Raimundo. *Soy un gran cobarde.*

Regresó a su residencia estudiantil y todo lo que quería hacer era hablar con Irene. Llamó por teléfono a su habitación y se sorprendió de que ella ya estuviera de regreso.

—¿No te fue bien? —preguntó él.

—No, en realidad no —contestó ella.

—Espero que Olsson se haya comportado bien.

—¡Ah, sí! Se comportó como un perfecto caballero.

—¡Ah! Es por eso que no te fue bien. ¿Esperabas que se comportara mal?

—De ninguna manera. Ya te lo contaré en algún momento.

—¿Qué tal si me lo cuentas esta misma noche?

—Si tú te animas, yo también, Raim. ¿Estás seguro de que no estás cansado?

—También tengo algo que contarte.

—¿En serio?

—Ajá . . . Estoy comprometido.

—Estás bromeando, ¿verdad?

—Con anillo y todo. Pero tal vez mañana ya no lo estaré.

—¡Ah! Tienes que contarme lo que sucedió.

—Escucha, Irene: Dime que no volverás a salir con el comandante y yo terminaré mi relación con Cati para que tú seas mi novia. ¿Trato hecho?

—Sí, como no —contestó ella mientras se reía, después de

una pausa lo bastante larga como para que Raimundo pensara que la había ofendido—. Eso es todo lo que me hace falta: Tú, recuperándote de tu decepción amorosa. Te propongo algo: Piensa con el cerebro y termina con la «Niña rica»; demuéstrame que estás hablando en serio, sin salir con alguna mujer por unos meses; entonces tomaré en cuenta tu solicitud.

—¿Me lo prometes?

—Pero primero tengo que contarte lo que me sucedió y tú también tienes que contarme lo que te sucedió a ti.

—¿Te veo en la sala de descanso de la *ROTC*?

—En veinte minutos —dijo ella.

VEINTITRÉS

AUNQUE YA ERA TARDE, unos cuantos estudiantes más
de la *ROTC* aún estaban en la sala de descanso. Miraban
televisión, jugaban y conversaban. Irene se había cambiado
de ropa y ahora llevaba puestos un suéter y unos pantalones
de mezclilla.

—¿Se supone que debo felicitarte? —preguntó ella a Raimundo mientras le daba un abrazo.

—De ninguna manera. Te contaré lo que sucedió, pero primero cuéntame lo que te pasó a ti.

Se sentaron en unas sillas cómodas en una esquina y tomaron café.

—No fue como lo esperaba —dijo Irene—. En resumidas
cuentas, fue casi como ir a la iglesia.

—¿Cómo dices? Comienza por el principio.

—Bueno, salimos de aquí pero primero fuimos a su oficina.
El comandante Olsson comenzó estableciendo ciertas reglas.
También insistía en que le llamara por su primer nombre,
Bodil, pero yo simplemente no podía hacerlo. (Diría que él
hasta me causó algo de aversión.) En primer lugar, él dijo que
yo no debía preocuparme porque, a pesar de que teníamos
una cita de verdad, él en realidad no estaba buscando una
esposa.

—¿Él te dijo eso?

—Sí —contestó ella—. Entonces yo le dije que eso estaba
bien ya que, francamente, yo lo veía más como una figura
paternal. Raim, él hombre lucía abatido.

—Así que él en realidad sí estaba buscando una esposa.

—¡No! No lo creo. Creo que más bien se ofendió por el hecho de que, indirectamente, mencioné lo de su edad. Lo que quise decir es que le veo como a una figura paternal porque de verdad tiene edad suficiente como para ser mi padre.

—¡Ay!

—Mmm . . . Me sentí un poco mal, pero en fin, por poco y me hace firmar un papel estipulando que nuestra cita era enteramente de carácter civil y que nada de lo que él dijera o hiciera debería ser tomado como si fuera parte de la ROTC ni del ejército.

—Eso debió asustarte. ¿Cuáles eran sus intenciones?

—De hecho me asustó y se lo dije. Le pregunté: «¿Por qué debía yo estar preocupada?» A lo que él me contestó: «Tú no tienes de qué preocuparte, pero yo sí. No quisiera que fueras a decir que me aproveché de mi cargo para reforzar mis palabras». Entonces le dije que estaría más preocupada por sus acciones que por sus palabras. Otra vez él dijo: «Ya te dije que esta cita no se trata de comenzar una relación romántica. De hecho, creo que no estoy en libertad de volver a casarme mientras que mis ex esposas siguen aún con vida».

—Eso hubiera bastado para hacerme huir —afirmó Raimundo.

—Casi lo hice. Entonces, le dije: «Comandante, tal vez no es una buena idea que salgamos en esta cita. Usted me está asustando». Luego, él se disculpó de mil y una formas. Se rió y me dijo que no se había puesto a pensar cómo podía ser interpretado lo que me acababa de decir y me aseguró que no tenía un plan fuera de lugar para mí, ni para sus ex esposas.

—Entonces, ¿fueron a cenar y luego a mirar una película?

—Fuimos a cenar, pero no fuimos al cine. Pensé que la conversación nunca acabaría. En realidad, Raim, fue sumamente interesante.

—Soy todo oídos.

—Me llevó al restaurante «Julio» y . . .

—¡Ah! ¡Qué impresionante!

—No tienes que decírmelo. Él es muy caballeroso. Me

abrió las puertas, me ayudó con la silla, se preocupó de todos esos detalles. Hasta tenía consigo su Biblia.

—¿En serio? ¿Él tiene una Biblia?

—Sí, aunque no lo creas y se nota que la usa mucho.

—No te la leyó y menos en público, ¿verdad?

—No, aunque esa era una de mis preocupaciones. No obstante, sí me preguntó si estaría bien que él orara por la comida cuando esta llegara. Nunca antes, en toda mi vida, había tenido la sensación de estar llamando tanto la atención.

—¿Por qué no le pediste que no orara?

—Porque en realidad no me molestó mucho, es algo más bien anticuado. Me recordó las películas antiguas en las que se ve a familias enteras orando antes de comer.

—¿Tú familia acostumbra a hacer eso?

—Si el capellán venía a visitarnos —respondió ella—. Pero ya perdimos la costumbre.

—Olsson no es un capellán, ¿verdad? Él no ha estudiado en una escuela teológica ni en un seminario ni cosa por el estilo, ¿o sí?

—No que yo sepa, pero sí quiere serlo. Esa es su próxima meta.

—Ni siquiera sabía que asistía a una iglesia.

—Antes no solía hacerlo y eso es lo más interesante de su historia. Él fue salvo apenas el año pasado.

—¿Salvo?

—Así es como él lo llama. Él estaba deprimido por sus divorcios y se dedicó a beber mucho. Tuvo muchos amoríos de una sola noche con varias mujeres que luego no quería volver a ver, especialmente cuando estaba sobrio. Un día, un hombre en la calle estaba dando a los transeúntes unos folletos que explican cómo encontrar una vida nueva con Dios y él tomó uno. Me dijo que el hombre trató de conversar con él, allí mismo en la calle, pero Olsson tuvo vergüenza por lo que siguió caminando. Me contó que cuando llegó a su casa leyó dicho folleto, encontró una Biblia, leyó los versículos indicados y fue salvo.

—¿De qué se salvó?

—Me imagino que de su horrible manera de vivir. Todo esto, en comparación a la manera en que yo crecí, me pareció más drástico. Es cierto que nosotros íbamos a las capillas de las bases militares, pero no éramos bautistas ni cosa por el estilo. ¿No son ellos los que siempre están hablando de ser salvos?

—Creí que hablaban de ser bautizados —respondió Raimundo—, pero quizá también hablan de ser salvos.

—Bueno, salvo o como quiera que se diga, el comandante fue salvo. Oró cierta oración y se fue a buscar al hombre con los folletos. No lo pudo encontrar hasta unos días después y el hombre lo puso en contacto con una iglesia. De paso, te cuento que estoy invitada a ir a su iglesia.

—No me digas.

—¡Ah, sí! Todos los miembros de la ROTC también están invitados, así como todas las demás personas que él conoce. Sabes una cosa, Raim, no voy a ir —le dije eso y también le dije el motivo—, pero tengo que admitir que esto de ir a la iglesia le ha hecho mucho bien. En realidad parece feliz y convencido, también se esmera mucho por contar a otros de su experiencia. Él es muy cuidadoso y finalmente, me di cuenta por qué fue tan insistente en dejar bien claro que nuestra conversación era de carácter personal y no oficial. Supongo que podría tener problemas si estuviera haciendo esto usando su cargo oficial.

—De eso no cabe duda. ¿Así que trató de que tú también fueras salva?

—Claro que sí. Le dije que quizás algún día regresaré a la iglesia, pero que por el momento Dios y yo teníamos algunos problemas serios debido a lo que sucedió con mi hermano y con mi papá. Él trató de explicarme que Dios entiende muy bien lo que es perder a un miembro de la familia. Eso fue algo interesante. Siempre creí que si eso de que Jesús murió en la cruz era verdad, fue porque Dios así lo quiso, ¿verdad? Además, Él luego levantó a su Hijo de entre los muertos, lo cual no sucedió con mi papá. Entonces, el comandante me dijo que yo debía hablar con Dios al respecto. Le dije que ya lo había hecho hasta el cansancio, pero insistió diciendo que Dios no se cansaba, que yo debía ser franca con Él, que debía decirle que no estoy de acuerdo con Él, que no le tengo confianza, cualquier cosa que yo estuviera sintiendo. Tengo que admitir que nunca antes había escuchado algo semejante. Le dije que tal vez retomaría la religión si algún día me caso y tengo hijos. No puedo ni imaginarme el tratar de criar a mis hijos sin asistir a la iglesia. Eso por lo menos te hace pensar cómo tratar de ser un mejor ser humano.

—No puedo decir que me muero de ganas por regresar a la iglesia —replicó Raimundo—. Mis padres creen que Cati y yo asistimos a la pequeña iglesia ubicada cerca de la universidad.

—¿A la Capilla Wayside? ¿Por qué creen eso?

—Por lo general no les miento, pero a veces tengo que decirles una mentirilla. Cuando mi mamá me preguntó a qué iglesia estaba asistiendo, le dije que Wayside era la iglesia más cercana y ella me preguntó si me gustaba. No le contesté, solo le dije: «Bueno, no es como la Central». Ésa es la iglesia a la que ellos van y a la que yo fui durante mi infancia y mi adolescencia. Lo que le dije le pareció un elogio para la Central.

—¿Qué pensó de ti?

—Supongo que tengo que asegurarme que no vengan de visita un domingo, ya que darán por sentado que los llevaremos allí. Entonces se darían cuenta de que no conocemos a nadie.

—¿Por qué no puedes decirles la verdad?

—¿Decirles que la única vez que he ido a la iglesia es cuando Cati y yo fuimos a visitarles? No, eso sería devastador para ellos.

Irene fue por otra taza de café y trajo otra para Raimundo.

—¿No te parece que ser sincero es lo mejor que puedes hacer? —preguntó ella.

—¿Está eso en un versículo bíblico?

—Probablemente. Debería preguntárselo a Olsson.

—La sinceridad puede ocasionarte problemas —replicó Raimundo mientras se reía.

—La falta de sinceridad también puede hacer lo mismo —afirmó Irene—. Tengo la corazonada de que esta noche no fuiste sincero.

—Bueno, te cuento que no fui sincero con Cati —dijo él y se sentó hacia atrás.

—¿En realidad estás comprometido con anillo y todo?

—No, en realidad no estoy comprometido, pero ella y todos los demás así lo creen —contestó él—. Ese anillo les convencerá.

—¿Tú no le propusiste matrimonio ni acordaste en la fecha ni cosa por el estilo?

Raimundo le contó todo lo sucedido.

—Ya me pareció extraño —afirmó ella—, que estuvieras aquí cuando acababas de comprometerte.

—Posiblemente Cati también pensaría lo mismo.

—¡Ah, Raim! —exclamó Irene mientras se presionaba las sienes con los dedos—, estás en un gran problema.

—Ya lo sé.

—¿Por qué? —preguntó ella.

—«¿Por qué?» ¿A qué te refieres?

—¿Por qué permitiste que todo eso sucediera? No estás preparado para casarte con ella y quizá nunca lo estarás. Ya te lo he dicho, es evidente que ella ni siquiera te cae bien. ¿Acaso tus relaciones sexuales con ella son tan buenas?

—Bastante buenas —contestó él con una sonrisa.

—Eso no es chistoso. Eso está fuera de tu carácter. Bueno, quizá no lo está si ni siquiera puedes decirles la verdad a tus propios padres.

—¡Muy cierto! —exclamó él.

—No estoy discutiendo amistosamente contigo, Raim. ¿Qué estás haciendo? Me importas mucho como amigo y veo que estás a punto de arruinar tu vida. ¿Cómo vas a salir de semejante lío?

—¿Sugieres que diga la verdad?

—¿Qué más puedes decir? ¿Acaso vas a aparentar que tienes una enfermedad incurable? ¿Vas a huir? ¿Vas a suicidarte? ¿Qué más puedes hacer?

—Esas opciones no son tan malas.

Irene se puso de pie y fue a mirar a través de las ventanas. Raimundo sabía que ella no podía ver hacia afuera con todas las luces del centro encendidas, tenía que estar observando su propio reflejo.

—Irene, no me abandones ahora —dijo él—. Todavía te estoy escuchando.

—Muy bien —continuó ella—, ¿somos verdaderos amigos?

—Por supuesto.

—¿Pueden los amigos decirse la verdad el uno al otro?

—Ciertamente, tú puedes.

—Entonces, Raim, escúchame. Tú eres un hombre impresionante. Eres apuesto, atlético, bien parecido e inteligente. Tienes muchas ambiciones, sabes lo que quieres y cómo alcanzarlo. ¿Por qué tienes tanto miedo de decir la verdad? Cati no te cae bien y tampoco la amas. Quizás ella sea una sinvergüenza, yo no la conozco así que no puedo afirmar tal cosa, pero aparte de eso, ella merece saber lo que verdaderamente estás pensando.

—Pero eso no será agradable.

—¡Claro que no lo será, pero eso es culpa tuya! ¡Tú la has estado engañando! Ella cree que la adoras y ahora piensa que estás comprometido de por vida con ella. No deberías permitir que pase ni un día más sin que antes le digas la verdad.

—¡Santo cielo!

—Tú sabes que tengo la razón.

—Sí, lo sé —aseveró él mientras asentía con tristeza.

—¿Qué vas a hacer Raim?

—Espero que aún pueda casarme contigo.

—Ya te dije que no te aceptaré mientras estés recuperándote de esta decepción amorosa —afirmó ella con una sonrisa.

—Esperaré, haré todo lo que sea necesario.

—Hablas en serio.

—Estoy hablando en serio, Irene. En realidad estoy hablando en serio. Haríamos la pareja perfecta: Tú me dirías siempre la verdad y me obligarías a hacer lo mismo.

—Estás hablando de arruinar una hermosa amistad.

Irene se sentó otra vez y los dos permanecieron en silencio por unos minutos. Raimundo se preguntaba cuál era su problema. Ella tenía razón. Tenía que terminar su relación con Cati lo antes posible. ¿Acaso ahora se estaba enamorando de Irene? Tal vez no era amor, sino que más bien ella era su refugio durante esta época tan difícil. Alguien con quien podía contar cuando su vida parecía estar a punto de arruinarse. Raimundo no podía ni imaginarse la devastación que iba a quedar cuando todo esto terminara. Cati lo odiaría. Sus amigos lo odiarían. Sus familiares también lo odiarían.

—No va a ser fácil —dijo por fin Irene.

—No creo que sea posible hacer esto por correo electrónico —dijo él mientras daba un suspiro.

—Muy gracioso. Tampoco por teléfono. Sé un hombre, Raim. Ella se lo merece. Tú lo mereces.

—¿Ya no me respetas como antes? —preguntó él.

Ella no respondió.

—Irene, se supone que tienes que decir que «no» y luego decirme que aún me admiras.

—Sí, ya lo sé. Admiro el hecho de que me hayas contado todos estos feos acontecimientos, porque al hacerlo fuiste franco aunque eso te hiciera quedar mal. Lo cierto es que nunca debiste dejar que sucediera lo que sucedió esta noche y tú lo sabes.

—Cuando todo esto termine, te voy a necesitar como mi amiga —afirmó Raimundo y la tomó de la mano.

—Aquí estaré —respondió ella mientras le quitaba la mano—. Pero hablo en serio cuando te digo que tendrás que esperar antes de iniciar una relación romántica conmigo.

—¿Crees que estaba hablando en serio acerca de eso?

—Sí, sé que sí lo estabas haciendo, pero antes necesito ver

si has madurado, Raim. No puedo exhortarte para que seas sincero, sin antes serlo yo misma. Me gustaría que nuestra amistad se convirtiera en algo más, pero no ahora, no contigo en esta condición. Al oírte contármelo, me di cuenta de que desde que bailaste con Cati por primera vez, ella no te cayó bien. Es más, todo lo que ella dijo e hizo te pareció erróneo, pero te gustó sentir su cuerpo cuando la abrazabas en la improvisada pista de baile.

—Muy superficial, ¿verdad?

—Tú mismo lo acabas de decir. Entonces, las cosas solo continuaron empeorando. Cati representaba todo lo que, desde niño, te habían enseñado a despreciar. De todas maneras, continuaste profundizando la relación: La llevaste a casa de tus padres, fuiste a visitar a su familia . . . Eso te convierte en un animal.

—Está bien, Irene, creo que he escuchado suficiente verdad por una noche.

—Discúlpame.

—No, lo merezco.

—Entonces, ¿qué vas a hacer y cuándo lo vas a hacer?

—Tengo que tratar de no hacerla quedar tan mal, ¿verdad? —dijo él.

—Si te es posible, siempre y cuando seas sincero con ella.

—No puedo decirle que detesto todo lo relacionado con ella y con sus valores morales y éticos.

—Estoy de acuerdo con eso. Quizá deberías decirle que tú la has engañado, que solo has estado simulando que la amabas.

—¿No crees que sería más fácil para ella si yo me echo toda la culpa? Además, esa es la verdad, ¿no te parece, Irene? No fue ella quien me engañó. Cati siempre se comportó como realmente era, es y será. Quizá nada de eso me guste, pero ella no me mintió.

—Es verdad.

—Entonces, ¿por qué no le digo que he sido deshonesto y que he encontrado a alguien más?

—Sé honesto, Raimundo. Sé honesto.

—Estoy siendo honesto.

—¡Raim!

—Estoy enamorado de ti, Irene. No me mires de ese modo. De verdad lo estoy. Cati merece saberlo, ¿no lo crees?

—No me metas en el lío. Ya te he dicho cuáles son mis condiciones. Además, ¿qué va a pensar cuando le digas que estás terminando con ella porque estás enamorado de mí, y luego nadie nos vea como pareja por un buen tiempo?

—¿Por cuánto tiempo me vas hacer esperar?

—Por lo menos dos meses. Escúchame bien. No estoy interesada en ser tu madre. No quisiera una relación en la que yo esté a cargo de todo, asegurándome que te comportes de acuerdo con mis parámetros. Quiero ver que te conviertas en el hombre que realmente eres. Audaz, seguro de ti mismo, sincero. Sin actuar de una manera que te decepcione aun a ti mismo.

—Tú ya has pensado en todo esto —dijo Raimundo.

—No, no lo he hecho.

—Entonces, eres muy inteligente.

—Bueno, eso es cierto.

—Déjame que te acompañe a tu residencia estudiantil —dijo él mientras se echaba a reír.

—¡Ah, santo cielo! —exclamó ella luego de mirar su reloj—. Sí, vamos ya.

—¿Vas a dejar que te dé un beso de buenas noches?

—Mientras tu novia está durmiendo con tu anillo puesto, ¿qué estás pensando?

Raimundo no pudo dormir, lo que no le sorprendió en absoluto. ¡Qué tonto había sido y por tanto tiempo! Cerca de las tres de la mañana salió de la cama, cansado de tratar de luchar en contra de sus arremolinados pensamientos y de sus ojos que no querían permanecer cerrados. Se sentó al borde de su cama, mirando a través de la ventana hacia una oscuridad interrumpida por las luces del alumbrado público. Puso los codos sobre las rodillas y la barbilla entre sus manos.

Estar aterrado del enfrentamiento con Cati, era algo para lo cual hasta podía formularse un plan de ataque y luego ir a dormir aunque fuera con un poco de dificultad. No obstante, su mente y su corazón estaban plagados con pensamientos del otro asunto: Estaba enamorado y no de Cati.

¿Cuándo había llegado Raimundo a tal conclusión? ¿Era esto real? ¿Era solo porque estaba recuperándose de una decepción amorosa, tal como Irene decía? No, esto era real. De hecho, Raimundo se dio cuenta de que antes no había sabido lo que era el verdadero amor. Nunca había tenido por otra mujer los sentimientos que ahora sentía por Irene.

¿Qué otra cosa más que el amor podía hacerle ver a Irene aún más bella que Cati? Seguramente nadie más estaría de acuerdo con este punto de vista, pero a él no le importaba. Estaba ansioso por abrazarla, besarla y declararle todo su amor. En cambio, el solo pensamiento de que tal vez tendría que dar a Cati un beso de despedida le daba asco.

¿Cómo pudo haberse metido en este lío? ¿Acaso en algún momento realmente pensó que iba a pasar el resto de su vida junto a una mujer tan superficial como Cati Wyley? ¿No era todo esto, en parte, también culpa de ella? En primer lugar, ¿qué la atrajo hacia él? Él podía darse cuenta por las miradas subjetivas y ansiosas de los amigos de ella —quienes pertenecían a su misma asociación estudiantil y andaban siempre por su residencia estudiantil—, que estos también se preguntaban lo mismo: «¿Cómo logró este insignificante piloto de la Fuerzas Aérea conseguir una cita con una mujer tan codiciada como ella?» Raimundo pensó que le podría decir que no tenía de qué preocuparse, que no le faltarían pretendientes.

Él tendría que ser cuidadoso y no mencionar nada de eso. No debía echarse cobardemente toda la culpa ni tampoco mostrar que el rompimiento se debía a Irene, su nombre no debería ni siquiera ser mencionado. Raimundo sabía que había sido un tonto, deshonesto y superficial. Sabía que lo habían atraído todos los aspectos negativos relacionados con Cati y ella se merecía algo mejor.

Si iba a ser completamente sincero, tendría que poner parte de la culpa en Cati. Ella se había precipitado al hacer el pedido de su vestido de novia, al rogarle que le comprara el anillo, cuando ni siquiera le había propuesto matrimonio. El asunto más importante era cómo iba a recalcar el hecho de que sus valores morales y éticos eran sumamente distintos. ¿Quién tenía la culpa de eso? Si él no estaba de acuerdo con su obsesión por lo material, debió haberlo mencionado hacía mucho tiempo. Ciertamente lo que le dijo a Irene era verdad: Cati no lo había engañado en cuanto a cuáles eran sus prioridades.

Al fin y al cabo, las prioridades de Raimundo no parecían ser mucho mejores que las de ella. Aunque su afecto ahora estaba dirigido hacia Irene y a pesar de que le fascinaba su carácter, él aún estaba obsesionado con la idea de llegar a ser alguien, de tener posesiones materiales, de darle a ella (bueno, darse a sí mismo, ya que Irene no parecía tener mucho interés) una casa hermosa en un vecindario elegante, un auto de lujo y de tener todo el dinero para poder costear todo eso. No obstante, si Irene en serio iba a darle una oportunidad, él estaba decidido a ser completamente sincero con ella. No volvería a simular, no volvería a ser deshonesto. Sería un hombre sincero, pero también sabía cuáles eran sus ambiciones e Irene también tenía que saberlo desde el comienzo.

En las horas de la madrugada Raimundo por fin sucumbió ante el cansancio y se quedó dormido por unas horas. Los timbrazos del teléfono lo despertaron.

—¿Ahora qué piensas de mí? —preguntó Cati con una voz coqueta.

—Creo que necesitamos hablar seriamente.

—¿Qué dijiste?

—Ya me escuchaste, Cati.

—No vayas a decirme que te estás arrepintiendo.

—No diría que es arrepentimiento, pero de veras necesitamos hablar seriamente.

—Ray, no te comportes así. Estamos comprometidos.

—¿Por qué estamos comprometidos? Ni siquiera te propuse matrimonio.

—¡Tú me compraste un anillo!

—«Tú» misma te compraste un anillo. Escúchame, Cati, no hablemos de esto por teléfono. Iré a verte.

Mientras se dirigía hacia la residencia estudiantil de Cati Wyley, deseando todo el tiempo que de algún modo pudiera tener a alguien consigo —a Irene, por supuesto—, se convenció a sí mismo que tenía que ser fuerte. No iba a ser fácil, tenía que aceptar casi toda la culpa por todo este lío, pero no retrocedería, no cedería. No estaría tranquilo si al final de la conversación no había dejado bien claro ante Cati que la relación entre los dos se había terminado por completo. De otro modo, Irene nunca le permitiría iniciar una relación romántica con ella. Raimundo tendría que pensar en todo esto, sin importar cómo Cati reaccionara.

Tal vez ella le iba a rogar, a suplicar. Era obvio que la salida más fácil sería dejarla que prometiera que iba a cambiar y darle la oportunidad de hacerlo. Pero eso sería injusto. ¿Por qué debía «ella» cambiar? Sus valores morales y éticos eran perfectamente aceptables para la mayoría de las personas. ¿Por qué tendría él que ser el árbitro de su vida?

Cuando Raimundo entró en la residencia estudiantil de Cati le fue obvio que el rumor ya se había corrido. Más amigas de ella que de costumbre estaban en los alrededores y todas le trataron con indiferencia y lo miraron con enojo y desprecio. Él podía imaginarse lo que estaban pensando: «¿Cómo te atreves a aparecerte por aquí?» «¿Cómo eres capaz de hacer esto?» «Más te vale que pienses bien las cosas».

—Le avisaré que ya llegaste. Espera aquí —le dijo una de ellas mientras le señalaba una sala de espera donde él y Cati habían pasado mucho tiempo juntos. Sin querer se dedicó a observar alrededor de la sala en busca de una salida. Esto era peor que cuando tenía que esperar por uno de los castigos de su padre.

Tomó asiento y estuvo tentado a encender el televisor para tener algo en que distraer su mente, pero no lo hizo porque pensó que al hacerlo estaría dando la impresión equivocada. Era justo que esto pareciera ser tan traumático para él como lo iba a ser para ella.

No obstante, no sería capaz de lucir de la manera que ella lucía. Tenía puesta una larga bata de baño, llevaba el cabello sujeto sobre la cabeza y no estaba usando nada de maquillaje. Cati cerró la puerta ante las miradas de muchas jóvenes que por casualidad estaban alrededor. Raimundo tenía que admitir que a pesar de todo se veía hermosa. Desde luego que ella podía lucir aún más hermosa, pero la estaba viendo de la manera como pudo haberla visto cada mañana por el resto de su vida: Una mujer que no necesitaba pasar una hora frente al espejo para lucir bien y que sin embargo, estaba dispuesta a invertir tiempo en verse aún mejor.

—Hola —dijo él.

Cati asintió y se sentó frente a él, con la cara cubierta de lágrimas, la nariz roja, los puños cerrados dejando asomar un arrugado pañuelo de papel. No llevaba puesto el anillo.

—¿De qué quieres hablar? —preguntó ella.

—No estoy listo —contestó él.

—¿Listo para qué? ¿Para esto? No voy a dejar pasar ni un minuto más sin que antes me digas que está pasando.

—No estoy listo para casarme.

—Ray, no nos vamos a casar hoy, ni este mes, ni el próximo. Aún tienes mucho tiempo para prepararte para nuestra boda.

—No habrá boda.

—¡Ah! ¡No hagas esto! ¿Por qué has cambiado de parecer?

—Cati, ni siquiera tuve la oportunidad de pensar bien en esto. Tú precipitaste todo. Asumiste muchas cosas. Me forzaste a ir más allá de lo que realmente quise.

—¿De verdad no querías casarte? Entonces, ¿cómo pensaste que nuestra relación iba a terminar? ¿Acaso pensaste que yo estaba yendo a la cama contigo solo por diversión? ¿Por qué tuvimos conversaciones acerca de dónde nos gustaría vivir, del tipo de autos que queríamos, de cuántos hijos nos gustaría tener? No me vengas a decir que pensaste en un futuro sin mí.

—Tengo que admitir que en esto tienes razón, pero de todas maneras precipitaste todo.

—Bueno, admito que cometí un error al hacerlo. Tomaré las cosas con calma. Devolveré el anillo y haremos las cosas más despacio. Discúlpame, mi intención no fue asustarte. Solo pensé que tú también tenías los mismos sentimientos que yo.

—No, no los tengo.

—Pero puede que más adelante sí, ¿verdad? Tú solo quieres concentrarte en tus estudios y en tus actividades de aviación. No tenemos que hablar seriamente de nuestra boda hasta el término del año escolar.

—No, Cati. Lo nuestro terminó.

—¿Terminó? ¿Por qué?

—Nuestra relación terminó. Estoy tratando de decirte que no estoy listo, que creo que no estoy . . . Déjame ser claro contigo, tú lo mereces.

—Ciertamente, lo merezco.

—Nunca voy a estar listo. No quiero casarme contigo.

El rostro de Cati se retorció en una mueca y tuvo que hacer un gran esfuerzo para hacerse entender entre sollozos.

—¿Por qué? ¿Qué hice que pudo haber sido tan malo? ¿Precipité las cosas? ¡Perdóname por amarte tanto! Discúlpame, no me di cuenta de que te estaba forzando demasiado. Puedo enmendar mis errores. No me dejes.

—Hemos terminado.

—¡Ray!

—No tengo intenciones de ser cruel, Cati, pero he estado simulando por mucho tiempo y eso fue un gran error.

—¿Fingiendo amarme?

—Sí. Lo que estoy tratando de decir es que en realidad creí

que te amaba, pero no es así. No podemos seguir juntos y tú tienes que saberlo. Sé que es mi culpa. Si yo no hubiera fingido, no estaríamos teniendo esta conversación.

—Ray, te suplico. Solo tómate un poco más de tiempo, piensa bien las cosas. Somos una pareja perfecta. Nunca he amado a un hombre de la manera que te amo a ti.

—Cati, deja de hablar así, por favor. Perdóname, de verdad estoy muy arrepentido, pero lo nuestro terminó. No quiero ser drástico, pero tienes que escucharme. La salida más fácil sería seguir fingiendo, pero eso solo prolongaría la agonía.

—¿Acaso me odias tanto?

—No, no te odio en absoluto. Te voy a extrañar, de veras. Pero no puedo seguir simulando que te amo.

—¿Ahora estás proponiendo que seamos amigos? Yo no puedo.

—Yo tampoco, Cati. Hemos tenido una relación muy íntima como para que ahora podamos ser solo amigos. Este es el fin de nuestra relación. Solo nos quedará el recuerdo de algo que casi dio resultado.

—No logro entenderlo —dijo ella y escondió la cara entre las manos mientras sus hombros temblaban. Raimundo quiso poner su brazo alrededor de ella, quiso abrazarla, pero se contuvo. No debía hacerlo.

—¿Qué les voy a decir a todos? —preguntó ella—. ¿Acaso les diré que me dejaste un día después de que estaba haciendo alarde del anillo que me compraste?

—Diles que soy un canalla, que no soy lo que tú pensaste. No quise decir esto, pero tienes pretendientes aún mejores que yo. Aquí tienes muchos hombres entre los que podrás escoger.

—Bueno, tal vez yo ya no estaré aquí —replicó Cati—, limpiándose la nariz mientras sacaba el anillo de uno de sus bolsillos y se lo devolvía—. Entonces, ¿no hay nada que yo pueda hacer?

—No, perdóname. Esto de verdad me duele mucho —dijo Raimundo mientras sacudía la cabeza.

—Quisiera poder decir que te odio.

—Yo también quisiera que pudieras decirlo. Asumo toda la culpa, Cati.

—Eso no tiene sentido, algo hizo que dejaras de amarme.

—Eso de echarse uno mismo toda la culpa es algo tan trivial, pero . . .

—Sí, de veras lo es —interrumpió ella—. Así que, por favor, no lo hagas.

—No tenemos que quedar de amigos, pero tampoco seamos crueles el uno con el otro, ¿de acuerdo? —dijo él.

—¿Por qué iba yo a ser cruel contigo?

—Porque estás furiosa y tienes razón de estarlo. Es fácil de entender, pero yo no hablaré mal de ti. Posiblemente nos encontraremos en algún lugar, así que espero que podamos ser mutuamente amables.

—No te puedo prometer que no hablaré mal de ti, Ray, pero si alguna vez nos volvemos a encontrar, puedes estar seguro de que seré amable —respondió Cati mientras se esforzaba por sonreírle.

VEINTICUATRO

ANTES DE CUMPLIR los doce años de edad, y a pesar de ser dos años menor que todos los demás miembros, Nic Carpatia ya era el presidente de la organización internacional llamada Juventudes Humanistas. Él dirigía reuniones en Luxemburgo (donde aprendió a hablar suficiente luxemburgués como para añadir sus nociones de este a su ya fluido dominio del francés y el alemán) y habló en dos conferencias internacionales: Una en los Estados Unidos en inglés y la otra en Hong Kong adonde habló en chino.

La revista *Time* publicó un artículo acerca de él, en el que se hizo destacar el hecho de que vestía trajes elegantes y que además, sabía anudar sus propias corbatas. También lo entrevistaron acerca de sus planes.

—Quiero servir a la humanidad —dijo él—. Me sustentaré con algún tipo de negocio, pues tengo aptitudes empresariales. No obstante, sé que terminaré ayudando en alguna clase de servicio al público.

—«Aptitudes empresariales» —repitió el periodista—. ¿Cómo pudo un jovencito aprender un término semejante?

—Del mismo modo que un adulto lo hace —contestó Nic seriamente—. Leyendo y consultando en un diccionario.

El reportaje fue muy popular en Cluj-Napoca y en su escuela, pero cuando Viv Ivins trató de exagerar su importancia, él respondió con cierto desdén: «No es algo significativo a menos que aparezca en la portada».

Irene cumplió su promesa: Hizo que Raimundo Steele esperara por lo menos dos meses antes de aceptar salir en una cita con él. Durante ese tiempo Cati Wyley había sido el centro de los rumores que circulaban en la universidad, por lo menos en su residencia y asociación estudiantiles. Ella dejó de asistir a sus clases y en el término de una semana había dejado la universidad y regresó a su casa.

Con mucha inseguridad, Raimundo aceptó las llamadas de los padres de Cati, así como también del padrastro de ella. Para cada uno de ellos tuvo que repetir los incidentes que lo llevaron a tomar su decisión. «Admito que tengo toda la culpa», dijo. «Manejé todo muy mal. Cati es una mujer maravillosa y le deseo todo lo mejor».

El papá de Cati fue el único que pareció entender lo sucedido, puesto que él fue quien, debido a una aventura amorosa, había abandonado a su esposa por lo que posiblemente tuvo que soportar muchas de las mismas penalidades que Raimundo ahora tenía que aguantar. En cambio, la mamá y el padrastro de Cati trataron de avergonzarlo, diciéndole cuán canalla era.

Pronto llegaron noticias del norte de Indiana acerca de que Cati estaba comprometida.

Aunque Raimundo e Irene aún no eran novios, pasaban tiempo juntos como lo hacían antes, solo que ahora lo hacían con mayor frecuencia ya que él no tenía la otra «obligación», como ahora se referían a Cati. Algo positivo por parte de Irene fue que ella no permitió a Raimundo hablar mal de su ex novia.

«Ella no fue la que te engañó», le recordaba Irene. «Tú estuviste muy consciente del lío en el que te estabas metiendo y sin embargo, contribuiste tanto como ella a tal enredo».

Irene estaba enloqueciendo a Raimundo al obligarlo a esperar. Lo único que le permitía era que la abrazara o que le diera un besito en la mejilla. Ni siquiera le dejaba que la tomara de la mano.

Él estaba obsesionado con ella y sus atenciones parecieron ejercer una influencia positiva en ella. Irene parecía estar siempre feliz y se esmeraba por lucir bien. Mientras se acercaba la fecha para su primera cita con ella, Raimundo se llenó de más ansiedad. Él quería que todo saliera a la perfección, pero ella le recordaba que lo más importante era estar junto a él.

Su primera cita fue de maravilla y pronto estuvieron profundamente enamorados, pero Irene dejó bien claro que no tendrían relaciones sexuales hasta su matrimonio, el cual no estaba planeado sino hasta después de terminar sus estudios en la universidad. En un principio Raimundo aceptó esta condición, pero mientras más tiempo pasaban juntos y más se enamoraba de ella, se convenció de que podía hacerla bajar la guardia para que cambiara de idea y sucumbiera ante sus deseos.

Al ver que Irene no cedía, él se volvió huraño. Por fin ella le dijo: «Si esto va a ser un problema entre nosotros no voy a querer estar junto a ti».

—¿Solo porque quiero demostrarte cuánto te amo?

—Raimundo, hay muchas maneras en las que puedes demostrarme cuánto me amas, incluso el saber esperar. Tenemos que hablar seriamente de esto porque es muy importante para mí. Así que lo que es importante para mí, también tiene que ser importante para ti. De otro modo nuestra relación no saldrá adelante.

—¿Desde cuándo eres virgen, Irene? En este tiempo, no me vas a decir que . . .

—No dije que era virgen, pero no puedo decir que antes estuve enamorada tampoco. Solo quiero que esperemos y si tú de verdad me amas . . .

—Ya entiendo —afirmó él pero cada vez que quería convencerla para que cediera, se daba cuenta de que ella estaba firmemente decidida.

Durante mucho tiempo Raimundo se había avergonzado de su nombre poco común, pero a Irene le gustaba. Ella nunca lo llamaba Ray y cuando quería abreviar le decía Raim. Así que él pronto comenzó a presentarse como Raimundo, a firmar así, a grabarlo e imprimirlo así en sus camisas y en sus membretes de identificación.

Cuando la mamá de Irene atravesó por una época muy difícil con su nuevo esposo —un militar como el difunto papá de Irene—, Raimundo decidió que pasaría el menor tiempo posible en la Fuerza Aérea. Él no estaba seguro si debido al ambiente militar algunos hombres se volvían difíciles para la convivencia, pero no quería arriesgarse. De todos modos, los buenos salarios estaban en la aviación comercial y allí era hasta donde quería llegar.

Debido a que Irene provenía de una familia militar y por lo tanto no había echado raíces en ningún lugar, ella estaba contenta de casarse y vivir en Indiana. Se casaron en la primavera del último año de estudios de Raimundo, así que los invitados a la Capilla Wayside fueron en su mayoría estudiantes y amigos de la *ROTC*.

Raimundo se alarmó al detectar los primeros síntomas de demencia en su padre. Él se perdía constantemente en la pequeña iglesia y le contaba a su hijo las mismas historias una y otra vez. Cuando Raimundo llevó a su madre aparte, ella estalló en sollozos.

—Tu padre se me está yendo —dijo ella. Raimundo temió que su mamá también estuviera delicada de salud. Cuando él era joven se había sentido avergonzado de que sus padres fueran mayores que los padres de sus amigos, pero ahora esto era un verdadero problema.

—Supongo que será mucho pedirte —continuó ella—, que ayudes a tu padre a vender su taller.

—Sí, eso sería demasiado pedir —contestó sin poder creer que semejante asunto hubiera surgido en el día de su boda—, no sé nada de negocios. Además, cuando me tenga junto a él, se le va a ocurrir que no necesita vender el taller y me acosará insistiendo que yo me haga cargo del negocio. Eso es lo que quiero evitar a toda costa. Mamá, si su mente está degenerándose tan rápidamente como parece, vas a necesitar que yo gane tanto dinero como pueda para que te ayude con los gastos de su cuidado.

Raimundo no se imaginó cuán proféticas fueron sus palabras. Seis meses después de la boda Irene estaba embarazada. Raimundo se dedicó a acumular tantas horas de vuelo como pudo en una pequeña instalación de la Fuerza Aérea cerca del aeropuerto O´Hare de Chicago.

Un tiempo después, Raimundo e Irene fueron invitados a la celebración del trigésimo aniversario de bodas de los padres de él. Este acontecimiento resultó ser algo muy triste. Parientes distantes que por alguna razón no habían podido asistir a su propia boda, asistieron a esta celebración en Belvidere. Quizás algunos tenían curiosidad por conocer a la esposa de Raimundo, pero muchos de ellos —él estaba seguro— estarían convencidos de que estaban a punto de ver por última vez al anciano señor Steele, tal como siempre le habían conocido.

Lo más triste para Raimundo fue ver a sus padres posando para que les tomaran su fotografía formal. Él se dio cuenta de que en el rostro de su madre había pánico, ya que llevaba consigo la carga de no perder de vista, ni por un instante, a su esposo, cuya condición había empeorado desde su matrimonio en Indiana. Sus padres se habían casado ya mayores y habían esperado más tiempo antes de tener a Raimundo, por lo que ahora ya estaban por los setenta años de edad, pero lucían aún mayores de lo que debían; muchísimo mayores en comparación con los jóvenes padres de los contemporáneos de Raimundo. En la mejor fotografía se veía al señor Steele con una sonrisa infantil de curiosidad y Raimundo sabía que su papá no recordaría haber posado para tal retrato.

Raimundo escuchó a su padre que preguntaba decenas de veces a sus familiares y amigos de muchos años cosas tales como: «Por favor, dígame otra vez su nombre». El señor Steele saludó tres veces a su propia hermana, como si esta hubiera acabado de llegar. «Yo la conozco», le dijo. «Me agrada que haya podido venir».

El pastel de aniversario tenía, obviamente, treinta velas y el papá de Raimundo observó con cierto regocijo y curiosidad cómo su esposa las apagó dando tres grandes resoplidos. «¿Cuántos años tienes?», le preguntó. «¿No vamos a cantar la canción de cumpleaños?»

La fiesta ya estaba por terminar. El papá de Raimundo se había ido a tomar una siesta aún antes de que algunos de los invitados hubieran comenzado a retirarse.

—Hijo, hay algo por lo cual quiero que ores conmigo —le dijo su mamá mientras lo llevaba a un lugar aparte. Él movió rápidamente sus ojos. Este comportamiento era poco común en su mamá. Ella no le estaría pidiendo que orara en ese preciso momento y en ese lugar.

—¿Todavía oras, verdad Raimundo?

—¡Ah!... Sí, claro que lo hago.

La verdad era que él ni recordaba la última vez que había orado. Además, lo que Dios estaba permitiendo que sucediera con su papá no iba a cambiar tal situación. Irene estaba resentida con Dios por haber permitido que su papá muriera en combate. Bueno, pero esto era peor. Quizás sería más fácil si le hubieran dicho que su papá había muerto al ser atropellado por un auto o mientras dormía.

—No me vayas a pedir que ore para que papá se sane, porque eso no va a suceder . . .

—No es eso —interrumpió ella mientras se esforzaba sobremanera por mantenerse serena—. Es que tu papá y yo teníamos una meta. Desde un principio sabíamos que las posibilidades de alcanzarla no eran muy buenas, debido a la edad que teníamos cuando nos casamos, pero hemos estado hablando de esto desde el día en que nos enamoramos.

Raimundo comenzó a sentirse incómodo con lo que su mamá le estaba diciendo. Él nunca había escuchado a sus padres hablar acerca de estar enamorados. Se llevaban bien entre sí, no discutían ni peleaban mucho, pero tampoco se demostraban tanto afecto mutuo.

—Mamá, estamos siendo descorteses. ¿Puedes hablarme de

esto más tarde? —le dijo Raimundo al darse cuenta de que estaban siendo constantemente interrumpidos por la gente que quería despedirse de ellos.

—De todas maneras no debería dejarte con esta carga —replicó ella.

—Tú eres la anfitriona y deberías . . .

—Está bien —respondió ella y se dirigió súbitamente hacia la puerta.

Raimundo no pudo negar que sintió un gran alivio, pero también se sintió culpable al ver a su mamá cumpliendo su papel de anfitriona, con una sonrisa silenciosa, con la cara enrojecida y con los ojos cargados de lágrimas.

—¿De qué te estaba hablando? —le preguntó Irene mientras ponía su mano en la de él.

—Raim, debes insistir para que termine de decirte cualquier cosa que sea —dijo ella luego de que él le contó lo sucedido—. Ella no va a insistir por cuenta propia. Convéncela de que ella es lo más importante para ti. Tú eres lo único que le queda. Ella tiene que saber que puede compartir sus cargas contigo.

—Irene, cualquier cosa que sea, va a obligarme a dar algo que no tengo. Tú y yo estamos tratando de salir adelante. Quiero comprar una casa, uno o dos autos decentes, un buen trabajo.

—¿Acaso no crees en karma?

—¿Karma? No, realmente no.

—Tú crees en karma. Estamos de acuerdo que de la manera que tratas a otros te tratarán a ti, ¿verdad?

Él se alejó y la miró con los ojos entrecerrados.

—Raim, no me mires de esa manera. Solo te digo que si no tratas bien a tus padres, lo mismo te puede ocurrir a ti algún día.

Cuando todos los demás se habían ido, Raimundo se dio cuenta de que su mamá lo estaba ignorando a propósito.

—Mamá, quiero que terminemos nuestra conversación —dijo él mientras se acercaba a ella.

—No, tú en realidad no quieres hablar conmigo.

Él echó un vistazo a Irene, quien asintió y señaló la otra habitación.

—Sí, de veras quiero que termines de decirme lo que estabas diciéndome hace rato. Ahora ven, toma asiento y dime que es tan importante para ti y para papá.

Raimundo pudo ver en la mirada de su mamá que con su mentira la había convencido. La verdad era que él deseaba continuar con esta conversación de la misma manera que anhelaba sacarse un diente con unos alicates.

—Raimundo, quiero que ores acerca de lo siguiente —dijo ella mientras tomaba las manos de su hijo entre las suyas y lo llevaba hasta el sillón de la sala—, aunque es evidente que la mente de tu papá se está deteriorando, ya que es casi seguro que tiene la enfermedad de Alzheimer. El médico dice que aparte de eso, él está tan saludable como un caballo. No sé por qué dicen eso, como si los caballos fueran más saludables que otros animales. No lo son, ¿verdad? Nunca escuché que lo fueran.

—No lo sé, mamá. Por favor, sigue contándome qué es tan importante para ti.

—¡Ah! Sí, perdón. Bueno, tu papá y yo siempre decíamos que queríamos celebrar nuestro quincuagésimo aniversario juntos.

—¿Cincuenta años?

Ella asintió.

—Pero él tal vez ni siquiera recuerda haber deseado tal cosa —dijo Raimundo, arrepintiéndose de haber dicho tal cosa tan pronto como salió de sus labios.

—No seas cruel.

—No estoy siendo cruel, solo estoy siendo realista. Si hay algo de positivo en todo esto es que, seguramente, él no se sentirá decepcionado por no haber logrado lo que ni siquiera recuerda haberse propuesto.

—Bueno, pero yo sí estoy anhelando alcanzar esa meta, ¿entiendes?

Este comportamiento era típico de ella y una vez más, hizo que Raimundo se sintiera culpable.

—El médico dice que es posible que tu papá viva otros veinte años —continuó ella—. Finalmente él tendrá que ser internado en alguna institución de cuidados de la salud o algo por el estilo, lo cual aumentará mis propias posibilidades de vivir veinte años más.

—Mamá, ¿por qué es esto tan importante? No lo estoy diciendo con desprecio. De veras quiero saber . . .

—Además de criar a un buen hijo y de desearte siempre lo mejor, el estar casados por cincuenta años fue la meta de nuestras vidas. Aún me gustaría realizar tal sueño, aunque tu papá no se dé cuenta.

Raimundo se imaginó como luciría la fotografía del quincuagésimo aniversario de sus padres.

—Entonces, ¿vas a orar conmigo acerca de esto? —preguntó ella—. Tal vez cuando te vayas a dormir en la noche.

Él asintió aunque se negó esta vez a decir en voz alta su mentira.

—Tú aún oras antes de ir a dormir, ¿verdad, Raimundo?

—A veces.

—Yo creo en la oración.

Pero yo no.

———————

La impaciencia de Raimundo por llegar a tener una buena vida se transformó en frustración mientras él e Irene pasaban los días con dificultad en su pobre y pequeño apartamento. Por supuesto que estaba emocionado por el bebé que les iba a nacer, pero aunque le daba mucho gusto ir acumulando tantas horas de vuelo como lo venía haciendo, le parecía que la vida era una carga. Irene se cansaba más y se ponía cada vez más irritable, conforme el bebé seguía creciendo en su vientre. Una vez que su papá fue internado en una institución para que lo cuidaran —la cual absorbía tanto de su salario como fuera necesario, a fin de cubrir el saldo que quedaba después de usar el seguro de sus padres—, su mamá también se volvió aún más dependiente y necesitada.

El caso no era que a Raimundo le daba pesar el ayudar a sus padres, sino más bien que estaba frustrado debido a que tenía que seguir esperando antes de poder realizar sus propios sueños. ¿Cómo iba a poder comprar una casa, autos y todas las demás cosas que hacían que la vida fuera digna de vivirse?

Aunque el nacimiento de su hija Cloe fue algo sumamente emocionante, Raimundo tenía que admitir que esa alegría no duró mucho. Él estaba rebosando de amor por ella, pero se había imaginado poder hacer cosas más paternales que tan solo ayudar a Irene con los quehaceres de la casa, cambiar los pañales a la bebé e ir a traerla en medio de la noche hasta su cama, para que Irene la pudiera amamantar. Raimundo se reprochaba a sí mismo por albergar tales sentimientos. Desde luego que aún amaba a su hija y a su esposa, pero la realidad era que su vida no era lo que él había soñado que llegaría a ser.

Además, tenía que lidiar con las ansias de Irene por comenzar a asistir a la iglesia otra vez.

—Pensé que ya habías escarmentado con eso de la religión —comentó Raimundo.

—Todo lo que he aprendido es que no sé lo suficiente —respondió ella—. Extraño las cosas buenas de todo eso. Además, hace años te dije que no quiero criar una hija sin que esta tenga la religión como parte de su vida.

Así que comenzaron a asistir a una iglesia muy grande en la que Raimundo fácilmente podía pasar de incógnito y de la que podía escabullirse tan pronto como el culto terminaba.

Irene parecía bastante satisfecha. Parecía que ella disfrutaba de ser esposa y madre, de pasar tiempo junto a Raimundo y de ayudarlo en su carrera profesional. No obstante, esto no era suficiente para él. Raimundo solicitó empleo en todas las grandes compañías aéreas y se dedicó con ahínco para reunir los requisitos para pilotear aviones a propulsión cada vez más grandes.

A fin de cuentas, la vida no era tan fácil ni divertida como él había pensado. Estaba convencido de que el dinero cambiaría todo para bien, también lo haría el prestigio que venía de ser el capitán de un avión de pasajeros.

———————

El día más feliz en la vida de Raimundo Steele —aunque no admitió ante Irene que este sobrepasó al día de su boda, a la noche de su luna de miel y al día en que nació su hija— fue cuando le ofrecieron el trabajo de ingeniero de vuelo de cabina en la Pan-Continental Airlines, para volar los aviones de la serie 747-200. Él había practicado en tales monstruosidades en la Fuerza Aérea y había dejado muy bien impresionados a los empresarios de la Pan-Continental.

De pie frente al espejo, puesto su nuevo uniforme azul, junto a Cloe (quien para entonces ya había cumplido los cuatro años edad) y a Irene, quienes le estaban admirando llenas de emoción, Raimundo no podía dejar de sonreír de gusto. Viéndose con sus casi dos metros de estatura, cien kilos de peso, con su galón dorado y sus botones brillantes, solo podía pensar en tener su casa en un área de gente con dinero y en comprarse un auto de lujo. Dentro de un mes estaba felizmente tan endeudado como le era posible.

Irene le advirtió que habían comprado una casa mucho más grande de lo que necesitaban, sin embargo, Raimundo pudo ver en los ojos de ella que también le encantaba el lugar. Cuando vivían en ese pobre y pequeño apartamentito ella había sido una ama de casa meticulosa, pero ahora era una mujer con una misión. Con su creatividad y precisión, ella hizo de su nueva casa un hogar hermoso y pulcro; lo convirtió en un verdadero remanso de paz y tranquilidad.

No obstante, algo complicaba la vida de Raimundo: Su padre estaba ahora completamente incapacitado. Había sido trasladado a una habitación con cuidado total, la cual costaba casi el doble de lo que la otra habitación había costado. También la salud de su madre se había deteriorado. Ella parecía haberse avejentado aún más y se veía más débil que nunca. El hecho de que su esposo no la reconociera, que ni siquiera se diera cuenta de su presencia, parecía haber destrozado su espíritu.

Peor aún, aunque Raimundo trató de convencerse a sí mismo de que no era verdad, había detectado en su mamá los mismos síntomas que su papá había tenido antes de ser diagnosticado con su enfermedad.

—Irene, dime que esto es solo parte del envejecimiento normal —dijo Raimundo.

—Quisiera poder hacerlo . . .

En los años siguientes, la familia Steele vivió al borde de la solvencia económica. Cuando su madre también tuvo que ser internada, Raimundo se dejó absorber por los muchos detalles de la venta de la casa de sus padres, por los intentos de recuperar algo de la venta del taller de su padre y por sus esfuerzos por mantenerse a flote con sus finanzas. A pesar de seguir bastante endeudado, su salario le permitía obtener más préstamos de los que podía pagar, pero él no iba a quedarse sin su BMW convertible y tampoco iba de dejar de comprar un sedán para su esposa.

—Yo no lo necesito —dijo Irene—. ¿Acaso tenemos suficiente dinero para comprar algo semejante?

—Claro que sí —replicó él—. No me quites el privilegio de comprarte algo bueno.

Aunque el solo pensamiento le agobiaba con sentimientos de culpa, Raimundo comenzó a desear que sus padres fallecieran de una vez. Se decía a sí mismo que eso sería lo mejor para ellos. Desde hacía ya mucho tiempo, su papá prácticamente casi no vivía, pues ni siquiera se daba cuenta de lo que le rodeaba y no llevaba nada que se asemejara a una vida normal. Su madre también estaba en el mismo camino. Morirse sería lo mejor que les podría suceder y también sería lo mejor para Raimundo y su familia.

De algún modo Nic Carpatia no experimentó las penalidades de la preadolescencia. Él nunca atravesó por la etapa de ser torpe ni desgarbado, ni tampoco su piel brillante sufrió de acné. Para cuando cumplió los dieciséis años de edad, Nic estaba tan adelantado en comparación a sus compañeros de clase que fácilmente hubiera podido terminar la escuela secundaria en ese mismo momento, pero le interesaba mucho el ser elegido el estudiante con el puntaje más alto para poder dar el discurso de despedida en la ceremonia de graduación. Una vez que consiguió eso, se matriculó en la Universidad de Rumanía en Bucarest, decidido firmemente a graduarse en solo dos años.

—Quiero hospedarme en el Intercontinental —le dijo a su tía Viv.

—Eso sería sumamente costoso —respondió ella.

—Además quiero que Diamante de Estrella también esté tan cerca de mí como sea posible.

—Veré lo que puedo hacer.

Por supuesto que ella haría todo lo posible. Tal parecía que la misión de ella en la Tierra era la de llevar a cabo todas las órdenes de Nic. Él creía que ella era divertida. A Nic le encantaba asistir a las clases que ella dictaba para decir antes que ella las conclusiones. El mundo de los infiernos parecía comunicarse con él primero, por lo que era capaz de aclarar los mensajes o hasta de decirlos en voz alta antes que ella misma los recibiera.

———

Irene Steele estaba hablando acerca de tener otro bebé, pero Raimundo no quería oír nada de eso. Él no quería decirle cuán delicada era su situación económica, pero ciertamente ella tendría una idea. Cuando Cloe tenía siete años de edad, Irene, cuidadosamente, le dio la noticia a Raimundo: Iban a tener otro bebé.

Aunque él trató de parecer entusiasmado, no pudo fingir.

Eso llenó de temor a Irene, que le duró hasta que pudo anunciar que iba a ser un niño y que esperaba que Raimundo estuviera de acuerdo en llamarlo también Raimundo. El ego de Raimundo creció y hasta comenzó a hablar de mudarse a un lugar aún más lujoso, hasta que ella echó a pique tales sueños.

«¿Acaso crees que no sé leer nuestros estados de cuenta del banco?», dijo ella. «Admiro lo que estás haciendo por tus padres, pero mientras eso continúe tendremos que quedarnos en esta casa».

A Raimundo le encantaba caminar por los corredores de los aeropuertos más grandes del país. Ya le estaban saliendo canas, pero le gustaba su nueva apariencia e Irene decía que así lucía aún más elegante.

Cuando Nic Carpatia cumplió los diecinueve años de edad, demandó una reunión con Ricardo Planchet.

—Ya es hora de que yo sepa la historia de mi nacimiento —dijo.

—¿Qué quieres decir?

—Tú sabes bien a lo que me refiero, Ricardo —respondió Nic mientras se daba cuenta de que a Planchet no le agradaba que lo llamaran por su primer nombre y menos cuando lo hacía un adolescente—. Quiero saber quién es mi padre.

—Eso es imposible. Es algo sumamente confidencial.

—Quiero saberlo mañana mismo —insistió Nic.

—Veré lo que puedo hacer.

Al día siguiente Planchet llegó a la suite de Nic. Traía una carpeta gruesa.

—Necesito recordarte que esta información es muy confidencial.

—¿Para qué me lo recuerdas, Ricardo? Solo muéstramela.

—No la puedo dejar contigo. Esta información no debe pasar de mis . . .

—Tú tienes fotocopias.

—Por supuesto, pero . . .

—Te la devolveré mañana.

—Muy bien.

Al día siguiente, Nic se apareció en la pequeña oficina de Planchet, la cual estaba ubicada en un edificio dilapidado en el centro de Bucarest.

—Este lugar es una vergüenza para la asociación —dijo Nic.

—Todo nuestro dinero se gasta en tu hospedaje y en tus caprichos, Nic.

—¿Acaso guardas algún resentimiento, Ricardo? —le preguntó el joven Carpatia y lo miró fijamente.

—Tal vez. ¿Estás familiarizado con la frase «caro de mantener»?

—¡Ah, Ricardo! ¿Estás familiarizado con la palabra «desempleo»?

—Por mucho tiempo he sido un leal empleado de la asociación como para tener que aguantar . . .

—¡Ah, siéntate! Tengo unas preguntas acerca del archivo que me diste.

—No sé que preguntas puedas tener, Nic. Toda la información esta ahí.

—Así que soy un fenómeno, ya que tengo dos papás.

—Correcto. Bueno, no lo de fenómeno, pero sí lo de dos padres.

—Entonces, ¿ellos recibieron todo ese dinero?

—Sí, por parte del señor Stonagal.

—Y tú te quejas de mis gastos.

—Bueno . . .

—Stonagal tiene ríos de dinero, Ricardo. Así que diría que, hasta el momento, yo soy una ganga. Quiero dos cosas: Una participación accionarial en un negocio de exportación e importación. Digamos de diez millones de euros para comenzar.

—¡Diez millones!

—Además quiero que estos dos oportunistas sean removidos de la nómina de pagos.

—Imposible.

—No si son aniquilados.

—Ellos son tus papás. No podemos simplemente . . .

—¿No estoy siendo lo bastante claro, Ricardo?

—Entregaré tu mensaje, Nic.

Carpatia lanzó la carpeta sobre el escritorio de Planchet y al salir, tiró todos los demás papeles al suelo.

—Esto me recuerda que también quiero una tercera cosa: Que de ahora en adelante me llamen por mi primer nombre verdadero.

—¿Nicolás? Parece que tú . . .

—¡Muy bien, Ricardo!

—Tú pareces muy joven . . .

—¿Muy joven como para estar ganando más dinero que tú? ¿Acaso era eso lo que ibas a decir?

—No. Yo solo . . .

—Porque eso pronto será verdad, ¿cierto?

—Bueno . . . lo que quise decir es que los espíritus serán los que tendrán que decidir si es que ser un hombre de negocios es lo que más te conviene.

—Por favor Ricardo, no me hagas perder mi tiempo —añadió Nicolás y se puso de pie.

Planchet dio un suspiro, levantó la carpeta y frunció el ceño dándole una mirada de enojo.

—Tú te vas a arrepentir de haber trabajado para mí, ¿verdad, Ricardo?

—¿Me arrepentiré? —preguntó Planchet.

—Bueno, vas a terminar trabajando para mí. La pregunta será, si te arrepentirás o no de hacerlo.

—Soy un soldado leal, Nic . . . olás. Nicolás. Haré lo que se me ordene.

—Sé que lo harás. Dime algo. ¿Cuándo tiene uno el privilegio de hablar con el mandamás, el líder, el jefe?

—¿Con Stonagal?

—¿Tú piensas que él está a cargo? —dijo Nicolás mientras se echaba a reír—. Tal vez por eso es que pronto terminarás trabajando para mí. No, no estoy hablando de Stonagal. Tú sí conoces a quién me refiero.

—¿Al espíritu principal? ¡Ah! Eso es un privilegio. Un privilegio poco común.

—¿Y tú, Ricardo? ¿Has tenido tú ese privilegio?

—En dos ocasiones diferentes, hace muchos años. También la señorita Ivinisova. Ella una sola vez. Te voy a decir una cosa: En realidad no se trata de que tú le hables a él; más bien, él te habla a ti.

—Pero luego tú puedes responder, ¿verdad?

—Por supuesto.

—Estoy muy ansioso de comunicarme con él.

VEINTICINCO

CUANDO RAIMUNDO finalmente se convirtió en capitán, creyó tenerlo todo. Logró poner sus finanzas bajo un mínimo de control y esperaba con ansias el nacimiento de su hijo Raimundo, a quien Irene ya le llamaba Raimundito.

A Raimundo le fascinaba volar, estar al mando, supervisar a la tripulación, dirigirse a los pasajeros y estaba, además, orgulloso de su historial de seguridad. No obstante, cuando Raimundo se permitió el lujo de analizar su vida, se dio cuenta de que vivía para satisfacerse a él mismo y a nadie más. Él hacia cosas para Irene y Cloe y pronto las haría también para Raimundito. Sin embargo, su más elevada prioridad era él mismo.

Raimundo también estaba orgulloso de que nunca había permitido que su gusto por bebidas alcohólicas interfiriera con su trabajo. Una tarde del mes de diciembre, momentos después de que llegó listo para un vuelo, el aeropuerto O'Hare fue cerrado debido a una fuerte tormenta de nieve. El pronóstico del tiempo se presentaba desolador; Raimundo creyó que su vuelo sería cancelado y que le enviarían de regreso a casa así que él y varios de sus compañeros de trabajo disfrutaron de unos tragos. Luego se quedaron en la sala de espera de los pilotos, donde aguardaban que los enviaran de vuelta a sus casas.

Sin embargo, de pronto la nieve dejó de caer. Los camiones quitanieves habían logrado limpiar las pistas de despegue y pronto se escuchó el anuncio de que los vuelos se iniciarían otra vez en media hora. Raimundo preguntó a sus compañeros si sentían que estaban en condiciones de volar luego de haberse tomado esos tragos. Ellos le contestaron que no habían bebido mucho y que se sentían bien como para pilotear.

Raimundo, a pesar de también sentirse bien, prefirió no arriesgarse. Llamó a su supervisor, Earl Halliday.

—Aceptaré cualquier descuento que sea necesario en mi salario, Earl —dijo Raimundo—, pero me tomé unos tragos porque estaba seguro de que los vuelos serían cancelados. Así que no estoy en condiciones de volar.

—¿Dónde voy a encontrar uno que te reemplace a esta hora, Steele? —respondió Halliday—. ¿Estás seguro de que solo unos tragos te afectarían tanto?

—Perdóname, Earl, pero esta noche no voy a pilotear un avión.

Halliday colgó súbitamente el teléfono. Cuando Raimundo manejaba de regreso a su casa —sabía que estaba en condiciones de guiar su auto, pero no de ser responsable por las vidas de cientos de pasajeros—, recibió una llamada de Earl.

—Conseguí uno para reemplazarte, si es que tenías curiosidad por saber.

—¡Qué alivio! Perdón por la inconveniencia, jefe. No volverá a suceder. ¿Cuánto me descontará?

—Nada.

—¿Cómo dijo?

—Hiciste lo correcto, Steele, y estoy orgulloso de ti. Me diste un dolor de cabeza, pero la otra opción pudo haberse convertido en una pesadilla. Eres un buen hombre.

A Irene le encantaba contar este suceso. Raimundo tuvo que pedirle que dejara de llamarle su «Capitán Honestidad», aunque para sus adentros estaba feliz de que ella estuviera orgullosa de él. Por esta razón, el roce tan cercano que él tuvo con el adulterio la hubiera devastado. Nunca podría contárselo a Irene, así que por años vivió con ese sentimiento de culpa. Menos mal que tal incidente no ocurrió a pesar de que había faltado muy poco.

Fue solo dos semanas después del incidente cuando se

negó a volar. Él e Irene estaban a punto de ir a la fiesta de Navidad que Earl Halliday había organizado para sus empleados, pero en el último momento Irene dijo que no podía ir. Iba a dar a luz dentro de dos semanas y no se sentía bien, pero insistió que Raimundo fuera y disfrutara de un buen rato.

Esa noche no tenía que volar así que, como sabía que podría tomar un taxi de regreso a casa, Raimundo se tomó todos los tragos que se le antojaron. No era de los que se embriagaban hasta ponerse a bailar sobre las mesas, pero sintió que estaba hablando en voz cada vez más alta y que le embargaba un sentimiento de sociabilidad cada vez más intenso. Trish, una joven hermosa, empleada de la oficina de Earl —la que siempre le sonreía cuando venía a la oficina— coqueteó con Raimundo toda la noche. Su novio estaba fuera de la ciudad y ella había repetido muchas veces que le gustaría estar a solas con Raimundo.

—Más vale que estés dispuesta a enfrentar las consecuencias si nos quedamos a solas —respondió él.

—¡Ah! ¡Claro que estoy dispuesta!

Mientras algunos cantaban a todo pulmón alrededor del piano y otros bailaban, Trish tomó a Raimundo de la mano y lo llevó a una pequeña habitación apartada. Cinco minutos después de manosearse uno al otro, Raimundo se apartó súbitamente.

—No voy a hacer esto —dijo él.

—¡Ah, capitán! No tema, no se lo diré a nadie.

—Tampoco yo, pero esto quedará en mi conciencia y mañana no quiero cargar con el sentimiento de culpa. Irene está . . .

—Ya lo sé —interrumpió ella—, regrese a su casa, a estar junto a su esposa embarazada. Usted no es el único piloto, hay muchos más.

Dos días después, embargado aún por el sentimiento de culpa, Raimundo tenía pesar de ir a la oficina de Earl. Su jefe necesitaba tratar con él algunos asuntos rutinarios, pero

Raimundo no quería ver a Trish. No obstante, ella lo saludó en cuanto entró y le preguntó si tenía un momento disponible.

Antes de que él saliera, ella lo llevó a una esquina del lugar en la que podían ser vistos, pero desde la cual no se podía escuchar lo que decían.

—Quiero pedirle disculpas por lo que pasó la otra noche —le dijo ella.

—No pienses más en eso, los dos estábamos embriagados —respondió él.

—No tan embriagados como estuve más tarde al pensar en mi novio. Él está a punto de proponerme matrimonio y me siento muy mal por lo que sucedió.

—Imagínate cómo me siento yo, Trish.

—Por favor, perdóneme —insistió ella.

—No te preocupes, haré como si nunca hubiera sucedido —aseveró él.

Sin embargo, aún varios años después de tal incidente, él no lo podía olvidar. Los remordimientos de conciencia lo atacaban en los momentos menos esperados. Al jugar con Raimundito o con Cloe, o al conversar con Irene. Había momentos en los que sentía un gran impulso de confesarle todo a Irene, tanto así que tenía que encontrar otras cosas para distraerse.

Aunque no había cometido adulterio, sino que más bien fue una tremenda estupidez de su parte, sabía que se llenaría de furia si Irene fuera la que lo hubiera hecho. No obstante, también conocía que al contarle lo sucedido, ella se sentiría muy herida y que no obtendría algo positivo aparte del gran alivio de su propia conciencia. (Trish había dejado de trabajar en la aerolínea hacía mucho tiempo, se había casado y se había mudado lejos.)

Entonces, ¿por qué se sentía tan culpable? No se debía a la iglesia a la que asistían; algo que él había temido desde que comenzaron a asistir. De hecho le gustaba el carácter general de los cultos, ya que nadie se sentía aludido ni se sentía como un indigno pecador. Solo había muchos motivos de inspiración y de compañerismo. Era fácil de entender por qué a muchos les gustaba asistir a esa iglesia.

Irónicamente, en los últimos meses, Irene había comenzado a sentirse inquieta.

—Tiene que haber algo más —dijo ella en más de una ocasión—. Raimundo, ¿no sientes a veces la necesidad de volver a estar en comunión personal con Dios?

—Eso implica que una vez ya estuvimos en comunión con Él —respondió Raimundo luego de pensar por un momento.

—¿Acaso nunca antes estuviste en comunión con Dios? Siento que yo sí lo estuve, hasta que Él no contestó mis oraciones.

—Nunca profundicé realmente en este asunto —contestó él y sacudió la cabeza—. Creo en Dios y no me molesta asistir a la iglesia, pero no quiero convertirme en un fundamentalista o como quiera que llamen a esos que hablan todo el día con Dios y piensan que Él también les habla.

—Yo tampoco quiero convertirme en una persona extraña, Raim —replicó Irene—. No obstante, ¿qué puede haber de malo en sentir que te estás comunicando con Dios y que Él se está comunicando también contigo? ¿No te parece que sería algo maravilloso?

Para cuando cumplió los veintiún años de edad, Nicolás Carpatia había casi terminado sus estudios de postgrado y controlaba un imperio de exportación e importación, con la ayuda de Ricardo Planchet quien recibía un salario muy bajo. Carpatia salía en las portadas de todas las revistas de negocios europeas y aunque no había salido todavía en las portadas de las revistas *Time* o *Global Weekly*, no pasaría mucho tiempo antes de que esto sucediera.

Nicolás vivía en una mansión en las afueras de Bucarest, a corta distancia del lugar en el que sus padres biológicos fueron asesinados unos cuantos años atrás. Viv Ivins disfrutaba viviendo en el piso alto y administrando todos los asuntos personales del joven. Ella supervisaba a sus sirvientes, sus choferes, sus jardineros y todo lo demás en la mansión. Es decir, Viv se preocupaba de cada detalle de todas las necesidades de él.

Nicolás estaba llevando a cabo dos proyectos. Su primer proyecto era el de contratar ilegal y secretamente a un grupo de promotores personales, cuya misión sería la de asegurarse que los competidores que no se pusieran de acuerdo con él desaparecieran de la misma manera en la que sus dos padres y su madre lo habían hecho. Su segundo proyecto era el de rodearse de personas con mucha astucia en el ámbito político. Su próxima meta era la de llegar a ser parte del gobierno de su país. En primer lugar se haría elegir como representante para el parlamento rumano. Luego se postularía para la presidencia del país. Después sería el líder máximo de Europa y por último, del mundo entero.

Desde luego que aún no se había creado el cargo de líder del mundo entero, pero en el momento propicio ya existiría. Él lo sabía con toda seguridad.

Por fin llegó el día en el que Raimundo Steele trató, desesperadamente, de comunicarse con Dios. Él e Irene tenían doce años de casados. Cloe tenía once años de edad y Raimundito tenía tres años.

Raimundo acababa de ser nombrado capitán del Boeing 747-400 de la Pan-Continental y estaba a punto de volar desde el O´Hare en Chicago hasta el aeropuerto LAX en Los Ángeles. Le acompañaba un primer oficial, quien se presentó bajo el nombre de Cristóbal Smith. («Me dicen Cris», había dicho él.) Cris, unos dos años menor que Raimundo, le dijo que estaba casado y que tenía dos hijos de edad escolar. Parecía ser un hombre experimentado y concienzudo en el trabajo; el tipo de oficial que Raimundo apreciaba. Además, Raimundo tenía también que irse acostumbrando a que solo dos hombres estuvieran en la cabina de un Boeing.

La otra persona nueva en la tripulación era una joven azafata, llamada Hattie Durham, quien se parecía mucho a la
tristemente célebre Trish. Raimundo tuvo que batallar con
su conciencia una vez más al recordar el fiasco de la fiesta
de Navidad de unos años atrás. Su azafata favorita y la más
antigua, Janet Allen, le presentó a Hattie.

—Solo entre usted y yo, capitán, ella es un poco boba
—le susurró Janet a Raimundo, luego de que mandó a Hattie
hacia atrás para hacer sus quehaceres—. Aunque tengo que
reconocer que tiene mucha ambición. Quiere tener mi posición pero en rutas internacionales.

—¿Crees que lo logrará?

—No estoy segura si ya puede distinguir cuando estamos
volando o cuando aún estamos en tierra firme.

—Me encanta pilotear esta clase de aviones —comentó
Raimundo mientras él y Cris se preparaban en la cabina—.
Estos aviones vuelan bien y son firmes en el aterrizaje debido
a su peso.

—Es verdad —respondió Cris—. El viento no parece afectarles mucho, ¿verdad?

—Son excelentes para un aterrizaje firme —continuó Raimundo—, pero la desventaja es que no se pueden manipular
con rapidez. No son aviones de combate.

Raimundo buscó su registro de mantenimiento bajo su
asiento. Tenía que leer todas las anotaciones anteriores antes
de salir de la estación de la puerta de embarque. Estaba en
medio de esta tarea, cuando Janet lo interrumpió para mostrarle las credenciales de un «pasajero de cabina», un piloto
de otra aerolínea que viajaba gratis. Mientras Raimundo revisaba las credenciales de este y daba su autorización, llegó el
momento de salir.

Una vez que estuvieron en el aire, el primer oficial Smith se
dedicó a leer el periódico *Chicago Tribune*, a monitorear los
instrumentos y a contestar las llamadas de radio de los controladores de tráfico. Raimundo obedecía de manera estricta
el reglamento y no se le hubiera ocurrido ponerse a leer un

periódico mientras estaba volando, pero ya que Smith parecía
tener mucha experiencia y se preocupaba por cada detalle, él
no le dijo nada.

La luz del sol atravesaba la pantalla antideslumbrante de la
cabina del avión que Raimundo Steele piloteaba, provocán-
dole que tuviera que entrecerrar sus ojos a pesar de que tenía
puestas sus gafas oscuras de piloto.

«¡Ay! ¿Cuánto tiempo lleva eso así?», exclamó su copiloto,
Cris Smith, señalando con el dedo hacia la pantalla, a la vez
que tiró el periódico y se sentó derecho.

Raimundo protegió sus ojos con la mano y miró hacia
la pantalla de instrumentos, en la cual se veía el mensaje:
«MOTOR #1 FILTRO DE ACEITE».

La pantalla inferior, que normalmente estaba en blanco,
ahora mostraba información acerca de los motores. Se veía
que la presión del aceite era normal, aun para el mencionado
motor, el de la extrema izquierda del avión.

— Por favor, lista de control para el filtro de aceite del
motor número uno —dijo Raimundo.

—Confirmado —contestó Cris a la vez que buscaba el
manual de emergencia en el bolsillo del lado derecho de su
asiento.

Raimundo no recordaba haber practicado este procedimiento en su última práctica en el avión de simulación, así
que dio por sentado que no sería algo de mayor importancia.
Por otro lado, tampoco había terminado de revisar la lista de
control del diario de mantenimiento.

Mientras Cris buscaba la sección indicada, Raimundo
tomó el diario de mantenimiento y lo leyó a toda velocidad.
Vio que, ciertamente, el motor número uno había necesitado
un cambio del filtro de aceite en Miami, antes del viaje al
aeropuerto O'Hare de Chicago. Ya se habían detectado fragmentos metálicos en el filtro usado. Sin embargo, debieron
haber estado dentro de los límites aceptables, ya que el mecánico en Miami había firmado la nota en el diario dando su

autorización para que fueran a Chicago. El avión había llegado sin problema alguno a Chicago.

—«Baje lentamente el nivel de empuje hasta que ya no se vea el mensaje», leyó Cris.

Raimundo así lo hizo y luego revisó la pantalla. Los motores ya estaban en marcha lenta, pero el mensaje no desaparecía.

—El mensaje aún no se apaga. ¿Ahora qué hacemos? —preguntó Raimundo luego de una pausa.

—«Si el mensaje: MOTOR FILTRO DE ACEITE sigue visible luego de haber cerrado la palanca de empuje, entonces, APAGUE EL INTERRUPTOR DEL CONTROL DE COMBUSTIBLE».

—Confirmación para apagar el interruptor del número uno —solicitó Raimundo mientras se alistaba para apagar el interruptor y seguir las instrucciones.

—Confirmado.

Con un suave movimiento, Raimundo ejecutó el procedimiento mientras aumentaba la presión en el pedal que controlaba el timón de la dirección. Se apagó el motor número uno y el obturador automático aumentó el poder en los otros tres motores. La velocidad disminuyó, pero Raimundo pensó que nadie, excepto Janet, se habría dado cuenta de esto y por su experiencia, ella sabía que no debía interrumpir al piloto en medio de una situación semejante.

Él y Cris determinaron una nueva altitud. Raimundo mandó a su copiloto a que se comunicara con el control de tráfico aéreo en Albuquerque para obtener autorización para descender a 9.700 metros. Entonces programaron un transpondedor para advertir a cualquier otro avión en el área de que ellos no podrían ni ascender ni moverse debidamente, en caso que hubiera un conflicto de trayectoria.

Raimundo estaba seguro de que ellos llegarían al aeropuerto de Los Ángeles sin más inconvenientes. Entonces llamó a Janet.

—Probablemente te diste cuenta de que hace rato descendimos —le dijo a la azafata.

—Sí, sí me di cuenta, pero me pareció que era demasiado pronto para estar aterrizando en el LAX.

—Precisamente. Fue porque tuve que apagar el motor número uno debido a un pequeño problema con el aceite. Dentro de poco haré un corto anuncio.

Raimundo se dio cuenta de la tensión en su pie derecho y recordó que tenía que aumentar la presión para balancear el empuje desequilibrado de los tres motores que aún funcionaban. *Vamos, Raimundo, pilotea el avión*, pensó.

—¿Podrías, por favor, hacerte cargo de los controles por un momento? —preguntó a Cris—. Tengo que llamar a la compañía.

—Seguro que sí. Yo controlaré el avión —respondió Cris.

—Tú tienes control del avión —repitió Raimundo a fin de seguir el reglamento.

Luego que Raimundo informara a la aerolínea Pan-Continental de la situación, el despachador le advirtió que debía estar muy alerta debido a la poca visibilidad cerca de Los Ángeles.

—A medida que se vaya acercando, debe observar con cuidado las condiciones del clima —le advirtieron.

—Tenemos suficiente combustible si tenemos que desviarnos —afirmó Raimundo—. De hecho, desearía que tuviéramos menos combustible, ya que vamos a aterrizar con mucho peso.

Raimundo anunció a los pasajeros que había apagado el motor número uno, pero que esperaba un aterrizaje de rutina al llegar a Los Ángeles. Sin embargo, mientras el avión iba descendiendo, pudo darse cuenta de que el margen de poder había aumentado. No quería tener que dar la vuelta alrededor del aeropuerto, ya que cambiar de una marcha lenta a otra marcha, a toda velocidad, con tan solo tres motores, iba a forzar mucho el timón de la dirección hasta lograr equilibrar el diferencial del empuje.

Los pilotos informaron a la torre de control del aeropuerto de Los Ángeles acerca del asunto del motor. Esta le dio autorización al inmenso avión de Pan-Continental para que se preparara a aterrizar. A los 3.000 metros, Raimundo comenzó a revisar los datos para el descenso.

—Frenos automáticos —dijo Cris.

—Aterrizaje en tres puntos —respondió Raimundo.

De este modo el avión quedó programado para frenar a una velocidad media, a menos que Raimundo tuviera que intervenir manualmente. En el aeropuerto LAX, el equipo de control de aproximación pasó el control a la torre, la cual dio autorización a los pilotos para aterrizar en la pista número 25 de la izquierda, y les informó de la velocidad del viento y también del alcance visual de la pista.

Raimundo encendió las luces de aproximación y pidió a Cris que cerrara el ángulo del timón de la dirección a cero. La presión debajo del pie de Raimundo aumentó. Mientras cambiaba la distribución de la potencia a fin de nivelar la presión del timón de la dirección, tendría que poner muchísima atención en el funcionamiento de los obturadores automáticos. Jamás había enfrentado un aterrizaje tan difícil y para colmo, el clima tampoco era favorable. Una neblina leve no le permitía ver con claridad la pista.

—Inclinación de planeación, encendida—dijo Cris.

—Equipo extendido. Aletas 20 —respondió Raimundo.

Raimundo y Cris continuaban adaptando la velocidad para equilibrarse con las posiciones de las aletas. A fin de reducir la velocidad del avión, seguían controlando las reacciones de los obturadores automáticos al disminuir la potencia.

—Intercepción de la inclinación de planeación. Aletas 30 grados. Listos para aterrizar —dijo Raimundo, poniendo el indicador de velocidad a 148, la velocidad final apropiada para una aproximación con las aletas a 30 grados, y con tanto peso como el que llevaban.

—Tren de aterrizaje —dijo Cris, siguiendo las órdenes mientras tomaba la lista de control.

—Extendido —contestó Raimundo.

—Aletas.

—Treinta.

—Frenos de velocidad.

—Cargados.

—Completada la revisión del procedimiento de aterrizaje —respondió Cris.

El avión podría aterrizar sin intervención humana, pero por cualquier imprevisto, Raimundo quería estar en control. Le sería más fácil estar piloteando el avión, en lugar de tener que asumir el control si se viera forzado a apagar de repente el piloto automático.

—Tenemos coordinada la aproximación final —afirmó Cris.

—Piloto automático, apagado —confirmó Raimundo. En el momento en el que apagó el piloto automático y los obturadores se escuchó una fuerte alarma.

—300 metros —contestó Cris.

—Recibido.

Ya que se encontraban volando entre las nubes, lo más probable era que no iban a poder ver tierra firme hasta que estuvieran a punto de aterrizar.

Una voz mecánica anunció: «150 metros». La misma voz volvería a anunciar regresivamente los quince metros, los diez, los siete y los tres metros. Quedaban noventa segundos para aterrizar.

De pronto, Raimundo oyó una transmisión desde la torre: «Negativo, US Air 21. No tiene autorización para despegar».

—Recibido, torre— se escuchó la respuesta—. Su comunicación tiene interferencia. Entendemos que sí tenemos autorización para despegar.

—¡Negativo! —exclamó la torre—. ¡Negativo, US Air 21! ¡«No» tiene autorización para tomar pista!

«Quince metros», anunció la voz mecánica. «Diez metros». El avión que Raimundo piloteaba apareció de entre las nubes.

«¡Da la vuelta, capitán!»,gritó Cris. «¡Un avión 757 está saliendo a la pista! ¡Da la vuelta! ¡Da la vuelta!»

A este punto, a Raimundo le parecía imposible no estrellarse en contra del avión 757 de US Air. Era increíble, pero parecía que el tiempo se había detenido y rápidamente alcanzó a contemplar, con toda claridad, a Irene, a Cloe y a Raimundito. Se los imaginó atravesando por la inmensa tristeza que estaba a punto de causarles. Se sintió culpable por estar dejándolos. También pensó en los pasajeros de su avión y en la tripulación. ¡Y también en los del avión de US Air!

Casi en cámara lenta miró hacia la consola de instrumentos. Vio un punto rojo en medio de la pantalla junto a un dos negativo. La voz mecánica seguía dando sus alertas, Cris seguía gritando y también la torre lo hacía por la radio: «¡Elévense! ¡Elévense! ¡Elévense!»

—¡Dios, ayúdame! —exclamó Raimundo mientras golpeaba los botones en los obturadores dos veces para lograr la máxima potencia.

—¡Amén! ¡Ahora, pilotea! —gimió Cris Smith.

—¡Aletas, veinte! ¡Aumenta potencia! ¡Eleva el tren de aterrizaje! —exigió Raimundo al sentir que, aunque su descenso iba disminuyendo un poco, aún no era suficiente. Raimundo imaginó el horror de los pasajeros del otro avión.

¡Las manos del copiloto Smith volaban, pero la distancia se iba acortando de un modo espantosamente acelerado!

Nunca más faltaré a la iglesia por el resto de mi vida y oraré todos los días, prometió Raimundo velozmente para sus adentros.

De repente, el avión se tambaleó y se volteó un poco hacia a la izquierda, los tres motores que aún estaban funcionando causaron un pequeño deslizamiento. Raimundo no había nivelado bien el timón de la dirección. Si no lo hacía de inmediato la punta del ala chocaría contra el suelo. Medio segundo era todo lo que les separaba de la cola del avión de US Air que era tan alta como un edificio de cuatro pisos. Raimundo cerró los ojos y se preparó para el impacto. Oyó un griterío de obscenidades proveniente de la torre y de Cris.*¡Qué manera de despedirme de este mundo!*, pensó.

El gigantesco avión de la Pan-Continental había pasado a menos de treinta centímetros de distancia del avión de US Air. Igual de increíble fue el hecho de que la punta del ala izquierda del avión de Raimundo también se había tambaleado a una distancia aún más corta del suelo, pero no había llegado a tocarlo. Al ir elevándose lentamente Raimundo estaba empapado de sudor y estaba seguro de que también estaría tan blanco como un papel.

—¿Cómo fue que no nos estrellamos, Cris?

—¡Ah! Tú oración fue contestada, capitán . . . Ahora creo necesito que me pasen unos pañales.

Los de la torre de control aún seguían gritando, aunque interrumpidos por los pilotos del avión de US Air. Los nudillos de Raimundo estaban blancos y una vez que se convenció de que aún estaba vivo, retomó el control del avión. Lo único que quería en ese momento era que el vuelo terminara de una vez por todas. Cuando la torre les dio la autorización final, Raimundo anunció que aterrizarían con el piloto automático.

«¡Estoy de acuerdo con eso! », exclamó Cris.

Los pilotos prepararon otra vez el avión y revisaron de nuevo su lista de control. En la pantalla se veía «ATERRIZAJE 3», indicando que los tres pilotos automáticos estaban funcionando normalmente. Aterrizaron sin ningún incidente.

Raimundo escuchó aplausos provenientes de las distintas secciones de pasajeros, pero el más feliz de todos era él mismo. Sabía que al llegar tendría mensajes esperándole para que llamara a operaciones y a la torre de control. En realidad no estaba tan entusiasmado con la idea de tener que repetir los detalles de la pesadilla que acababa de pasar.

¿Acaso Dios había contestado su oración al permitirle que no nivelara correctamente el timón de la dirección, por lo cual su avión se había tambaleado un poco, haciendo así que su ala derecha pasara sin estrellarse contra el avión de US Air? *¡Qué manera tan extraña de intervenir!*, pensó Raimundo. Pero él había hecho una promesa y esta vez tendría que cumplirla.

VEINTISÉIS

EL PROFUNDO SUEÑO de Nicolás Carpatia fue interrumpido. Le pareció estar despierto, aunque tenía la sensación de aún estar soñando. No había escuchado ningún ruido, ni había visto luz alguna. Sus ojos, sencillamente, se habían abierto de súbito.

Puso su mano por debajo de sus pijamas de seda y se dio un pellizco, tal como solía hacerlo cada vez que un sueño le parecía demasiado real. Comprobó que estaba despierto, así de sencillo, estaba completamente alerta. Se sentó en medio de la oscuridad de su habitación y miró a través de la ventana.

¿Qué era eso? ¿Alguien o algo estaba sentado en el techo? No había manera de llegar hasta allí a menos que se tuviera una escalera gigantesca. Si hubiera subido unos diez metros más, ese algo o alguien hubiera llegado hasta la altura en la que estaba ubicada la habitación de la tía Viv. Nicolás estuvo tentado a hacerle ir hasta allí. Pensó que si el intruso tenía algún motivo macabro, sería mejor que primero la encontrara a ella antes que a él. Así, él tendría tiempo para escapar.

No obstante, la extraña criatura no se movía. Aguantando la respiración, Nicolás salió lentamente de su cama; en silencio abrió uno de los cajones de su mesa de noche y sacó una gran pistola de mano Glock. Mientras él se acercaba con cautela a la ventana, el intruso se volvió y lo miró. Nicolás se quedó paralizado, sabía que la criatura no le podía ver ya que su habitación estaba en completa oscuridad.

Levantó su pistola Glock hasta tenerla al nivel de sus ojos, las manos le temblaban, pero antes de que pudiera disparar, el intruso levantó un dedo y sacudió la cabeza, como si le quisiera decir que eso no sería necesario.

«No he venido a lastimarte», le oyó decir Nicolás aunque no era una voz audible. «Pon a un lado tu arma».

Nicolás puso su pistola de regreso en su mesa de noche y fijó su mirada. Su corazón volvió a latir lentamente, no obstante, no sabía qué hacer. ¿Debía abrir la ventana? ¿Acaso debía invitar a la criatura a pasar? En un instante fue transportado hasta afuera, aún vestido con sus pijamas. De pronto él y la criatura —un hombre— se encontraron de pie en medio de un desolado terreno baldío. Nicolás se puso tenso al escuchar los gruñidos, los aullidos y los gemidos de los animales. Se dio otro pellizco; esto estaba realmente sucediendo.

El hombre estaba vestido de pies a cabeza con una bata negra con capucha, sus pies y sus manos estaban cubiertos.

—Espera aquí —le dijo a Nicolás—. Regresaré por ti en cuarenta días.

—¡Aquí no podré sobrevivir! ¿Qué comeré?

—No comerás.

—¿Dónde viviré? ¡No hay un refugio!

—Cuarenta días.

—¡Espera! Mi gente . . .

—Tu gente será notificada —dijo la criatura antes de desaparecer.

Nicolás deseaba que el tiempo transcurriera con tanta rapidez como lo había hecho cuando fue trasladado desde su habitación hasta este lugar, pero eso no sucedió. Sentía pasar cada segundo, al igual que sentía el calor del día y el frío helado de la noche. Nicolás había crecido acostumbrado a disfrutar de toda clase de comodidades. Hubiera intentado regresar caminando hasta su mansión, pero no tenía idea en qué dirección ir. Todo lo que podía divisar era un completo vacío.

Irene Steele trató de sobreponerse a una molesta inquietud. Se repetía que solo era un sentimiento común en muchas madres jóvenes. Ahora tenía una hija en edad escolar, un hijo casi en el jardín de infantes y un esposo que viajaba constantemente. Sus días eran largos y arduos, nada aburridos. Desde luego que tenían dificultades económicas, pero no podía negar que desde un principio estuvo consciente de la tendencia materialista de Raimundo. Tal vez él también estaba tratando de llenar algún vacío. Nada parecía ser suficiente. El entusiasmo por un aparato o juguete nuevo parecía desvanecerse rápidamente.

Irene se esmeraba por dar un significado más profundo a sus vidas. No obstante, Raimundo parecía inquieto en las reuniones familiares y se aburría en las caminatas, las mismas que por lo general terminaban con tratar de evitar que los niños pelearan o que corrieran muy adelantados a ellos. Raimundo era lo bastante bueno con Cloe y Raimundito, pero en sus días libres se dedicaba a jugar golf y a mirar televisión.

Cuando Irene se había conformado con que le diagnosticaran falta de sueño, una de las otras madres jóvenes del vecindario le habló de un tema que ella ni siquiera sabía que existiera. Irene y Jackie —una atractiva y atlética mujer de cabello oscuro— se sentaron a conversar mientras sus pequeños hijos jugaban en el parque. Las dos se habían conocido hacía un año, pero nunca se habían visitado en sus respectivas casas, ni habían socializado aparte de sus encuentros en el parque.

Por eso Irene se sorprendió cuando se dio cuenta de que Jackie se veía nerviosa.

—Quiero preguntarte algo, Irene.

—Adelante, ¿qué pregunta tienes? —dijo Irene sin quitarle los ojos de encima a Raimundito, quien estaba jugando encima de las barras.

—¿Te gusta tu iglesia?

¿«Tu iglesia»? Ella no supo qué decir.

—Creo que sí. Es grande y hay muchas cosas para los niños —contestó Irene mientras se encogía de hombros.

—Entonces, ¿tú y tu esposo también participan en muchas actividades?

—No. Solo asistimos el domingo por la mañana. Raimundo ha ido en algunos paseos con los hombres: De pesca, a ver un partido de fútbol americano, al torneo de golf.

—¿Y tú?

—Las mujeres tienen uno que otro grupo —respondió Irene—. Reunimos cosas para las madres de escasos recursos de la ciudad. ¿A qué se debe tu pregunta, Jackie? —preguntó ella a la vez que le daba una mirada, ahora que Raimundito estaba más seguro jugando en el suelo. (Se dio cuenta de que Jackie aún se veía nerviosa.)

—Por nada. Es solo que pensé que si tal vez no te gustaba tu iglesia y estabas buscando algo diferente, quizá te gustaría venir a visitar la nuestra. Se llama Nueva Esperanza.

Qué nombre tan interesante, pensó Irene.

—Es una iglesia pequeña —continuó Jackie—. Solo hay como doscientas personas. No pertenece a denominación alguna. Somos solo un grupo de cristianos, nacidos de nuevo, que tratamos que otros también lleguen al cielo.

¡Ajá! Esa pregunta era la que Jackie había querido hacerle. Ahora era fácil de entender por qué ella estaba tan nerviosa. A pesar de que dijo que su iglesia no pertenecía a alguna denominación, ciertamente hablaba como una bautista.

—No gracias —contestó Irene—. Estamos bien en nuestra iglesia y me alegro que estés feliz en la tuya.

Jackie se veía ya más calmada, como si acabara de cumplir con una obligación y ahora podía volver a ser la misma amiga de siempre. (Quizás aún estaba en su misión de exploración religiosa, pero parecía que ahora estaba un poco más tranquila.) Ella siguió hablando de cómo había encontrado paz y una razón para vivir. Explicó que sabía por qué había «sido puesta en la Tierra. Sé por qué estoy aquí, cuál es el propósito de mi vida y hacia dónde voy».

Irene, por su parte, simuló no tener mucho interés, aunque para sus adentros se estaba muriendo por obtener sus propias respuestas a las mismas preguntas.

———

Después de que transcurrieron unos días, Nicolás pensó que estaba a punto de enloquecer. Trató de marcar el paso del tiempo cavando con un palo en el suelo un agujero por cada salida del sol. Su barba y su cabello crecieron; sus pijamas se convirtieron en harapos. Temió que se estuviera muriendo. Una y otra vez llamó a la criatura. Finalmente lo hizo de manera enloquecida mediante gritos y durante horas: «¡Moriré de hambre!»

Nicolás perdió la cuenta del tiempo. No estaba seguro si se había saltado uno o dos días o si había añadido demasiadas marcas cuando no debía. Al final del mes estaba en el suelo en posición fetal, sus huesos sobresaliéndole, sus dientes escamosos. Se mecía y lloraba, deseando morirse.

Más horas y días pasaron, mucho más allá de cuando él creyó que ya se había cumplido el plazo de los cuarenta días. En medio de su desesperación creyó que nunca sería rescatado. Dormía por largos períodos de tiempo, despertándose en su estado calamitoso, sucio, temblando y completamente resignado a su suerte. Se decía a sí mismo que había vivido una buena vida. A los veinticuatro años de edad ya era uno de los hombres más admirados y reverenciados del mundo. No merecía esto.

———

Irene tenía que admitir que su amistad con Jackie —la cual, de todas maneras, estaba limitada al parque— había comenzado a deteriorarse. Jackie era agradable e indudablemente muy sincera. No obstante, ella ahora hablaba a diario de temas espirituales. Parecía que la cortesía de Irene le infundía más ánimo y le hacía pensar que era perfectamente aceptable hacerlo.

Sin embargo, no era aceptable. Ahora Jackie se estaba entremetiendo en los asuntos de Irene y esta comenzaba a sentirse incómoda. Era verdad que algunas de las cosas que Jackie decía la tocaban profundamente, pero también la hacían sentirse amenazada e insultada. Este era el problema con los que tomaban demasiado en serio estos temas. Creían que su modo de ver y hacer las cosas era el único correcto. Para ellos no era suficiente que uno fuera cristiano y que asistiera a la iglesia. Uno tenía que creer como ellos. En el momento menos pensado, uno se encontraba rodando por los pasillos, hablando en lenguas y siendo sanado.

Irene comenzó a guardar completo silencio cada vez que Jackie sacaba a colación el tema, pero finalmente —finalmente— Jackie se dio cuenta.

—No tienes que venir a mi iglesia, Irene —dijo ella—. Solo quiero que sepas que eres bienvenida. Nuestro pastor predica y enseña directamente de la Biblia. Tu iglesia enseña acerca de la salvación, ¿verdad?

—Asistimos a la iglesia porque creemos en Dios y queremos ir al cielo —respondió Irene mientras se encogía de hombros y sin disimular su irritación.

—Pero así no es como se llega al cielo —replicó Jackie—. El cielo no es algo que uno puede ganarse. Es un don, es un regalo.

Otra vez volvemos a lo mismo. Irene cambió de tema y Jackie dejó de hablar del suyo, por lo menos temporalmente. Sin embargo, en su casa, cuando tenía unos pocos minutos a solas, Irene no podía dejar de pensar en las palabras de su amiga. ¿Acaso sería cierto? ¿Sería el cielo un don, un regalo y no algo que uno tiene que ganarse? No tenía sentido, pero si era verdad . . .

Irene pudo comprobar que su actitud y sus gestos habían dado claramente el mensaje a Jackie. Esta no habló de temas espirituales en los días siguientes. Irene se propuso firmemente tampoco traerlo a colación, a pesar de su curiosidad. En realidad no era curiosidad, sino más bien hambre y sed.

Aunque ella podía enseñar a Jackie algunos modales y algo de diplomacia con las amistades, Irene dejó eso a un lado y pensó solo en la posible verdad de la aseveración de su amiga.

La verdad era que la iglesia de Irene no enseñaba acerca de la salvación. Se asumía que todos eran cristianos, que —por lo tanto— todos iban al cielo y que todos vivían haciendo todo el bien posible en este mundo moderno. ¿Qué era eso de que había algo más? ¿Había una manera de estar en comunión personal con Dios? Todo lo que Irene podía hacer era orar para que Jackie volviera a hablar del tema. Irene se imaginaba, si era ella quien primero abordara el asunto, el diluvio de sermones sinceros que tendría que aguantar.

De alguna manera, Jackie se dio cuenta de que tenía que ser un poco más sensible puesto que, cuando tocó otra vez el tema, parecía saber de inmediato cómo se sentía Irene.

—Me importa mucho tu bienestar, Irene —dijo ella—. Lo último que quisiera hacer es ahuyentarte o insultarte. Te prometo que nunca hablaré de esto a menos que tú me lo pidas. ¿Podría darte un folleto y nada más?

Irene estaba tan conmovida con la nueva manera de abordarla de Jackie, que tuvo que tener cuidado de no decir algo que animara a su amiga a volver a lo de antes. Estuvo a punto de tratar de convencer a Jackie que no estaba ofendida, que apreciaba su preocupación por ella y que además, tenía miles de preguntas.

¿Acaso fue su orgullo lo que se lo impidió? Ella no estaba segura. Irene tomó una actitud cautelosa.

—Está bien —dijo ella quedamente—. Eso no me molesta.

Irene aceptó el folleto. Estaba ansiosa por regresar a su casa y leerlo.

Por fin, el hombre de la bata volvió a aparecer. Nicolás trató de reunir fuerzas para atacar, para arengar, pero el espíritu otra vez levantó un dedo y sacudió la cabeza.

—¿Eres tú el escogido? —le preguntó la criatura.

Nicolás asintió, creyendo que aún lo era.

—Mira a tu alrededor. Pan.

—No son nada más que piedras —respondió Nicolás con voz áspera mientras maldecía al hombre.

—Si eres quien dices que eres, ordena a estas piedras que se vuelvan pan.

—Te estás burlando de mí —replicó Nicolás.

El espíritu no se movió ni habló.

—¡Está bien! —gritó Nicolás—. ¡Piedras, vuélvanse pan!

De inmediato, todas las piedras a su alrededor se tornaron doradas y de color café y se veían humeantes. Él cayó de rodillas y con ambas manos levantó una de ellas hasta su nariz. Se la puso rápidamente en la boca y comenzó a devorarla.

—¡Soy un dios! —exclamó con la boca llena.

Raimundo estaba en un vuelo nocturno. Cloe estaba durmiendo en la casa de una amiga. Raimundito ya estaba durmiendo desde hacía unas horas. Irene se sentó frente al televisor, su programa favorito no le llamaba la atención ya que estaba hojeando el folleto que Jackie le había dado. Era corto, escrito sencillamente, de tono religioso, lleno de versículos bíblicos. Sin embargo, ella tuvo la sensación de que este tratado tenía las respuestas que estaba buscando. ¿Estaba tratando de engañarse a sí misma? ¿Acaso estaba jugando con su propia mente?

El folleto prometía una relación personal con Dios mediante su Hijo. Irene había escuchado estas palabras toda su vida y las había ignorado. No tenían sentido y sonaban raras. Sin embargo, ahora, por alguna razón, estas parecían darle un rayo de esperanza ya que se sentía lejos de Dios.

Irene se sintió indigna. La noción de que había nacido en pecado y que por lo tanto, era una pecadora le causaba aversión. No obstante, ahora parecía estar tocándole. Algo en lo profundo de su ser le decía que era injusto culpar a Dios por lo que había sucedido con su papá y con su hermano. Si lo que la Biblia decía acerca de ella era verdad, ¿cómo iba a merecer algo mejor? De hecho, merecía algo peor. Ella merecía la misma muerte.

Los versículos bíblicos le hablaron a su corazón. Irene apagó el televisor y leyó una y otra vez los versículos del primer capítulo de Juan: «Vino a su propio mundo, pero los suyos no lo recibieron. Pero a quienes lo recibieron y creyeron en Él, les concedió el privilegio de llegar a ser hijos de Dios. Y son hijos de Dios, no por la naturaleza ni los deseos humanos, sino porque Dios los ha engendrado».

El folleto motivaba al lector a recibir este nuevo nacimiento para ser salvo del pecado. De pronto, Irene ansió esto más que cualquier otra cosa que jamás hubera deseado en su vida. Hechos 16:31 le decía: «Cree en el Señor Jesús y serás salvo».

———

—¿Eres dios? —preguntó el espíritu.

Súbitamente, Nicolás estuvo de pie en lo alto del templo de Jerusalén; aún tenía el pan caliente en su mano.

—Yo soy —respondió.—Yo soy el que soy.

—Si lo eres tírate desde lo alto y serás rescatado.

Temblando, exhausto, de pie, descalzo y con sus harapos de seda, Nicolás se sintió lleno de pan y lleno de orgullo por sí mismo. Sonrió y se tiró de la torre del templo. Cayendo con rapidez hacia la rocosa superficie, él nunca perdió la fe en sí mismo y en la promesa del espíritu. A unos seis metros antes de estrellarse comenzó a flotar y cayó de pie como un gato.

———

Irene no pudo contener las lágrimas.*¿Cómo hago esto?* Leyó una y otra vez el folleto. ¿Acaso esto era así de fácil?

Confesar a Dios que una es pecadora; pedirle perdón; recibir su regalo de la salvación mediante la muerte de Cristo en la cruz. Entonces, ¿una ya es salva?

Ella se estremeció, tratando de quitarse de la mente sus dudas y demás pensamientos conflictivos. Irene era lo bastante inteligente como para dejarse llevar solo por sus emociones. No obstante, eso mismo era lo que le estaba sucediendo. Estaba completamente convencida de que Dios estaba llamándola. Se deslizó desde su silla hasta el suelo y se arrodilló, algo que no había hecho en toda su vida.

De pronto, Nicolás y el espíritu estuvieron en la cima de la montaña. Descalzo sobre la nieve, en medio del viento helado, Nicolás sintió que sus pulmones batallaban por obtener suficiente oxígeno para mantenerlo vivo.

—Desde aquí puedes ver todos los reinos del mundo.

—Sí —dijo Nicolás—, los veo a todos.

—Todos serán tuyos si te arrodillas y me alabas como tu señor.

Nicolás se dejó caer derodillas delante del espíritu.

—Mi señor y mi dios —respondió.

Irene podía escuchar solo el tictac del reloj sobre la repisa de la chimenea. Pensó que Raimundo o tal vez uno de sus hijos podía entrar y verla en estas condiciones. No le importaba.

«Dios», dijo ella en voz alta, «sé que soy pecadora y necesito tu perdón y tu salvación. Recibo a Cristo».

Cuando Nicolás abrió sus ojos, estaba de regreso en su cama. El hecho de que semejante experiencia hubiera sido real era evidente por el mal olor y la suciedad de su propio cuerpo y por los harapos que llevaba puestos. Salió tambaleándose de la cama y vio un papel bajo la puerta. Era una nota escrita con la nítida escritura de Viv Ivins:

Date un baño, cámbiate de ropa y ven abajo, amado. El peluquero, el manicurista, el masajista y el cocinero están aquí para servirte.

ACERCA DE LOS AUTORES

Jerry B. Jenkins (www.jerryjenkins.com) es el escritor de la serie *Dejados atrás*. Es dueño de *Jerry B. Jenkins Christian Writers Guild* (www.ChristianWritersGuild.com), una organización dedicada a aconsejar e instruir a quienes aspiran a ser autores. También es propietario de *Jenkins Entertainment*, una compañía cinematográfica (www.Jenkins-Entertainment.com.) El señor Jenkins fue vicepresidente de publicaciones del Instituto Bíblico Moody de Chicago, también sirvió por varios años como editor de la revista *Moody* y es ahora escritor colaborador a distancia de *Moody*.

Sus escritos han aparecido en publicaciones variadas, tales como las revistas: *Time, Reader's Digest, Parade, Guideposts*; así como también en revistas para las aerolíneas y en docenas de otras publicaciones periódicas. Las biografías escritas por el señor Jenkins incluyen libros con Billy Graham, Hank Aaron, Bill Gaither, Luis Palau, Walter Payton, Orel Hershiser y Nolan Ryan, entre otros. Sus libros aparecen regularmente en las listas de mayores éxitos de ventas del *New York Times, USA Today, Wall Street Journal* y *Publishers Weekly*.

El señor Jenkins tiene dos títulos honoris causa de doctorado: uno de *Bethel College* en Indiana y el otro de *Trinity International University*. Jerry y su esposa, Dianna, viven en Colorado y tienen tres hijos adultos y tres nietos.

El Dr. Tim LaHaye (www.timlahaye.com), quien originalmente concibió la idea de escribir una novela de ficción acerca del relato del rapto y de la tribulación, es un reconocido autor, ministro y un renombrado conferenciante, erudito en el estudio de las profecías bíblicas. También es el fundador de *Tim LaHaye Ministries* y del *Pre-Trib Research Center*.

Además, recientemente fue uno de los fundadores de *Tim LaHaye School of Prophecy* en *Liberty University*. El Dr. LaHaye diserta en muchas de las principales conferencias de profecías bíblicas en los Estados Unidos de América y Canadá, países en los cuales sus libros sobre dicho tema gozan también de mucha popularidad.

El Dr. LaHaye obtuvo su doctorado en ministerio del *Western Theological Seminary* y tiene además un título honoris causa de doctorado en literatura de *Liberty University*. Por veinticinco años fue pastor de una de las iglesias más sobresalientes del país en San Diego, la misma que creció hasta requerir de tres locales diferentes. Durante ese tiempo también fundó dos escuelas cristianas acreditadas, un sistema cristiano de diez escuelas y el *Christian Heritage College*.

Existen, por lo menos, trece millones de ejemplares de los cincuenta libros de no ficción del Dr. LaHaye, los cuales han sido publicados en más de treinta y siete idiomas. También el Dr. LaHaye ha escrito libros en una amplia variedad de temas tales como: La vida familiar, temperamentos y profecías bíblicas. Su actual obra de ficción, la serie *Dejados atrás*, escrita con Jerry B. Jenkins, continúa apareciendo en las listas de éxitos de ventas de *Christian Booksellers Association*, *Publishers Weekly*, *Wall Street Journal*, *USA Today* y del *New York Times*. La segunda serie de novelas proféticas de ficción del Dr. LaHaye consiste de *Babylon Rising* y de *The Secret on Ararat*, los mismos que también llegaron a ser parte de la lista de éxitos de ventas del *New York Times*. A estos libros, pronto se sumará también *Europa Challenge*. Esta serie de cuatro tomos de acción y suspenso, a diferencia de *Dejados atrás*, no comienza con el rapto, sino que más bien pudiera llevarse a cabo en los momentos actuales y llegar hasta el tiempo del rapto.

El Dr. LaHaye tiene cuatro hijos adultos y nueve nietos. Entre sus pasatiempos favoritos caben destacar: Esquiar sobre la nieve, esquí acuático, trotar, ir en motocicleta, jugar golf e ir de vacaciones con su familia.

La serie
CUENTA REGRESIVA DEL RAPTO
ANTES DE QUE FUERAN DEJADOS ATRÁS®

La serie
DEJADOS ATRÁS®

www.dejadosatras.com

www.editorialunilit.com